U0909472

奇迹潜水艇

Miracle Creek

[美国]金秀妍——著

王嘉琳——译

译林出版社

图书在版编目（CIP）数据

奇迹潜水艇 ／（美）金秀妍 (Angie Kim) 著 ；王嘉琳译．— 南京：译林出版社，2024.6
(后窗文库)
书名原文：Miracle Creek
ISBN 978-7-5447-9573-9

Ⅰ．①奇… Ⅱ．①金… ②王… Ⅲ．①长篇小说－美国－现代 Ⅳ．① I712.45

中国国家版本馆 CIP 数据核字 (2024) 第 016095 号

奇迹潜水艇　[美国]金秀妍／著　王嘉琳／译

责任编辑　赵　奕
装帧设计　曹沁雪
封面插画　郑森晖
校　　对　王　敏
责任印制　闻媛媛

原文出版　Picador, 2020
出版发行　译林出版社
地　　址　南京市湖南路 1 号 A 楼
邮　　箱　yilin@yilin.com
网　　址　www.yilin.com
市场热线　025-86633278
排　　版　南京新华丰制版有限公司
印　　刷　江苏凤凰通达印刷有限公司
开　　本　880 毫米 ×1240 毫米　1/32
印　　张　11.125
版　　次　2024 年 6 月第 1 版
印　　次　2024 年 6 月第 1 次印刷
书　　号　ISBN 978-7-5447-9573-9
定　　价　78.00 元

目录

献给吉姆，永远

以及

献给妈妈和爸爸

为你们所有的付出与爱

高压氧法：在高于大气压的环境下施以氧气治疗。该手术在特殊舱房内进行，于三倍大气压下供应百分之百的纯氧……高压氧法易引发火灾和爆炸性降压，因此实用性受到限制……也称作高压氧治疗。

——《莫斯比医学词典（第九版）》（2013）

事故

弗吉尼亚的奇迹溪

2008年8月26日，周二

当时丈夫让我扯了个谎。不是什么大不了的谎言。他可能都不觉得那算谎言，我最开始也一样。他嘱托我的仅是小事一桩。警察刚刚释放了抗议者，他准备出去看一看，确保她们不会再回来，其间我就坐在他的椅子上。替他打掩护，同事之间再正常不过的做法，以前我们在杂货店就经常这么干，当我吃饭或是他出去抽根烟时。然而，坐上他的位子时，我就撞到了桌子，桌子上方挂的那张证书也有点歪了，仿佛在提醒我此事非同寻常，他以前从未让我管过这里，一定事出有因。

朴伸手将那张裱框证书重新摆正，目光落在了那行字上：柳朴，奇迹潜水艇有限公司，高压氧认证技师。他说话时眼睛盯着证书，就好像是在跟它，而不是跟我说。“都搞定了。患者在封闭舱，氧气打开了。你只管待在这里就行。”他看了看我，“就是这样。”

我望向控制台，上面是些操控封闭舱的陌生旋钮和开关，上个月我们刚把封闭舱漆成婴儿蓝色，放到这个谷仓里。“万一患者在对讲机上找我怎么办？”我问，“我会说你马上回来，但——”

“不，不能让他们知道我不在这儿。要是有人问起，就说我在这里。我从头到尾都在这里。”

“可是万一出了什么事——”

“能出什么事？”朴不容置喙地说，俨然在下达一道命令。“我快去快回，他们不会在对讲机上找你的。不会有事的。”他往外走去，就好像这件事到此为止。但临到门口，他又回头看了看我。“不会有事的。”他又说了一遍，这次温柔了点，听上去像在祈求我。

等谷仓门砰地关上，我就恨不得大叫起来，他真是疯了才会觉得今天不会出什么问题。今天明明已经出了那么多状况——抗议者，他们的破坏计划以及由此引起的停电，警察。他是觉得已经出了这么多事所以不会再出事了？可人生无常。遭遇悲剧并不会让你免于今后的悲剧，不幸并非以公平的比例分散降临；坏事会接二连三地降临在你头上，一簇簇、一拨拨的坏事，令人无从应对、身陷混乱。我们经历了那么多，他怎么会还不明白呢？

晚上 8 点 02 分到 8 点 14 分，我按他说的那样一声不吭地坐在那里，什么也没做。汗水湿了脸庞，我想到被关在没有空调的封闭舱里的六个病人（发电机只运行增压、供氧和对讲系统），谢天谢地，至少还有个便携式 DVD 播放器能让孩子们保持平静。我提醒自己要相信丈夫，于是我等着，时不时看看钟，看看门，然后再看看钟，祈祷他赶在《恐龙巴尼》[1] 放完、患者在对讲机上要求换一张碟之前回来（他必须回来！）。正当动画节目放起片尾曲时，我的手机响了。是朴打来的。

“她们还在，”他小声说，“我得守在这儿，确保她们不会再搞什么。疗程结束时你记得关掉氧气系统。看到那个旋钮没？”

“看到了，可是——”

“逆时针旋转，一直转到底，旋紧。定个闹钟你就不会忘记。那个大钟 8 点 20 分的时候。”说完他挂了电话。

我摸了摸写着**氧气**的旋钮，一个褪了色的黄铜部件，和我们在首尔老公寓里那个用起来嘎吱作响的水龙头一个颜色。它摸上去是那么冰凉，让我吃了一惊。我把手表跟大钟对好了时间，设好 8 点 20 分的闹钟，找到那个**启动闹铃**的按钮。就在我开始按那个小小按钮的时候，DVD 的电池没电了。我吓了一跳，放下手。

现在我经常想起那个时刻。其后的死亡、瘫痪，以及审判——要是我当时按下了那个按钮，这些是否本可避免呢？我知道这很奇怪，毕竟那天晚上我还犯下了更大、更应受到责备的其他错误，然

1 美国的一部系列动画片，同名主人公是一只颇受孩子喜爱的紫色恐龙。

而我反复回想的却偏偏是这个小疏忽。或许正是因为这个错误很小，似乎不甚紧要，它才会威力十足，点燃了可能的种种后果。要是我没有因为那个 DVD 而分神呢？要是我按得快一点，就快一微秒，赶在片尾曲唱到一半、DVD 没电之前打开闹铃呢？我爱你，你爱我，我们是快乐的一家——

那一刻，一切陷入空白，所有声响骤然消失，周遭的寂静浓密而充满压迫感——它从四面八方涌进来，挤压着我。终于有声音传来。有人在房间里砰砰砰地用指关节叩击舷窗，我几乎感到如释重负。然而叩击声逐渐加强，先是变成每次三下的拳头敲打，仿佛在用暗号喊着放我走！，接着又变成不折不扣的全力撞击，这时我明白过来：肯定是 TJ 在撞自己的头。TJ 是个自闭症男孩，很喜欢那只叫巴尼的紫色小恐龙，我们第一次见面时，他一下跑过来紧紧抱住我。他母亲惊呆了，说他从来没有抱过谁（他厌恶肢体接触），或许是因为我的 T 恤吧，颜色正好是巴尼小恐龙的紫色。从那以后我就每天穿着这件 T 恤，然后每晚手洗，坚持在他每次疗程中都穿这件衣服，每一天，他都会拥抱我。所有人都觉得我人真好，但其实我这么做是为了自己。我渴望他紧紧抱住我。我女儿以前就是这样的，但后来她开始躲避我的拥抱，抱的胳膊变得有气无力。我喜欢亲吻 TJ 的脑袋，他毛茸茸的红色鬈发轻轻挠着我的嘴唇。而现在，那个我享受被拥抱的男孩正朝着一面铜墙铁壁猛撞自己的头。

他并不是疯了。他母亲解释说 TJ 因为罹患肠炎长期饱受痛苦，但他不会说话，所以痛得太厉害时，他唯一能做的事就是撞头，用这种新的、剧烈的疼痛来驱散旧的疼痛。就像身上哪里痒得不行时，你会狠狠抓挠以至于抓出血来，那种痛感多好啊。她告诉我，有一次 TJ 甚至用头撞穿了一扇窗户。一想到这个八岁的男孩忍受着如此剧痛，甚至都要用头猛撞钢墙，我就心如刀绞。

那痛苦的声音，沉重的撞击声，一次又一次。它持续不断，愈发决绝。每一次重击都会触发一波振动，回荡不绝，筑成某种有形状、有质量的实在之物。它流经我体内。我能感到它在我皮肤底下低沉作响，翻腾着五脏六腑，要求我的心脏跟上它的节奏，跳得更快、更猛烈。

我必须让它停下来。这就是我的理由。这个理由让我飞奔出谷仓，丢下六个困在封闭舱里的人。我想要给舱内减压，打开门，把TJ救出来，但我不知道该怎么做。此外刚才对讲机响了，TJ的母亲祈求我（准确地说，是朴）不要暂停吸氧疗程，她会安抚他，但拜托了，看在上帝的分上，换上新电池，赶紧重新开始放《恐龙巴尼》DVD吧，就现在！电池就放在隔壁我们家里，跑过去拿只需要二十秒，而距离关掉氧气还有五分钟。于是我决定回去。我捂住嘴巴掩饰嗓音，模仿朴带着浓重口音的低沉声音说："我们会换好电池的，稍等两分钟。"说完，我夺门而出。

家里大门敞开，我一瞬间燃起希望——或许玛丽在家呢，正在按我的嘱咐打扫房间，那么这一天总算还有件事是没有出错的。但我走进屋里，发现她并不在。只有我一个人，而我根本不知道电池放在哪里，也没有人能来帮我。其实这是我早已料到的情况，但那一秒钟的奢望足以让我的期待猛地飞上高空，接着又骤然落地坠毁。我告诉自己保持冷静，接着在存放物品的灰色不锈钢橱柜里找寻电池。外套。工作手册。绳索。就是没有电池。我用力关上橱门，柜子晃了晃，单薄劣质的金属表面轻颤着发出嗡嗡的低鸣，仿佛TJ撞头的回声不绝于耳。我想象着他的脑袋猛撞墙壁，然后像个熟透了的西瓜那样砰然爆开。

我摇了摇头，甩掉这个想法。"美熙啊。"我用玛丽的韩文名呼喊她。她讨厌这个名字。没有应答。我知道不会有，但还是因此火冒三丈。我又喊了一遍"美熙啊"，这次喊得更重，拖长音节使它们在喉头摩擦生痛。我需要这种痛感来赶走TJ撞头声在我耳边那亦真亦幻的回响。

我找遍家里其他地方，一个盒子一个盒子地翻找。时间一秒一秒地过去，还是没有找到电池，我越来越沮丧，还想起了今天早上和玛丽的争吵，我说她应该多给家里帮点忙——她已经十七岁了！她什么都没说，摔门离去。我想起朴如往常一样站在她那边。（“我们放弃一切来到美国，不是为了让她做饭打扫的。”他总这么说。“是的，那是我干的活。”我很想这么说，但从来没说出口。）我想起玛丽翻白眼的样子，她头戴耳机，假装没有听见我说话。我想东想西，只为了保持怒气，填塞大脑，从而屏蔽那撞击声。女儿让我生气的感觉是那么熟悉，让人舒服，就像一条用久了的老毯子。在它的安抚下，我的惊恐平息下来，转化为麻木的焦虑感。

我来到玛丽睡觉的角落，翻出放在那里的一个箱子，把上面十字格的盖布掀开，倒出里面所有的东西。净是青少年的无用之物：检过的电影票（我从未看过的电影），我从未见过的朋友的照片，还有一堆纸条，最上面一张匆忙地用潦草字迹写着：*我等你。要不明天？*

我真想大声尖叫。电池到底在哪里？（在意识深处：那张纸条是谁写的？男生吗？等着做什么？）就在这时，我的手机响了——还是朴——我看到屏幕上显示 8 点 22 分，这时才想起了警报、氧气。

接起电话时，我本想解释为什么还没关掉氧气，但保证很快就会去关掉，这没什么大不了的，他有时还会把氧气多开一个钟头，对吗？但开口时我说出的却是不同的话，就像呕吐一样倾泻而出，控制不住。“到处都找不到玛丽，”我说，“我们做这一切都是为了她，而她不在这里，我需要她，需要她帮我找到 DVD 的新电池，不然 TJ 就要把头撞破了。”

“你总把她往最坏的地方想，但她在这儿呢，在帮我忙，”他说，“电池在厨房水槽下面，但你不要离开患者。我让玛丽回去拿电池。

玛丽，快去，就现在。拿四节一号电池到谷仓去。我再过一分钟就回——”

我挂了电话。有时候还是什么都不说为好。

我飞奔向厨房水槽。就像他说的，电池就在那里，装在一个我以为是垃圾的袋子里，埋在沾满泥灰的劳动手套下面。这副手套明明昨天还是干干净净的。朴干什么了？

我摇了摇头。电池。我必须马上回到 TJ 身边。

我跑到外面，一股陌生的气味迎面而来，像是湿木头烧焦的味道弥漫在空气中，刺痛了我的鼻子。天色暗下来，看不大清楚，但我认出了远处的朴，他正在向谷仓跑去。

玛丽在他前面，正全速向前冲。我朝她喊道：“玛丽，慢一点。我找到电池了。”但她还在飞奔着，不是奔向家里，而是奔向谷仓。“玛丽，停下来。”我说，但她没有停下。她跑着穿过谷仓门，到谷仓后部去了。我不知道为什么，但她跑向那儿，我吓坏了，再次呼喊，这一次叫的是她的韩文名字，声音轻柔。“美熙啊。”我喊道，然后跑向她。她转过身来。然而她脸上有什么东西让我停了下来；那张脸好像光芒四射，肌肤被包裹在一种闪闪发亮的橘黄色暖光之中，仿佛她此时正站在将要落下的夕阳前面。我很想抚摸她的脸，告诉她：“你真美。”

在她那个方向，我听见一阵响声。像是什么东西碎裂的声音，但又更柔和、更沉闷，类似于鹅群离地起飞时的那种声响，几百双羽翼同时扑展，轻快地飞向天空。我感觉我真的看见了它们，在风中掀起一帘灰色涟漪，越飞越高，掠过夜幕降临前的紫罗兰色的天空，但接着我眨了眨眼，随即它们就都不见了，留下空荡荡的天际。我奔向声音来源，这时我看见了——她看见而我没看见的——她跑向的东西。

火光四起。

烟雾弥漫。

谷仓的后墙着火了。

我不知道自己为什么没有狂奔也没有尖叫，为什么玛丽也没有呢。我真的很想的。但我竟只能缓缓而行，小心翼翼，每次只迈一小步，一点点朝那里靠近，同时目不转睛地盯着那橘红色的簇簇火苗——它们扑闪、跳跃，还像踢踏舞舞伴那样彼此交织。

轰然爆炸那一刻，我膝盖一软，倒了下去。但我的目光从未从女儿身上移开。此后每个夜晚，我关灯闭眼准备入睡时，我都会看到她，我的美熙，定格在那一刻。她的身体如一只破布娃娃被飞抛而起，在空中画出一道弧线。优雅。脆弱。就在她伴随着一声温柔闷响坠落在地的前一瞬，我看见了她的马尾辫，甩得高高的，就像她小时候玩跳绳时那飞舞的发辫。

一年后

审判：第一日

2009年8月17日，周一

柳杨

步入法庭时，她感觉宛如新娘。毕竟，上一次，也是唯一一次在她走进时所有人安静下来、扭头望着她的场合是婚礼。她走下过道，如果不是人们的发色有所不同，如果不是时不时隐约传来的英语议论——“看，那个女主人”“他们的女儿昏迷了整整几个月，可怜啊”“他瘫痪了，真可怕啊”——她或许真的会以为自己还在韩国。

这间小小的法庭看上去和某座古老教堂甚至确有相似之处，过道两边是一排排嘎吱作响的木质长椅。她始终低垂着头，就像她在二十年前的那场婚礼上一样；她很少成为他人关注的焦点，这感觉不太对劲。谦恭、包容、低调，这些是身为人妻的美德，而不是恶名昭彰、艳俗招摇。新娘之所以蒙上面纱不就是这个原因吗？保护她们远离人群的目光，遮掩她们绯红的脸颊。她朝两边看了看。在右边的起诉席后面，她瞥见了熟悉的面孔，那是患者家属。

所有患者聚在一起的场合只有一次：去年七月，在谷仓外面举行的介绍会上。当时她丈夫亲手打开谷仓大门，向他们展示新漆好的蓝色封闭舱。“这个就是，”朴满脸自豪地说，“奇迹潜水艇。纯氧。深压。治愈。面面俱到。”所有人都报以掌声。母亲们喜极而泣。此时此刻，站着同样的一群人，神情阴郁，脸上已不见相信奇迹的希望之迹，取而代之的是在超市窥伺小报新闻时的好奇心。此外还有怜悯，对她还是他们自己，她不得而知。她以为会遭遇愤怒，但她走过时他们都在微笑，她不得不提醒自己，她在这里本就是受害者。她并非被告方，没有人怪罪她引起了那场致两位患者死亡的爆炸事故。她暗自重复着朴每天对她说的话——那天晚上并不是因为他们不在谷仓而导致了大火，即使他当时和患者待在一起，也无法避免爆炸的发生——并努力对众人回以微笑。有他们的支持是件好事。她知道这点。但她感觉自己不配拥有这种支持，他们信她信错了，这就好像用作弊的方式赢得了奖项，非但不能给她打气，反而让她倍感沉重，担心上帝会见证并纠正这一不公，让她以其他方式为谎言付出代价。

她走到前面的木质护栏，极力抑制想跑到对面、在被告席坐下的冲动。她最终还是和家人一道在公诉人身后入座，边上是马特和特蕾莎，当晚奇迹潜水艇里被困者中的两个。她很久没见过他们了，自从在医院里那次之后。但谁都没开口问候。每个人都目光低垂。他们都是受害者。

*

法庭位于一个叫松木堡的小镇，毗邻奇迹溪。这些地方的名字实在是很怪，因为实情与你想象的截然相反，奇迹溪看起来怎么也不像一个会有奇迹发生的地方，除非你算上当地居民这么多年都没憋闷到发疯这一奇迹。当初正是“奇迹”这一名字和当地的潜在商机（加上地价低廉）吸引他们在这里安家落户，尽管当地没有其他亚洲人，或许压根就没有移民。这地方离华盛顿特区只有一小时车程，轻轻松松就能从杜勒斯机场那样极其现代化的地方开到这里，却给人一种距离文明世界都足足有几小时车程的村子的荒凉，完全是一个迥异的世界。到处都是泥泞小路和牛群，不见汽车和混凝土铺就的人行道。木质谷仓破旧不堪，不见钢铁玻璃的高楼大厦。就像走进了一部画面粗粝的黑白电影。它散发着一种被人用完即弃的感觉；杨第一次见到这地方时，就有种恨不得把口袋里每一点垃圾都掏出来、丢得越远越好的冲动。

松木堡则是迷人的，尽管它名字平平，且就在奇迹溪隔壁，窄窄的鹅卵石小路两旁是瑞典小木屋样式的商铺，每间都漆成各不一样的鲜艳色彩。望着主街上鳞次栉比的商铺，杨想起了在首尔时最爱逛的市场，那里极负盛名的农产品成排铺开：绿菠菜、红辣椒、紫色的甜菜根、橘黄的柿子。这样的描述或许本会让她觉得花哨俗艳，但事实上正相反，这些急吼吼的颜色组合在一起仿佛削减了彼此，整体反而变得优雅可爱。

法庭位于一座小山脚下，两旁是沿路种植至山顶的葡萄树。几何线条上的精准性营造出一种恰到好处的宁静感，这样一座司法机构坐落于连排整饬的葡萄树间，似乎也是相得益彰。

那天早上，杨凝视着这座法庭，望着其中高耸的白色柱子，感叹这真是距离她期望中的美国最近的一次。还在韩国时，在朴决定带玛丽移居巴尔的摩后，她曾去过好几家书店，翻看美国的各种照片：国会大厦、曼哈顿的摩天大楼、巴尔的摩内港。然而来美五年，她还从未得见其中任何一处景观。前四年她在一家杂货店打工，那里离内港仅有两英里，却是人们口中的贫民区，房子的门窗被钉上了木板，到处都是破瓶子。一方小小的防弹玻璃穹顶，便是那时她眼中的美国。

说来可笑，当初她是多么不顾一切地想要逃离那个世界，但现在却又无比想念那里。奇迹溪是个与世隔绝的地方，居民扎根已久（可追溯至几代之前，据他们说）。她本以为他们是慢热型的人，于是全心全意地和那些看上去尤为和气的人搞好关系。但时间长了，她便意识到：他们并不是真的和气；他们的礼貌之下实则是不甚友好。杨了解这类人，她母亲便是其中之一。对于他们而言，礼貌不过是用于掩饰不友好的方式，就好比很多人用香水来掩盖体味，体味越严重，香水用得越多。他们那种过了头的僵硬礼貌——妻子脸上永远挂着微笑，丈夫会在每一个句子的开头和结尾都加上夫人——让杨无法靠近，于是进一步固化了她只是外来者的地位。而那些最常光顾巴尔的摩杂货店的客人虽然总爱找碴，对什么都要咒骂抱怨一番，不是嫌价格太高就是嫌苏打水太温、三明治里的肉片太薄，但他们的粗鲁言行中有一种真诚，吵吵嚷嚷中有一种令人惬意的亲近感。就好像老是拌嘴的手足兄弟。没有什么要虚饰、掩盖的。

去年朴来到美国与她们团聚后，一家人曾在华盛顿特区一带的韩国城安嫩代尔找过房子，那里离奇迹溪的驾车距离尚可接受。那场大火让一切计划戛然而止，现在他们仍然住在“临时”住处。一座摇摇欲坠的小城里一户摇摇欲坠的棚屋，书上照片里的所有地方都是那么遥不可及。时至今日，杨在美国到过最豪华的地方，就是爆炸之后朴和玛丽躺了好几个月的那家医院了。

*

法院里很吵。不是来自受害者、律师、记者，或者天知道是谁的那些人，而是来自法官身后一边一台的老式窗式空调。它们在运作与中止状态间切换时会发出割草机那样的噼啪声，而两台机器切换恰好又不同步，因此噪声此起彼伏，先是这一台，再是另一台，然后又是这一台，听起来仿佛某种奇异机械怪兽的求偶信号。两台机器一起工作时，时而嘎吱嘎吱，时而嗡嗡作响，音调略有不同，让杨听得耳膜发痒。她简直恨不得用小指头从耳道深深钻进大脑，抓挠个够。

大厅里的匾额上介绍这座法院是拥有二百五十年历史的地标建筑，同时也呼吁人们向松木堡法院保护协会捐款。想到还有这么个组织，杨忍不住摇了摇头，其存在的唯一意义就是彰显该建筑的历史感。美国人对于拥有数百年历史的任何事物都是如此自豪，就好像老旧这一状态本身就是一种价值。当然，这种观念并没有延伸到人的层面。他们似乎未曾意识到美国之所以是世人眼中的宝地，正是因为它不老旧，而是崭新的、现代的。韩国人与美国人截然相反。要是在首尔，就会有一个“现代化协会”致力于翻新这座法庭，用大理石和光亮的钢材取代古色古香的实木地板和松木桌子。

“全体起立。天际线县刑事法院现在开庭，尊敬的弗雷德里克·卡尔顿三世任法官。”法警宣布，众人起立。唯独朴例外。他两手紧紧攥着轮椅扶手，手背和手腕上的青筋都凸出来了，仿佛想用意志来让手臂支撑起全身的重量。杨正欲起身帮助，但随即制止了自己，她明白，让他知道自己连起立这样的基本动作都要人帮助，只会让他觉得更糟，还不如压根不站起来。朴向来相当在意自己的外在形象，总会遵照既定规则和他人期望。这两者可谓典型的韩国特色，但奇怪的是，她却从来没有在乎过（是她娘家的优渥家境给了她对此无感的奢侈特权，朴会这么说）。即便如此，她还是能理解他的难过。黑压压的人群纷纷起立，唯有他孤零零地坐在那里，这让他显得那么脆弱，像个孩子似的，她不得不克制住想要抱住他、帮他掩藏羞耻感的强烈冲动。

“法院现在开庭。诉讼案件编号 49621，弗吉尼亚联邦诉伊丽莎白·沃德。”法官说完后敲响了法槌。如同计划好一般，两台空调一齐停了下来，木槌敲击木桌的声音升至斜面屋顶又回荡而下，在一片寂静中经久不散。

尘埃落定：被告人是伊丽莎白。杨感到胸中涌起一阵雀跃，释然与希望如同某个沉睡已久的细胞一般绽放破裂，星星点点的电流瞬间传至她的周身，将此前劫持了她人生的那种恐惧一扫而空。尽管距离他们释放朴、逮捕伊丽莎白已过去将近一年，但杨还是不敢相信，她一直怀疑这是一个圈套，他们会在今天正式开庭时，转而宣布她和朴才是真正的被告方。但如今这种悬而未决结束了，经过多日取证之后，公诉人说“有压倒性的证据”证明伊丽莎白有罪，而他们则能获得保险赔偿，得以重建生活。停摆的生活将会重新开始。

陪审员鱼贯而入。杨望着他们，这些人总共十二个，七男五女，全都赞成死刑，发誓愿意投票支持注射死刑。杨是上周得知这一情况的。当时公诉人心情格外好，而当她问起为什么时，他解释说因为最有可能对伊丽莎白表示同情，也就是反对死刑的那几个法官已经被撤职了。

“死刑？像绞刑那种？”她说。

她一定是表露出了惊恐和反感，因为亚伯脸上的笑容消失了。“不是，是注射，静脉注射。没有痛苦。”

他解释说伊丽莎白不是一定会被判死刑，这只是一种可能性；但杨还是一直害怕在这里看到伊丽莎白，害怕看到她无疑会写满恐惧的脸——她将面对掌握她生杀大权的那些人。

此刻，杨强迫自己看向被告席上的伊丽莎白。她看上去反倒像是律师，金发盘起编成一个髻，穿一身绿色套装，佩戴珍珠饰品，脚上是一双轻便平底鞋。杨差点因没认出她而越过目光，她看起来和从前太不一样了。曾经的她总是扎着乱糟糟的马尾辫，穿着皱巴巴的汗衫，脚上的袜子也往往不是一对。

说来讽刺，在他们这里所有患病孩子的家长中，伊丽莎白是最不修边幅的，但她的孩子却恰恰是最听话的。她的独子亨利是一个彬彬有礼的男孩子，与别的患病孩子不同，他会走路、会说话，会自己上厕所，不会乱发脾气。治疗期间，那对患有自闭症和癫痫症的双胞胎的母亲曾经问过伊丽莎白：“冒昧问一句，亨利为什么要来这儿呢？他看起来正常极了。”当时她皱了皱眉头，仿佛受到了冒犯，随即报出长长一串病症——强迫症、注意力不集中症、感官和自闭症谱系障碍、焦虑症——然后又说她成天都在忙着研究各种实验性治疗手段，操碎了心。她好像完全不知道，置身于一群坐着轮椅、使用饲管的孩子当中发出这样的抱怨，听起来会让人做何感想。

卡尔顿法官请伊丽莎白起立。她本以为法官宣读指控时伊丽莎白会失声痛哭，或是至少羞红了脸，低垂下目光。然而伊丽莎白却直视陪审团，脸颊未有半点红晕，眼睛也一眨不眨。她凝视着伊丽莎白的脸，只见那脸上一无表情，她不禁怀疑她是不是震惊到呆住了。但实际上她看起来并不茫然，而是安详、平静。几乎可以说是快乐的。也许是她习惯了见到伊丽莎白总是愁眉不展，以至于后者现在眉目舒展的样子已然像是心满意足。

也许报纸上说的是真的。也许是伊丽莎白一直都太想摆脱自己的儿子了，所以在他死了以后，她终于获得了些许安宁。也许她自始至终就是个恶魔。

马特·汤普森

只要今天能不出现在这里，让他给出什么他都愿意。或许给出整条右臂有点勉强，但右手上仅存的三根手指中随便哪根都绝对可以。反正他早已是断了手指的怪人，再少一根又何妨？他不想面对记者，他会失策地试图用手挡脸，此时他们的照相机便会纷纷闪光。他那只右手到现在还像一坨惨白兮兮的面粉团，上面满是表面光滑的疤痕组织，一想到闪光灯会打在那上面，他就感到不寒而栗。他不想听到人们窃窃私语：“看，就是那个不能生育的医生。”他也不想面对公诉人亚伯，他曾经那样看着他，头侧向一边好像在思考什么谜语，问他：“你和珍妮想过领养孩子吗？我听说韩国有很多白人混血宝宝。”他不想和珍妮那边的赵姓亲戚搭话，他们每次看到他右手的伤都会不约而同地发出啧啧声，同时低垂下目光；他也不想听到珍妮斥责他们这种以任何显在缺陷为耻的心理，她称之为他们身上又一种“典型韩国人”的偏见和狭隘。不过说到底，他最不想见到的还是奇迹潜水艇的人，不想见到其他患者，不想见到伊丽莎白，还有他绝对最不想见到的柳玛丽。

亚伯站起来，经过杨身边时，还拍了拍她搭垂在证人席护栏上的手，拍得很温柔，杨笑了笑。朴咬紧牙关，亚伯朝他投来微笑，他只好咧开嘴唇，好像想努力挤出一个笑容却未能成功。马特猜想朴大概和他的韩裔老丈人一样，都看不惯非裔美国人，而当今总统恰恰是一位非裔美国人，这在他们看来无疑是这个国家的一个巨大错误。

他初见亚伯时很是吃了一惊。奇迹溪和松木堡两个镇给人的感觉是如此守旧，白人在这里占绝对主导地位。陪审团清一色是白人。法官是白人。警察、消防员全是白人。他料想不到这种地方会冒出个黑人公诉人。当然了，也没人料想得到这种地方会有个韩国移民搞了一座号称医疗设施的迷你潜水艇，但事实是确有其事。

“陪审团的女士们、先生们，我是亚伯拉罕·帕特雷。我是公诉人，代表弗吉尼亚联邦起诉被告人伊丽莎白·沃德。”亚伯[1]说着用右手食指指了指伊丽莎白，后者愕然一惊，就好像才知道自己是被告人似的。马特盯着亚伯的那根食指，想着要是亚伯和他一样没了这根手指的话会怎样。截肢手术前，外科医生曾对他说：“感谢上帝，你没有因此断了前程。如果你是钢琴演奏家或外科医生，想象一下。”马特对此思索良久。一个人在被切除了右手的食指和中指后能不受影响地从事什么样的工作？他原本会把律师归到“不会断了前程”这一类，然而此刻看到伊丽莎白仅仅因为亚伯指了指她就被吓退的样子，他不再确定了。那根手指给了亚伯怎样的力量啊。

“伊丽莎白·沃德今日为何还要出席？你已经听到对你的指控

1 亚伯是亚伯拉罕的昵称。

了。纵火，殴打，蓄意谋杀。”亚伯盯了盯伊丽莎白，然后转身正对陪审团。“谋杀。”

“受害人就坐在这里，急不可待地想要告诉你他们身上发生了什么，”亚伯说着指向前排位置，“还有被告人下手最狠的两名受害人：基特·科兹洛夫斯基，被告人多年的朋友，以及亨利·沃德，被告人八岁的儿子。他们都没法亲自出庭，因为两人皆已死去。

“奇迹潜水艇的氧气舱于 2008 年 8 月 26 日晚 8 点 25 分爆炸，引起势不可挡的火灾。当时有六人在舱内，三人在爆炸位置。两人死亡，四人受重伤，他们住院数月，瘫痪了，被截肢。

“被告人当时本该和她儿子一起在里面。但她没在，而是跟所有人说她生病了。头痛，鼻塞，诸如此类。她请另一名患者的母亲基特在她休息时帮忙照看亨利。她带着事先装好的酒来到附近一条小河边。她当时抽的烟的种类和牌子同引起火灾的那支完全一致，用的火柴同引起火灾的火柴种类和牌子也完全一致。”

亚伯看了看陪审团。“我刚才所说的都是没有异议的。”

他打住话头，停顿片刻以增强效果。“没——有——异——议。”他一字一顿、清清楚楚地说，就好像这四个字眼各自独立。“被告人，”他说着再次用那根食指指向伊丽莎白，“供认不讳，即她是故意待在外面、假装生病的，而当她儿子和她朋友在里面惨遭火噬之时，她却啜饮着酒，划着酿成大火的火柴，抽着酿成大火的香烟，听着 iPod 里放的碧昂丝的歌。”

*

马特知道自己为什么会是第一个证人。亚伯向他解释过有人先说一段概述的必要性。“高压，氧气什么的，复杂得很。你是医生，你有办法让每个人都听懂。再说，你当时就在场，所以你是完美人选。”管它完美不完美，马特都恨透了要第一个讲话，陈述背景。他知道亚伯打的什么主意，因为潜水艇治疗听起来古里古怪，所以他想告诉大家：看哪，这里有一个正常的美国人，一个从货真价实的医学院毕业的货真价实的医学博士，他就是干这个的，所以这也不算那么疯狂的事。

“请将左手放在《圣经》上，然后举起右手。”法警说。马特把右手放在《圣经》上，举起左手，然后直视法警的眼睛。就让他以为他是个连左右都分不清的傻瓜蛋吧，总好过露出他那只畸形的手，看到所有人倒抽一口冷气，眼神仓皇游移，好似垃圾场上方飞行的鸟儿，不知道该停落在哪里。

亚伯从容开场。马特故乡（马里兰州，贝塞斯达），在何处上大学（塔夫茨大学），在何处上医学院（乔治敦大学），在何处任见习医生（同前），在何处获研究员职位（同前），通过医疗委员会认证科目（放射科），在何处获从医认证（费尔法克斯）。“现在，我要问出当我听说这场爆炸时想到的第一个问题。奇迹潜水艇究竟是什么东西，你们为什么会要在弗吉尼亚州中部，一个四周都不靠海的地方建一座潜水艇呢？”有几位陪审员会心一笑，好像得知也有别人对此好奇让他们松了口气。

马特咧开嘴挤出一个微笑。“那不是真的潜水艇。只是设计成了潜水艇的样子，有舷窗、封闭舱门和钢制墙体。它实际上是医疗设施，一座用于高压氧治疗的封闭舱。”

“跟我们说说它是怎么运作的，汤普森医生。”

“你处于封闭状态中，空气增压至正常大气压的 1.5 倍至 3 倍，你吸入的就是百分之百的氧气。同时高气压能使你的血液、体液和身体组织中的氧气溶解率提高。受损细胞的疗愈需要氧气，因此这种额外氧气的深度渗透可以加速细胞的疗愈和再生。很多医院都有高压氧治疗。”

“奇迹潜水艇并不是医院里的诊疗室。它不一样吧？”

马特想到医院里的无菌诊疗室，在里面操作的都是身穿手术服的专业人员，继而又想到柳家那间歪歪扭扭地建在一座旧谷仓里、表面锈迹斑斑的封闭舱。“不完全一样。医院里一般是让病人躺进干净的封闭管内，一次一人。奇迹潜水艇设施更大，因此可同时容纳四名病人及他们的看护者进入其中，大大降低了使用费用。另外，其中还有私人中心开放治疗医院不予收治的特殊病状。”

“什么样的特殊病状呢？”

“相当繁多。自闭症、脑瘫、不育症、克罗恩氏病[1]、神经病。”马特觉得当他说到那个病状——不育症——时，听到了后排传来啧啧声，尽管他把它放在中间说就是为了尽量隐藏它。抑或那是他回忆起当初做完精子分析后，头一次听珍妮提到高压氧治疗时自己发出的笑声。

“谢谢你，汤普森医生。于是你成了奇迹潜水艇的第一位患者。你可以跟我们说说具体经历吗？”

好家伙，他当然可以。他可以事无巨细地从头说起，珍妮是如何天衣无缝地策划这一切的：邀请他去她父母家吃晚饭，事先只字未提柳家人，也没有提高压氧治疗，或是最糟糕的部分——他们希望马特做出的“贡献”。彻头彻尾的偷袭。

“我是去年在岳父母家遇见朴的，”马特对亚伯说，“他们是世交；我岳父和朴的父亲是韩国同一个村子里的。反正，我就听说朴在搞高压氧治疗创业，我岳父给他投了钱。”当时他们围坐在餐桌边，马特走进来时柳氏一家三口立马站起身来，就好像他是君主。朴看起来很紧张，拘谨的笑容突出了他原本就尖锐的面部轮廓，他过来跟马特握手时，指关节凸出如嶙峋的群峰。他的妻子杨略一鞠躬，

1　一种原因不明的胃肠道炎症性疾病。

目光低垂。他们十六岁的女儿玛丽简直就是她母亲的翻版，那双大眼睛在精致细巧的脸上显得有点突兀，但她笑得很随意，带着顽皮的意味，就好像她知道某个秘密，并且迫不及待地想要看到他发现这个秘密时的反应，当然了，这正是接下来将要上演的事情。

马特一坐下来，朴就开口问道："你知道高压氧治疗吗？"这短短一句话仿佛是一场排练娴熟的表演的开场暗号。所有人一下子围聚到马特身边，以共谋者的姿态俯身凑近，然后不带停顿地轮番讲话。马特的岳父大谈这一技术在他的亚洲针灸客人中是何等受欢迎，日本和韩国的好多健康中心都有红外线桑拿浴和高压氧治疗项目。马特的岳母说朴在首尔时就有了多年操作高压氧治疗的经验。珍妮则介绍说，近期研究表明高压氧治疗对于不计其数的慢性疾病是相当有前景的治疗手段。

"那你对这件事是什么反应？"亚伯问道。

马特看见珍妮把大拇指伸进嘴里，咬着指甲边缘的肉。有时她紧张了就会这么做，那天晚饭时她也是这样。毫无疑问她完全知道他在想什么。他们所有在医院工作的朋友也都会这样想。纯粹是胡说八道。这不过是她父亲提出的又一种整体性的替代疗法，只有那些绝望、愚蠢又疯狂的患者才会受骗。马特当然从来没听说过这个，他的岳父赵先生本来就够不待见马特了，仅仅因为他不是韩国人。要是他知道马特将他的整个职业、所有那些东方"医学"都视作扯淡，会怎么样？不。那可不妙。所以珍妮才会颇为明智地当着父母和父母朋友的面宣布这整件事。

"所有人都很兴奋，"马特对亚伯说，"我岳父是个从业三十年的针灸师，他对此大力支持，我妻子是内科医生，她也证实了它的前景。了解这点对我来说已经足够了。"珍妮不再咬指甲。"要知道，"马特补充道，"她在医学院时成绩可比我好多了。"珍妮和陪审员们都笑了。

“于是你签署了治疗协议。跟我们具体说说。”

马特咬着嘴唇，避开了目光。他早就知道会被问到这个问题，也事先练习了该如何回答：以一种实事求是的语气。那天晚上朴就是这样对他说的：马特的岳父投了钱，珍妮“被任命为”——说得好像是什么总统委员会之类的——医疗顾问，然后他们一致同意：“你，汤普森先生，一定要当我们的第一位患者。”马特还以为自己听错了。朴的英语非常好，但带有口音，还会犯语法错误。也许他把“主任”或“主席”说错了。朴随即补充道：“我们的大多数患者都是孩子，但能有一位成人患者是好事。”

马特啜了口酒，一言不发，兀自思忖着，看在上帝的分上，到底是什么让朴觉得一个像马特这样的健康男人会需要高压氧治疗，然后他想到了一个可能性。会不会是珍妮把他们的——他的——“问题”告诉了他？他努力不去想这个，把注意力放到晚餐上，但他的手在颤抖，根本夹不起韩国烤肉，小小滑滑的腌制肋条肉片从两根细细的银色筷子之间掉下来。玛丽注意到了，帮他解了围。“我也用不来不锈钢筷子，”她递来一双中餐馆外卖给的那种木筷，“这种用起来简单点。试一试。我妈说这就是我们说什么都得离开韩国的原因。没有人会娶一个用不来筷子的女孩。对吗，妈妈？”所有人似乎都被惹恼了，谁也没说什么，但马特大笑起来。她也跟着一起笑了，两个人在皱着眉头的众人当中哈哈大笑，活像在一屋子大人面前调皮捣蛋的孩子。

就在马特和玛丽笑得正欢时，朴说：“高压氧治疗对不育症的治愈率很高，尤其适用于你这样的——精子活性低的人。”至此他确定妻子不仅跟自己父母透露了病症细节、个人细节，还跟那些他素不相识的人和盘托出了。马特此时感到胸口火辣辣的烫，就像一个装满火山岩浆的气球在他肺部膨胀爆破，挤走了其中的氧气。奇怪的是，他急于回避的不是珍妮的目光，而是玛丽的。他不想知道，听到不育症、精子活性低那几个词，她会如何看他这个人。她之前那好奇（也许还颇有兴趣？）的眼光现在是不是会掺杂着厌恶，或者更糟的，怜悯。

马特对亚伯说：“我妻子和我一直都没怀上孩子，而高压氧治疗对这种状况的男人有实验性的治疗效果，所以尝试利用一下这项新技术也不无道理。”他没有提自己一开始压根没有同意，甚至拒绝在那次晚餐的剩余时间里谈论这一话题。珍妮显然事先练习过当时说的那一套：如果马特志愿当病人的话会如何助力这项创业，如果有一位“普通医生”（珍妮原话）在场的话会如何让潜在客户相信高压氧治疗技术的安全性和有效性。她似乎没觉察到他根本没有应答，而是目不转睛地盯着自己的餐盘。但玛丽注意到了。她注意到后一次又一次地给他解围：笑他拿筷子的技术，还时不时插科打诨，开点关于葡萄酒里掺了泡菜和大蒜味儿的玩笑。

接下来的四天里，珍妮一直烦他，大谈特谈高压氧治疗如何安全、用途如何广泛，诸如此类。他不表示让步时，她就试图强加给他负罪感，说要是他拒绝的话，就等于确认了她父亲之前的怀疑：马特不相信他投的这个项目。“我的确不相信。我不认为他所从事的算是医学，你一开始就知道。”他说完后，她抛出了最伤人的评论：“事实上，你根本就是反对一切亚洲的东西。你瞧不上。”

看在上帝的分上，他可是娶了她啊。再说了，她自己不也是总抱怨像她父母那样的旧时代韩国人种族主义有多严重吗？他还没来得及抗议她对他的种族主义指责，珍妮就叹了口气，用祈求的语气说：“就一个月。要是成了，就不用试管受精了。难道不值得试一试吗？”

他从未答应过。她只当他没应声便是默许了，他也由着她这样想。她说得也对，或者至少没错。此外，或许他的岳父会由此开始原谅他不是个韩国人。

“你是什么时候开始接受高压氧治疗的？”亚伯问道。

“他们开业第一天，8 月 4 号。那个月交通不太堵，我想在八月完成四十个疗程，所以签订了每天‘潜氧’两次的协议，上午 9 点一次，下午 6 点 45 分一次。他们每天总共有六个时间段可供治疗，其中这两个时间段是专门留给‘两次潜氧’患者的。”

“还有谁也在‘两次潜氧’组？”亚伯问道。

“另外三个患者：亨利、TJ 和罗莎。加上他们的母亲。除了有那么几次碰上谁生病了，堵在路上了或是别的什么情况，我们全部都去了，每天，一天两次。”

“说说他们的情况吧。”

“好。罗莎最大，十六岁吧，我记得。她得了大脑性瘫痪，坐在轮椅上，靠饲管进食。她母亲是特蕾莎·圣地亚哥。”他指了指她。“我们叫她特蕾莎修女，因为她人特别特别好，非常有耐心。”特蕾莎脸上泛起红晕，每次别人这么叫她时她都会这样。

“还有 TJ，八岁。他患有自闭症。不会讲话。还有他母亲基特——”

“基特·科兹洛夫斯基，去年夏天死去的那个？”

“是的。”

“你认得这张照片吗？”亚伯把一张人物照放在黑板架上。一张摆拍的照片，基特的脸在正中间，俨然一朵格迪斯镜头下的婴儿花[1]，只是包围她的是家人的面孔而非花瓣。基特的丈夫在上面（他站在她身后），TJ 在下面（他靠在她膝上），右边两个女孩，左边两个女孩，五个孩子全都遗传了她的一头红色鬈发。一幅幸福的画面。而如今，母亲已不在人世，留下一朵缺了中间花盘的向日葵，周围的花瓣失去了支撑。

马特咽了下口水，清了清嗓子。“是基特，和她的家人一起，

1　指著名儿童摄影大师安妮·格迪斯拍摄的婴儿摄影系列，其中有的造型是将小婴儿的脸置于花朵正中间。

和 TJ 一起。”

亚伯又在基特那张照片边上摆上新的一张。亨利。不是那种假里假气的摄影棚写真，而是一张略微拍糊的照片，他在阳光下笑得正欢，背后是蓝天和绿叶。他的金发有点弄乱了，头往后仰去，那双蓝眼睛几乎因为笑得太用力而眯了起来，画面正中间恰好是他的豁牙，仿佛他是在向人炫耀似的。

马特再度咽了下口水。“这是亨利。亨利·沃德。伊丽莎白的儿子。”

亚伯说：“潜氧时被告人会陪着亨利吗，像其他母亲那样？”

“是的，”马特说，“她总是和亨利一起过来，除了最后一次。”

“每次都在，而她唯一一次坐到外面时，恰巧屋里所有人都非死即伤了？”

“是的。唯一一次。”马特望着亚伯，努力不看向伊丽莎白，但他的眼角余光还是能看到她。她在盯着那两张照片，嘴巴咬着紧抿起来往里吸的双唇，把粉色口红都磨掉了。看起来有点不对劲：她脸上化了妆，蓝色的眼睛勾了眼线，脸颊上打了腮红，鼻翼上扫了鼻影，但鼻子以下没做什么，只有一片苍白。看上去像一个忘了涂抹口红的小丑。

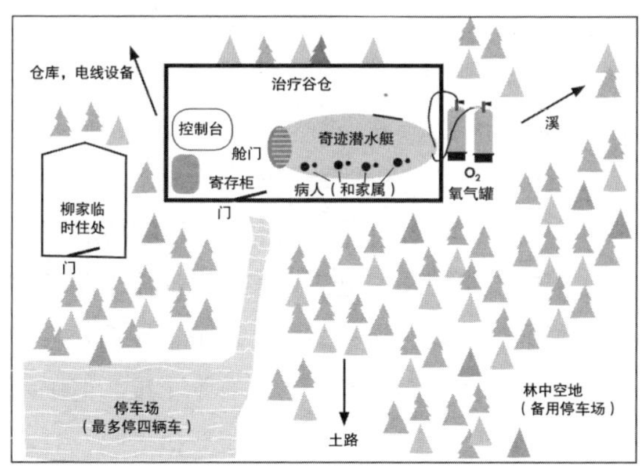

亚伯又在第二个黑板架上放了一张海报。“汤普森医生，这张图能有助于解释奇迹潜水艇的物理构造吗？”

“是的，有很大帮助，”马特说，“这是我对那块地方画的一张粗略地图。它位于奇迹溪镇，距离这里十英里。奇迹溪是真的有一条溪，流经镇上；所以镇子才叫这个名字。总之就是，那条溪穿过治疗谷仓边上的树林。”

“抱歉，但你刚才说的是‘治疗谷仓’？”亚伯一脸疑惑，就好像他没有几千次见过那个谷仓似的。

“是的。那块地方中心有一个木制谷仓，高压氧治疗封闭舱就建在里面。走进去，左边是控制台，朴就坐在那里。还有寄存柜供我们存放各种不能带进舱里的东西，像珠宝、电子设备、纸张、合成材质衣物，任何有可能导致爆炸的东西。朴制定了相当严格的安全规则。”

“那谷仓外面呢？”

“前面有个砾石路面的停车场，大小足够停四辆车。右边就是树林和那条溪。左边是一座小房子，朴一家人就住在里面。后面是一个仓库和电线设备。”

“谢谢，”亚伯说，“现在来跟我们讲讲一次标准潜氧的全过程。那到底是怎么一回事？”

“我们通过舱门爬进封闭舱里。我通常是最后一个进去的，坐在最靠近出口处。那里有个对讲耳机，用来跟朴联系。”这个理由听起来无可厚非，但事实是马特更喜欢待在人群边缘。妈妈们总喜欢聊天，讨论治疗方案，讲述她们的人生故事。这对于她们来说挺好的，但他不一样。首先，他是一名医生，不相信所谓的替代性疗法。其次，他压根就不是家长，更不是某个特殊需求孩子的家长。他真希望自己带了本杂志或什么文书工作过来，能挡开她们没完没了的发问。说来讽刺，他在那儿本是为了有个小孩，但跟四周所有人接触下来，他只感觉，上帝啊，我真的想要孩子吗？有这么多地方可能出错。

“接着，”马特说，“就是增压。它模拟了真实潜水的那种感觉。”

“那是什么样的感觉？毕竟我们大多数人可没体验过海底旅行。”亚伯说，有几位陪审员听后露出了赞赏的微笑。

“就好像飞机降落。你的耳朵感觉很重，突突跳着。朴会慢慢增加压强，以减少不适感，所以大概需要五分钟。当舱内压强达到 1.5 倍绝对大气压、跟处于海下十七英尺差不多的时候，我们就戴上供氧头盔。”

亚伯的部下递给他一个干净的塑料头盔。“像这样的？”

马特接过头盔。“是的。”

“这个怎么用呢？”

马特转向陪审团，指着头盔底部的一个蓝色乳胶圈说：“这个地方跟你的颈部贴合，你把整个头套进里面。”他像是要穿高领毛衣似的撑开那个开口处，戴上头盔，把脑袋套进干净的透明圆形罩里。

“接下来，输管。”马特说，亚伯递给他一卷干净的塑料管圈。管圈蜿蜒延伸，仿佛永无尽头，就像那些伸展开卷曲的身子后足有十英尺长的小蛇。

“那是干什么的呢，医生？”

马特把管子插进头盔上靠近下颚处的一个开口。“它将头盔与封闭舱里的氧气栓连接起来。谷仓后面有氧气罐，有管子把它们跟氧气栓连接。朴开启供氧后，氧气就通过管子送至头盔里。氧气会膨胀，弄得整个头盔鼓囊囊的，像是充了气的气球。”

亚伯笑了。“那么你看上去肯定就像头上罩了个鱼缸。”陪审员们都大笑起来。马特看得出他们很喜欢亚伯，这个直言不讳的人说起话来总是实事求是，从不表现得智商高人一等。“然后呢？”

“非常简单。我们四个人就正常呼吸，只是吸进去的是百分之百的纯氧，持续六十分钟。一小时后结束，朴关闭供氧，我们取下头盔，然后减压，最后离开封闭舱。”马特说着摘下了头盔。

“谢谢，汤普森医生。你的概述对我们非常有用。现在，我想要回到我们此次审判的主题上，也就是在去年8月26日发生了什么。你还记得那天吗？”

马特点了点头。

“抱歉。你得讲出来。法院书记官需要。”

“是的，”马特清了清嗓子，“我记得。”

亚伯的眼睛微微眯起，继而睁大，就好像他也不清楚该对接下来的内容感到遗憾还是期待。“用你的话跟我们说说，那天发生了什么。”

法院里气氛突变，几乎不为人所察觉地，陪审团和旁听席的每个人身子都往前倾了十分之一英寸。人们来这里正是为了这一段。不仅仅是血腥场面——爆炸现场的照片，烧焦的设备残片——还有那场悲剧的戏剧性。马特每天在医院里见了太多：骨折、车祸、癌症带来的惊恐；人们为这些不幸哭泣，当然——这一切的痛苦、不公，以及不便——但无论哪个家庭里总会有一两个人反而因为近距离接触苦难而感到兴奋，他们身体里的每个细胞都以略高于往常的频率颤动，仿佛从日常生活的平庸休眠状态中醒了过来。

马特低头看着自己那只受伤的手，大拇指、无名指和小指从一团红色肉球中伸出来。他再度清了清嗓子。这个故事他已经讲过很多遍了。对警察，对医生，对保险调查员，对亚伯。最后一次了，他告诉自己。就再讲一遍，从爆炸、着火，再到小亨利的头被大火吞噬。之后他就再也不用谈论这些了。

特蕾莎·圣地亚哥

那天很热。是你在早上七点就开始冒汗的那种热天。连续下了三天大雨之后艳阳高照——空气浓密、滞重，让人犹如置身于一个装满湿衣服的烘干机里。她其实还挺期待那天早上的潜氧的；能钻进有冷气的封闭舱里简直是种解脱。

特蕾莎在停车场倒车时差点撞上人。有一群女人，六个人，手持标语，围成一个椭圆形行走，像是在罢工游行。特蕾莎放慢车速，想看看是什么标语，就在这时一个人走到她的车道上。她猛一刹车，差一点就撞上了那个女人。“天哪！”特蕾莎赶紧从货车上下来。那女人还在走着。没有惊慌大叫，没有朝她竖中指，甚至连看都没看她一眼。“对不起，但这是在干什么呀？我们要进到里面去。”特蕾莎对她们说。全是女人。标语上写的是**我是孩子，不是实验老鼠！爱我，接受我，不要毒害我；歪门医术＝虐待儿童**——清一色潦草的大写字母，红黄蓝三种颜色。

一个顶着银发波波头的高个女人走过来。“这条街是公共地段。我们有权利在这里，拦下你。高压氧治疗很危险，而且没有用，你这样做只是在告诉孩子你不爱他们本来的样子。”

一辆车在她后面按了按喇叭。是基特。“我们往后开。别理那些疯婆子。”她说着朝道路后头打了打手势。特蕾莎关上货车门，跟在她后面。基特没有开远。只是开到了下一个停车区，树林中的一片空地。透过浓密的树叶，她瞥见大雨过后的奇迹溪镇，褐色调，肿胀又慵懒。

马特和伊丽莎白已经在那儿了。“那些到底是什么人啊？”马特问道。

基特对伊丽莎白说：“我知道她们说了你的坏话，还发疯似的恐吓你，但我从来没想过她们真的会采取行动。”

“你认识她们？”特蕾莎问。

“只是从网上知道一些，”伊丽莎白说，“都是狂热分子。她们的孩子全都有自闭症，她们四处奔走，告诉人家这些孩子如何注定就是自闭的，一切治疗手段都是罪恶的、骗人的，只会杀死孩子。”

“可是高压氧治疗压根就不是那么回事，”特蕾莎说，“马特，你可以告诉她们啊。”

伊丽莎白摇了摇头。“没法跟她们理论的。我们不能被她们影响。来吧，要迟到了。”

他们穿过树林以避开抗议者，但没有用。抗议者还是发现了他们，跑过来挡住了路。那个银发波波头女人手举一张传单，上面印着某个高压氧治疗舱燃起大火的图片，传单顶上写着 43！。“事实是：至今已经发生了四十三起高压氧治疗火灾，有些甚至是爆炸，”女人说，“你们为什么会把自己的孩子置于如此危险的境地中？图什么呢？为了让他们有更多眼神交流？为了让他们少乱拍手？接受他们本来的样子吧。上帝把他们创造出来就是那样的，他们生下来就是那样的，再说——”

“罗莎不是的，”特蕾莎站出来说，“她不是生下来就是脑瘫的。她本来健健康康的。会走路，会说话，喜欢攀爬猴子栏杆。然后她生病了，而我们没有及时把她送去医院。”她感到有谁的手轻捏着自己的肩膀——基特。“她本来不该坐在轮椅上的。而你来批评我，谴责我，就因为我试图去治好她？”

银发波波头女人说：“我很遗憾。但我们的目标群体是自闭症孩子的家长，自闭症有别于——”

“什么差别？”特蕾莎说，“就因为自闭症是天生的？那有先天性肿瘤和腭裂的孩子呢？上帝的确是故意让他们这样的，但难道这就意味着他们的父母不应该通过手术、放射治疗，还有不管什么手段来让他们变得健康、完整吗？”

“我们的孩子本来就足够健康、完整，”那女人说，“自闭症不是一种缺陷，只是另外一种行为方式，任何声称能够治愈它的手段都是骗人的把戏。”

“你确定如此吗？”基特上前一步，站到特蕾莎边上说，“我以前也是这么想的，但我后来读到说很多自闭症孩子都有消化方面的问题，这导致他们会蹑手蹑脚地走路——因为肌肉伸张会加剧疼痛。TJ 就一直蹑手蹑脚地走路，所以我带他去做了检查。结果发现他有严重的炎症，而他自己没法告诉我们。”

“她也是，”特蕾莎指了指伊丽莎白，“她尝试过成千上万种治疗手段，她儿子进步显著，医生都说他不再是自闭症了。”

“是啊，我们知道她那些疗法。她儿子平安熬了下来实在是非常幸运。但不是所有孩子都这样。”女人把那张高压氧治疗起火的传单凑近举到伊丽莎白面前。

伊丽莎白嗤之以鼻，冲女人摇了摇头，拉着亨利靠近自己，然后转身走开。女人一把抓住伊丽莎白的手臂，狠狠拽拉。伊丽莎白大叫着想要挣脱，但女人抓得更紧了，不让她走。“我受够了你对我视而不见，”女人说，“要是你不住手，真的会有很可怕的事情发生。我向你保证。”

“嘿，放开她。”特蕾莎站到两人中间，把女人抓着伊丽莎白的那只手拍开。女人转而面向她，两只手捏成拳头，像是要打她，特蕾莎猛觉肩头一阵冰冷的刺痛感，顺着背部往下蔓延。她告诉自己不要犯傻，眼前只是一位意见强硬的母亲，没什么好怕的，于是她说：“让我们过去，现在。”过了片刻，抗议者们往后退去，然后再次举起标语，安静无声地重新开始沿着歪歪扭扭的椭圆形轨迹踏步游行。

*

很怪。在法院里坐着听马特复述爆炸当天早上她同样经历过的那些事情。特蕾莎并没指望他的回忆和她自己的全然相符——她看过电视剧《法律与秩序》，她没有那么天真——然而两者差别之大还是有点让人不安。马特将那场与抗议者的对峙简化为短短一句话——“就自闭症实验性疗法的有效性和安全性发生的争论”——提都没提特蕾莎关于其他病症的那些观点，他根本忘记了那场争论的关键内容，或者这对他来说只是无关紧要的。残障分级体系——对特蕾莎来说，这是重点，也是她愤怒抑郁的原因，但对于马特来说，它轻如浮云。若是他也有个残障孩子，当然就另当别论了。养一个特殊需求的孩子不仅仅会改变你，而且会让你整个人都脱胎换骨，将你置身于一个与现实世界有着不同重力轴心的平行世界。

“在此期间，”亚伯说，“被告人在做什么呢？”

“伊丽莎白完全没参与进来，”马特说，“当时我觉得有点怪，因为通常她对自闭症疗法都是相当直言不讳的。她就一直盯着那张传单。传单底部是有字的，她还时不时眯起眼睛，似乎想看清楚上面写了什么。”

亚伯递给马特一份文件。“是这张传单吗？”

“是的。”

“请读一下底部的文字。”

“‘仅仅避免封闭舱内出现火星是不够的。有一起事故中，封闭舱外输氧管下起火导致了致命火灾。’”

“‘封闭舱外输氧管下起火’，”亚伯重复道，“这不正是那一天随后发生在奇迹潜水艇的事吗？”

马特朝伊丽莎白望去，他下巴肌肉紧绷，仿佛咬紧了牙关。“是的，”他说，“我知道她当时一直在想着这事，因为后来她直接去找朴告诉他传单的事情。朴说我们不会遇到这种事的，他不会让这群抗议者中任何一个人靠近谷仓，但伊丽莎白还是一直说着她们有多危险，还让他保证给警察打电话报案说她们威胁我们，让警察把这事记录下来。”

“潜氧期间怎么样呢？那时她说过这些吗？”

“没有，她很安静。看上去心神不宁，似乎聚精会神地在思考什么。”

“就好像她在谋划着什么事，或许？”亚伯说。

“反对。”伊丽莎白的律师说。

“同意。陪审团不会把这个问题纳入考虑范围。”法官语气懒洋洋的。不过是司法人员表示“好吧，好吧，好吧”的版本。其作用可有可无。所有人都已经在联想，是那张传单让伊丽莎白想出了放火并嫁祸给抗议者的主意。

“汤普森医生，在奇迹潜水艇以与被告人曾经强调过的一模一样的方式爆炸之后，她有没有再次试图把嫌疑推到抗议者身上？”

“是的，”马特说，“那天晚上。我听到她告诉警探肯定就是抗议者干的，说她们一定是在外面的输氧管下点了火。”特蕾莎当时也听到了。一开始，她和所有人一样坚信，将近一周内那群抗议者都是头号嫌疑人，即使是在伊丽莎白被捕之后，她仍然怀疑是她们干的。就在今天早上，伊丽莎白的辩护律师宣布将在起诉程序之后再进行开场陈词，她还感到失望，因为她以为被告方肯定会说抗议者是真正的凶手。

“汤普森医生，”亚伯说，“那天上午还发生了什么，在抗议者离开之后？”

“潜氧结束后，伊丽莎白和基特先走了，我帮特蕾莎穿过树林取回罗莎的轮椅。我们到达停车场时，亨利和TJ已经坐在车里了，伊丽莎白和基特站在树林边上，在我们对面的那一边。两人在吵架。”特蕾莎记得——她们两个冲对方吼着什么，但又是那种在公众场合发生私人争吵时常见的压低声音的方式。

“她们说了些什么呢？”

“很难听清楚，但我听到伊丽莎白骂基特‘嫉妒的臭婊子’什么的，‘我就想每天无所事事吃夹心糖，而不是忙着照顾亨利’。”

特蕾莎听到了“夹心糖”这个词，但没听到剩下的。不过马特听得更准确些；他们到了停车的地方后，他注意到自己车的挡风玻璃上有什么东西，就跑过去拿那东西了。

“等等，”亚伯说，“被告人管基特叫‘嫉妒的臭婊子’，还说她就想每天吃夹心糖而不是照顾她儿子，亨利——就在基特和亨利死于那场爆炸之前几个小时。我理解得没错吧？”

“是的。”

亚伯朝基特和亨利两人的照片望去，摇了摇头。有那么一下，他闭上眼睛，像是想让自己镇定下来，然后说：“你们还碰见过被告人跟基特有过其他争吵吗？”

“有，”马特说，目光直视伊丽莎白，“有一次，她当着我们的面吼基特，还动手推她。”

“推？动手？”亚伯的嘴张大成一个O形。“说说吧。”

特蕾莎知道马特要讲哪个故事。伊丽莎白和基特是好朋友，但两人之间有股矛盾的暗流，偶尔会爆发为冲突。不过也仅仅是争上两句，没什么要紧的，除了有一次。那是在一次潜氧结束后，大家正准备离开，基特递给TJ一管看上去像牙膏的东西，包装上画着巴尼小恐龙。

“哦，天哪，是那款新出的酸奶吗？”伊丽莎白说。

基特叹了口气。“是的，是‘乐酸乳’。是啊，我知道它不是无麸无酪的。”她随即又向特莎雷和马特解释，“无麸无酪就是无麸质无酪蛋白。自闭症患者的一种饮食方式。”

伊丽莎白说：“TJ断了麸酪吗？”

“没有。他的其他食物都是无麸无酪的。但这是他最喜欢的，也是他摄入补剂唯一的方式。一天一次而已。”

“一天一次？可那是用牛奶做的啊，”伊丽莎白说到“牛奶”时的口气就好像是在说“粪便”似的，“其中主要成分就是酪蛋白。

如果每天都在给他吃酪蛋白，你怎么还能说是无麸无酪呢？更不用说，里面还有食物色素。它甚至都不是有机的。”

基特看上去快要哭了。“那我能怎么办呢？要是不伴着‘乐酸乳’一起吃，他就会把药片吐出来。‘乐酸乳’让他吃着开心。况且我也不觉得无麸无酪饮食真的有用。它对 TJ 从未起过什么作用。”

伊丽莎白抿紧双唇。“或许就是因为你从来没有正确执行过这种饮食方式，它才没起到作用吧。断掉麸酪就是一点也不吃。我给亨利吃的食物都是用不同盘子装的；就连洗他盘子的清洁海绵都是单独准备的。”

基特站起身来。“行吧，我做不到。我还有其他四个孩子，也得给他们做饭、打扫。光是尝试这种饮食方法就已经够难了。所有人都说，尽力而为，断掉大多数总比什么都不断强。抱歉我没法做到像你那样百分百完美。”

伊丽莎白耸了耸眉毛。“你要道歉的人不是我，而是 TJ。麸质和酪蛋白对我们的孩子来说就是神经毒素。哪怕一点点都会干扰他们的脑功能。怪不得 TJ 到现在还不会说话。”她说着站起来，“来，亨利。”然后准备离开。

基特迈步走到她前面。“等等，你不能这样说完就——”

伊丽莎白一把将她推开。没有用力，完全不会伤到基特，但还是让她惊呆了。所有人都惊呆了。伊丽莎白继续往外走，然后又转过身来。“哦，顺便说一句，能不能请你别再跟人说这种饮食没任何效果了？你压根都没执行过，然后就没根没据地劝退别人。”说完她砰的一下关上门。

马特讲完这件事后，亚伯说：“汤普森医生，被告人还在别的时候像那次那样发过脾气吗？”

马特点点头。“爆炸当天，她跟基特吵架时。”

“就是被告人骂基特‘嫉妒的臭婊子’，说她就想每天吃夹心糖而不是照顾她儿子那次？”

“正是。这一次她没有动手，但是怒气冲冲地跑开了，狠狠地摔上车门，特别用力，然后车子猛地加速，飞快倒出来，差一点撞到我的车子。基特大喊着让她平静一点，等一等，但是……”马特摇了摇头，“我记得我当时很担心亨利，因为伊丽莎白开得太快了。轮胎都吱吱尖响。”

“接着发生了什么？”亚伯问道。

“我问基特怎么了，问她人还好吧。”

“然后？”

“她看上去慌乱极了，像是快要哭出来了，她说不，她感觉不好，伊丽莎白冲她大发脾气。然后她说她做了件事，必须要在伊丽莎白发现之前找到补救办法，因为万一被她发现了……”马特看了看伊丽莎白。

“就会怎样？”

“她说：‘万一伊丽莎白发现了我做的事，她会杀了我的。’”

柳朴

法官宣布午间休庭。朴害怕午饭时间的到来，他知道赵医生一定会坚持要请他们过去吃饭。赵医生不是指珍妮，而是指她父亲，尽管他只是一位针灸师而非真正的医生。强施恩惠。他并非不为所动。自从医院账单陆续寄来，他们终日以拉面、米饭和韩国泡菜为食。赵医生已经施与了他们太多：每月借钱给他们购置必需品，帮朴还贷，出手阔绰地买下玛丽的车，还帮他们支付电费。朴除了接受这一切好意之外别无选择，他甚至接受了赵医生的最新奇想：建一个英韩双语的捐款网站。向全世界宣告柳朴是一位身陷贫困的伤残病人，伸手向人们请求施舍。不。不要再这样了。朴告诉赵医生他们另有计划，希望别被他撞见他们在车里吃午饭。

往停车处走去的路上，他看见有十几只鹅摇摇摆摆地晃来晃去，挡在路前方。朴以为杨或玛丽会把它们嘘跑，但她们只管继续走着，推着朴的轮椅离鹅群越来越近，仿佛他是砸向瓶子的一只保龄球。而鹅群呢，它们和她俩一样无知无觉，又或者仅仅是过于慵懒。直到他的轮椅只差几厘米就要撞上其中一只，他几乎要大叫起来时，那只鹅才发出鸣叫，随后整个鹅群拍翅而起。杨和玛丽继续走着，步伐平稳，仿佛无事发生，他真想放声尖叫，责备她们反应迟钝。

朴闭上眼睛深呼吸。吸气，呼气。他告诉自己这样很可笑。他竟然因妻女没有注意到鹅群而大为光火！要不是其中原因可怜可悲，这或许就是个喜剧场景了。他对鹅群的过度敏感缘起于那四年的独居生活。

大雁父亲[1]。韩国人对一种男人的称呼，他们只身留在韩国工作，妻儿移居国外追求更好的教育，他们每年飞（或者说“迁徙”）过去看望妻儿。前一年，首尔约十万名的大雁父亲中，酗酒和自杀率高得惊人，然后人们开始管朴这种无力支付机票，因而从来不“飞”的男人叫企鹅父亲，但在那之前，他对鹅这一形象的代入感已经根深蒂固，所以企鹅并不会像鹅那样困扰他。朴并不是一开始就打算当大雁父亲；他们原本计划举家迁往美国。但在家庭签证发下来前，朴听说巴尔的摩有一户寄宿家庭，愿意免费为一名小孩与其父母中的一方提供食宿，并帮小孩安排就近上学，条件是让父亲或母亲在他们的杂货店里打工。于是朴把杨和玛丽送去了巴尔的摩，答应她们他很快也会过去。

但最后，过了四年才等到家庭签证。整整四年，一个没有家人的父亲。整整四年，他独自蜗居在一幢“别墅”里一个由壁橱改造

---

1 “鹅”的英文是 goose，朴由此联想到 wild-goose father，即“大雁父亲”这个称呼。

的小隔间，这幢凄凉又凌乱的别墅里住满了同样凄凉又凌乱的大雁父亲。整整四年，他同时打两份工，一周七天无休，省吃俭用。这一切牺牲都是为了玛丽的教育，为了她的未来；而现在呢，她变成了这样，伤痕累累、前途未卜，不知道何时能上大学，只能在这里出席谋杀审判、接受康复治疗，而不是参加大学的研讨班和舞会。

“玛丽，”杨用韩语说，“你得吃点东西。”玛丽摇了摇头，望着车窗外，但杨把一碗米饭放在了她膝上。“就吃几口。”

玛丽抿了抿唇，拿起筷子，动作小心翼翼，像在害怕尝某种新奇的食物。她挑起小小一粒米饭，抿在嘴里。朴记得以前在韩国时杨给玛丽演示过这种吃法。“我在你这个年纪时，”杨说，“你外婆让我练习一粒一粒地吃饭。她说：‘这样，你嘴巴里就能一直有食物，从而说不了话，同时又不会像头猪一样闷头吃。没有男人会想娶一个吃太多或是说太多的老婆。’”玛丽听了大笑着对朴说：“爸爸，你和妈妈约会时她是这么吃的吗？”朴回说：“当然不是了。不过好在我挺喜欢猪的。”那顿饭接下来的时间他们都笑个不停，恨不得吃得越邋遢、越大声越好，三人轮流学着猪哼哼叫。那真的是很久以前了吗？

朴看了看女儿，一口一粒地嚼着米饭，而妻子呢，则是凝视着女儿，忧愁的纹路爬满眼角。他夹起泡菜强迫自己吃下去，然而发酵大蒜的臭味在闷热难耐的空气中盘旋，就好像一个面罩覆在他的脸上，他几乎难以忍受。他摇下车窗，把头伸到外面。只见鹅群已在空中展翅高飞，它们那 V 字形队列的对称性中有种庄严的美感，隔着一段距离也能望见，他心想着叫他这样的男人“大雁父亲”是何其不公。真正的雄性大雁终其一生都有伴侣；真正的大雁家庭都是全家相依，不管觅食、筑巢还是迁徙都在一起。

突然间，一幕幻象浮现：一只卡通版的雄性大雁现身法庭，对韩国报纸提起诽谤诉讼，要求他们撤回所有关于大雁父亲的说法。

朴呛了一口，杨和玛丽带着疑惑与担忧看着他。他想着如何解释，但他能说什么呢？于是鹅群发起了一项集体起诉……“我想到一件好笑的事。”他说。她们没问下去。玛丽继续吃她的米饭，杨继续看着玛丽，朴也重新看向窗外，望着楔形队列的鹅群渐飞渐远。

*

吃完午餐，重回法庭时，朴认出了坐在后排的银发女人。抗议者中的一员，就是她在那天上午威胁他，扬言要让所有人知道他是个骗子，要让他的生意永久倒闭，否则誓不罢休。“你要是现在还不停止，”她当时说，“你一定会后悔的。我向你保证。”如今她的保证已然成真，现身此处的她俨如首演之夜的骄傲导演，审视着整个房间。他曾经想象自己和她对峙，威胁要将她那天夜里说的谎言公之于众，要把他看到的一切告诉警方。那将是何等大快人心，看着她眼中的得意一点点流失，转为恐惧。但是不行。不能让任何人知道那天晚上他在外面。他必须保持沉默，不惜一切代价。

亚伯站起身来，有什么东西同时落到地上：那张传单，上面用红色火焰般的字体写着 43！。朴盯着传单，正是这一张纸引发了后面的一切。要是伊丽莎白当初没看见它，也就不会生出纵火破坏的念头，更不会想到在输氧管下点火，那么他现在就已经开着车载玛丽去读大学了。一时间，冲动的热血传遍他周身，令他的肌肉都抽动起来，他恨不得抓起那张传单撕个稀巴烂，再揉成一团扔向伊丽莎白和那个抗议者，就是这些女人毁掉了他的生活。

“汤普森医生，”亚伯说，“让我们继续。跟我们说说最后一次潜氧，也就是爆炸那次。”

“我们开始得很晚，”马特说，“我们前面那场一般傍晚 6 点 15 分结束，但那天他们搞晚了。我不知道，所以还是按时到场了，结果前面的停车场停满了。我们这些‘双疗程者’就只好都停在街边的那个备用停车场，跟当天上午一样。我们直到晚上 7 点 10 分才开始。”

“为什么延迟了呢？抗议者还在吗？”

“不在了。早些时候警察把她们带走了。她们显然想通过往公共电线上释放铝膜气球来阻挠潜氧，弄得我们停电了。”马特说。朴几乎想要笑出来，马特三言两语的描述是何其简洁，何其精练。抗议者惊扰患者；警察表示他们对阻止“和平抗议”无能为力；下午一次潜氧期间空调和灯突然断电，吓坏患者；警察姗姗来迟；抗议者尖声大叫“什么电线？”“气球和停电到底有哪门子关系？”——持续了整整六个小时的混乱，缩为短短十秒钟的总结。

“停电了怎么继续潜氧呢？”亚伯问道。

“有一个发电机，为了安全，是必备的。增压，供氧，对讲——这些都还能用。只是像空调、灯还有DVD这样的次级设备不能用了。”

“DVD？空调，我理解，但为什么要用 DVD？”

“给孩子们看的，用来安抚他们。朴在一扇舷窗外装了屏幕，在舱内装了个扬声器。孩子们非常喜欢看，其实我可以告诉你，大人们也很喜欢。”

亚伯咧嘴笑了。“是啊，反正在我家，小孩子只要对着电视就会安静许多。”

“正是，”马特也笑了，“不管怎么样，停电后朴还是在后舷窗外挂上了一台便携式 DVD 播放器。他说应对这一切耽误了时间。更不用说，前面有些患者被抗议者吓到了，取消了潜氧，这样一来更耽误了。”

“那灯呢？你说灯都灭掉了？”

“是的，谷仓里的灯。我们 7 点以后才开始的，当时天色已经逐渐暗下来，但因为是夏天，借着落日余晖还是能看清的。”

“所以是停电了，潜氧也延迟了。除此之外那天晚上还有什么异常吗？”

马特点了点头。“有。伊丽莎白。”

亚伯挑起眉毛。“她怎么了？”

“你应该还记得，”马特说，“那天早些时候，我看见她跟基特大吵一架后愤然离去，所以我本以为她还在气头上。但她进来时竟然心情很好。异乎寻常地友好，甚至对基特也是。”

亚伯说：“或许她们谈过了，化解了矛盾？”

马特摇了摇头。“没有。伊丽莎白到之前，基特说到她尝试跟她讲话，但她还是怒气冲冲的。不管怎么说，真正奇怪的地方在于，伊丽莎白说自己感觉很不好。我还记得自己当时就觉得奇怪，她明明说不舒服，看上去却那么亢奋。”马特咽了下口水，“反正她就是说想坐到外面去，潜氧时就待在自己车里休息一下。接着……”说到这里，他猛地将目光投向伊丽莎白，脸紧拧成一团，上面同时写满了受伤、被骗和失望的感觉，就像是一个孩子在发现根本没有圣诞老人后看向母亲的眼神。

“接着呢？”亚伯摸了摸马特的手臂，像是在安慰他。

“她让基特坐在亨利边上，好在潜氧时照看他，还让我要不坐到另外一边，也能帮点忙。”

“所以说被告人安排亨利坐在了基特和你之间？”

“是的。”

“被告人还提出了其他关于座次的建议吗？”亚伯格外突出了建议二字，让它听起来就带有不祥的意味。

“有。”马特再度用那种受伤、被骗和失望混合的孩子般的眼神瞥向伊丽莎白。“特蕾莎正要像往常一样第一个走进舱内，但伊丽莎白制止了她。她说因为 DVD 屏幕在后面，而罗莎是不看电视的，所以该让 TJ 和亨利坐在后面。”

“听起来好像挺有道理，不是吗？”亚伯说。

“不，完全不是，”马特说，“伊丽莎白对亨利看什么 DVD 管得很严。”马特面部紧绷，朴知道他想起了曾经的 DVD 选碟之战。伊丽莎白想要放教育性的内容，历史或是科学的纪录片。基特想要放动画片《恐龙巴尼》，TJ 的最爱。伊丽莎白让步了，但过了几天，伊丽莎白说：“TJ 已经八岁了。你不觉得应该让他看点更适合他这个年纪的东西吗？”

“TJ 需要看这个才能平静下来。你知道的，”基特说，“亨利很正常；看一小时巴尼也不会要他的命。”

“一小时不看巴尼也要不了 TJ 的命。”

基特久久凝视着伊丽莎白的眼睛。她像是隐约笑了。“行吧，就按你说的来。”她把《恐龙巴尼》的 DVD 扔进了自己的储物柜里。

那次潜氧简直是场灾难。纪录片一开始 TJ 就尖叫起来。“TJ，看，这是讲恐龙的，就像巴尼一样。”伊丽莎白尝试压过 TJ 的号叫，然而 TJ 接着就掀掉头盔，开始用头撞墙，一切都乱了套。亨利大叫着说耳朵痛，马特慌乱地呼叫朴，让他以最快速度换上《恐龙巴尼》的 DVD。

简要讲述了那次事故后，马特说：“从那以后，朴总是放《恐龙巴尼》，伊丽莎白总是带着亨利坐在远离 DVD 屏幕的位置。她说《恐龙巴尼》是垃圾节目，不想让亨利接触。她那天竟突然改变主意，让亨利坐在 DVD 机边上，这实在是太奇怪了。基特甚至问了问她是否确定要这样，伊丽莎白说是破例让亨利享受一下。”

“汤普森医生，”亚伯说，“被告人的座次调整有其他什么影响吗？”

“有的。这改变了每个人应该连接哪个氧气罐。”

“不好意思，我不是很理解。”亚伯说。

马特看了看陪审团。“之前，我解释过我们的头盔跟封闭舱里的氧气栓相连。一共有两个氧气栓，一个在前面，一个在后面，它们分别与舱外的一个氧气罐连接。每两人连接一个氧气栓，共用一个氧气罐。”陪审员点了点头。“因为伊丽莎白这样改变了座位，亨利的输氧管接的就是*后面*那个栓，而不是他通常接的前面那个。”

“所以被告人是为了确保亨利连上后面那个氧气罐？”

“是的。她还告诉我一定要把我的接到前面，亨利的接到后面。我说好，但这又有什么区别呢？”

“然后呢？”

“她说我离前面那个比较近，亨利离后面那个近，要是我们把管子交叉起来连的话，亨利的强迫症可能就会突然发作。”

“你们一起做了三十几次潜氧了，亨利这种强迫症之前发作过吗？”说到“发作”时，亚伯用手指在空中打了一对引号。

“没有。”

“然后呢？”

“我说行吧，我一定不会让管子交叉的，但她还是不满意。她爬进舱内，亲自把亨利的管子接到后面那个氧气栓上。”

亚伯走过来，径直站在马特面前。“汤普森医生，”他说，接着靠近马特的那台空调突然开始噼啪作响，就好像受到了某种暗示，“爆炸的是哪个氧气罐？”

马特死死盯着伊丽莎白的眼睛，然后说了出来，眼睛一眨不眨。他故意说得很慢，字字清晰，仿佛裹挟着毒液，瞄准伊丽莎白狠狠出击，想要让她心痛流血。“是后面那个氧气罐。连接后面那个栓的。就是*那个女人*——”马特顿了顿，朴知道他此时肯定会伸出手来指向伊丽莎白，但朴眨了眨眼，看向别处——“确保一定要接到她儿子头上的那个。”

“被告人按她的意愿安排好了一切，然后呢？”亚伯问道。

“她对亨利说：‘我爱你，真的很爱你，宝贝。’”

“我爱你，真的很爱你，宝贝。”亚伯重复道，转身面向亨利的遗照，朴看到陪审员们纷纷对着伊丽莎白皱起眉头，有些还摇了摇头。“然后呢？”

“她走了，”马特说，语气平静，“她笑了，挥了挥手，就好像我们是要去坐过山车玩，然后就走了。”

马特

“所以被告人离开了，晚上潜氧开始。然后发生了什么，汤普森医生？”亚伯问道。

关上舱门那刻起，他就发觉这次潜氧相当不对劲。空气中有种不自然的凝滞感，混合着弥漫舱内的灼热体臭和防腐消毒液的味道，闻起来简直要人命。因为 TJ 耳朵发炎还未好全，基特让朴将增压过程调至特慢，因此增压花了十分钟，而非一般的五分钟。随着增压的进行，空气似乎越发滞重闷热。便携式 DVD 没有接上舱内的音响系统，于是巴尼小恐龙唱着*我们会在动——物——园看到什么呢？*的歌声从厚厚的玻璃舷窗外渗进来，给整场潜氧平添了一层超现实感，如同真的置身水下。

“没有空调感觉很热，但除此之外，一切正常。”马特说，但事实并非如此。他本以为两个女人会在潜氧时分析一下伊丽莎白那出人意料的友好态度，以及显而易见的装病是怎么回事，但她们谁都没说话。或许是因为马特夹在中间让两人不便聊天，或许是太热了。反正不管什么原因，他乐得有个机会静坐思考；他要想想该和玛丽说什么话。

“什么时候情况开始不对的？”亚伯问道。

“DVD 突然停了，歌才放到一半。”绝对的寂静占据了那个时刻。没有空调的嗡嗡声，没有《恐龙巴尼》，没有聊天。一秒钟后，

TJ 开始头撞舷窗，就好像 DVD 播放器是某个沉睡的动物，能被他用这种方式唤醒。“没事的，TJ；我保证只是电池问题。”基特带着你不小心撞上一头沉睡的熊时那种强装的平静说。

接下来的部分他记得断断续续，就像那种胶片转起来嗒嗒响的老式电影，场景与场景之间分割粗糙，从这一帧跳到下一帧。TJ 先是用拳头捶着舷窗，又摘下供氧头盔扔到一旁，开始用头撞墙。基特努力想把 TJ 从墙边拉过来。

“你让朴停止潜氧了吗？”

马特摇了摇头。现在大白天回想起来，似乎显而易见应该那样做。但在当时，一切都模模糊糊的。“特蕾莎说要不我们停下来，但基特说不要，只要重新开始放 DVD 就好了。”

“朴怎么说？”

马特往朴那边瞥了一眼。“舱内一片混乱，吵得不行，所以我也没怎么听清，但他说了什么去拿电池，要等几分钟。”

“所以朴在忙着修 DVD。然后呢？”

“基特安抚住 TJ，给他重新戴上了头盔。她一直唱着歌让他镇定。”实际上基特反复唱着同一首歌：DVD 停掉时唱到一半的《恐龙巴尼》主题曲。一遍又一遍，温柔又缓慢，如同摇篮曲。直到现在，有时马特即将滑入睡眠时，还会听见：我爱你，你爱我，我们是快——乐——的——一——家——人。这时，他就会猛地惊醒过来，心脏怦怦乱跳，脑中浮现出自己把巴尼小恐龙那胖乎乎的脑袋拧下来，用脚猛踩一通的画面，小恐龙紫色的手拍到一半停在空中，没了头的紫色身体跌落在地。

“接下来呢？”亚伯问道。

所有人都陷入了静默，基特半是低语半是哼唱地哄着 TJ，TJ 靠在她的胸口，闭起眼睛。突然，亨利开口说：“我要尿壶。”说着伸手去取放在后面用于如厕急需的尿壶。俯身时他的胸口撞到了 TJ

的腿，TJ 受到了惊吓，手脚直颤，就好像刚做完心肌除颤手术，然后开始不受控制地胡乱踢腿。马特把亨利拉回来，但 TJ 已经摘掉头盔扔在基特膝上，又开始把头往墙上撞。

很难相信一个孩子的头能这样反复撞击钢墙还不裂成碎片，每一次撞击都伴随着沉重的闷响。听着这种响声，马特感觉 TJ 要是再撞一次肯定就会头破血流，他真想把自己的头盔也扯下来，用手盖住耳朵，紧紧地闭上眼睛。亨利似乎也有同样的感受，他望向马特的眼睛睁得如此之大，仿佛膨胀成两个圆圈，中间是针眼般细小的瞳孔。如同靶心。

马特握住亨利小小的手，把脸凑近亨利，与他相视而笑，两人之间隔着头盔，他告诉亨利一切都好。“来，深呼吸。”他说，然后深深吸了一口气，定睛凝视亨利的眼睛。

亨利和马特一起深呼吸。吸气，呼气。吸气，呼气。亨利脸上的惊恐逐渐消散。他的眼皮松弛下来，瞳孔重新扩大，嘴唇两端微微翘起露出微笑的迹象。从亨利的上排门牙缝隙处，马特注意到有颗新牙露出了尖尖角。嘿，你要长新牙了，马特正要开口说出这话，爆炸声轰然响起。马特以为是 TJ 脑袋爆开了，但这个响声更大，这是一百个脑袋往钢铁上撞的巨响，甚至一千个。像是炸弹爆炸了，就在外面。

马特眨了眨眼。那是多久呢？十分之一秒？百分之一秒？刚才还是亨利的脸，转瞬间就变成了大火。脸，随后一眨眼，就成了大火。不，比那还要快。脸，一眨眼，大火。脸——眨眼——火。脸火。

*

亚伯沉默良久。马特也没说话。只是坐在那里，听着从听众席、陪审团和各个地方——唯独被告席除外——传来的抽泣声。

“公诉律师，你想休息一会儿吗？”法官问亚伯。

亚伯挑起眉毛看了看马特，后者眼睛和嘴巴四周的皱纹表明他也很累了，的确该暂停一会儿。

马特转向伊丽莎白。一整天下来，她平静得不可思议，几乎到了漠不关心的地步。他本来期待着这种表现会在此刻瓦解，她会恸哭着说她爱儿子，她永远都不会伤害他。有所表现，任何表现都好，流露出但凡是个像样的人在被控诉杀死亲生儿子，听到关于他死时的可怕细节时都会有的毁灭感。让得体和规矩都见鬼去吧。但她什么都没说，什么都没做。只是从头到尾听完，以一种漫不经心的好奇感望着马特，就像是在收看一档关于南极洲气候类型的电视节目。

马特真想冲过去，抓起她的肩膀拼命摇晃。他想要把自己的脸贴到她面前，尖叫着说他到现在还会梦见那时的亨利，在这些噩梦里他看起来就像孩子画笔下的某种外星人——圆圆的大脑袋冒着火，身体的其他部分完好无损，衣服也好好的，但两条腿拼命扭动挣扎，发出无声的尖叫。他想要把那幅画面传到她的脑子里，通过心灵感应或是别的什么办法，反正就是要把那该死的镇定从她身上扯下来，扔到要多远有多远的地方，让她再也别想找回来。

“不。”马特对亚伯说，他此时已不再疲倦，不再需要之前暗自祈求的暂时休庭。他要把这个反社会分子拖入死囚牢房，越快越好。“我想继续。”

亚伯点了点头。“告诉我们外面爆炸以后基特怎么了。”

“火被隔断在后排氧气栓那里。TJ 的头盔也是连的那个，但 TJ 摘掉了头盔，基特拿在手里。火焰从头盔开口处蹿出来，蹿到基特膝上，她烧了起来。”

“然后呢？”

“我想帮亨利摘掉头盔，可是……”马特低头看了看自己的手。截后残肢上长出的疤痕组织看上去光滑崭新，像是熔化了的塑料。

“汤普森医生？你做到了吗？”亚伯问道。

马特抬起目光。“我很抱歉。没有。”马特强迫自己提高音量，把话快速说完。“塑料开始熔化，表面太烫了。我没法把手放在上面。”那感觉就像是抓住一根烧得又红又烫的烧火棍，还要努力握牢不放掉。他的手拒绝听从意志使唤。或者说这只是谎言；或许他也只想做到能够自我安慰已经尽力了的份上。至少他能够说，他没有因为不想让自己珍贵的双手受伤而对一个男孩见死不救。“我脱下衬衫，用衬衫裹住手再次尝试，但亨利的头盔开始裂开，我的手着火了。”

“其他人呢？”

“基特尖声大叫，到处都是浓烟。特蕾莎努力拉着TJ爬过来，离开火源。我们每个人都大叫着让朴把舱门打开。”

“他打开了吗？”

“是的。朴打开舱门，把我们拖了出去。先是罗莎和特蕾莎，然后他爬进舱内，把我和TJ往外推。”

“然后呢？”

“谷仓着火了。烟雾太大了，大家都没法呼吸。我不记得怎么回事了……反正朴把特蕾莎、罗莎、TJ和我救出了谷仓，然后他又折返回去。这一去有好一会儿。最后，他终于背着亨利走出来，然后把他放到地上。朴受伤了，他在咳嗽，全身上下都烧伤了，我让他等救援人员过来，但他不肯听。他又回去救基特。”

“亨利呢？他情况怎么样？”

马特当时迅速走向亨利，尽管体内的每一个细胞都在尖叫着让他一跑了之，但他还是击退了这种冲动。他跌倒在亨利身边，握着他的手——没有受伤的手，连一丝擦伤也没有，就像他脖子以下的其他部位一样。衣服也没有烧坏，袜子还是白白的。

马特努力不去看亨利的头。尽管如此，他还是能注意到他的头盔不见了。朴总算是把它摘了下来，他心想，但看到亨利脖子上一圈蓝色的乳胶时，他明白过来：头盔的透明塑料部分已经烧化了，只剩了下面的密封圈。防火材质的密封圈保护住了亨利脖子以下的部位，让它们完好无损。

他强迫自己看向亨利的头部。那里还冒着烟，头发已经烧没了，脸上每一寸皮肤都被烧焦了，血肉模糊，布满水泡。伤势最惨的是靠近下巴右侧的地方，那正是氧气——也就是火——吹进头盔里的入口。那儿的皮肤完全烧脱落了，露出的骨头和牙齿闪过马特的视线。他看到了亨利长出的新牙，之前被牙龈包住了，现在因为没了牙龈而展露出来。完美的小小的牙齿，比其他牙齿高出一截，你知道其他那些肯定是乳牙，因为尚待长成的恒牙比它们高，一览无余。一阵温柔的风轻轻吹来，马特隐约嗅到了烧焦的毛发和熟肉的气味。

“我再见到亨利的时候，”马特对亚伯说，“他已经死了。”

杨

她的房子其实算不上一座真正的房子。更像是一个棚屋。从某个角度看，它样子十分古怪。形状像是一座小而狭长的木屋或是树上小屋，某个十几岁的女孩和她那手艺欠佳的父亲一起打造出来的那种，善良的母亲看了可能会评价说：“干得相当不错。毕竟你可从没上过木工课啊！”

头一次看到这座房子时，杨对玛丽说：“它看起来怎样都没关系。总之能为我们遮风挡雨。这才是重点。”然而住在里面还是很难有安全感，棚屋嘎吱作响，倾向一旁，仿佛整个屋子都在缓缓下沉。（考虑到这块地泥泞稀软，倒还真有可能。）房门和唯一的那扇“窗户”——其实就是用强力胶带把透明薄膜粘在了一个墙洞上——都是歪歪斜斜的，地上铺的胶合板也高低不平。不管是谁建造了这个小屋，显然那人对于水平高度或者说合适角度的概念相当陌生。

然而此刻，推开这扇歪斜的门，踩在晃动不稳的地板上，杨却恰恰感到一阵安稳。可以安心做那件自法官敲下木槌、审判第一日结束时她便想做的事：大笑出声，露出两排牙齿的那种大笑，她想要大喊爱死美国审判、爱死亚伯、爱死法官，还有最重要的，爱死陪审团了。她爱死他们无视法官指令的样子了。法官命令他们不要和任何人讨论案情，即使是彼此之间也不行，然而他刚起身准备离席时——杨最喜欢的就是这里，他们甚至都没等他走出去——他们就开始讨论起伊丽莎白，说她有多可怕，怎么还有胆量露脸来面对被她毁了一生的这些人。她爱死了他们起身离席时，不约而同地怒目俯视伊丽莎白的样子，就好像同属一个帮派，脸上露出一模一样的厌恶表情——这种统一感多美啊，犹如编好的舞蹈动作。

杨知道她不该这样想，毕竟马特的骇人证词让他们回想起亨利和基特的死，马特的烧伤、手指截肢，以及他学用左手做一切事情的困难。但她过去一年里都是在悲痛中度过的，她回忆着朴一次次在医院烧伤区的尖叫声，想着要是他的四肢残废了，将来可要怎么办，所以马特的证词已让她无动于衷。就像是已经习惯了热水的青蛙，最终留在了沸水锅里。她习惯了悲剧，对此已然麻木。

愉快和释然本是陈年遗物，被深深埋藏、遗忘已久，可是它们现在却得以重见天日。她再也克制不住了。马特做证说明爆炸发生前几分钟的情况时，没有人提出疑问，没有一丝暗示朴当时不在谷仓：一直以来，她的血脉里似乎都有淤泥沉积，堵塞了五脏六腑，而在那一刻，就像决堤一般，淤泥冲涌泄尽。经历了时间的流逝与一遍又一遍的重复，朴为了保护他们而编造的故事变成了事实，唯一有可能提出质疑的人反过来成了证实者。

杨转向朴，把他推进房门。她走近他时，他说“今天真是个好天气”，然后冲她咧嘴而笑。他就像个大男孩，歪斜着嘴，嘴角一边高一边低，单单一侧脸颊上有一个酒窝。“我就等着只有我俩了才来告诉你好消息。”他继续说，笑得更深，嘴也更歪了，杨感到与丈夫之间有一种甜美合谋的亲密无间。“保险调查员就在法庭上。你刚才洗澡时我们通了电话。一等宣判他就会提交报告。他说我们只要等上几周就能拿到所有钱了。”

杨仰头向后，双手击掌，闭上眼睛朝向天空，她母亲在感谢上帝带来好消息时总会这样。朴笑了起来，她也笑了。“玛丽知道了吗？”她问道。

“还没。你想告诉她吗？”他说。他竟然主动征求她的意见，而不是命令某事就该怎么做，这让她有点意外。

杨点了点头，微笑着，心里不太确定却也由衷欢喜，如同一位新婚之夜的新娘。“你休息吧。我去告诉她。”经过他身旁时，她伸手抚摸他的肩膀。朴没有滑着轮椅避开，而是也握住了她的手，微笑着。两人的手握在一起——他们是一支队伍，一个共同体。

杨享受着那种眩晕感，甚至连玛丽的忧郁——从她先是站在谷仓前面，然后跌坐下去，望着谷仓的残骸轻轻哭泣的样子就能看出来——都无法破坏她的心情。实际上，玛丽的落泪反而让杨更高兴了。自从爆炸之后，玛丽性格大变，以前那个急性子、爱说话的女孩不见了，她的女儿变成了冷淡疏远、默不作声的另一个人。玛丽的医生诊断她为创伤后应激障碍（他们说这是 PTSD，美国人很喜欢将几个词压缩成一个首字母缩略语，争分夺秒对他们来说太重要了），说她拒绝谈论那一天是“典型 PTSD”的表现。她本来不想出席审判，但医生说其他人的叙述或许能唤起她的记忆。杨必须承认，今天的事毫无疑问松开了某种束缚。玛丽专注聆听马特证词的样子，全神贯注地想要知道那一天发生的所有细节——抗议者、潜氧推迟、停电，所有这些她都因为全天在上 SAT[1] 课而不曾经历。而现在，她

1　指美国大学入学考试。

在哭。这是真情实感，是爆炸发生以后她第一次流露出并非茫然空白的反应。

走近玛丽，杨才发现她嘴唇微动，发出几乎轻不可闻的低语。“太安静了……太安静了。”玛丽说着，但说得那么缥缈，带着催眠的力量，如同在吟唱一首冥想的圣歌。玛丽当时刚从昏迷状态中醒来时，就经常说到这个，有时用英语有时用韩语，说着爆炸之前何其岑寂。医生解释说，受创伤者往往会一门心思抓住受伤事件中的某个感官因素不放，在脑海中一再回顾、反复咀嚼那么一个细节。“爆炸受害者常常会被爆炸的声音长久困扰，”他说，“这很正常，她会对那一时刻听觉上的极端反差念念不忘——爆炸巨响之前的死寂。”

杨来到玛丽身边。玛丽一动不动，仍然出神地望着那烧毁的潜水艇残骸，眼泪还是簌簌而下。杨用韩语说：“我知道今天够呛的，但我还是很高兴你能哭出来了，终于。”她说着把手放在玛丽的肩上。

玛丽猛地扭过肩膀。“你什么都不知道。”她用英语说，哽咽着，然后跑进了屋里。这种抗拒让人受伤，但也只是一瞬间，杨随即意识到玛丽刚才啜泣、大喊、跑开的这些举动，全是爆炸前玛丽的典型做派，她的心情也就平静下来了。说来好笑，她曾经无比讨厌这种青春期少女的脾气闹剧，还会责骂玛丽，让她别再无理取闹，但等它们真的消失了她又怀念不已，直到如今看到它们重现她才舒了口气。

她跟着玛丽进屋，拉起隔开玛丽睡觉区域的黑色浴帘。帘子过于轻薄，其实并不能给她（或是另一头的朴和杨）多少隐私，只是充当一种象征，以视觉符号声明一个十几岁少女想要独处的需求。

玛丽躺在床垫上，脸深深陷进枕头里。杨坐下来，轻梳玛丽乌黑的长发。“我有好消息告诉你，”杨说，语气格外温柔，“我们的保险金快下来了，只等审判结束。我们很快就能搬走了。你不是一直都想看看加利福尼亚吗？你可以在那儿申请一所大学，我们就能把这些事全给忘了。”

玛丽像个小婴儿因脑袋太重而抬头吃力似的，稍微抬起一点头，然后扭过来转向杨。她脸上是贴在皱巴巴的枕套上留下的褶子印，眼睛哭肿得只剩两条缝。“你怎么能这样想？基特和亨利都死了，你怎么还能谈论什么大学跟加利福尼亚？”玛丽诘问道，但她的眼睛此时睁大了，仿佛是惊叹于杨对悲剧的漠不关心，仿佛也在寻思如何才能做到像杨一样。

“我知道这非常可怕，所有这些事。但我们的生活还是得继续。重要的是我们一家人，你的未来。”杨温柔地抚摸玛丽的前额，仿佛是在熨烫丝缎。

玛丽低垂下头。“我不知道亨利是那样死去的。他的脸……”玛丽闭上了眼睛，泪水流下来沾湿了枕套。

杨在女儿身边躺下来。“嘘，没事的。”她将玛丽眼前的发丝捋到一边，用手指帮她梳理，就像以前在韩国时她每晚会做的那样。她多么想念这种感觉啊。杨讨厌来美生活后的许多事情：整整四年作为大雁家庭的飘零生活，在巴尔的摩定居下来以后发现留宿她们的家庭期望她从早上6点一直干到半夜，一周七天无休；她沦为了囚徒，被关在子弹也无法攻破、与世隔绝的封闭环境中。但最让她悔恨的还是与女儿之间失去了亲密感。整整四年，她没好好看过玛丽一眼。杨回家时玛丽已经睡了，离家时她还没醒。开头几个礼拜玛丽会来她的店里，但所有时间都是在哭诉她如何讨厌上学，学校里的孩子们如何刻薄，她是如何无法理解任何人，又是如何思念父亲和她的朋友的，等等。随之而来的是愤怒，玛丽大喊大叫，责怪杨抛弃了她，让她在一个陌生国家成了孤儿。到了最后，最糟糕的来了，玛丽不再说话，只一味回避。不再喊叫，不再请求，也不再怒目而视。

杨从未理解玛丽为何独独对她一人发火。朴留在韩国、在巴尔的摩找寄宿家庭，这一切都是他的主意。玛丽知道这点，她亲眼见到他说一不二地发布命令，压下杨的反对声音，但不知道为什么玛丽都怪她。就好像玛丽将背井离乡的所有痛苦——家人分离，忍受孤独、欺凌——都与杨联系在一起（因为杨在美国），而因为朴留在故乡，她将他归到了她关于韩国的温馨记忆里——家人，团圆，熟悉的环境。她们的留宿家庭告诉她再等一等，玛丽终会落入移民小孩那种过度同化的普遍模式，同化得太快、太过头，父母就会抓狂于他们喜欢英语胜过韩语、喜欢麦当劳胜过泡菜。但玛丽没有向杨或是美国屈服，即使她也开始交上朋友，并在极少数屈尊跟杨说话的时候必定使用英语。直到最后，早期的那些联系固化为可用数学表达的恒定真理：

（朴＝韩国＝幸福）>（杨＝美国＝痛苦）

但现在是不是结束了？此刻这正是她的女儿啊，哭泣着，任由杨的指间穿过她的头发，这亲密无间的动作让她得到安慰。过了五分钟，或是十分钟，玛丽的呼吸渐渐慢下来，滑入平稳的韵律，杨望着她睡着时的脸庞。醒着的时候，玛丽的脸棱角分明，瘦削的鼻梁、高耸的颧骨、额头上如同火车轨道般的深深蹙眉。但当她睡着时，所有特征都变软了，如同蜡熔化，尖锐的棱角让位于柔和的曲线。就连玛丽脸颊上的伤疤也变细微了，仿佛她用手便能将它擦掉。

杨闭上眼睛，让自己的呼吸与女儿同步，一阵微微的晕眩袭上心头，一种陌生感。她曾经多少次躺在玛丽身边，抱着她？有几百次吧？几千次？但都是在多年以前了。过去十年，玛丽唯一一次允许杨长时间地触碰她就是在医院里。人们会大谈特谈婚后夫妻如何随着年岁渐增而失去亲密感，数不清的研究将夫妻婚后第一年的做爱次数与之后许多年的数字加以对比。然而从没有人计算过在孩子出生头一年里你抱她的时长，并与之后许多年的数字加以对比；随着孩子从襁褓婴儿到蹒跚学步，再到青春期，哺育、拥抱、抚慰所带来的身体上的熟悉和亲密会急剧消解。你们还住在同一间房子里，然而那种亲密感已不复存在，取而代之的是冷漠疏远，间或爆发脾气。如同染上了某种瘾，你可以多年不碰，但永远都没法忘掉它，永远无法不想念它，而当你重新尝到一点时，像她现在这样，你就会渴望拥有更多，简直不知餍足。

杨睁开双眼。她凑近玛丽的脸，跟她鼻尖触鼻尖，就像很久以前那样。女儿暖暖的呼吸飘到她的唇边，如同温柔的亲吻。

*

晚餐时间。杨做了那道朴言不由衷地宣称最喜欢吃的菜肴：豆腐洋葱大酱汤。实际上他最喜欢吃的是韩式烤肉、腌排骨。他们自大学认识以来就一直是这两样。但即便是低劣的碎排也要四美元多一磅。豆腐只要两美元一盒，他们还是买得起的，如果这周接下来几天他们都只吃米饭、泡菜和一美元十二包的拉面的话。朴出院回家的第一天，她做的便是这碗汤，他深吸一口气，大酱混合甜洋葱的辛辣风味沁入心肺。他初尝一口就闭上眼睛，说连吃四个月淡而无味的医院餐后，他现在特别想吃点重口味的菜，进而宣称杨做的汤是他新近的最爱菜肴。她知道他不过是想给自己留点面子。朴羞于承认他们的经济状况，甚至拒绝谈论这一话题。但不管怎么说，他每喝一口所流露出的显而易见的享受还是很让她高兴，所以但凡有机会她就会给他做这道菜。

杨站在小火炖煮的锅子前，时不时搅动着豆腐块，看着汤汁一点点煮成浓郁的深褐色，她此刻心满意足地想要发笑，事实上现在正是她记忆中来美国后最开心的时刻。客观上看，这无疑是她来美后——不，实际上是有生以来——的生活低谷：丈夫瘫痪；女儿罹患紧张性神经症，整个人一团糟，脸上留疤、精神破碎；财务来源为零。杨本该绝望的，因为她自身的惨淡处境和他人的怜悯而心力交瘁、支撑不住。

然而，此刻她愉悦地感受着木质汤匙握在手里的质感，以及将洋葱丝放入涌动液体里搅动的简单动作，吸入气味扑鼻的热腾腾的蒸气，它们抚在脸上暖乎乎的。她脑中回放朴说的关于保险金就快入账的话，不只如此，她甚至还回味朴温柔地握住自己手的样子，他那温暖的笑容。今天她和朴一同放声大笑，享受着正常日子里熟视无睹的那种小幸福。上一次这样是什么时候的事情了？就好像太久缺失欢乐让她对欢乐变得过于敏感，所以就连隐约浮现的一丝幸福也足以让她欢天喜地，想要好好庆贺一番，这种状态她曾经是与订婚或毕业这样的里程碑事件联系在一起的。

“幸福是相对而言的。”有一次特蕾莎对她说，就在爆炸发生前不久。特蕾莎那天上午的潜氧到早了，杨邀请她进屋里坐会儿，等朴把谷仓设备准备好。玛丽当时正要去上 SAT 课，看到她便停下来打招呼。“圣地亚哥女士，很高兴又见到你。嗨，罗莎。”玛丽说着弯下腰来和罗莎脸对着脸。杨感到不可思议，玛丽对每个人都是多么友好啊，除了对她母亲一人。她那活泼欢快的语调甚至让罗莎都有了反应：她笑了，看上去像在费力挤出什么话，喉咙里发出又像咕哝又像咯咯笑的声音。

“听啊，”特蕾莎说，“她想要说话呢。这一整个星期，她发出了很多很多声音。高压氧治疗对她真的有用。”特蕾莎将额头贴在罗莎的额上，揉了揉她的头发，笑出了声。罗莎合上嘴唇轻声哼哼，接着又张开嘴，发出了“吗”的声音。

特蕾莎倒吸一口气。“你们听到了吗？她叫了妈。”

“真的！她真的叫了妈。”玛丽说。杨感到一股兴奋的颤动穿过周身。

特蕾莎蹲到地上，抬头望着罗莎的脸。“你能再说一遍吗，我的乖女儿？妈，妈妈。”杨看到泪水顺着她的脸颊淌了下来，她闭着眼睛，沉浸在无法自已的喜悦之中，咧着嘴巴笑到连大牙都露了出来。特蕾莎亲吻着罗莎的额头。这一次不再是轻啄，而是深深地亲吻，久久不愿移开嘴唇。

杨感到一阵强烈的嫉妒。竟然会嫉妒这样一位母亲，真是荒唐——她的女儿不会走路也不会说话，将来也不会上大学，不会有丈夫或小孩。她应该同情，而不是嫉妒特蕾莎，她告诉自己。尽管如此，她何时感受过像特蕾莎脸上流露出的那种纯粹的欢喜呢？至少近段时间从未有过，如今不管她说什么玛丽都会皱起眉头、冲她大喊大叫，或是更糟，直接无视她，假装压根就不认识她。

对于特蕾莎，罗莎开口叫一声“妈妈”是奇迹般的进步，这能带给她的喜悦甚至超过了……超过了什么？玛丽曾经做过什么事，她有可能做什么事，能让杨感到那种程度的惊喜呢？被哈佛或是耶鲁录取？

仿佛是为了让她深刻地知道答案，玛丽热情洋溢地和特蕾莎与罗莎说了再见，然后转身离去，什么都没有对杨说。

杨感到脸上羞得发红，不知道特蕾莎有没有注意到。“开车注意安全，玛丽。”杨在声音里注入一股佯装的明快劲。“晚饭 8 点半。”她用英语说，不想因说韩语而在特蕾莎面前显得无礼，即使当着玛丽的面说英语让她很不好意思，她知道自己的口音和其他的一切一样，让玛丽尴尬。

杨转向特蕾莎，勉强发出轻声一笑。“她够忙的。SAT 课、网球、小提琴。你能相信她都已经在研究各所大学了吗？我猜十六岁的姑娘都是在做这些事吧。”话一出口她就想打住话头，但这就好像在看一部已经拍好的电影，她无法阻止势必发生的情节。事实上，有那么一刻她想要戳痛特蕾莎。仅仅是短暂的一瞬，但时长已足以造成伤害。她想在她的无上幸福中注入一层灰暗的现实感，让她的幸福戛然而止。她想提醒特蕾莎所有罗莎本该在做却没在做、永远也不会有机会做的事情。

特蕾莎的脸一沉，她的眼角和嘴角一下子耷拉下来，就好像刚才某条拉着它们扬起的线一下被剪断了。这完全正是杨想看到的反应，但一旦真的看到，杨立刻就痛恨起自己来。

“对不起。我不知道为什么要那么说。”杨握住特蕾莎的手。“我真是太迟钝了。”

特蕾莎抬起目光。“没事的。”她说。她一定是看出了杨的疑惑，因为她微笑着拍了拍杨的手。“真的，杨。没关系的。以前罗莎刚得病那会，的确很难熬。每当我看到跟她年纪相仿的女孩，我都会想:‘那该是罗莎啊。她现在应该踢踢足球,参加睡衣派对啊。’但是，到了某个时候，”她抚摸着罗莎的头发，“我就接受了。我学会了不去期望她和别的孩子一样，现在我就和普通妈妈没什么两样。生活中有好日子、坏日子，有时候我很沮丧，但有时候她又会做出让我开心大笑的事，或是之前从来没做到过的新事情，就像现在，这样生活就好极了呀，你知道吗？”

杨当时点着头，但她并未真正理解特蕾莎怎么还能面露欢喜，真心欢喜，毕竟她的生活，以任何客观标准来看都实在太艰难、太悲剧了。然而此刻，当她亲吻朴的脸颊，唤他起床吃晚饭，看到他微笑着对她说“你做了我最喜欢吃的菜。味道真是太香了”时，她终于明白了。种种研究表明，首席执行官、彩票中奖者、奥运冠军本该是最幸福的人，事实并非如此，而穷人和残障人士也并非最抑郁的人：你会逐渐习惯自己的生活，不管它恰好让你踌躇满志还是烦恼重重，你都会相应地调整期望值。

杨叫醒了朴，来到玛丽那一角，在地板上跺了两下脚——他们以前用来加强隐私幻觉的伪敲门法——接着拉开了分隔浴帘。玛丽还睡着，头发散乱，嘴巴张得大大的，像是在渴求母乳的小婴儿。她看上去是那么脆弱，就像那次爆炸过后，当时她身子缩成一团，血从脸颊上流下来。杨眨了眨眼，想赶跑那个画面，然后在女儿身边跪坐下来，嘴唇落在玛丽的太阳穴上。她闭上眼睛，让这个吻久久停留，享受着玛丽的肌肤贴在唇下的触感，感受她的血管在肌肤之下跳动的节奏。她不知道这个动作能够停留多久，和女儿连在一起，肌肤相贴。

柳玛丽

她在母亲的呼唤声中醒来。“美熙啊，醒醒。吃晚饭了。”她说，但轻声低语，与她的话正好相反，她并不想吵醒她。玛丽继续闭着眼睛，试图冲淡一阵骤然涌起的不适应：母亲竟在用如此温柔的语气轻唤“美熙”。过去五年来，她母亲只有在和她争吵、发脾气的时候才会叫她的韩文名字。事实上，在这一整年里，母亲都从未叫过她“美熙”；自爆炸以后，母亲的态度就格外好，一直都只叫她“玛丽”。

讽刺的是，玛丽其实很讨厌她的美国名字。但也不是一直如此。当初母亲（她在大学里学的是英语专业，现在仍会看美国的书）提议“玛丽”作为最接近“美熙”发音的英文名时，她心潮澎湃，激动于找到了一个和她自己名字有着相同首音节的英文名。首尔到纽约的十四个小时飞行是她作为柳美熙的最后时光，途中她练习书写新名字，在一张纸上写满了“玛丽”，觉得这几个字母拼在一起非常好看。着陆后，美国移民局官员称她为“玛丽·柳”，发出那个属于异国口音、韩国人模仿不来的卷舌 r 音时，她感到光彩加身、微微眩晕，仿佛是刚刚破茧而出的一只蝴蝶。

然而，在巴尔的摩的新学校待了两周之后，蝴蝶新生的感觉变成深深的不适应感，就好像一个正方形硬被塞进了圆形的洞里。有次点名时，她正在偷偷读老家朋友寄来的信，听到新名字一时没反应过来，就没有应答，其他孩子窃笑不已；之后，两个女生在食堂里重新上演了那一幕，有着一头拉面颜色头发的女生语调渐强，重复叫着她的新名字——“玛丽·柳？玛——丽·柳？玛——丽——？柳——？”一遍遍如同重锤落下，将她正方形的四角击成了碎片。

她内心知道，这当然不是名字的错，真正的问题在于她不了解这里的语言、习俗、人，以及其他种种。但很难不把这一切归罪于她的新名字。在韩国时，作为美熙的她是个话痨。她总是因为和朋友聊天引来麻烦，但又能凭着伶牙俐齿的争辩躲过大多数惩戒。新的玛丽，则是一个闷声不响的数学怪才。她的内核安静、顺从、孤独，包裹于低期望的外壳之下。仿佛抛去韩文名字的同时也削弱了她，如同参孙的头发被剪去，取而代之的是一个她既不认识也不喜欢的怯弱恭顺的自我。

母亲第一次叫她“玛丽”是在食堂点名事件之后的那个周末，当时玛丽第一次去她们借宿家庭的杂货店。姜氏一家花了两周时间来培训她母亲，现在他们觉得她已经能够接手经营杂货店的工作了。

造访杂货店之前，玛丽脑中想象的是一家时髦洋气的超市。美国的一切东西都应该是让人惊叹的，正因如此她们才搬来这里。然而从车里走出来后，玛丽一路上不得不绕过破碎的瓶子、扔掉的烟蒂，以及睡在路边、用撕下来的报纸裹身的路人。

杂货店的售货前厅从大小或外形来说都像是一架货梯。厚厚一层玻璃将外面的顾客与洞穴似的货品室隔绝开来，装有旋转式出货口的交易窗户上贴满了标志：**防弹玻璃加护；顾客是上帝；一周七天营业，早上 6 点到晚上 12 点**。她母亲一打开那道防弹（显然也是防气味溢出）的门，玛丽立马嗅到一股熟食肉的气味。

“从 6 点到半夜？每天？”玛丽还没迈进货品室就问。母亲只好向姜家人投去尴尬的一笑，然后领着玛丽穿过一道狭窄的走廊，经过冰激凌冷藏柜和熟食肉切片机。两人一来到屋后，玛丽就面向母亲。“你是多久前知道这个情况的？”她问道。

母亲的脸痛苦地拧成一团。“美熙啊，一直以来，我都以为他们是想找我来帮忙，给他们做助手。直到昨天晚上我才意识到——他们是打算要退休。我问他们能否再雇个人帮忙，哪怕一周一次也好，但他们说没法负担，因为他们还得帮你交学费。”她往后退一步，打开一扇门，里面是一间壁橱，满满当当地铺着一张床垫，几乎完全盖住了那一块小小的水泥地。“他们给我腾出这个地方来睡觉。还不是每晚，只是在我累得没法开车回家睡的时候。”

“那我为什么不跟你一起待在这里呢？我可以上这儿的学校，或者我放学后来帮你。”玛丽说。

“不要，这个片区的学校都糟透了。而且你绝对不能晚上来这里。太危险了，有很多黑帮团伙，还有……”她母亲没说下去，摇了摇头。“姜家人可以周末带你过来短暂待一会儿，但这儿离他们家太远了……我们不能太麻烦他们。”

“我们麻烦他们？”玛丽说，“他们把你当奴隶一样使唤，你还由着他们。我甚至都不知道我们为什么要来这里。美国学校到底有什么了不起的？他们学的数学还是我四年级时候的水平！”

“我知道现在很难，”母亲说，“但这都是为了你的未来。我们必须接受现实，尽最大努力。”

玛丽想要责备母亲一味退让，逆来顺受。在韩国时她也是这样，在她父亲最初告诉她们移民计划时。她知道母亲讨厌这个主意——她听见过他们吵架——但到头来，母亲还是退让了。她总是这样，现在也是这样。

玛丽什么也没说。她往后退了退，微眯起眼睛想要更清楚地看着母亲，这个双手十指紧扣如在祈祷、泪水流进指间褶皱里的女人。她转过身去，默默走开。

那天剩下的时间玛丽都待在那儿，姜家人出去庆祝退休了。尽管因为母亲的事而心烦意乱，她还是情不自禁地被母亲打理店铺时做事细致、精力充沛的样子吸引了。她才跟着学习了两个礼拜，但已经认识了绝大部分顾客，会叫着他们的名字打招呼，并用英语问候他们的家人，虽然时有停顿、带着口音，但还是比玛丽自己能做到的好多了。在许多方面，她对待顾客也如同母亲一般：预知他们的需求；发出充满爱意甚至有点卖弄风情的笑声；但必要的时候态度坚决，例如在提醒有几个顾客食物券不能用于购买香烟时。看着母亲的样子，玛丽突然想：或许母亲真的喜欢这儿。难道这就是为什么她们要留在这儿？就是因为打理店铺比仅仅当她的母亲更有意义？

傍晚时分，进来两个女孩，小的那个五岁左右，大的和玛丽差不多岁数。她母亲打开门迎上去。"阿妮莎，托莎。你们俩今天真漂亮呀，"她说着抱了抱她们，"这是我的女儿，玛丽。"

玛丽。听到母亲以熟稔而轻快的语气叫出这个名字，她有种陌生的感觉，就好像那是一个她从未听过的词语。不自然。错了。她站在那里，沉默着，其中那个五岁的女孩笑了，说："我很喜欢你妈妈。她给我吃巧克力软糖。"母亲也大笑起来，递给小女孩一块巧克力软糖，亲了亲她的额头。"所以你每天就是为这个而来的。"

大的那个女孩对她母亲说："你猜怎么着？我数学考试拿了一个A！"而她母亲则回道："哇！我就说，你能行的。"女孩对玛丽说："这一个礼拜你妈妈一直在辅导我长除法。"

她们走后，母亲说："这两个女孩很可爱吧？我真同情她们；她们的父亲去年过世了。"

玛丽试着去同情她们。她试着为自己有这样一位受人喜爱、为人慷慨的母亲感到骄傲。但她满脑子想的净是这两个女孩每天都能见到她母亲，拥抱她，而她自己却不能。“那样打开门很危险，”玛丽说，“要是你就这样开门让人进来，那还要装防弹门干什么？”

母亲久久凝视着她，然后叫着“美熙啊”，伸手过来想要抱住她。玛丽往后退，避开她的接触。“我现在叫玛丽。”她说。

*

从那天起，玛丽开始用英文叫 Mom，而非“妈妈”。妈妈是以前那个会给她织软绵绵毛衣的母亲，那个会在她每天放学回家时为她煮好大麦茶，一边和她玩抓石子游戏，一边听她讲这一天发生了什么事的母亲。还有午餐便当。以前学校里谁不羡慕妈妈的特制午饭呢？韩国学校的标准午餐是米饭和泡菜，装在一个不锈钢饭盒里，但妈妈总会给她做一些额外配菜：软软绒绒的去骨鱼肉碎；完美嵌入米饭小丘的一个煎蛋，形如一座雪白火山顶上流出了金黄的蛋黄；包裹白萝卜和胡萝卜的海苔卷；还有油豆腐包饭——甜味糯米塞进枕套状的小小炸豆腐裹皮里。

但那个妈妈已经不在了，取而代之的是 Mom，一个把她独自留在别人家里的女人。她不知道学校里的男生管她女儿叫“笨亚洲佬”，也不知道那些女生当着她的面咯咯发笑。她不知道自己女儿很艰难地想要弄清玛丽是谁，以及美熙到底去了哪里。

所以那天离开杂货店时，玛丽用韩语说了“再见”，然后直视母亲的眼睛说了 Mom，而非“妈妈”。她故意用带有疏远意味的正式语说法道别，这一般用于陌生人之间。看到母亲脸色骤然煞白，嘴巴张开似要抗议，下一秒又闭上了选择忍让，玛丽本以为自己会因此高兴一下，但是她并没有。整个屋子似乎都倾斜了。她真想哭出来。

第二天，母亲开始独自一人看店，晚上也经常就睡在那儿。玛丽明白，至少在道理上明白：开车回家要半个小时，这段时间还是花在睡觉上更好，何况她回来时玛丽也不会醒着。但在那头一个夜晚，玛丽躺在床上时想着，这是她人生中第一次一整天都没见着母亲，也没跟她说上话。她恨她。恨她是自己的母亲。恨她带她来到一个竟然会让她怨恨自己母亲的地方。

那是她的寂静之夏。姜氏夫妇去加利福尼亚探望儿子一家了，一去就是两个月，玛丽一人留守，没有学上，没有夏令营，没有朋友，没有家人。玛丽想要好好享受这份自由，告诉自己这是一个十二岁女孩梦寐以求的生活——没有父母或兄弟姐妹的打扰，每天一个人想干什么就干什么，想吃什么就吃什么，想看什么就看什么。再说，即使在姜氏夫妇这次外出之前，她其实也没怎么见到过他们。他们是安安静静、不惹人注意的那类人，做着自己的事情，从来不会打扰到她。所以她也看不出现在一个人待着有多大不同。

然而，他人的声音自有其特别之处。不一定是说话声。楼上的家具嘎吱声，哼小调、看电视、碗碟叮当碰撞的声音——仅仅是生活的声音都会冲走你的孤独感。当它们统统消失后，你就会想念。那种寂静变得真实可触。

这就是她现在的处境。连着几天玛丽都没见过一个人。母亲每天晚上一定会回来，但都已是凌晨 1 点之后，天还没亮就又走了。她从没能见到她。

但她其实都听见了她的声音。母亲回家后总会来到她的房间，跨过玛丽丢在地上的成堆脏衣服到她的床边，帮她拉上毯子，给她一个晚安吻。有些晚上，母亲仅仅只是坐在她床边，手指轻梳玛丽的发丝，一遍又一遍，就像在韩国时她会做的那样。此时玛丽一般还醒着，满脑子闪现而过的都是母亲深更半夜走出那间防弹洞穴时遇上枪林弹雨的画面——的确有此可能，这也是母亲一直拒绝带她去店里的主要原因。听到母亲轻手轻脚地穿过走廊时，她全身上下会涌过一阵安心与怒气交织的感觉。她觉得最好还是不要说话，于是就假装睡着了。闭着眼睛，身体一动不动，用意念让自己心跳放缓、沉静下来。她想要母亲一直这样，想要享受重新找回了“妈妈”的幸福，重温旧日的母爱温情。

那是五年前的事了，后来姜氏夫妇回来了，母亲又开始在店里过夜，玛丽的英语也逐渐流利，霸凌者开始寻觅新的目标；后来父亲也来到美国，带着她们搬去一个新地方，在那里她再度成为异乡人，别人会问她来自哪儿，当她说巴尔的摩时，别人会说：“不，我是说，你实际上来自哪儿？”在她开始吸烟和遇见马特之前。在那场爆炸之前。

但现在她们又像当年一样了。母亲用手指轻梳玛丽的发丝，玛丽则佯装睡着。她躺在那里，半梦半醒的蒙眬之中，感觉自己飘移回了巴尔的摩，她不知道母亲是否知道那些夜晚她都是醒着的，是否知道她是怎样等着“妈妈”归来的。

“老婆，晚饭要凉了。”传来父亲的声音，打断了那一刻。母亲说：“好的，这就来。”然后轻轻地摇了摇她，对她说：“玛丽，晚饭好了。马上出来，好吗？”

玛丽眨了眨眼，低声咕哝了什么，装作方才醒来。待母亲离开、拉上帘子，她才慢吞吞地坐起来，让自己重回当下，强迫思绪将现实一一整理清楚。奇迹溪，不是巴尔的摩，也不是首尔。马特。大火。审判。亨利和基特。他们都死了。

亨利头部烧焦、基特胸上起火的画面瞬间再度涌入脑海，滚烫的泪水又一次刺痛了她的双眼。整整一年，玛丽都努力不去回想这些，回想那个夜晚，然而今天听到关于他们最后时刻的叙述，想象他们当时该有多痛——那些画面就好像是一针一针缝满她大脑内部的手术针线，每当她稍稍动一下，它们就会扯痛她，在她的眼球后方迸发炽热的白色闪电，让她迫切地想要释放压力，张开嘴巴大声尖叫。

床垫边上，一张她在法院里捡到的报纸映入眼帘。是今天的早报，头版新闻标题：“最亲爱的妈咪”谋杀案今日开庭。配图是伊丽莎白在凝视着亨利，脸上挂着迷醉的笑容，头侧向一边，就好像她自己都不能相信她有多么爱她的儿子；她在高压氧治疗时也是这样的：总是将亨利紧紧地拉在身边，轻梳他的头发，和他一起读书。以前看到这位母亲对孩子全心全意的付出，玛丽就会想起在韩国时的妈妈，内心随之又是一阵剧痛。

当然了，这一切都是一场诡计。毫无疑问。伊丽莎白能够那样安坐着听完马特叙述亨利如何被活活烧死的证词——没有丝毫瑟缩，没有哭泣，没有尖叫，也没有夺门而出。没有任何一个对孩子还有半点爱意的母亲会这样。

玛丽又看了那照片一眼，这个去年一整个夏天都在佯装母爱、私底下计划着谋杀孩子的女人，这个反社会分子就在离输氧管几英尺的地方放了一根烟，明知道此时正在输氧，而她的儿子就在舱内。她可怜的儿子，亨利，那个漂亮的小男孩，他那丝丝缕缕的头发，他的乳牙，全部被吞灭在……

不。她紧紧闭上眼睛，拼命摇晃脑袋，左右摇晃——用力，更加用力——直到脖子都摇痛了，整个屋子旋转起来，世界左右摇摆，歪向一边，上下颠倒。等到脑中空空如也，她再也坐不住了，倒头扑在床垫上，脸埋进枕头里，任由枕巾吸尽她的泪水。

伊丽莎白·沃德

她第一次故意伤害儿子是在六年前，亨利三岁时。当时他们刚搬进位于哥伦比亚特区城外的新房子，是那种千篇一律的多层豪宅，单独一幢是挺漂亮的，然而扎堆成排看起来就相当傻气。一个模子出来的雷同豪宅，每幢占地仅有小小一块，彼此之间挨得过近，只隔着窄窄一条绿化带。伊丽莎白原先对郊区住宅并无向往，但她那时的丈夫，维克多，否决了城区（太吵了！）和乡村（太远了！），认定这座房子就是无须动脑的首选（临近两大机场，还有三所“全宿食”幼儿园）。

过来第一周，邻居谢里尔办了一场街区派对。伊丽莎白带亨利进去时，里面的孩子有的假装骑在马毛扫帚上，有的开着托马斯小火车或是汽车模型，正绕着宽敞空旷的地下室东冲西撞，大声尖叫，是因为开心，害怕，抑或痛苦，她分不出来。家长们则在地下室一角的吧台附近挤作一团，和孩子之间竖着防儿童开启的隔离门，看上去像是动物园里供人观赏的笼中困兽，每个人都手握酒杯，在吵闹声中侧耳前倾，与旁人聊天。

他们才往里走了几步，亨利就伸手捂住耳朵大叫起来，声音又响又尖，刺穿了派对的鼎沸喧哗。一双双眼睛齐刷刷转过来，目光先是汇集在亨利身上，继而猛地转向她，这位母亲。

伊丽莎白侧身紧紧抱住儿子，把他的脸埋进自己胸口，想要压低他的尖叫声。“嘘。”她一遍又一遍地说着，抚摸他的头发，直到他终于安静下来。她转向众人：“对不起。他对噪声非常敏感。再加上搬家，行李拆包什么的，他一下子不知所措了。”

大人们笑了，随口说了些老生常谈的客套话：“当然了”“别担心”“我们都在这儿呢”。有一个男人对亨利说：“我想那样大叫出来都有一小时了，谢谢你替我做到了，老弟。”他咯咯轻笑，笑得那么和气又快活，伊丽莎白真想拥抱他，感谢他缓解了紧张气氛。谢里尔拉开防儿童开启的门让大人们走出来，一边用抑扬顿挫的语气说：“嘿，孩子们，我们来了个新朋友。大家来介绍一下自己吧。”

孩子们一个接一个——都是蹒跚学步的幼儿和学龄前儿童——

回应了谢里尔让他们自我介绍的示意，就连最小的贝丝也照做了，她把自己的名字念成了“贝丝特”，竖起小小的食指来表示年纪。谢里尔转向亨利说：“那么你呢，帅气的小骑士。”这话逗得别的孩子咯咯直笑。“你叫什么名字呢？”

伊丽莎白多希望亨利说出“我叫亨利，今年三岁”，或者索性把头埋进她的裙子里也好，这样她至少能让人信服地解释说：“亨利在生人面前很害羞。”从而引来妈妈们齐声惊呼:“哦,好可爱呀！”但那并没有发生。亨利脸上还是茫然的空白，他愣愣地盯着前方，眼睛上翻，嘴巴张大，看上去就像一个小男孩的躯壳，没有个性，没有心智，没有感情。

伊丽莎白清了清嗓子，说：“他叫亨利，今年三岁。”她努力让自己听起来语气随意，不流露出那种几乎让她失语的强烈尴尬。这时小贝丝摇摇晃晃地走过来说：“嗨，亨维。”大人们七嘴八舌地说着类似“哇哦，这真是太可爱了”的话，然后又往原先的吧台角落走回去，聊天，给伊丽莎白递来酒水。伊丽莎白不禁疑惑，会不会只有她一人觉察到了那种强烈的尴尬。但有这种可能吗？

接下来的五分钟，伊丽莎白与人应酬时，亨利就静静地站在一个地方。他没有和别的孩子一起玩，也不像有任何开心的感觉，不过至少他没有做什么引人注意的事，这是重点。伊丽莎白吞下一大口酒，那股冰凉又酸涩的感觉让她喉咙舒爽，胃里也暖和起来。似乎有一个隐形的半圆球体将她罩住，孩子们看起来都变得遥远而不真实，像是置身电影里，他们的喧闹声也平息下来，渐变为令人愉悦的嗡鸣声。

谢里尔打破了这一刻，说：“可怜的亨利。他不跟别人玩。”那天夜里，在等待维克多打来电话时（他去洛杉矶开会了，那个月的第三次），她想象了本可应对那一时刻的各种方式。她可以说“他累了，要睡一会”，然后就此离开，或者她也可以拿出一个亨利形影不离的音乐公仔，这样他至少也可以动起来，看起来多少像是在其他孩子边上玩耍，即使不完全算是在跟他们一起玩。不管怎么说，当谢里尔搞起游戏让亨利参与进来时，她就应该阻止的。

接下来的日子里，伊丽莎白会将自己的不作为归因于酒醉迷糊，是酒精诱使她坠入晕晕乎乎的迟钝状态的。她一直回想起的场景是谢里尔和她丈夫相隔五英寸站立，两人举起双手形成一道门。没有人解释规则，但看起来相当简单：每次他们说哔哔然后举起双手，孩子们就跑过去，得保证在他们手放下来之前成功穿过。她不太知道这有什么好玩的，但所有人都哈哈大笑，甚至包括大人们。

重复几轮开合门之后，谢里尔说："亨利，你想玩吗？真的超——级好玩。"其中一个男孩和亨利一样，也是三岁，向他伸出手来。"来吧，我们一起跑。"

亨利站在那里，没有任何反应，就好像他没有看到那个男孩伸出的手，也没有听见他的声音，整个人都没有显露出一点知觉，只是抬起头来盯着天花板，盯得如此目不转睛，以至于有一半人也都抬起头来看看屋顶上到底是有什么东西这么有趣。然后他转身背朝众人，坐下来，开始用头撞地。

所有人都停了下来，目瞪口呆。没有多久——三秒钟，最多五秒——但那一时刻与众不同，彻头彻尾的寂静无声（除了亨利的撞头声）拉长了时间。以前她从来不理解大事发生时时间凝固的说法，不理解那种匪夷所思的观念，即人的一生会在瞬息之间从眼前穿梭而过，但当时的情况正是这样：当伊丽莎白眼看着亨利撞地时，她脑中如同播放电影般一帧帧闪现过人生的种种片段。刚出生的亨利拒绝她的胸部，面对母乳死命摇头；三个月大的亨利连着四个小时哭个不停；维克多和客户吃饭到深夜，回家看到她躺在厨房地板上，啜泣着。十五个月大的亨利，是亲子班里唯一一个不会爬更不会走路的孩子，有个已经会跑还会说短句子的女孩的母亲对她说："没关系的。孩子们有他们自己的成长节奏。”（多好笑啊，永远都是那些早慧孩子的妈妈鼓吹在孩子发育关键期放宽心有多重要，然而她们自己脸上却总挂着庆幸自己生了“聪明”孩子的父母那种志得意满的笑容。）两岁大的亨利还是不会说话，维克多妈妈在他的生日会上跑来跑去一个劲说：“爱因斯坦五岁前都不会说话呢！”就在上周做了三岁体检的亨利，不会眼神交流，儿科医生说出了那个可怕的a打头的词（“你看，我不是说就是autism，自闭症，但检查一下也没害处。”）。昨天，乔治城的排单员说自闭症检查需要等八个月，伊丽莎白生气不已，恨自己没有一年之前就打电话——去他的，两年之前就该打了——当时，面对现实吧，她已经知道亨利一定有什么问题，她当然知道，但她就那么让时间白白流走，只是一味期望、否认，说着什么该死的爱因斯坦。然后现在，他就这样，撞着——撞着！当着这么多新邻居的面。

谢里尔打破沉默。“我觉得亨利现在不是很想玩游戏。来吧，谁是下一个？”她说这话时明显带着刻意的随意语气，有一种装出来的轻快感，伊丽莎白知道：谢里尔为亨利感到尴尬。

所有人转过身，重新投入游戏、啜酒和寒暄闲聊中去，但都有点小心、紧张，音量和活跃程度降到了之前的一半。大人们努力不往亨利的方向看，当小贝丝问“亨维在做什么呀？”时，她母亲轻声说：“嘘，现在别说话。”然后转身对伊丽莎白说：“这蘸酱很不错吧？是从开市客买的！”伊丽莎白知道所有人这番“让我们假装一切正常”的表演都是为了照顾她。或许她应该感谢他们。但不知怎么，这反而让事情更加糟糕，就好像亨利的行为是如此离经叛道，以至于他们不得不加以掩盖。如果亨利是患了癌症或是听觉丧失，所有人都会为他感到惋惜，但肯定不会觉得丢脸。换作那种情况，他们就会围聚起来，问东问西，表达同情。自闭症是另一回事。它打着耻辱的印记。而她竟然会愚蠢到以为只要不张口说话、孤注一掷地希望没人注意，就能保护好儿子（抑或是她自己？）。

“不好意思。”伊丽莎白说着穿过屋子走向亨利。她双脚沉重，仿佛有脚链把她拴在了牢笼上，光是移动身体就耗费了她全身的力气。母亲们装作没有注意到的样子，但她能看到她们的眼睛齐刷刷瞥向她，在她们的脸上她能看出那种莫大的庆幸感，庆幸自己不是她；她感到怒火蹿上了喉头。她怨恨、嫉妒、恨透了她们，这些有着正常得不能再正常的孩子的女人。经过这些有说有笑的孩子中间时，她弯起手臂几乎就要顺势拎来一个，随便哪个都好，然后宣称这就是她的孩子。那样她的生活该会有多么不同，就会充满欢声笑语、琐碎日常了（“我可真是没办法了——乔伊怎么都不肯喝果汁！”或是“范妮把头发染成了玫红色！”）。

她走到亨利跟前，在他身后蹲下来。尽管看不见众人，但她能感觉到大人们的盯视，目光来自各个方向，一齐落到她后背上，好似阳光穿过放大镜聚焦，热流涌上她的脸颊和耳朵，她的眼眶湿了。她稳住自己的手，然后放在亨利的肩上。“没事的，亨利，”她尽可能温柔地说，“别这样了。”

他好像没听到她，也没感觉到她的手。他继续撞着。起身又撞下，一样的节奏，一样的速度。像是一台坏了的机器，卡在一个模式里。

她想要对着他的耳朵尖叫，抓住他狠狠地摇个不停，把他从困住的那个世界里解救出来，让他看向她。她脸上灼热，手指震颤不已。

“亨利，你必须停下来。马上，就现在。”她压低声音冲他吼道，移过身子挡住手不让众人看见，然后用那只手捏他的肩膀。捏得很重。他停下来，但只是那么一小下，很快又重新摇晃起来，于是她捏得更重，硬生生把他肩颈之间柔软的肉挤成窄窄的一条，发狠拧着，越来越重；她想要、需要让他疼痛，让他尖叫，或是打她或是跑开，总之做点什么证明他还活着，和她活在同一个世界里。

羞耻和恐惧会在之后袭来，一波又一波地让她窒息：在她看到母亲们窃窃私语地离场，心里怀疑她们是否看到了那一幕时；在洗澡前帮亨利脱去上衣，看到他身上月牙形状的伤口，那表面皮层下渗出淤血的红块时；在她帮他盖好被子，亲吻他额头，暗自祈祷自己没有给他留下无法补救的心理创伤时。

然而在那一切之前，在那个瞬间，伊丽莎白并起手指用力捏他时，她所感到的唯有一阵释放。不是摔上门或扔盘子带来的那种猛然释放，而是她的怒火渐渐地、缓慢地消退下去，取而代之的是快乐，因为手捏某种软乎乎的东西而带来的肉体上的愉悦感，就像搓揉面团时一样。当亨利终于停下摇晃、扭过身体，疼痛让他的嘴巴紧抿成一团；当他直视着她的眼睛，这是数周甚至数月以来他和她第一次深深的、持久的眼神交流，她感到周身力量涌动，爆发出一阵狂喜，所有的痛苦与怨恨都瓦解成渺小碎片，她再也感觉不到它们了。

*

法院停车场几乎是空的，不过并不稀奇，毕竟距离休庭已过去了好几个小时。一结束，她的律师就让她进一间侧室里等待，声称有“紧急事情”，或许是直到所有人都走了才敢放出她的这位女杀人犯委托人。这也没什么；她本来也没有什么地方要去、什么事情要做。软禁条例只允许她前往法院或是香农的办公室，而且只能由香农驾车。

香农的座驾是一辆黑色的奔驰，已经在烈日下停了一整天。香农启动车子，车内风扇开到最大挡，风呼啦啦地直吹向伊丽莎白的右下颌。空气如烧灼般炙热，空调还没来得及送来凉意。伊丽莎白摸了摸下颌，想起了马特的证词，亨利的左下颌连皮带肉一起被烧掉的惨状。她猛地一下张嘴吐在了膝上。

“哦，该死。”伊丽莎白打开车门，步伐不稳地走出去，呕吐物洒在真皮坐垫、车门和地上，到处都是。“哦，上帝啊，我搞得乱七八糟。对不起，真的对不起。”她瘫到水泥地上。她很想说自己没事，只是想喝点水，但香农对着她大惊小怪，像个母亲或是医生般行事，又是检查脉搏，又是摸额头，走开前她说马上就回。过了一会儿——两分钟？还是十分钟？伊丽莎白看到治安摄像头转向她这里，她想象着自己的样子——穿着套装和高跟鞋，四肢着地趴在地上，身上全是呕吐物。她突然大笑起来，狂放、歇斯底里地大笑。香农拿着纸巾回来时，伊丽莎白却意识到自己是在哭泣，她大吃一惊；她根本不记得什么时候从笑转到了哭。香农，谢天谢地，什么话也没说，只是有条不紊地清理干净，而伊丽莎白继续坐在那里，一会儿笑一会儿哭，有时又笑又哭。

开回去的路上，伊丽莎白坐在那里，沉入剧烈倾泻之后的极度平静，香农开口：“今天早些时候你的这些情绪去哪儿了呢？”

伊丽莎白没有应答，只是轻微耸了耸肩，转头望着窗外的奶牛群，它们肯定得有二十头，挤在地里一棵孤零零、瘦巴巴的树周围。

“你肯定看出来了，陪审团所有人都觉得你压根不在意你儿子遭遇了什么，是吧？他们巴不得现在就把你关进死囚牢里。你出庭难道就是为了这？”

伊丽莎白不知道白身黑点的奶牛比起周身深棕色的同类，是不是会感觉凉快一点。前者是泽西奶牛，还是荷斯坦奶牛？“我只是按你的期望去做的，”伊丽莎白说，“别让他们牵着走，是你说的。要冷静、镇定。”

“我是说，不要冲动。不要大喊大叫、扔东西。不是说要你变成机器人。我从没见过谁像你这么能忍的，更别说还是听完了讲述自己孩子死亡惨状的证词。这实在是太吓人了。你可以让别人看到你很伤心啊。”

“为什么呢？这又能有什么区别呢？你听到证词了。我半点机会也没有了。”

香农看着伊丽莎白，紧咬嘴唇，打个急转驶下车道，猛踩一记刹车。“要是你真这么想，那我们为什么还要这样，为什么不认罪，还要雇我给你辩护呢？”

伊丽莎白垂下目光。事实上这一切都源于亨利的葬礼结束后她做了一点研究。寻死方式有上吊、溺亡、一氧化碳中毒、割腕等，她列了一组优缺点清单，正在吞安眠药（优点：无痛；缺点：不一定死成——可能被人发现 / 救活）和饮弹（优点：肯定死成；缺点：买枪需要等段时间？）之间摇摆不定时，警察放掉了那群抗议者，随后将她逮捕。当公诉人宣布要求对她处以死刑时，她突然明白过来：经历整场审判将是最好的赎罪方式，那天她在一时的愤恨驱使下做出的无法回头也不可原谅的行为，那一刻在她脑中重放了一遍又一遍，日日夜夜，清醒时与睡梦中，将她的理智蚕食殆尽。如果能在众目睽睽之下，以官方形式为亨利之死受到谴责，如果不得不坐在被告席全程听完亨利如何受难的细节描述，再由他们直接将毒液注入她血液中让她死去。所有这些细致入微的折磨方式，难道不是比某种轻而易举、闭上眼就离去的死法好多了吗？

但伊丽莎白没法这样说。她没法告诉香农今天感受如何，她如何逼着自己正视所有人，听完每句话，接受每个物证，同时全程面无表情，因为她害怕哪怕最小的一个动作都可能触发多米诺式的情绪爆发。一百个人那审判般的盯视如同毒箭朝她投掷过来，羞辱感如烈火般烧灼。接受吧，吞下这些谴责。大口吞下去，越多越好，直到身体里每个细胞都炸裂开来。她不光是做好了接受它的准备；她更是渴望它，享受它，迫不及待想要承受更多。

伊丽莎白什么都没说，香农显然将其解读为她默不作声地投降认输了，于是继续开车上路。一分钟后，香农开口：“哦，好消息。维克多不会做证。他压根不来。”

伊丽莎白点了点头。她知道为什么这算好消息，知道香农为什么担心一位悲痛欲绝的父亲会影响陪审团，但对她而言，他拒不露面算不上什么值得庆贺的事。自她被捕后他从未联系过她，这是她意料之中的，是的，她知道他在加利福尼亚忙于自己的生活，有了新房子、新老婆和新的孩子，但她以为他至少会在自己儿子身亡的审判庭上露面。想到这里，愤怒的胆汁涌上胸腔，四处流淌，她的心脏都为之梗塞。可怜的亨利。生在如此可悲的一对父母家中。一个伤害并害死了他，还有一个差劲到不闻不问。

香农的手机响了。显然她一直在等这个电话。她接了就问："你拿到了？读给我听。"伊丽莎白深吸了一口气。呕吐物的恶臭直冲鼻腔而来，她打开窗子，结果反而更加难闻，外面传来的新鲜粪肥和车内发酸的呕吐物味道混合在一起，闻起来就像馊菜。"你要让人把车子清洗一下。算在我的账上。话说回来，你能想象给你开票的合伙人会是什么反应吗？'为什么谋杀审判支出下面会有车内呕吐物清洗费？'"伊丽莎白说完大笑。香农没有笑。

"听着。柳的一位邻居今天在法庭上。"香农的嘴角两边勾出一丝笑意。"他说出了一个直到今天前他都觉得并不重要的线索。所以我让团队一整天都在追查这点，终于有所发现。我就打算等我们确证了以后再告诉你这个消息。"

外面某处，奶牛群齐声哞哞。伊丽莎白咽了咽口水。她的耳孔好似咔嗒打开。"抗议者吗？你终于找到什么了？我就跟你说要好好调查她们，我知道她们——"

香农摇头否认。"不是她们。是马特。他在撒谎。我能证明。伊丽莎白，我有证据证明蓄意纵火的另有其人。"

审判：第二日

2009年8月18日，周二

马特

他以为今天会比昨天容易些。反正故事已经讲出来了，他感觉涤荡一清，仿佛是饮酒过量之后大吐了一场。

然而真的走上前去，再次站到那个位置，他却连抬起头来都更加困难了。有多少人会纳闷他一个健健康康的年轻人，而且还是个医生，竟然会允许一个小男孩在自己眼皮底下被活活烧死？

"早上好，汤普森医生，我叫香农·豪格，伊丽莎白·沃德的辩护律师。"

马特点了点头。

香农说："我希望你知道我对于你所经历的可怕遭遇有多同情。还有我必须提前向你致歉，因为会不得不请你再次回忆起那些事，有时候还需要非常详细。我的目的不是给你带来困扰，而仅仅是想找到真相。如果你什么时候需要停下来，随时告诉我就行。好吗？"

马特感到下颌那里放松下来，情不自禁地笑了。亚伯翻了个白眼。他不喜欢香农，称她为"高级诉讼工厂里出来的大人物"，所以马特之前以为她会是那种电视秀上的律师形象：头发盘成法式发髻，身着职业套装，下面是一条铅笔裙，一双细跟系带高跟鞋，脸上挂着神秘的微笑，浑身上下光彩耀人。与之相反，香农·豪格不管是看上去还是说话时，给人的感觉都像是一位和蔼可亲的姑妈，百分百的老好人，穿着皱皱巴巴的宽松套装，齐肩的半灰头发一团凌乱、乌糟糟的。她宽阔的胸脯让人想到养育之母——不是母夜叉式的恶妇，而更像慈爱的乳母。"她是我们的敌人。"亚伯之前提醒过，但这正是马特渴望的，来自女性的温柔抚爱，他想要牢牢抓住这种感觉。

“现在，”香农开口，“我们先从一些基本情况开始。很简单的，你只要回答是或者不是。你看到过伊丽莎白在奇迹溪附近任何地方放火吗？”

“没有。”

“看到过她抽烟，哪怕是手里拿着烟吗？”

“没有。”

“看到过其他任何高压氧治疗的相关人员抽烟吗？”

马特感到脸上一红。这里他得小心慎行。“朴不允许在高压氧治疗时抽烟。我们在这件事上都不会犯忌。”

香农微微一笑，上前走近。“这是否认的意思吗？你看到过任何人在奇迹潜水艇设施附近手持香烟、火柴，或是其他类似东西吗？”

“是的。我是说，我的回答是没有。”马特说。从严格意义上来讲，他没有说谎，那条小溪是在“设施”范围之外的，不过他心跳加速了。

“据你所知，奇迹潜水艇的相关人员中有人抽烟吗？”

玛丽有一次提到过朴最喜欢的香烟是骆驼牌。但他提醒自己，这本不是他该了解的事。“我说不上来。我只在高压氧治疗时能见到他们，在此期间是禁止抽烟的。”

“很好。”香农耸了耸肩，走向自己的座席，就好像刚才只是例行公事的一串发问，而她并没有指望从中套出什么。走到一半，她半道上转过身来，用随口一提的语气说：“顺便问句，你本人抽烟吗？”

马特感到没了手指的部位隐隐发痒，几乎能想象原先细细一根骆驼牌香烟夹在指间的触感。“我吗？”他暗自希望，随后的咯咯笑声听起来不要像他口中发出来时感觉的那么假。“看过那么多烟鬼的肺部 X 光照片，我要是抽烟那就是真心寻死了。”

她笑了。谢天谢地，她只顾着给他塞糖衣炮弹，并没有抓着他模棱两可的回答不放。然后她从桌子上拿起什么，信步折返向他走来。“说回伊丽莎白。你看到过她打亨利吗？或者以任何方式伤害他？”

“没有。”

“看到过她吼他吗？”

“没有。”

“那有没有疏于照料呢？让他衣装不整，给吃垃圾食品——诸如此类？”

马特想象亨利穿着有洞袜子，大嚼彩虹糖的样子，差一点笑出声来；伊丽莎白从来都不会让他靠近任何不是有机、无色素并且无糖的食物。“绝对没有。”

“恰恰相反，她在照料亨利上投入了巨大心血，这样说对吗？”

马特挑一挑眉毛，微微耸了耸肩。“我觉得是吧。”

“每一次潜氧前后她都会用耳视镜检查他的耳膜，对吗？”

“是的。”

“没有其他家长这样做，对吗？”

“没有。我是说，对。”

“潜氧前她会和他一起读书？”

“是的。”

“她给他吃的都是自家制作的小零食？”

“是的。好吧，反正她自己是这么说的。”

香农看着他，头侧向一边。“伊丽莎白什么都得自己做，因为亨利有严重的食物过敏，是这样的吧？”

“还是那句话，她自己是这么说的。”

香农又走近几步，头侧向另外一边，仿佛是在研究一幅她不确定该从哪个方向看的抽象画。“汤普森医生，你是在指控伊丽莎白在亨利的过敏问题上撒谎吗？”

马特感到面颊发红。“也不一定。我只是不知道真相如何。”

“那么，让我来纠正一下。”香农递给他一份文件。“告诉我们这是什么。”

马特大致读了一下。“这是一份实验室报告，确诊亨利患有严重过敏，过敏原包括花生、鱼类、贝类、乳制品和蛋类。”亚伯看向他，摇了摇头。

“让我们再来一遍。伊丽莎白给亨利吃的都是她确保不含过敏原的自制零食，对吗？”

“应该是对的。”

“你记得有一次有关花生——也就是亨利最严重的过敏原——的意外事件吗？”

“是的。”

“那是怎么回事？”

“TJ 手上沾到了三明治里的花生酱。他进舱时弄了一点到舱门上。亨利的手也抓了同一个地方，幸好伊丽莎白注意到了。”

“她是什么反应？”

她疯了似的，大声尖叫：“亨利会死掉的！”就好像那么一小点棕色蘸酱是条该死的眼镜蛇。但这是不是伊丽莎白律师正在编排的一出爱心母亲的套路戏码呢？“伊丽莎白让两个男孩洗了手，朴清理了舱房。”他说得轻描淡写，但事实上那次真的是一场折磨，伊丽莎白要求 TJ 刷牙、洗脸，甚至连衣服都换了。

“要是伊丽莎白没注意到花生酱的话，本来会发生什么事呢？”

香农甚至都还没问完话，亚伯就忽然站起，椅子移开时在地板上的尖锐刮擦声如同一声集结号般奏响了他的反对攻势。“反对。如果这都不算臆测的话，我不知道什么算是了。”

香农说：“法官大人，稍容我发挥一点？马上就要有进展了，我保证。”

法官说：“那就快点。反对无效。”

亚伯落座，使劲拉回椅子时椅腿发出的刺耳响声无异于不服管教的青少年砰地猛摔上门。香农如同对此感到好笑的母亲般对他微微一笑，继而转向马特。“还是刚才那个问题，医生，如果伊丽莎白没注意到亨利摸了花生酱的话，本来会发生什么事呢？”

马特耸了耸肩。“很难说。”

“让我们把整件事联系起来看一下。亨利会咬指甲。你看到过，对吗？”

“是的。”

“那么如果说潜氧期间亨利很可能不小心嘴里吃进了花生酱，这是可能的吧？”

“我想是的。”

“医生，考虑到亨利对花生过敏的严重程度，可能会发生什么呢？”

“呼吸道肿胀堵塞，人就没法呼吸了。但亨利有肾上腺素注射笔，可以抑制这一反应。”

“舱内有肾上腺素注射笔吗？”

“没有。因为食物不能带进来，朴让伊丽莎白把笔留在了外面。”

“舱内降压到打开舱门需要多长时间？”

“朴一般都是慢慢降压，为了舒适起见，但如果必要他也可以快速做到，大概一分钟。”

“整整一分钟没有空气。如果等一分钟以上才能注射肾上腺素，有可能不管用了吗？”

“不太可能，不过是的，也有可能。”

“那么亨利就有可能死了？”

马特叹了口气。“我表示怀疑。我可以给他做个气管切开术。”他转向陪审团说，“可以在喉咙上切开一道小口子，缓解呼吸道的堵塞。碰上紧急情况，甚至用圆珠笔也能做到。”

“舱内有圆珠笔吗？”

马特感到脸颊又一阵泛红。“没有。”

“你当时也没恰好携带一把手术刀吧，我猜？”

“没有。”

“所以还是那个问题，亨利本来可能会死？这是一种可能性吧，医生？”

“一种非常小的可能性。”

“而伊丽莎白及时阻止了。她确保这种情况没有一丁点可能会发生，是这样吧？”

马特叹了口气。“是的。”他只好说。他在等她抛出下一个顺理成章的问题：*如果伊丽莎白想要亨利死，对花生酱视而不见岂不是简单多了？*不，他就会说，然后再次指出亨利并没有会因此而死的切实危险，更不用说保证会死，像是有个该死的火球在你脸上爆炸时那样。但香农没有提出那个问题；她就带着那副和善姑妈的模样看看陪审团，又看看伊丽莎白，等待他们自己得出那个结论，马特看得出，陪审员脸上的表情纷纷缓和下来。他能看到他们将目光投向伊丽莎白，望着她仍然面无表情的脸，他们一定是在疑惑她或许并没有那么冷血无情，而仅仅只是累了。累到不想再牵动一丝肌肉。

仿佛意在加深这一主旨，香农说：“医生，你对伊丽莎白说过她是你遇到过的最尽心尽责的母亲，对吗？”

是的；他这样说过。但他当时是作为批评说出来的，为的是让她放松一点，看在上帝的分上。为了告诉她，她已经不只是事事全管的“直升机家长”，而是直接控制了孩子。把孩子当作木偶操纵的家长。但他又能说什么呢？是的，我是这么说过，但我当时是讽刺语气，就因为我讨厌尽心尽责的母亲？“是的，”他最后说，“我觉得她花了很多精力，表现得对亨利十分尽心尽责。”

香农凝视着他，嘴角两侧徐徐上扬，好似她刚刚破解出了什么。“医生，我很好奇。你喜欢伊丽莎白吗？我是说，在意外发生之前。你曾喜欢过她吗？”

马特大为惊叹，香农此时的应变可真是聪明绝顶，她问了一个很难回答的问题。是的，我喜欢她会给伊丽莎白再添人性光彩；不，我从来都不喜欢她又会显得他心怀偏见。“我其实并不太了解她。”他最终说。

香农笑了笑，是那种母亲决定对两岁小孩的蹩脚谎言放过不管时的宽容笑容。“那么……”她的目光扫过旁听席，像是单口相声演员在台上扫视下面的观众，伺机寻找用以开涮的受害者那样。“……柳朴呢？你觉得他喜欢伊丽莎白吗？”

不知怎的，这个问题让马特一阵畏缩。或许是香农发问的语气过于漫不经心，显然是刻意如此，仿佛这个问题只是随便脱口而出。就像她压根就不在意答案，只是为了在一个出其不意的时刻，以出其不意的方式提起朴。

马特配合香农那种“这没什么要紧”的语气说：“我并不擅长读人心思。你得去问朴。”

“有道理。那让我换种说法。他说过什么关于伊丽莎白的负面评论吗？”

马特摇了摇头。“我从没听到他说过任何关于伊丽莎白的负面评论。”这是真话：他的确经常从玛丽那里听说朴对她的恼火，但从没直接从他那里听到什么。他眨了眨眼继续说：“朴很专业。他不会和患者乱讲闲话，尤其是关于其他患者的闲话。”

“但你不仅仅是其他患者，对吗？你们是世交。”

他们或许算得上“世交”，但朴其实并不怎么友好。马特怀疑，就像他认识的许多韩国男人一样，朴不喜欢白人男士和韩国女人在一起。他答道：“不。我只是他的一位患者。仅此而已。”

“那么他从来没和你讨论过，比方说，火灾保险的事？”

“什么？”这他妈的唱的是哪一出？“没有。火灾保险？我们为什么会讨论火灾保险？”

香农没有理会他的问题。只是朝他走近几步，直视他的双眼，说：“奇迹潜水艇的相关人员中，有没有任何人，包括你的家人，和你讨论过火灾保险？”

“绝对没有。”

“有没有听到谁讨论，或是提起过它？”

“没有。”马特已经被惹恼了。还有一丝惊恐，尽管他说不上来为什么。

“你知道奇迹潜水艇投保的是哪家公司吗？”

“不知道。”

“你给奇迹潜水艇的保险商打过电话吗？”

“什么？我为什么会……”马特感到已不存在的指关节处隐隐作痒。他想要往哪里打上一拳。或许是香农的脸。“我跟你说了。我都不知道是哪家公司。”

“那么你宣誓做证你从没在爆炸发生前一周给波多马克互助保险公司打过电话，对吗？”

“什么？没有，当然没有。”

“你确定？”

“百分之百。”

香农的眼睛、嘴巴，甚至还有耳朵，整个面部仿佛往上一提，然后走——不，应该说是小跑——到被告席，拿起一份文件，又小跑回他面前，将文件一把塞给他。“你认得这个吗？”

一串电话号码、日期和时间。最上面是他本人的号码。“这是我的电话账单。我的手机。”

“请念一下标出的地方。”

“2008年8月21日。上午8点58分。四分钟。拨出。800-555-0199。波托马克互助保险公司。”马特抬起目光。“我不明白。你是说我打过这个电话？”

“与其说我这么说，不如说是文件上说。”香农似乎被逗乐了，几乎流露出胜利的姿态。

马特又读了一遍。上午8点58分。也许是他拨错了。但整整有四分钟？“可能是我听到某个保险的广告，打电话过去询问报价？”他不记得有过这码事，但毕竟是一年以前了。谁知道他每天能做多少乱七八糟、没头没脑的事情呢，这些无关紧要的琐事他在一周之后都不会记得，更别提一年之后了。

“所以你的确打过这通电话，不过是因为听了一则广告？”

马特看向珍妮。她双手捂在嘴巴上。“不。我是说，也许。我不记得这通电话了，我正在努力回忆……我是说，我压根从来都没听说过这家公司。我为什么会给他们打电话呢？”

香农笑了笑，“只是波托马克互助保险公司恰好会记录下所有来电。”她将文件递给亚伯和法官。“法官大人，我为未事先通知致歉，但我们昨天才发现有这通电话，昨天晚上才拿到记录。”

马特直盯着亚伯，希望后者能看到他满脸写着的*我他妈的做了什么*，希望他能解救他，不管以何种方式，但亚伯继续读着文件，皱起眉头。“有异议吗，帕特利先生？”亚伯嘟囔着回答“没有”，依然埋首于文件中。

终于，香农把文件递给了马特。他真想一把从她手里夺过来，但他忍耐着，甚至做到了连看都没看它一眼，直到她要他把文件内容念出来。在注明日期、时间、等待接听时长（<1分钟）和通话总时长（4分钟）的标题栏之下，写着：

姓名：拒绝提供。

主题：火险——纵火

概要：来电者想要了解如遇纵火情况，我们会否对所有的火险单都给予赔付。来电者很高兴得知所有火险单都包括了纵火赔付，唯有当投保人自身参与谋划/实施纵火时除外。

马特淡定地念着，用的是临床诊断般的冷静语调，全然不像某个将要被控预谋纵火的人。香农什么都没说，只是看着他，仿佛是在等着他打破沉默。我和这事没关系，他提醒自己，然后开口："那么，我猜这大概不是打去询问报价的了。"没有人笑。

"让我再问一遍，医生，"香农说，"爆炸发生一周前，你有没有给奇迹潜水艇的承保公司打去一个匿名电话，询问如果有人蓄意烧毁奇迹潜水艇，他们是否会给予赔付？"

"绝对没有。"马特说。

"那么你如何解释你手上的这份文件呢？"

一个难以回答的好问题。空气黏糊糊的，满载众人的等待，浓稠到无法吸入，他失去了思考能力。"或许就是搞错了。他们把我的号码和其他人的搞错了。"

香农幅度夸张地上下点头。"当然，这说得通。某个谁拨打了电话，然后巧得令人难以置信的是，通讯商和保险公司都把号码搞错了，同样巧得令人难以置信的是，你最后成了一起谋杀案里的核心证人。你瞧，这起谋杀的方式恰恰就是纵火。我说得对吗？"陪审团里有几个人低声嗤笑。

马特叹了口气。"我只知道我没打过那通电话。肯定是有人用了我的手机。"

马特指望会被香农再度奚落，但她看上去已经心满意足。她说："让我们来一探究竟。这是在去年八月，一个周四的早上，8点58分。你的手机当时有没有丢失或是被偷？"

“没有。”

“有人用过吗？比如自己忘带了问你借一下，诸如此类？”

“没有。”

“那么有谁能在 8 点 58 分左右接近你的手机呢？”

“当时我肯定在高压氧治疗。早上的潜氧我一次也没落下过。正式开始时间是 9 点，但如果所有人都到了的话我们会早点开始，如果有人迟到就晚点。过去一年了，所以我不记得那个早上我们具体是什么时候开始的了。”

“那么假设你们那天开始晚了，比方说 9 点 10 分才开始。有没有谁可能在你不知道的情况下用你的手机？”

马特摇了摇头。“我不知道要怎么做到。我不是把手机留在车上，车门锁好，就是带在身上，然后在潜氧开始前把它放进寄存柜里。”

“那么假如那天开始得早——比方说，8 点 55 分呢？到 8 点 58 分时，你就已经在舱内，和其他人在一起，包括伊丽莎白。这时候谁有可能用你的手机呢？”

马特看着香农，她满怀期待挑起眉毛的样子让她内心的兴奋显露无遗，嘴唇两边更是勾出一抹微笑，他明白过来：原来这一连串发问都是一场表演。她从来没有一刻想过是他打的电话。她只是给他这种错觉，好让他乱了阵脚，慌张之下只想找个另外的嫌疑人呈到她面前。显而易见的另一个人。事实上，也是唯一一个。

“早上的潜氧课，谷仓里唯一在的人，”马特说，“就是朴。”这很难说得上是什么秘密。然而，真的说出来感觉却像是背叛。他不敢正视朴。

“所以柳朴能在你早上潜氧时接近你的手机，而潜氧课有时候早于 8 点 58 分，也就是这通电话的拨出时间开始，对吗？”

“是的。”马特说。

“汤普森医生，这样解读你的证词是否公正——柳朴一定是用你的手机给保险公司打了匿名电话，询问如果有人蓄意对他的经营场所纵火，火险单是否会给予赔付，而在几天之后疑似纵火的事件恰好就发生了？这是一段公正的总结吗？”

听她这么说，马特万分想说，不，不是朴干的，是伊丽莎白，现在你就凭什么该死的一通电话，居然就说……什么，朴自己炸掉了奇迹潜水艇？为了钱，杀死他的病人？这实在太荒谬了。着火时他看到了朴，看到他不顾一切要救病人出来，连自己会受伤甚至死掉的危险都置于脑后。然而知道现在矛头指向了朴，而不是他，这种如释重负的解脱感让人忘掉一切。尽管马特敬重朴，坚信他的清白，也迫切想看到伊丽莎白被绳之以法，但得以解脱的感觉吞灭了以上这些。再说了，回答“是的”也无非是对他之前已经承认的所有事实进行逻辑上的延伸罢了。他并没有说是朴放的火。距离这通电话和爆炸发生之间还隔着十万八千里呢。

于是马特告诉自己这没什么，说：“是的。”他听到人群的嗡嗡声，就像一大片牛虻围拥享用一具残骸的声音。抑或只是背后传来了听众的低语。

朴脸上唰地通红，是因为羞愧还是愤怒，马特不得而知。香农说：“医生，你是否知道，就在爆炸当晚，伊丽莎白在溪边发现了一张字条，印有韩亚龙超市标志，上面写着：‘我们得给这事画上个句号。今晚见面，8:15。’”

那是不自觉的一下，他的反应，目光聚焦到玛丽身上，如同金属被磁石吸引。他眨了眨眼，暗自希望没人注意到他的错误举动。他接着让目光四处游移，就好像他是在扫视整个韩国人家庭。“不。我从来没听说过。不过，我认得那张纸。”马特转向陪审团。“韩亚龙是一家韩国超市。我们有时候会在那里买东西。”

“柳朴总是用这种便笺簿，对不对？”

马特必须强忍住才没有长吁一口气。香农以为纸条是朴写的。

她甚至想都没想过其实是马特写的。至于玛丽，他们压根都没把她考虑在内。“是的，朴用的是这种。”马特说。

香农缓缓地将目光落到朴身上，然后再移回马特这里。“当天晚上 8 点 15 分，到十分钟后爆炸发生，你觉得朴在哪里？”

她问“你觉得”时的那种感觉让马特心里发慌。“呃，朴在谷仓里。”这有什么问题吗？

“你怎么知道的？”

他得想一想。他到底是怎么知道的，因为所有人都是这么说的，所以他就理所当然地觉得是这样？柳一家人当时都在谷仓，他们说。DVD 没电时，朴让杨到他们住的房子里去找电池。她去了很久都没回来，于是玛丽过去帮忙，但她注意到谷仓后面有什么情况，就走到那里看，然后，轰然巨响。但如果是朴干的……那么柳家人是不是在撒谎？为他掩护？但话说回来，如果是他放的火，朴不会不顾性命地要救出他们，而且毫无疑问，他肯定会保证玛丽当时不在附近。不。马特说：“我知道是因为他负责我们那次潜氧。他把我们送进封闭室，跟我们说话，在爆炸发生后，他打开舱门把我们救出去。”

“啊，说到打开舱门。你之前提到，从舱内降压到打开舱门只需短短一分钟。对吗？”

“是的。”

“所以如果他在现场，舱口就应该在爆炸发生一分钟后打开？”

“是的。”

“医生，让我们来做个实验。这是一个秒表。我请你闭上眼睛，在脑海中回顾一遍从爆炸发生一直到舱门开启之间发生的所有事情。然后按下秒表。你能做一下吗？”

马特点了点头，手里接过秒表，是一个能计时到十分之一秒的数码表。这荒谬地让他发笑，竟然要在一年之后努力回忆一个小男孩头被烧焦的过程用了 48.8 秒还是 48.9 秒。他按下开始，闭上眼睛，回放画面。亨利脸上冒火，他去扑打，衬衫着火，火焰呼呼蹿到他手上。一直回想到舱门打开的尖锐声音，他按下了暂停。2分36.8秒。“两分半钟。但这推测并不可靠啊。”他说。

香农拿起一张折起来的纸。“这是一份出自起诉方事故再现专家的报告，其中包括从爆炸到舱门开启间的估计时间。你能念一下吗，医生？”

他接过纸打开。在报告的中间部分，有一行用黄色荧光笔标出来的字眼。“最短两分钟，最长三分钟。”

“所以说你和这份报告都认为，”香农说，“舱门一直到爆炸发生两分钟后才开启，比柳朴如果在场本该打开的时间晚整整一分钟以上。”

“还是那句话，”马特说，“这并不是很科学的推测。”

香农看着他，既觉得好笑又不乏同情，那眼神宛如十几岁的孩子看着仍然相信世上有牙仙的几岁小孩。“你之所以觉得柳朴当时在谷仓里还有一个原因：你们在对讲机上说过话。昨天，你的证词，原话：‘舱内一片混乱，噪声很大，所以我也没太听清。’你还记得吗？”

马特咽了咽口水。“是的。”

“这么说，你没听太清，你觉得是柳朴，但你并不能确定，是这样的吗？”

“不是。我没法听清所有的话，但我听到那个声音。我知道是朴。”马特说，但即使在他这么说的时候，他也在怀疑这话是否属实。他会不会仅仅是在说服自己？

香农看着他，好像为他感到悲哀。“医生，”她的声音温柔了些，“你是否知道住在柳家隔壁的罗伯特·斯宾纳姆，签署了一份附誓证词，做证说他当天晚上8点11分到8点20分之间都在屋外打电话，在打电话的全过程中，都看见柳朴在离谷仓四百米外的地方吗？”

亚伯腾地站起，说了什么缺乏根据之类的话，表示反对，但马特注意的却是亚伯身后传来的猛吸一口气的声音。那是杨，双手捂住了嘴巴。她看上去吓坏了。但并不惊讶。

香农说："法官大人，我只是询问证人是否恰好知道事情的这一进展，但也乐于收回这一问题。斯宾纳姆此刻就在边上，准备做证，一有机会我们定会尽快传唤他。"她说这后面一句话时对着马特眯起眼睛，仿佛暗含威胁，然后说："医生，让我再问一遍。你并不能确定当时在对讲机上听到的是柳朴本人的声音，是这样的吗？"

马特揉了揉已然缺失的食指的根部，那里隐隐作痛、突突跳动，但这奇异地让他感觉挺好。"我觉得那是他的声音，但我也不能百分百确定。"

"有鉴于此，加上你关于舱门开启的证词，有没有可能至少爆炸前的十分钟内柳朴都不在谷仓里？也就是说，可能事实上根本没有人在管理这次潜氧？"

马特瞟了朴和杨一眼，他们两人都低着头，身体垂落在椅子上。他舔了舔嘴唇。有股盐味。"是的，"他说，"是的，有这个可能。"

杨

她感到不可思议，待香农问完问题，全场竟然如此安静。没有人低语，也没有人咳嗽。空调没再噼里啪啦，或是嗡嗡作响。仿佛有人按下了暂停键，所有人都原地石化，头齐刷刷转向朴。他们带着厌恶朝他皱起眉头，正如早些时候对伊丽莎白做的那样。短短一小时，英雄沦为凶手。这到底是怎么发生的呢？就像一场魔术表演，只不过少了咔嚓一声，提示说变就变的那一时刻。

应该要有砰的一声，或是轰隆一记惊雷才是啊。改变命运的灾难难道不都是伴随巨响降临的吗？汽笛、警报，宣告现实转折的某种声音：前一分钟还一切正常，下一分钟就面目全非，仅剩残骸。杨真想跑上前去，夺过法官的木槌，重重地砸下去——啪的一声敲碎这片沉默，一分为二。全体起立。弗吉尼亚联邦诉柳杨。罪名是她居然真的相信他们家的麻烦就此结束了。以及她竟然如此愚蠢，明明早已一次次见识过事情可以多么迅速地分崩瓦解，如同火柴棒堆叠起来的塔。

亚伯起身时，杨有那么一瞬燃起残余的希望，指望他会质问马特怎么胆敢如此撒谎，怎么胆敢把一个无辜的人牵扯进来。然而亚伯在开口时却是挫败的语气，只是例行公事般地问了一下还有谁在用这种韩国超市的纸，以及马特对于他所估算的从爆炸到舱门开启的时间为何不可能有十足的把握。杨感觉整个身体都瘪塌了，像是一个被戳破的球，空气瞬间逃离。

杨真想站起来大声尖叫。冲着陪审团尖叫，告诉他们朴是个高尚的人，这个男人为了救患者的命真的是自跳火海。冲着伊丽莎白尖叫，告诉她他不会为了钱搭上自己和女儿的性命。冲着亚伯尖叫，让他扭转局面，她已经相信他了，相信每一丁点证据都是指向伊丽莎白的。

法官宣布午餐休庭，法庭大门在嘎吱声中打开。这时候杨听见了。远处传来的捶击声。锵锵，当当，伴随着她太阳穴上跳动的脉搏声，促使血液呼呼冲进她的耳膜——回声阵阵，音量放大，仿佛置身水下时所听到的。或许是葡萄园里的那些工人。她早些时候看到他们在山边堆起木桩子。为新的葡萄藤准备篱笆柱。敲打声肯定已经持续了一上午。只是她一直都没听到。

*

他们鱼贯而出，离开法庭来到亚伯的办公室。亚伯走在前面，随后是杨推着朴的轮椅，玛丽跟在后头。他们组成的这一队列由一个身形硕大的男人领头，周围的人群在他们过来时自动避让，仿佛出于厌恶，这让杨感觉如同罪犯在行刑者的押解下在城里巡行示众，引来人群的围观与评判。

亚伯领着他们走入一栋黄色楼房，穿过幽暗的大厅，来到一间会议室，然后让他们在此等候，他去跟下属碰个头。门关上后，杨走近朴。二十年来，他从来都是高于她的，现在她反高于他，看着他头顶上的发涡，这种感觉真怪。她有了更多勇气。就好像低下头侧过脸这一动作本身，冲开了往常堵塞她言语的那座堤坝。“我就知道会是这样，”她说，“我们一开始就该说实话的。我跟你说过我们不应该撒谎。”

朴皱了皱眉头，下巴朝玛丽那边撇了撇，她凝视着窗外。

杨没理会他。玛丽听到什么又有什么关系呢？她已经知道是他们撒了谎。他们本来就该告诉她的——她也是他谎言中的一部分。“斯宾纳姆先生看到你了，”杨说，“所有人都知道是我们撒谎了。”

“没有人知道什么。”朴低声说，尽管没有哪个站在边上的人能听得懂他们讲得飞快的韩语。“是我们跟他的证词相对。你，我，还有玛丽，对抗一个戴着厚底眼镜的种族主义老头。”

杨真想要抓住他的肩膀，对着他大喊大叫、猛力摇晃，直到她的这些话穿透他的头盖骨钻进去，像个弹珠似的在他脑袋里嘣嘣作响。但她并没有这样做，而是将指甲深深按进手掌，强迫自己说话时压低声音，她很久以前就已经知道，平静的话语远比大声说话更能获得丈夫的注意力。“我们不能一直撒谎，”她说，“我们没有做错任何事。你只是出去看看抗议者走了没有，是为了保护我们，而且你留了我在那里看守。亚伯会理解的。”

“那后面那一部分呢——现场无人看守，让所有人被关在着火的舱内。你觉得这他也能理解吗？”

杨跌坐到朴旁边的椅子上。她多少次祈愿自己能回到那个时刻，重新来过？“那是我的错，不是你的，我不能忍受你为了保护我而顶罪。我觉得自己就像一个罪犯，到处跟人撒谎。我再也没法继续这样了。”

朴把手覆在她的手上面。他手背上弯弯曲曲的绿色静脉仿佛一直延伸到了她的手背上。“我们在这件事上不是罪人。我们没有点火。我们当时身在何处并不重要——不管做什么都没法阻止这场爆炸。即使我们两个都在那里，亨利和基特也还是会死的。”

“但如果我们及时关掉了氧气的话——”

朴摇了摇头。“我一直都跟你说，管道里还有残余的氧气。”

“但如果你当即打开舱门，火就不会烧得那么大，或许我们还是可以救出他们的。”

“你不知道。”朴说，语气温柔而平静。他伸手托起她的下巴，将她的脸轻轻抬起与他目光相对。“事实是，即使我当时在那里，我也不会在 8 点 20 分关掉氧气。你要记得——TJ 当时摘下了头盔。每当他这么做的时候，我都会延长时间，来弥补他没吸进的氧气——”

“但是——”

“——这就意味着，”朴继续说，“即使我就在那里，氧气还是会开着，大火和爆炸还是会一模一样地发生。”

杨闭上眼叹了口气。同样的话题他们已经讨论过多少回了？他们彼此都向对方投去过多少假设与自证？“如果我们没有做错什么，那为什么不说出真相？”

朴捏紧她的手，很用力。捏得生疼。“我们必须坚持自己说出的版本。我离开了谷仓，你又没有执照。保险条款写得很清楚，像这样违反规定就会自动被视为玩忽职守，而玩忽职守就意味着没有赔偿。”

“保险！”杨忘了要压低声音，“谁在意那个了？”

“我们需要钱。没有钱，我们就什么也没有。我们所做的一切牺牲，玛丽的前途——全都会付诸东流。”

“听着。”杨在他面前单膝跪下。或许低头俯视能让他更听得进她说的话。“他们觉得你是为了掩盖杀人罪行而撒谎的。那个律师想让你顶替伊丽莎白去坐牢。这比拿不到保险可怕多了！你可能被判死刑啊！”

玛丽倒抽一口气。杨本来以为玛丽自顾自沉浸在远离他们的世界里，她总是这样，但此刻她却面对着他们。朴生气地看着杨，“你别再说这样耸人听闻的话了。看，你让她无缘无故地受了惊吓。”

杨伸过双手紧紧抱住玛丽。她在等着她甩开，可她没有动。“我们很担心你，”杨对朴说，“我说的是现实问题，你却没有当回事。”

“我是当回事的。我只是保持了冷静。是你歇斯底里了，在法庭里那样大喘气——你注意到所有人都转过来看你了吗？那才是让我看起来像有罪之人的事情。事到如今，再修改我们说的版本才是最糟糕的做法。”

门打开了。朴瞟了亚伯一眼，继续用韩语说：“谁都不要说一个字。我来说。”但他说时语调轻松，仿佛是在谈论天气。

亚伯看上去像是发烧了。他那张平常油光发亮的桃花木色的脸，现在成了深一块浅一块的黄褐色，上面还蒙着一层半干未干的汗渍。与杨四目相对时，他没有像平时那样咧嘴一笑，而是仿佛尴尬般迅速移开了目光。“杨、玛丽，我要单独和朴谈一下。你们可以到下面的大厅等一会儿。那里有午餐供应。”

“我想留下来。和我的丈夫在一起。”杨说着把手放在朴的肩上，她本以为这种支持会换来一点感激的表示——他对她微微一笑或是点头，也可能是像前晚那样握住她的手。但朴反而皱起眉头，用韩语说：“就按他说的做。”他说得很轻，近乎耳语，却带着命令的口气。

杨垂下了手。她真是个傻瓜，才会仅凭前晚的片刻柔情，就以为朴与以前判若两人了。那个一直以来的传统的韩国男人，在外人面前只希望妻子表现出谦恭顺从的样子。她带着玛丽离开了会议室。

她们往楼下大厅走到一半时，那扇门在后面关上了。玛丽停下脚步，四下环顾，然后蹑手蹑脚地朝会议室走回去。

“你在干什么？”杨压低声音向她喊道。

玛丽把手指放在唇上，无声地做出嘘的手势，然后把耳朵贴在门上。

杨往下朝大厅望了望。没有人在附近。她踮起脚向玛丽跑去，和她一起听着。

里面什么声音也没有，这让杨吃了一惊。亚伯是那种不喜欢沉默的人。她想不起哪次见面不是充斥着亚伯滔滔不绝的话语，那些词句串成一种没有停歇的声音。那么现在是什么意思呢，这样的沉默？亚伯是不是也变得有所保留、谨小慎微，正在细细斟酌每个字眼，因为朴现在是谋杀嫌犯了？

亚伯终于开口：“今天冒出了很多事。让人头疼的事。”他的话如同安魂曲一般有着沉重的分量和佯装的平静。

朴立马接话，就好像他一直在等着说话。“我现在是嫌疑犯了？”

杨指望亚伯会反驳：不！当然不是了！然而什么声音也没有。只有玛丽默默咬着自己一股浓密发梢的咔哧咔哧的轻柔声响，这个坏习惯是她来美国第一年养成的。

过了一会儿，亚伯说：“大家全都是嫌疑人。”

这话是什么意思呢？亚伯经常说些这样的话，本该含着安抚之意，然而如果你琢磨一下，他言下的回旋空间其实足有一个天主教堂那么大。就像在警方审查朴是否疏于职守之后亚伯说的：“你差不多就是清白的了。”你要么清白，要么不清白，怎么可能在真的清白了以外还有差不多清白的情况呢？

亚伯继续说:“有一些……自相矛盾的地方。给保险公司的电话,比方说。是你打的吗?”

“不是。”朴说。杨真想对着朴大叫,让他说说清楚,告诉亚伯他根本没理由打这个电话,因为他本就知道答案。签署保险合同之前,她帮他翻译过那项条款,他们当时还笑话美国人的合同写得何其愚蠢,用了这么多段来写些三岁小孩都知道的浅白道理。她还特别说到了纵火部分。(“整整两页都在说如果是你自己把房子烧掉或是雇人烧掉的,他们不会赔钱!”)

“你该知道,”亚伯说,“保险公司目前肯定在回溯这通电话了。”

“很好。那就会证明我不是打电话的人。”朴的语气中带着愤怒。

亚伯说:“那次上午潜氧时还有谁可能拿到马特的手机?”

“没有。玛丽8点半就出门去上SAT课了。杨在收拾吃完的早饭。每天的首场潜氧总是我一个人,每天都是。但是……”朴的声音逐渐低了下去。

“但是什么?”

“有一天马特说他拿了珍妮的手机,珍妮拿了他的手机。他俩搞错了,互换了手机。”杨想起来了。马特当时心神不宁,几乎都不想上潜氧课了,只想马上把手机拿回来。

“是发生那通电话当天吗?爆炸前一周?”

“我不确定。”

沉默良久,然后亚伯说:“珍妮知道你们是和谁签的保险合同吗?”

“是的,”朴说,“是她给我推荐的公司。她们办公室也是用的这家。”

“有意思。”刚才的问答似乎打破了亚伯的戒备;他平常那种连珠炮似的,时高时低、抑扬顿挫的语调——就像是他的声音坐上了旋转木马——又回来了。“那么,又牵扯进来你的一位邻居。你在最后一次潜氧期间离开谷仓了吗？”

“没有。”朴说。这一声斩钉截铁的否定让杨感到畏缩，她不知道自己究竟嫁给了一个什么样的人，这个男人竟然可以如此决绝果断、毫不犹豫地对人撒谎。

“你的邻居说他在爆炸前十分钟看到你在外面。”

“他在撒谎或是记忆出错了。我那天检查了好几次电路，去看电力公司有没有派人来修了。但都是在休息的时候。没有一次是在潜氧期间。”朴听起来很有自信，几乎是带着傲慢。

亚伯再开口时语气中的僵硬感已经全然消解，他说:“听着，朴。如果你还有什么没告诉我的，现在就是说的时候了。你经历了非常严重的创伤。谁都难免因此糊里糊涂的。记错什么事情都是很自然的。你都不能相信有多少证人发誓他们清楚记得，告诉我事情是如何如何的，然后当我告诉他们另外某个人说了什么时，啊哈，他们就会想起来一些原本忘得干干净净的事情。重点是现在要和盘托出，在你出庭做证之前。你第一次就把所有事情跟陪审团说清楚，那么万事大吉。你等到后面才说，这些事也不会飞走不见。突然间，陪审团就会奇怪了，他在隐瞒什么？为什么改变了他的说法？然后轰的一下，香农大叫着说他们的怀疑有理有据，于是一切都土崩瓦解了。”

“不会有那种事的。我说的都是事实。”朴的声音响起，音量提高。

“你应该知道，”亚伯说，“你邻居说得很让人信服。他当时在打电话，正在跟儿子说你在捣鼓电线上的气球什么的。他儿子也证实了。电话记录对得上。你俩肯定有一个在撒谎。”

“是他们记错了。”朴说。

“其实，我实在不能明白，”亚伯自顾自说下去，就好像朴刚才没有说话，“你为什么要争这一点。那可是一个多么宝贵的不在场证据啊，有一个中立的第三方证明你当时不在火灾发生地附近。香农可以没完没了地大喊大叫，说你没打开舱门；但再怎么样也改变不了是伊丽莎白放的火这一事实。所以就我的目的而言，为了把那女人送进监狱，我对斯宾纳姆说的完全没意见。我有意见的是你在撒谎。因为不管你在什么事上撒谎都会让我觉得你在隐瞒什么，你知道吗？”

玛丽又开始咬自己的头发，一片寂静中，她牙齿啃噬头发的声音被放大，更加不依不饶，节奏配合着杨耳中回响的愈来愈重的心跳声。

“我是在谷仓里。”朴说。

玛丽摇着头。她的脸拧成皱巴巴的一大片，焦躁地用手捏着头发，贯穿她脸颊的那道疤痕凸显出来，是鼓囊囊的惨白色。“我们得做点什么。他需要帮助。”玛丽用英语说。

“你父亲叫我们什么都别做。我们必须照他说的做。”杨用韩语说。

玛丽看着她，张嘴欲言却又一言不发。杨记得她的这个表情。朴来美之后，他告诉她们决定举家搬到奇迹溪，玛丽跟他吵了起来，哭着喊着说她不要搬去这样一个谁都不认识的荒凉地方。朴责骂她不把父母权威放在眼里，她转向了杨。“告诉他，”她说，“我知道你赞同我说的。你也有权发声。为什么你就不能发声呢？”

杨也很想发声。她很想吼道，他们现在是在美国，这四年来是她独自一人照顾女儿，经营店铺，处理所有财务问题，而朴几乎都已经不认识她们了，更不用说他对美国的了解还不及她一半，他凭什么指挥她该做什么呢？他脸上写满了疑惑和焦虑，就像一个初到新学校的小男孩，不知道哪里是属于自己的位置，她看得出这几年的分离从他身上夺去了什么。他拼命地想要重建自己作为一家之主的角色。她很同情他。“我相信你能决定什么是最有利于我们家的。”她这样告诉朴，然后在玛丽脸上看到了和现在一模一样的表情：掺杂着失望、轻蔑，最可怕的还有对于她软弱的怜悯。她感觉自己变得很幼小，就好像她是孩子，玛丽反而才是大人。

此刻杨很想把这一切都跟女儿解释清楚。她想要握住玛丽的手，拉着她走到外边，这样她们就可以说说话。但她还没来得及做任何动作，说任何话，玛丽就转过身，打开门，响亮、清晰地说：“是我。”

*

她会生气玛丽如此孩子气地冲动行事，但这是后话了。在那一刻，冒到她意识表面的却是嫉妒之心。她嫉妒女儿，一个十几岁的女孩，却这样勇敢。

“什么是你？”亚伯说。

“斯宾纳姆先生看到的是我，”玛丽说，“爆炸前我在外面。当时我戴着一顶像我爸戴的那种棒球帽，头发塞到了帽子下面，我猜从远处看，他把我当成我爸了。”

“但你当时在谷仓里，”亚伯说，眉头紧蹙，“你一直都是这么说的，说你直到爆炸前几分钟都和你爸待在一起。”

玛丽脸色煞白。显然，她未曾想好如何让自己的新说辞与他们之前的版本保持一致。玛丽看看杨又看看朴，眼神里满是惊慌失措，无声地向他们乞求帮助。

朴及时救场，用英语说：“玛丽，医生说你的记忆会慢慢恢复。你是新想起什么来了吗？你去外面帮妈妈找电池，或许当时还发生了什么？”

玛丽抿住嘴唇，像是努力不让自己哭出来，然后慢慢地点了点头。当她终于开口时，说得也是吞吞吐吐、犹疑不决的。“我之前和妈妈吵架了，让我多帮点忙，烧饭、打扫什么的……我觉得……

如果单独和她待在一起，她只会变本加厉地冲我吼叫，所以我……没有进屋。我记得……”玛丽皱起眉头，专注凝神，就好像在努力唤起一段模糊的记忆。“我知道电线的事，于是……我就走到电线那里。我想或许……我能把那几个气球取下来，可是……我够不到线。所以我折返回来。”她看着亚伯。“我就是在那时看到冒烟了。我就往那边赶，来到谷仓后面，然后……”玛丽声音哽咽，闭上了眼睛。一滴泪珠顺着她的脸颊滑落下来，仿佛是收到了什么指令，旨在凸显她脸上疤痕的坑坑洼洼。

杨知道她应当扮演一个为女儿感到痛心疾首的母亲形象，刚才是女儿在事后头一次谈起那晚的情形。她应当抱住女儿，抚摸、理顺她的头发，做各种母亲在安慰孩子时会做的事情。但她做不到，只是一动不动地站着，一阵恶心，惶恐传遍周身：她肯定亚伯一下就能识破玛丽编造的说辞。

但他没有。他全盘接受了，至少他表现得如此。他说这样就能解释很多，当然了，零零星星的记忆慢慢浮出水面是可以理解的，就像医生说的那样。看上去，听到对斯宾纳姆先生的证词有了一种可信的解释让他如释重负。如果亚伯对玛丽的叙述有过怀疑，比如，即便很远，怎么会有人把女孩错认成中年男子呢；玛丽说的“只在电线边停留了几分钟”怎么和斯宾纳姆先生说的“十几分钟”对上呢，他也是默默自语几句就过去了：他年纪大了视力不好，白人老头觉得亚洲人都长一个样，以及十几岁的小孩对时间没概念。

亚伯对朴说：“我不知道香农为什么决定针对你。你没有动机啊。就算你想要拿到保险金，你为什么不能等到舱里没人了再行动？为什么要铤而走险去杀害孩子？这说不通啊。要不是这番关于你在外面的错乱指证，她就没有你的任何把柄。”

玛丽发出又像大笑又像抽泣的声音。“都怪我。要是我早一点想起来……”她看着亚伯，脸因为痛苦而皱成一团。“我太抱歉了。

这不会伤害到我爸爸，是的吧？他没有做错任何事。他不能进监狱啊。”

玛丽在朴身边跪下，头倚落在父亲肩上。朴轻拍着她的头，好像在说没事的，一切都会迎刃而解，然后玛丽向杨伸手，把她拉到自己和父亲这里。尽管她走了过去，一手拉着玛丽，一手拉着朴，三人环成一个圈，杨却依然觉得自己是个局外人，被隔绝在丈夫与女儿的紧密纽带之外。朴这样就原谅了玛丽没有按他的计划行事，但他对杨会如此通情达理吗？玛丽为了朴打破了数月以来的漫长沉默，她会为了杨这么做吗？

亚伯说：“别担心，我们会解决好的。朴，我要你明天出席做证时解释清楚。玛丽,我可能得让你也走上证人席。”亚伯站了起来。“但要是你们不跟我坦诚交代的话，我也爱莫能助，我不希望再有像今天这样的情况发生了。那么我问问你：有没有什么事情，任何事情，你们还没有告诉我的？”

朴说：“没有。”

玛丽说：“不，没有。”

亚伯看向杨。杨张口欲言却无字吐出。她意识到玛丽推门而入以后，她自始至终都没说过一个字。

杨想起，那个晚上玛丽帮朴一起监视抗议者，而她则孤身一人满屋子地寻找电池。她想起自己给朴打电话抱怨时，他一如既往地维护女儿。

“还有什么没说的吗？现在就是说的时候。”亚伯说。朴和玛丽紧紧捏着她的手，敦促着她与他们站在一边。

杨低头看着丈夫与女儿的脸，然后转身面向亚伯，说：“就是这些了。”说完她站起来，依然和家人手牵着手。亚伯告诉他们，经过下一场庭审，没有人，绝对没有人，还会对伊丽莎白蓄意杀子有哪怕半点怀疑。

特蕾莎

她无法将意识从性事上移开。午餐休息期间，她嚼着食物，闲荡于商店之间，遥望着葡萄园：性，性，性。

一切始于主街上建起的一家格外可爱的咖啡店。店里淡紫色的墙上装饰着手绘的葡萄画作，显然是一个时髦贵妇出入的场所。前台处站着的，却是一个*真男人*，活脱脱像是刚从影片《火热帅哥》的主角试镜会上走出来的，他那轮廓分明的肌肉在花里胡哨的背景映衬下更显突出。她走近他，为午餐沙拉付款，特蕾莎捕捉到一丝似曾相识的气息从记忆深处被唤起。有点辛辣——或许是她高中时代男友用的马球系列香水，混合着汗水蒸发的气味。

“外面很热。你确定要打包带走吗？”男人问道。

她以一种自认为带着隐约挑逗意味的语调答道：“我喜欢热一点。”然后像是暗示什么似的向他似笑非笑，翩翩离去，品味着自己那条半身裙的裙角翻飞，丝绸擦过皮肤的触感。走过一个街区后，她遇见了马特，后者管她叫“特蕾莎修女”，她不得不克制住想要大笑的冲动：这真是美妙与可笑并存的一刻啊。

或许是那条裙子的缘故。她有好多年没穿过裙子了。因为时不时要弯腰整理罗莎的轮椅和她身上的插管，裙子不在她的选择范围之内。或许是因为此刻一人独处。不同寻常、妙不可言、令人晕眩的*独处*时光，没有谁需要照顾。十一年以来，第一次从罗莎的全天候妈妈兼保姆、卡洛斯的兼职妈妈角色中解放了。

也不是说她没有一点自由时间。每周有几个小时，教会志愿者会轮流看孩子。然而，这些外出都是匆忙的，排满了各种杂事。昨天是她十年来第一次有一整天离开罗莎，第一次没有料理她的各种进食和换尿布，没有开着她们那辆为残障者改装的货车送她去治疗，没有喊她起床，没有给她晚安吻。这让她紧张不安，那些志愿者得推着她走出家门，说不用担心，只管专心参加庭审就行。一到法庭她就给家里打了电话，第一场休息时又打了两次。

昨天午休时间，特蕾莎给家里打了电话，吃着自己带来的三明治，看着表上的时间。还有五十分钟，没有任何她必须做的事。于是她去散了散步。漫无目的。没有塔吉特或好市多超市。只有那些珠光宝气、为华而不实的爱好打造的商店，无不显耀着它们与实际生活之间刻意为之的格格不入。她走进一家书店，里面有一整块区域陈列着旧时地图，却找不到一本关于特需育儿的书；走进一家服装店，里面足足有十五种不同式样的搭扣款法式文胸，却没有内裤或袜子。随着每一分钟的流逝，她都只是随意浏览而非做着看护者，特蕾莎逐渐觉得自己卸下了那个角色，一个细胞一个细胞地，就好像蛇蜕皮似的，让此前一直被掩盖的东西重见天日。她不再是修女特蕾莎，不再是看护特蕾莎，而仅仅是特蕾莎，一个女人。围绕罗莎、卡洛斯、轮椅和插管的世界变得遥远缥缈。她对他们的爱与担心在强度上渐趋微弱，如同寥落的晨星——它们还在那里，只是不太看得清了。

第一天审判结束后，特蕾莎驾着租来的双门小汽车驶回家，路上跟着摇滚歌曲唱起来。到家时距罗莎上床睡觉的时间还有十分钟，她继续往前驶过家门，把车停在树木掩映的一处隐蔽地，读起了一本她在休息时买的书，99 美分的玛丽·希金斯·克拉克悬疑小说，读了十五分钟，享受着这偷来的额外时光。

这就像体验派的演员，假扮另一个人的时间越久，他们在角色中就会沉浸得越深。今天，特蕾莎比需要出发的时间早一些离开了家。她扮演起一个单身女子的角色。她在车上化了妆，头发长长地披下来，望着外面葡萄园里的工人。在和那个前台男人接触的短暂瞬间，她真的感觉成了一个自由女人，一个没有拖着残障女儿和阴沉儿子的女人。这对“拖油瓶”组合足以让许多男人对她敬而远之。

她等到最后时刻才返回法院。在门口有两个女人冲她打招呼，她们是以前排在她后面进行上午潜氧的奇迹潜水艇的病人。其中一个说："我刚在说这真是太难了，让我来这里。我丈夫可不习惯照看孩子。"另一个说："就是说啊。我真希望审判早点结束。"

特蕾莎点了点头，嘴唇努力抿出一个代表"我也是这样想的"的微笑。她不知道，她放纵自己贪享生活中的偶得空隙，是否就意味着她是个坏人。她是不是个坏妈妈？因为她没有想念罗莎翘起嘴唇张嘴叫"妈妈"的样子。她是不是个坏朋友？因为她暗自祈祷这场审判将会持续一整个月。她开口自语："我知道，我很惭愧。"她看到她们脸上没有愧疚，而是写满兴奋，眼睛四下张望，完全被法庭里的戏剧气氛吸引了。特蕾莎这才反应过来：这些女人可能也像她一样，扮演着"好母亲"的角色，努力装得像是她们并不享受这种半放假的状态，此时她们的丈夫硬着头皮接管了她们习以为常的冗杂琐事。特蕾莎看着她们，笑了笑说："我完全懂你们的感受。"

*

法庭里潮湿闷热。有人说气温到了 37 摄氏度，她本以为到了室内会凉快点，但里面的空气就跟外面一样滞重。或许是每个在大太阳下走过的人带来的，他们像海绵一样吸足了湿气，现在走入屋内，释放出潮乎乎的闷热感。

亚伯宣布他的下一位证人：史蒂夫·皮尔逊，纵火案专家，也是本案的首席调查官。他走进来时，秃头上滑溜溜的，粉粉的头皮渗着汗水，特蕾莎几乎都能看到蒸气从那里冒出来了。特蕾莎身高不足一米五，所以大多数人对她而言都是大个子，但皮尔逊警探足足是个巨人，甚至比亚伯还高大。他走上前时，证人席的地板嘎吱尖响，在他魁梧的身躯边上，那把木质座椅看上去活像个玩具。他入座后，窗外倾泻进来的阳光如聚光灯般打在他的秃脑袋上，在他的面孔周围笼罩上一圈光晕。这让特蕾莎想起了第一次看到他的时候，那是爆炸发生当晚：他站在火灾的背景前面，扭动的火焰映照出他光亮的头皮。

那是噩梦般的场景。赶来的救火车、救护车和警车汽笛齐鸣，音调不一，刺耳尖厉，盖过了吞噬蔓延谷仓的大火那平稳不变的噼啪声。救护车闪动的灯光打在夜色愈深的天空中，营造出夜店般的迷幻氛围，消防软管在半空中交叉，喷洒的泡沫水宛如舞动的彩带。还有担架。铺着白晃晃床单的担架，到处都是。

奇迹般地，特蕾莎和罗莎都安然无恙，只是吸入了烟雾，正因为这里给她们供应的——多么讽刺啊——是纯氧。她大口吸气时，看到马特正在奋力挣脱想要制止他的急救人员。“让我过去！她还不知道。我必须告诉她。”

特蕾莎停住了呼吸。伊丽莎白。她还不知道她儿子死了。

史蒂夫·皮尔逊就是在这时出现的，宽阔得怪异的肩膀和秃顶脑袋让他看上去活像某个电影里坏蛋的漫画版本。“先生，我们会找到那位死去男孩的母亲的。”他说话尖声尖气还带着鼻音，她本以为发自如此庞大身躯的应该是低沉轰响，事实和想象两相对比之下，他的声音就更显奇异了。感觉不对劲，就好像他的真实声音被一个早熟小男生录好的声音给替换掉了。“我们会传达消息的。”

传达消息。*女士，我有消息告诉你*，特蕾莎想象眼前的男人说出这话的样子，就好像亨利之死是CNN上某则有趣的外国新闻报道。*你的儿子死了*。

不。她绝不会让这样一个长得像北欧相扑手、说话像花栗鼠艾尔文[1]的陌生人来告诉伊丽莎白，绝不会让他玷污了那个伊丽莎

1　美国导演蒂姆·希尔执导的福克斯《鼠来宝》电影系列中的主角。

白日后会一遍又一遍回想起的时刻。特蕾莎自己就遭过这种罪，一个听起来就是个位高权重的大忙人医生告诉她，“我打来是通知你，你女儿昏迷不醒”。就在她惊慌叫道“什么？这是开玩笑吗？”时，他骤然打断，“我建议你以最快速度赶到这里。她很可能撑不了多久了。”特蕾莎希望由一个朋友去温柔地告诉伊丽莎白，和她一同哭泣，给她一个拥抱——就像特蕾莎当时希望前夫做的那样——而不是把这事随便交给一个陌生人。

特蕾莎让救护人员照顾一下罗莎，然后自己赶去找伊丽莎白。当时是晚上 8 点 45 分，本来潜氧应该在不久前就结束了。她人在哪里呢？没在车里。或许她是出去走了走？马特以前说过溪边有一条不错的散步小径。

她花了五分钟才找到她，她正躺在溪边的一张毯子上。“伊丽莎白？”特蕾莎叫她，但她没有应答。走近一点，她看到了她耳朵里的白色耳塞。轰鸣音乐的轻微回声从那里流泄出来，与汩汩的溪水声和蟋蟀的唧唧声混合在一起。

夜色渐深，在伊丽莎白的脸上投下一片淡紫红色的阴影。她闭着眼睛，脸上挂着一丝浅笑。非常安详。毯子上放着一包烟和一盒火柴，边上有个烟头、揉皱了的纸，还有一个保温瓶。

“伊丽莎白。”特蕾莎又叫了一遍。毫无应答。特蕾莎弯下腰扯下了那对耳塞。伊丽莎白吓了一跳，身体猛地躲闪开。保温杯倒了，一种淡麦秆色的液体咕噜噜地流出来。是酒？

“哦，上帝啊，我不敢相信自己居然睡过去了。现在几点了？”伊丽莎白问。

“伊丽莎白。”特蕾莎双手环成杯状。救护车狂闪的灯光一阵一阵地照亮天空，如同远处绽放的烟花。“发生了很可怕的事。着火了，爆炸。一切都太快了。”她握住伊丽莎白的双手。“恐怕亨利……也在其中，他……他已经……”

伊丽莎白什么都没说。没有问他怎么了？，没有倒吸一口气，没有高声尖叫。她只是节奏均匀地朝特蕾莎眨着眼睛，就好像在默默倒数特蕾莎说出她那句话最后两个字之前还有几秒。五，四，三，二，一。受伤，特蕾莎多想这么说啊。快死了，这样也行啊。只要还留有一线希望。

“亨利死了，”特蕾莎最后说了出来，“我太遗憾了，我没法告诉你——”

伊丽莎白紧紧闭上眼睛，抬起手来像是在说，别说了。她身子轻轻摇晃，往前往后，像是夏日微风吹拂下挂在衣架上的一件衬衫，当特蕾莎靠近想要安抚她时，她张开嘴无声地做号叫状，然后猛地甩头向后，特蕾莎这才反应过来：伊丽莎白是在大笑。笑得很大声，很尖厉，像是疯子一般的咯咯狂笑，边笑边像念咒语似的重复着：“他死了，他死了，他死了！”

*

特蕾莎听完了皮尔逊警探关于当晚其他情况的证词。伊丽莎白是怎样以诡异的平静扫视现场的。他是怎样带她来到亨利的担架前，还没来得及阻拦，她就自己扯下了盖在亨利脸上的那块白布的。她又是怎样淡定，没有叫，没有哭，也没有抱住尸体不放的，就像其他悲痛欲绝的家长那样。他当时告诉自己这一定是因为震惊过度而导致的呆滞，不过话说回来，那真是让人毛骨悚然。

全程听他重述这些她早已知道并亲身经历的事实时，特蕾莎低下头，兀自抚摸手上的皱纹，回想着伊丽莎白大喊“他死了！”时的情景。她当时那种放声大笑——她正是因此知道亨利不是伊丽莎白杀的，或者即使是她杀的，她也绝不是故意的，不是谋杀。八岁时，特蕾莎曾经掉进过一个池塘。水冰冷刺骨，但反倒有种沸水烫身的感觉。伊丽莎白的大笑就有这种意味，仿佛她太过痛苦，已经超越了哭泣的程度，直接跳到了更深的一个层面：悲痛到只能狂笑，但这种笑里包含的痛苦远远超过了任何哭泣或是尖叫。但她要如何用言语表达出来，解释清伊丽莎白的这种大笑并非真的大笑呢？她喝酒、抽烟，没个母亲的样，这本已够糟糕的了。当被告知自己儿子死了时还在大笑，更会让人觉得疯疯癫癫，这还是往好里说的。要是往坏里说，这就是心理变态。所以她从未向任何人说过。

亚伯在黑板架上放了什么东西。一张便笺的放大照，整张纸上写满了笔迹潦草的各种短语。大多是记的待办事项：电话号码啦，网址链接啦，还有杂货条目。其中有五个短句，散落在页面的不同地方，用黄色标了高亮：我受不了了；我要夺回生活；必须今天就结束！！；亨利 = 受害者？怎么可能？；还有，再也不做高压氧治疗了，最后这句用一笔一连画了十几个圈，像是孩童稚气描画的龙卷风。纸上弯弯曲曲的线条纵横交错；这张纸本来被撕过，然后又像拼图似的被拼凑了回去。

亚伯说："皮尔逊警探，告诉我们这是什么。"

"这是在被告人家里厨房找到的一张便笺的放大版副本，标了重点高亮。纸本来被撕成了九块，丢弃在垃圾桶中。字迹分析确认这是被告人写下的。"

"所以被告人写下来，撕碎，又扔掉了。为什么这张纸这么重要呢？"

"它看上去像是某种计划书。被告人受够了照顾她的残障孩子。她计划在那晚'结束'这一切。"说到"结束"时，他在空中比画了一对引号。"'再也不做高压氧治疗了'，她写道。通过将上面的网址和号码同被告人的网络浏览史和通话记录加以比对，我们判定她就是在爆炸发生当日写下这些的。几个小时后，高压氧治疗现场爆炸，她儿子死亡。而当事故发生时，她正在喝酒抽烟以作庆祝，我们可以将其视作摆脱母亲责任、获得自由的终极象征。”皮尔逊皱着眉头看向伊丽莎白，那样子就好像他刚刚吃到了什么馊掉的食物，特蕾莎不知道如果他昨晚看见了她，是否也会流露出一样的神情，当她偷偷躲在车里，多享受了几分钟远离残障孩子的自由时光。

“可能被告人写这个的意思只是厌倦了高压氧治疗，想要退出。这也有可能呀，警探？”

皮尔逊摇了摇头。“她就在当天发邮件取消了亨利的各项治疗——言语训练、作业疗法[1]、体能和社交训练，除了高压氧治疗。为什么没有把高压氧治疗一起取消呢，如果‘再也不做高压氧治疗了’指的是她想要退出的话，除非当她心知肚明高压氧治疗项目会毁于一旦，那当然就没必要取消了。”

“嗯，的确很奇怪。”亚伯摆出他那副“我可真想不通”的表情。

“是的，奇巧无比，被告偏偏就在发生爆炸的那一天决定退出高压氧治疗，而她写下来的每句话都变成了现实，顺理成章的还有，亨利再也不会需要她取消了的这些治疗服务了。”

“但有时候的确会有巧合。”亚伯的声音里来了劲，显然是想在陪审团面前演一出“一个唱红脸、一个唱白脸”的戏。

“是的，但如果她都决定要退出了，为什么还要去下一场潜氧呢？为什么大老远的开车过去，然后又谎称她生病了呢？为什么在上课之前，她要花一下午的时间研究高压氧治疗的着火问题呢？我们对她电脑做的取证分析证实了这点。”

亚伯说：“皮尔逊警探，你作为纵火调查专家，从被告的电脑检索和写下的纸条来看，你得出了什么结论？”

“她的检索主要围绕高压氧治疗着火的机制，火怎么燃起来，又是怎么蔓延的，从中可以推断这个人有意纵火，她想要知道怎样

1　指一种使肉体或精神病患者进行某种脑力或体力活动以帮助康复和适应生活与生产技能要求的治疗方法。

纵火才能最好地确保高压氧治疗舱内的人死亡。她写道‘亨利 = 受害者？怎么可能？’表明她关注的是怎样确保亨利成为受害者，也就是死者。后来她精心安排亨利的座位，确保他坐在最危险的位置，也证明了这点。”

“反对。”伊丽莎白的律师请求移步庭侧私下商议。律师和法官在边上谈话时，特蕾莎看着那张放大的便笺。上面的每一句话都像是特蕾莎自己会写下的。她曾经多少次想过，我受不了了，我要夺回自己的生活？见鬼，这不就是她每天晚祷的一部分吗：“亲爱的上帝，求你帮帮罗莎，请给我们带来一种新疗法或药物或别的什么吧，上帝啊，因为我要夺回自己的生活。卡洛斯要夺回他的生活。最重要的是，罗莎要夺回她的生活啊。求你了，上帝。”去年夏天，每天两次大老远开车过去，她还不是在倒数着还剩几天，并对罗莎说“最后九天了，我的女儿，然后我们再也不做高压氧治疗了！”吗？

还有那句，亨利 = 受害者？怎么可能？皮尔逊的解释从逻辑和理智上似乎说得通，但这句话里有什么让她想起了什么。亨利等于受害者，怎么可能。亨利是受害者，亨利作为受害者？怎么可能？她重复着，沉浸在这一串短语的节奏中，有一种如此熟悉的感觉，就好像是一首许久以前的摇篮曲。

她突然想起来了。那天早上的抗议者。“你们在伤害他们，”那个银发波波头的女人说，“你们只想满足自己的扭曲欲望，把他们变成你们想拥有的教科书般的完美孩子。”这话对伊丽莎白冲击很大——她的脸在蒸桑拿般的天气唰一下变得惨白——特蕾莎当时宽慰她：“得了吧，亨利是受害者？这真是太可笑了。你给亨利连内衣都是买有机的，看在上帝的分上。”但后来她自己也忍不住想，罗莎是不是我对她接受无能的受害者呢？但我只是想让她健健康康的啊。这有什么错呢？要是有张纸的话，她当时可能也会随手写下：罗莎 = 受害者？怎么可能？

律师回到桌前，亚伯亮出另一张示意图。

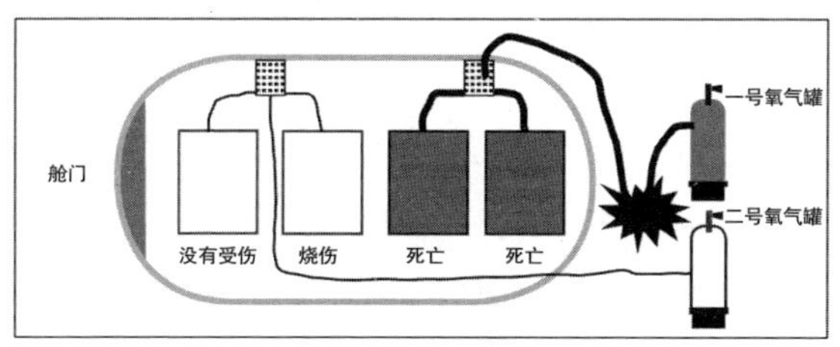

“警探，”亚伯说，“告诉我们这是什么。”

“这是被告在爆炸前最后浏览的网页上的一张示意图。她搜索了‘舱外着火引起的高压氧治疗火灾’，我们推断她是想找到抗议者传单上说的案例，然后她搜到了这个：有一个和奇迹潜水艇相似的潜氧舱，从舱外开始着火，大火烧裂了输氧管，氧气跑出来，与火接触。一号氧气罐爆炸，炸死了与这个氧气罐连接的两名患者。”

“所以说被告看了这张图，几小时后把自己儿子安置在了标注死亡的第三个位置。你是想告诉我们这个吗？”

“正是。各位别忘了，”皮尔逊看向陪审团，“奇迹潜水艇爆炸的方式和这张图一模一样。火都是从同一个地方燃起来的，就在输氧管的 U 型下弯处。致死情况也一模一样，都是在那两个后排座位，也就是她坚持让儿子坐的位置。”

特蕾莎看着左边那个标注没有受伤的方块，那正是罗莎坐的位置。在之前每一次潜氧中，她都会坐在那个标注死亡的红色方块位置。要不是伊丽莎白坚持改变座次，那么被大火吞噬、烧得只剩骨头的就会是罗莎的脑袋。特蕾莎打了个哆嗦，摇了摇头想赶走那个想法，把它丢到脑后。这种逃过一劫的感觉过于强烈，以至于她双膝一阵发软，随之涌上一阵羞愧感：面对事实吧，她心里谢天谢地是别人家的孩子以如此痛苦的方式死去了。特蕾莎这时想，有没有可能她对伊丽莎白的声援并非因为觉得她是无辜的，而是出于对她的感激，感激她策划的这场爆炸让罗莎安然无恙？是不是自私之心让她歪曲解读了伊丽莎白的大笑，和她的纸条？

亚伯说："你和被告讨论过起火位置吗？"

"是的，就在被告指认了儿子尸体之后。我告诉她我们一定能找出肇事者，搞清这究竟是怎么发生的。她说：'是那群抗议者。她们在外面放了火，就在输氧管下面。'记住，那时我们尚不知道火是从哪里，是怎么烧起来的。后来，当我们的分析证实了她说的位置正是起火源头时，不得不说，我们都大吃一惊。"

"她知道位置会不会是因为就像她声称的，是抗议者放了火，就像她们传单上写的那样？"亚伯说，语气活像是一个纯真的小男生在问复活节小兔是否真的存在。

"不。"皮尔逊摇了摇头。"我们对抗议者进行了彻底调查，基于多种理由排除了她们的嫌疑。首先，六名抗议者全部在晚上8点结束受讯后被释。她们说她们立即驱车驶回华盛顿特区了，没有在任何地方逗留，当时的手机基站信号也证实了这点。其次，六人的过往背景都清清白白，没有任何犯罪记录，是和平守法的良民，她们的首要目标只是保护孩子不受伤害。"

特蕾莎听得直摇头，真希望自己能告诉陪审团，不要被这种所谓的"和平"假象所蒙蔽了。他们没在那天早上见到这群女人，她们那咬牙切齿的样子，眼神里满是轻蔑。只要能阻止高压氧治疗，她们看上去什么事都干得出来，就像那些打着拯救生命的名号开枪打死堕胎医生的狂热分子。

特蕾莎深吸了几口气，让自己平静下来。皮尔逊站在席上说："就算你相信她们为了恐吓人们不再搞高压氧治疗，会做出像纵火那么出格的事情，但她们也不会在氧气开到最大挡、舱内有孩子的情况下做啊，这说不通。"

氧气开到最大挡。这句话激起了一个让她毛骨悚然的想法：

万一她们压根就不知道氧气开着呢？那天早上，第一次潜氧结束，她匆匆从她们中间挤过去时，那个银色波波头女人冲她吼道：“我们哪儿也不去。今晚 6 点 45，不见不散。”当时她没多想，只是被她们激怒了，但现在回过头来，特蕾莎突然意识到：抗议者对他们的时间安排了如指掌。也就是说，她们本以为供氧会在 8 点 05 分结束。根据皮尔逊的说法，不管是谁放的火，火都是在 8 点 10 分至 15 分之间被点燃的。完美的时间安排：抗议者认为那时潜氧临近结束，氧气已经关掉了，所以火只会慢慢燃烧，让患者能在走出来时目睹火光，他们肯定会惊慌逃离，并把情况报告给朴。高压氧治疗就再也办不下去了。这样就完全说得通了。

亚伯说：“我明白你为什么排除抗议者的嫌疑了。但如果她们与此案无关的话，被告人是怎么知道确切起火位置的呢？”又是那种疑惑加好奇的腔调，仿佛他真的是一头雾水。

“两种可能，”皮尔逊说，“第一，她自己放的火，选在那个位置是为了嫁祸给抗议者。杀人之后栽赃他人，经典计划。非常聪明，要不是我们找到了不利于她的有力证据，这个计划可能就成功了。”

“那第二种可能呢？”

“一种巧合到不可思议的猜测。”

有几个陪审员咯咯发笑，特蕾莎感觉像是有什么东西挤压着她的肺部。伊丽莎白恨透了那群抗议者；这是显而易见的。这种仇恨会不会强烈到了让她铤而走险、放火烧谷仓的底部呢？不是要杀死谁，而仅仅是为了让抗议者身陷麻烦？最后那次潜氧中，TJ 耳朵疼痛，所以朴用了平常两倍长的时间才完成加压，开始供氧。而伊丽莎白并不知情，她会以为 8 点 15 分时氧气肯定已经关掉了。她可能就会在那个时候点火，以为所有人马上就会出来，然后在火势变大之前发现火情。这样就能解释为什么当她得知火灾和亨利被烧死时，尽管悲痛万分却没有大吃一惊。意识到她亲手害死了儿子，他成了自己狂妄、仇恨和罪孽的牺牲品，她毫无疑问会精神崩溃，发出让特蕾莎永生难忘的那阵痛苦狂笑。多么讽刺啊，没有人能受得了。

亚伯说："警探，火具体是怎么燃起来的？"

皮尔逊点了点头。"我们的纵火取证小组认为，火首先是从一条输氧管下面一支点燃的香烟和一包纸板火柴那里烧起来的，它们放在一堆枯枝条中间。管子裂了，里面的氧气跑出来与火接触。尽管氧气本身不是可燃物，但它和潜氧设备内外的杂质一结合，就导致了爆炸，爆炸的威力将香烟和纸板火柴弹到了远处，使它们未被完全烧成灰烬。我们找回了这两样东西的多个完整残片，对它们的化学成分和颜色样式进行了实验室检测。我们判断香烟的牌子为骆驼牌，纸板火柴则是在这一地区的 7–11 连锁便利店销售的。"

亚伯的嘴唇动了动，仿佛是在努力不让自己幸灾乐祸地笑出来。"在被告的野餐区域里找到的香烟和火柴是什么牌子的呢？"他说到野餐时的语气就像那是一个污秽之词。

"骆驼牌香烟和一包 7–11 的纸板火柴。"

整个法庭的人似乎都坐了起来，为之一振。每个人都在椅子上伸长了背，倾身向前或是转向侧边，就为了看上一眼伊丽莎白的反应。

亚伯等待人们的窃窃私语和挪椅子的吱嘎声安静下来。"警探，被告是否尝试解释过这一巧合？"

"解释过。被捕后，被告说她那天晚上在树林里捡到了一包开过封的香烟和火柴。"皮尔逊带着唱歌般的声调，语气活像是保姆在给小孩子读童话故事。"她说看起来像是谁丢掉的，所以她就拿起来抽了。她说上面还附了一张印有韩亚龙标志的纸条，写着：'我们得给这事画上个句号。今晚见面，8:15。'她说她当时没有想到，但它们肯定是纵火者丢下的。"

"你对这一解释做何反应？"

“我觉得不可信。要是青少年抽别人丢掉的香烟，我信。但一位四十岁的上流社会女性会这样做？不过不管怎么说，我们还是认真地对待了她的这一‘解释’。”他又在空中打出一对引号。“我们用了粉末法让香烟盒和纸板火柴上的指纹显形。”

“有什么发现？”

“有趣的是，我们只发现了被告人的指纹，没有别人的。她对此解释说，她在抽之前，”皮尔逊的脸拧成一团，好像在憋住不笑出来，“用抗菌湿巾擦拭了它们。因为你知道，它们是从地上捡来的。”

法庭上下传来轻轻的嗤笑声。也有人干脆大笑起来。亚伯皱起眉头，故意拧紧面孔。“不好意思，你是说抗菌湿巾？”陪审员们也笑了，像是被逗乐了，但特蕾莎发现自己非常讨厌这种一看便知的戏剧化表演，这种假装惊诧的样子。“所以她只要是用了抗菌湿巾，就愿意抽这些随地捡来、鬼知道属于谁的香烟了？”听亚伯又把“抗菌湿巾”四个字说上一遍，让人感觉很幼稚，像是一种欺辱，特蕾莎真想冲他吼过去，让他闭嘴，告诉他伊丽莎白的确有这种随身携带湿巾、什么都要用它们擦一下的习惯，这又怎么了？

“是的，”皮尔逊说，“然后在这么做的过程中，自然而然就‘抹去’了任何本可证实或是反驳她的叙述的证据。”特蕾莎真想跳起来，一巴掌打在这个男人肥嘟嘟的、活像是画上画的小兔爪子一般的手指上。

“那么那张韩亚龙超市纸条上的指纹呢？被告想必没有用抗菌湿巾擦纸吧。”

“我们没找到任何便笺。”

“会不会是漏掉了？”

“爆炸当晚，我们在她野餐地点周边围起了很大的一片场地，第二天早上仔仔细细地搜索了个遍。那附近没有韩亚龙超市的纸条。”

一阵酥麻感击中特蕾莎的头皮，向下传导至她的肩膀，温暖而厚实的感觉像是围上了一件披肩。那天晚上是有一张便笺。闭上眼睛，她能回忆起来：毯子上一个揉皱的纸团。她想不起上面有什么字了，但她眼前能浮现出色彩鲜亮、红黑相间的点状图案，韩亚龙超市的标志在拧成团的纸上看起来或许就是这样的。

特蕾莎想象告诉亚伯。他会相信她吗？他会问她为什么没有早说。事实是，为了避免提起伊丽莎白在得知亨利死讯时的狂笑，她当时说自己不太记得那场对话了，包括附近看到过的物品。“我当时一心只想着告诉她亨利的死讯，估计把周围的一切都给忽略了。”她说。她可以说是皮尔逊的证词唤起了她的记忆，但亚伯不会买账；他会像一只秃鹫般揪住不放，直到她的叙述土崩瓦解。也就是说，到时候她可能就只得和盘托出，解释一通伊丽莎白为什么会狂笑。而这对伊丽莎白会是多大的伤害啊，还不如只说她看到了什么隐约像是韩亚龙超市纸条的东西。

所以私下去找亚伯是行不通的。但保持沉默同样不是一个可行的选项；陪审团必须知道伊丽莎白在便笺的事情上没有撒谎。

特蕾莎睁开眼睛时，皮尔逊正说到没有任何证据能证实伊丽莎白对事件的叙述。特蕾莎站了起来。她清了清嗓子，说：“不是这样的。我看见了。我看见了那张韩亚龙超市的纸条。”

法官敲下木槌，要求肃静，亚伯也说让她坐回到位置上，但特蕾莎还是站在那里，望着伊丽莎白。香农对伊丽莎白说着什么，但伊丽莎白没有看她，而是望着特蕾莎，与她目光相接。伊丽莎白的下嘴唇颤抖着，扯出微微一笑。她眨了眨眼，早已蓄满眼眶的泪水顺着脸颊簌簌而下。眼泪落得那么急，如同决堤之水。

伊丽莎白

审判开始前一周。香农告诉伊丽莎白，开庭时她们需要让很多人坐在她身后，越多越好。他们可以给她递纸巾，对亚伯的证人怒目而视，诸如此类。家人这一选项被排除在外。伊丽莎白是独生女，她的父母都在1989年洛杉矶大地震[1]中丧生了。那么就只剩下朋友了。问题是：她一个也没有。“我们不是说要那种一辈子在一起的死党闺蜜。只是愿意坐在你边上的人。坐着，就行了。你的发型师、洗牙师、全食超市[2]的某个收银女孩。谁都行。”香农说。然后伊丽莎白说：“我们为什么不能雇些演员来呢？”

她并非从未有过朋友。的确，她一直都属于较为内向的那一类，但在大学时代和在会计师事务所工作时，她也有一些关系很好的朋友；她结婚时有三个伴娘，她也两次做过别人的伴娘。然而自从六年前亨利确诊自闭症以来，她实在是太忙了，没时间做一点不是围着亨利打转的事情。白天，她要开车送亨利接受七种治疗——言语、作业疗法、体能、听觉处理（托马提斯法，一种通过音乐和语言改善运动、情感和认知能力的治疗方式）、社交技能（人际关系发展干预疗法）、视觉处理、神经反馈——在此期间，她还要辗转于各个营养/有机食品商店间，寻找不含花生/麸质/酪蛋白/乳品/鱼类/蛋类的食物。晚上，她要给亨利准备食物和补品，还要上各种自闭症治疗论坛，例如高压氧治疗孩子论坛、自闭症-医生妈妈论坛。多年音讯杳无之后，朋友们逐渐也不再和她联系了。她现在能怎么办呢？打电话过去说，嗨！好久没聊了！我不知道你有没有兴趣来参加我的谋杀罪审判，在我被处死之前待上一会。哦，顺便说下，不好意思六年来都没有回你电话，但我只是在忙着照顾儿子——你知道的，就是我被控谋杀的受害者？

所以，是的，伊丽莎白知道没有人会过来声援她（香农不算，

1　1989年10月17日，发生于美国加利福尼亚州洛杉矶湾区的一场严重地震，造成63人死亡，近3800人受伤。

2　全美最大的天然食品和有机食品零售商。

因为伊丽莎白每小时可是要付她 600 美元的）。然而昨天走进法庭，看到身后那排空座位，那是偌大法庭里唯一的一排空座位，她还是难受得像腹部被看不见的拳手重击了一拳。两天以来，伊丽莎白身后的那排座位一直都是空的，仿佛在昭告世界她连半点声援也没有，彰显着她有多么孤独。

当特蕾莎突然开口，说她见过那张韩亚龙超市纸条时，法官试图撤销她的说法。他敲下木槌，告诉特蕾莎不能这样大喊大叫，并指示陪审团无视她的话。特蕾莎道了歉，但当他让她坐下时，特蕾莎跨过柳家人身边，穿过过道，走向那排空着的座位，在伊丽莎白正后方坐了下来。这是伊丽莎白日后躺在床上时将在脑中反复回放的一个片段。陪审团中有几人倒抽了一口冷气，他们似乎是把伊丽莎白看作了麻风病人，或许没有传染性，但要敬而远之。

伊丽莎白转身看向特蕾莎。有个人为她站出来说话，宣布自己站在她这边，光明正大地坐到她身边。但一想到那几个同样参加两次潜氧的家长，她们曾经每天共度好几个小时，如今却连看都懒得来看她一眼，也都不会在心里问一句到底是不是她干的，她还是非常受伤。她们都自动认定她是有罪的。

她们当中的一个人愿意做她的朋友。感恩充盈了她的内心，就像气球里注满了水，随时就要炸裂开来，无数她无法说出口的“谢谢你”汇成喷涌而出的水流。她望着特蕾莎，努力想用眼神传达谢意。

就在那时，她蓦地瞥见人群中一头晃动的银发。那群抗议者的头领，这个女人在网上有个伪善的用户名 :“自闭症儿童的骄傲妈妈”。她本期望香农在审判上戳穿她所谓的不在场伪装，把她扳倒，然而那通询问纵火的电话又让香农的矛头对准了朴，于是这个女人得以安安定定地坐在这儿，像个无辜的旁观者那样欣赏着这场审判。伊丽莎白感到胆汁慢慢爬上了嗓子眼，那种熟悉的情绪爆发，怒火、恨意和谴责交织在一起。要不是因为这个女人，她的儿子现在就还活着。他应该九岁了，马上要上四年级。鲁丝·韦斯，伊丽莎白跟基特打了那通致命的电话后才知道她的恶毒恐吓和想要摧毁她整个生活的企图——上帝啊，她多希望自己从来没打过那通电话。就是那通电话，让伊丽莎白的理智逐渐溃散、剥离，裹挟她走向了将让她悔恨余生的那一时刻。那一系列愚蠢至极、不可理喻的行为，最终宣判了她的命运，还有亨利的命运。

伊丽莎白转身看向特蕾莎，想象她当时被困在骇人大火中的情状，而她呢，则在那里喝着酒，庆祝高压氧治疗的终结，赞叹着唇间的香烟滋味。她想，要是特蕾莎知道了那天发生的所有事情，要是她知道伊丽莎白——她对鲁丝·韦斯的仇恨——正是亨利之死的罪魁祸首，她会怎么想。

*

香农恨透了皮尔逊警探。“真是个自以为是、目中无人的混蛋。”他们第一次会面后她就这么说，然后在他当庭做证后又一次说。“我真受不了他那个尖嗓子。真的都让我起鸡皮疙瘩了。”

伊丽莎白以为见到他会让她痛苦不堪——就是这个男人带她走向了亨利的尸体，她的儿子变成了没有生命的一样东西。但她其实不记得他了。不管是他的脸，还是那令人不适的违和嗓音。她不记得他所说的任何事情，更没法像香农希望的那样指出其中的不实之处，她只是像个被动的电视观众那样接受了他的说法。

当法官让香农开始她的交叉质询时，香农对伊丽莎白说：“你就坐着好好欣赏吧；我要把他打得落花流水。”她站了起来，却用余光瞄着皮尔逊（是这样吗？香农是在释放魅力？），然后笑了笑，露出两个酒窝。她说：“下午好，警探。”刻意用了一种低沉的嗓音（是想显得性感，还是为了对比突出他的尖嗓子，伊丽莎白分辨不出来），踩着碎步朝他走去，臀部却一个劲地晃来晃去，伊丽莎白觉得她仿佛在跳滑步舞曲。

"警探，"香农继续用喉音说着话，伊丽莎白简直想清一清自己的嗓子，"让我们先来聊一聊你。我们听说，你在犯罪调查方面是个专家，拥有二十年的经验，也是这桩案子的首席调查官。事实上，我还听到传言说，你开设了一门关于证据收集的研讨课。"她边说边转向陪审团，活像一位吹嘘自家儿子的骄傲母亲。"一门所有新人警探的必修课，显然是，"她又转向他，"是这样吗？"

"嗯，是的。"他显然没料到她会这样开场。

"这节研讨课的名字叫'笨蛋的犯罪调查课'，是真的吗？"香农咯咯笑起来。香农这样一位严肃、专业，穿着一套不合身的格纹套装和一双不透明连裤袜，身材微胖的律师，竟然像个四岁孩子那样咯咯笑着。

"那个不是官方名字，不过确实，有人这么叫来着。"

"我听说你自创了一套绝妙的图表，你上课就全用这套图表。就一页纸，是这样吗？"

皮尔逊看上去一头雾水。他望着亚伯，像个向朋友寻求答案的学生。亚伯微微耸了耸肩。"是的，我有个一页纸的图表用来教研讨课。"

"我想你肯定尽量确保这张图表反映的是你的真实经验，不仅仅是课本上那一套，而是你关于何种证据最为可靠、最具相关性的实战知识。这样说对吗？"

"是的。"

"非常好。"香农往黑板架上放上一张海报。

笨蛋的犯罪调查课

直接证据	间接证据
** 更好，更可靠！！！！	（不那么可靠，需要一条以上）
· 目击证人	· 确凿证据：嫌疑人使用凶器的证明（指纹、DNA）
· 记录犯罪的录音 / 录像	· 归嫌疑人所有 / 所属的物品
· 嫌疑人犯罪的照片	· 犯罪机会——不在场证据？
· 嫌疑人、目击证人，或共犯的犯罪记录	· 犯罪动机——恐吓、先前发生的事
· 圣杯：供词（必须确认！！！！！）	· 特殊知识与兴趣（例如有炸弹方面的技术或研究）

“警探，这是你的图表吗？”香农问道。她声音中的甜腻显得过于夸张，隐约透出一丝嘲讽意味。

皮尔逊和亚伯齐声开口，前者问：“你到底是怎么搞到这个的？”后者道：“反对。这是误导。豪格女士非常清楚弗吉尼亚州法律并不区分直接和间接证据。”

香农说：“法官大人，我们大可等到具体敲定陪审团指令的时候，再来争论立法上的技术细节。而现在，我是在问首席调查官他的调查方式。这并非一份保密文件，而且上面都是他本人的话，不是我的。”

“反对无效。”法官说。

亚伯不敢相信似的张大嘴巴，坐回座位时连连摇头。

“警探，我再问一遍。”香农的声音又恢复了往日的严肃语调，那一层过分夸张的甜腻感就像香蕉皮似的被剥离掉了。“这的确是你的表格，是你用来指导其他调查员，包括本案的调查员的，对吗？”

皮尔逊警探狠狠瞪了香农一眼，然后含混不清地说了“是的”。

“所以这张图表告诉我们，按照你的经验，直接证据要优于间接证据，且更为可靠。对吗？”

皮尔逊看了看亚伯，后者皱着额头，扬起眉毛，好像在说，是的我知道，但我又能对这个发了疯的法官做什么呢？“是的。”皮尔逊说。

“这两种证据之间的区别是什么？你在研讨课上举了一个跑步者的例子，对吗？”

皮尔逊的脸上现出又是惊叹又是恼怒的混杂表情。当然了，他一定在想是谁告的密，想象他要怎么处置这个叛徒。他摇了摇头，像是要理清思绪，然后说：“一个人在跑步的直接证据是有人看到他真的在跑。间接证据是有人在跑道附近看到他穿了跑步装和跑鞋，脸上红通通的，满头大汗。”

“所以间接证据有可能是错的。这个满头大汗的人可能是打算待会跑步，可能比方说只是刚从一辆很热的车子里出来。对吗？”

“是的。”

“我们来看本案。先来说重中之重的直接证据，根据你的专家指示。你列出来的第一类直接证据是‘目击证人’。有人目击伊丽莎白放火吗？”

“没有。”

“有人目击她在谷仓附近抽烟或点火柴吗？”

“没有。”

香农拿出一支很粗的记号笔，划掉了直接证据栏下面的第一项类目：目击证人。“接下来，有任何伊丽莎白放火的录音或照片吗？”

“没有。”她划掉了记录犯罪的录音/录像和嫌疑人犯罪的照片这两项。

“接下来，我们来看‘嫌疑人、目击证人，或共犯的犯罪记录’，有吗？”

“没有。”又是大笔一划。

“那么我们就只剩下你说的‘圣杯’了——供词。伊丽莎白从未承认放火，对吗？”

只见他嘴唇紧闭，抿成了一条粉色的线。“是的。”划掉。

“那么就是说，没有任何直接证据证明伊丽莎白犯了罪，没有属于在你看来‘更好，更可靠’这一类的证据，对吗？”

皮尔逊急促地吸了口气，鼻孔张得像马鼻子那么大。“是的，但是——”

“谢谢你，警探。完全没有直接证据。”香农在那张表的直接证据四个字上划了一道粗粗的删除线。

香农退后几步，满面微笑。这是一个肆无忌惮的笑容，胜利写在她脸上的每个地方——眼睛、两颊、嘴唇、下巴，甚至连眼睛都上扬了。这场审判的结果并不会真的影响她的生活，她却如此全心投入，让人觉得有点好笑。是输是赢，她都可以照样拿着按小时计的高额收入，照样住在她的房子里，有她的家庭，而对于伊丽莎白来说，审判的结果则意味着重回郊区生活和被送上死刑台之间的天壤之别。所以为什么她反而丝毫没有香农的那种兴奋感呢？

香农继续说：“那么剩下的就是间接证据了，用你的话说，也就是‘不那么可靠’的那一类。第一项是‘确凿证据’，或者根据本案的情况，可以说成抽过的烟。”好几位陪审员咯咯笑了。[1]“你在爆炸现场的香烟或火柴上找到伊丽莎白的 DNA、指纹，或是其他任何法医证据了吗？”

“火灾造成的损毁过大，我们没办法取回这类识别信息。”皮尔逊说。

---

1 香农这里玩了文字游戏，“确凿证据”（smoking gun）和“抽过的烟”（smoking cigarette）第一个词相同。

“那么说就是没有，警探？”

他的嘴唇抿得更紧了。“是的。”

香农划去了间接证据类目下的确凿证据。“接下来，让我们跳到‘犯罪机会’这一项。放火地点是在外面，谷仓后面，对吗？”

“是的。”

“谁都有可能走到那里然后放火，对吗？没有锁或栅栏什么的吧？”

“当然，但我们讨论的不是理论上的机会。我们看的是现实上的犯罪机会，有谁当时在附近，又没有不在场证据的，就像被告人这样。”

“在附近，没有不在场证据。我明白了。那么，柳朴怎么样呢？他就在附近。事实上，他的位置比伊丽莎白近多了，不是吗？”

“是的，但他有不在场证据。他就在谷仓里面，这点有他的妻子、女儿和患者做证。”

“啊，是啊，不在场证据。警探，你知道有个邻居出来做证说，看到柳朴在爆炸前站在谷仓外面了吗？”

“我知道。”皮尔逊说，声音中透着自信，脸上露出那种知道了别人不知道的事的得意笑容。“那么豪格女士，你知道柳玛丽已经澄清了那晚是她在外面，而那位邻居在听到后承认，他从远处看到的那个人的确很有可能是玛丽了吗？”皮尔逊摇了摇头，嗤嗤轻笑。“很显然，玛丽当时戴了顶棒球帽，头发扎了起来，所以他还以为是个男的。一个无意的错误。”

香农说：“反对。请命令回答不要岔开——”

亚伯站了起来：“是豪格女士自己挑起了这个话题，法官大人。”

“反对无效。”法官说。

香农转身背向陪审团，垂下目光，似乎在读自己的笔记，但伊丽莎白能看到她双眼紧闭，眉间深蹙。片刻过后，她豁然睁开眼睛。“那么就让我们理理清楚，”她转向了皮尔逊，“柳家人都在里面，然后柳杨出去找电池，柳玛丽走到外面，邻居看到了她。对吗？”

皮尔逊接连快速地眨了几下眼睛，颇像那种未来主义机器人处理信息时的样子。“我是这样理解的。”他用试探性的语气说。

“这就意味着柳朴在爆炸前是独自一人在谷仓里的——在附近并且没有不在场证据，符合你的‘犯罪机会’标准，是这样的吧？”

他不再眨眼，看上去像是屏住了呼吸；他的表情和身体都纹丝不动。过了一会儿，他咽了咽口水，喉结鼓了起来。“是的。”

香农脸上粲然一笑，在犯罪机会边上用红字写下柳朴。“下一个，动机。告诉我，警探：你见过的纵火案里最常见的动机是什么？”

“这不是一起常见的纵火案。”他说。

“警探，我没有问这是不是一起常见的纵火案。请回答我的问题：你见过的纵火案里最常见的动机是什么？”

他先是像个拒绝回答母亲问题的男孩双唇紧闭，然后吐出几个字：“钱。骗保。”

“而柳朴有机会拿到 130 万美元的火险保金，对吗？”

他耸了耸肩。“也许吧，听起来没错。但还是那句，这不是一起常见的案子。绝大多数骗保案中，纵火人是在场地没人的时候纵火的，也没有人受伤。”

“真的吗？非常有趣，因为我这儿有你对最近一起纵火案做的笔记，”香农看了看手里的一份文件，“我们来看看，去年十一月在温彻斯特。你写的：‘罪犯放火后仍然待在里面，是因为觉得如果建筑里没人的话承保人就会怀疑是骗保。罪犯认为假如他受伤了，承保人就更可能相信这是一起意外事故并支付赔偿。’”她将文件递给皮尔逊。“这是你的报告，对吗？”

皮尔逊咬紧牙关，眯起眼睛，几乎没有低头看那文件，只说了“对的”。

“那么，据你的经验，你觉得一份130万美元的保险单能为房屋主人，例如柳朴，提供放火烧房屋的动机吗，即使当时里面有人？”

皮尔逊警探看了朴一眼，又移开目光，最后回答：“是的。”

香农用红色大字在犯罪动机边上写下柳朴，然后指向下一条。“警探，说到‘特殊知识与兴趣’，你在后面加了几个打括号的字‘例如有炸弹方面的技术或研究’，这是什么意思？”

“这是针对特殊犯罪而言的。比方说，在爆炸案中，假如嫌疑人知道如何制造某种型号的炸弹，或是对此做过研究，我就会将其视为重要证据。我们在被告电脑上找到的证据就非常像这一类。”

“警探，柳朴在高压氧治疗引起的火灾方面有特殊知识，难道不是吗？实际上，他研究过与此案类似的先前火灾，是吗？”

“我不知道他知道什么。你得自己去问他。”

“事实上，我不需要问，因为你的助理已经帮我做了。”香农举起另一份文件。“给你的一条办公室备忘录，建议排除柳朴的犯罪性火灾过失嫌疑。”她把文件递给他。“请读一读划了重点的部分。”

他清了清嗓子读道：“‘柳朴十分清楚火灾危险。他研究过先前火灾，包括火源在舱外输氧管下面的案子。’”

“那么，让我再问一次，柳朴在与本案类似的高压氧火灾方面有特殊知识与兴趣，是这样吗？”

“是的，但是——”

“谢谢你，警探。”香农在特殊知识与兴趣边上写下柳朴，接着退后两步。“所以我们看到，奇迹潜水艇的拥有人柳朴同时具备犯罪的动机、机会和特殊知识。我们来讨论你图表上剩下的一条：凶器所有。现在，你认为本案的凶器——用于点火的香烟和火柴——属于伊丽莎白，对吗？”

“不是我以为，豪格女士。事实是，引起火灾的是一支骆驼牌香烟和7–11便利店出售的火柴，而被告人身边不远处就有骆驼牌香烟和 7–11 火柴。”

“但她跟你说了那些不是她的，而是她在树林里发现的。完全有可能是谁用它们点燃了火，为了消除证据而将其丢掉。你调查过除伊丽莎白以外其他人购买了这两样东西的可能性吗？”

“是的，我们调查过。我的调查队去过奇迹溪和被告人居住街区附近的每家 7–11 便利店，搜寻购买收据或是类似的东西。”

“啊，那可真让人松了口气。这么说你肯定问过那些店员能否认出其他人了，包括柳朴，这位我们可是知道他同时具备放火的动机、机会和特殊知识的。”香农指了指她标出的那三个鲜红的柳朴。

皮尔逊怒视香农，嘴巴紧闭。

“警探，你问过任何一个 7–11 店员柳朴买过骆驼牌香烟吗？”

“没有。”他的语气里带着一丝抗拒。

“你查过他的信用卡账单有无 7–11 消费记录吗？”

“没有。”

“搜过他的垃圾桶里有无 7–11 收据吗？”

“没有。”

“我明白了。这么说来，你所谓的大量搜查，只是针对我的委托人的了。好吧，我们来听听看。有几个 7–11 店员认出了伊丽莎白？”

“没有。”

“没有？那么收据呢？你们肯定搜遍了她的垃圾桶、车子、钱包和口袋，想要找到 7–11 的收据，对吗？”

“是的。但是没有，我们什么也没找到。”

“伊丽莎白的信用卡账单呢？”

“没有。但那些指纹确凿地——”

“啊，指纹。我们来聊聊这个。你不相信伊丽莎白是捡到香烟和火柴的。据你看来，它们是她的东西，尽管事实是没有任何证据证明她购买了它们。正因为是她的，所以没有其他人的指纹留在上面——因为她是唯一一个摸过它们的人，对吗？”

“正是。”

“警探，这正是让我疑惑的地方。如果香烟和火柴是她的，那她肯定是从哪里买来的。那么店员的指纹不是会留在上面吗？”

“如果她买了一整盒的话就不会。”

“一整盒，十包。两百支香烟。你在她家或垃圾桶里找到过一盒开了的骆驼牌香烟吗？”

“没有。”

“她钱包里呢？”

“没有。”

“车里呢？”

“没有。”

“她车里或家里的垃圾桶里有烟头吗？有任何表明她经常吸烟以至于会买一整盒香烟的证据吗？”

皮尔逊连眨了几下眼。“没有。”

“然后是火柴，即使有人买了一整盒烟，他们还是会递给你单独的纸板火柴，对吗？”

“是的，但是时间一长，接触多了，被告人的指纹就会盖住店员的，不管在火柴上还是在香烟盒上。所以这两样东西上没有店员的指纹并不令我感到惊讶。”

“警探，如果对一个物件的使用频繁到了会抹去先前指纹的程度，物件的主人就应该会留下多层的重叠指纹，对吗？”

“我觉得是的。”

香农走向自己的桌子，快速翻阅文件夹，从中挑出一份文件，脸上露出胜利的微笑。她大摇大摆地走回去，把文件递给皮尔逊。“告诉我们这是什么。”

“这是对在野餐区域找到物件的指纹分析。”

“请给我们读一读划了重点的段落。”

他扫了一眼文件，整张脸顿时垂了下来，活像烈日下的一尊小蜡像。“纸板火柴，表面：一处完整和四处局部指纹。香烟，表面：四处完整和六处局部指纹。十点分析鉴定：伊丽莎白·沃德。”

“警探，在你们办公室，惯例是对重叠指纹予以记录的，如果真有的话？”

“是的。”

“你们办公室在两样物件上各发现了多少重叠指纹呢？”

他鼻孔张得老大，咽了咽口水，咧开嘴像是勉强装笑。“没有。”

“只有火柴上的五处指纹和香烟上的十处指纹，全都是伊丽莎白的，没有重叠指纹，也没有其他人的半点痕迹。干干净净，你说是吗？”

他目光侧向旁边。过了一会儿，他舔了舔嘴唇说：“应该是吧。”

“既然至少还会有其他一人，一个店员，碰过这两样物件，那么没有其他人的指纹必然意味着，有人在什么时候把它们全部擦掉了，是这样的吗？”

“应该是的，但是——”

“有很多人，包括朴柳，都可能碰过它们并在之后擦除指纹，我们无从得知，是这样的吗？”

“是，的确无从得知。”他的眼睛眯成了细线。香农在图表归嫌疑人所有／所属的物品那栏边上写下可能有很多人（包括柳朴），这时他说：“别忘了，首先是被告人自己把它们给擦掉的。”

“怎么，警探，”香农睁大眼睛说，“我以为你不相信是她擦掉的呢。很高兴你终于转变了观点。”她对他笑了——不，应该是眉开眼笑——活像一位母亲骄傲于自己一两岁的孩子终于学会了乖乖听话，然后退后几步展现最后完工的图表。

“谢谢你富有启发性的证词，警探，”香农说，“我没有进一步的问题了。”

马特

他开车去 7–11 的路上想着指纹，想着那些沿着褶子和皱纹分叉的弧形、圈圈和旋涡，浸在弯弯曲曲纹路里的汗液和油渍，在茶杯、勺子、马桶冲水柄、方向盘上留下几乎看不见的种种痕迹，抹糊、覆盖掉几秒之前、几天之前或是几年之前别人留下来的痕迹。每个人的指纹都各不相同，每个人各个手指的指纹都不相同，世上独一无二的指纹数目多到令人眩晕。几十亿？几万亿？但一个人从六个月大的胚胎到长大成形，再到身体萎缩步入暮年，指纹不会变。

他过去有十个指纹，和所有人一样。三十三年来，从他还在母亲子宫里，像个一英尺长的小潜艇那样，手指头只有豌豆大小时起，他的十个指纹就都是一成不变的。而现在它们已不复存在。右手食指和中指都在手术室灯的强光下被切除了，然后丢弃，带着指纹一起，在那个医疗废物焚化炉里，完成了始于火灾的肉身入尘的任务。而他剩下的八个手指头也熔化成了扁平光滑的粉色伤疤。简直就像亨利那个头盔油亮光滑的塑料表面还粘在他手指上不肯下来。

在他的记忆里，他从未按过指纹，除非你算上幼儿园里将指纹装饰成火鸡形状的感恩节活动。这就意味着世上从未有过他的指纹记录。不复存在，再也无从知晓世界上那些留在墙上、门把手上、X 光胶片上的无数潜在指纹中，有哪些是属于他的。

刚截完肢时，他愁眉不展，自怨自艾，这时有个他最喜欢的烧伤科护士对他说:“想想好的一面。有些人还巴不得抹去指纹呢。”“是啊，暴徒和毒枭什么的。”他答道。她笑道：“我就说嘛，你可是做成了有些人梦寐以求的事情，更何况你还能为此拿到保险赔偿！”

他和她一起笑了，不算大笑，更多只是微微一笑，但仍然是自他截肢以来第一次摆脱了愁眉苦脸的状态，“是啊，现在我再不用担心哪个警察用指纹把我扯进某个谋杀案了。”

马特时常回想这句话。为了逗一个疲倦护士开心的随口玩笑竟一语成谶。皮尔逊警探说他们发现火灾是由一支香烟导致的，目前正在树林里仔细搜寻丢弃的烟头和烟盒。马特想到那个溪边的空树根，他以前总是往那里丢垃圾，不由得一阵惊恐。尽管他哪怕一秒钟也没想过自己会卷入火灾一事，但珍妮那里肯定够他受的了，更不用说万一他和玛丽的事败露了，随之而来的颜面尽失。但皮尔逊说不用担心，他们会找到罪犯的，指纹从不会撒谎，这让马特想起了他的玩笑话，算是松了口气，又不得不用咳嗽掩盖过去。树林里的每支烟上都可能有一组他的指纹，随时可以拿去实验室化验，但没有人会知道。没问题的。

但是 7–11：这可真是个问题。今天上午在法庭上他才第一次听说，原来点火用的烟以及伊丽莎白野餐时吸的烟都是 7–11 出售的骆驼牌——和马特去年整个夏天用的烟出自同一个品牌、同一家商店。他以前从没想过，但有没有可能那就是他的烟呢？会不会是他扔在了哪里，被伊丽莎白或是朴或是天知道是谁的哪个人捡到了，然后用它点着了火，让马特稀里糊涂地变成了谋杀案凶器的提供者？而现在，照香农炮轰皮尔逊“调查”漏洞百出的这架势，警察岂不是要挥舞朴的照片，可能带上其他人的，甚至包括马特的，到这一地区每家 7–11 挨个问一遍？

还有那张纸条——伊丽莎白声称在香烟旁边发现了显然是他写下的纸条，这意味着什么呢？是他在韩亚龙超市纸条上写下*我们得给这事画上个句号。今晚见面，8:15。溪边*，爆炸当天早上他把纸条留在了玛丽车子的挡风板上。玛丽加了两个字*好的*，然后留在了他的挡风板上。早上潜氧结束，马特拿下纸条，揉成一团塞进口袋，但会不会当时掉了，吹走了，最后正巧吹到了香烟边上？

马特掉转方向，来到 7–11 便利店前面，停在离入口很远的地方，透过后视镜打量这家店的样子。距离他上一次来这里过了快一年，店铺还是一点没变。这地方充斥着一股荒废的气息——还是那块裂了缝的 7–11 招牌，年老体衰般倾向一侧，生了锈的柱子上看不到残障人士停车标志，白色的停车区界线褪成了阴影般惨淡的点画线。街对面则是一家光鲜亮丽的埃克森美孚公司，里面热热闹闹地停着一排排的小车和卡车，总有人进进出出，大门不是哗啦打开就是哗啦关上，永远没个停。去年第一次买烟那天，他差点儿就选了那里。他已经驶入了去埃克森的左转车道，跟在两辆等待掉头的半拖车后面，几分钟后，马特放弃了，驶向了道路远处的 7–11。有点破旧，当然了，但至少清静。

现在，当他坐在车上眯眼斜视，努力透过沾满灰尘的后视镜认出那个店员时，马特突然想：要是他当时耐心一点，多花三十秒等那两辆半拖车掉头，然后去了埃克森呢？那现在他肯定就不用担心店员会指认出他了；街对面的店员总是很忙，显然如此，根本就不会记得他。不像 7–11 那个长得像圣诞老人的店员，那人曾嘲笑马特一边因为咳个不停而忧心忡忡，一边还偏偏要来买香烟，后来还开始管马特叫"抽烟医生"。见鬼，他要是认准了去埃克森，压根就不会买香烟。他只会想速战速决吃两口——甜甜圈加咖啡，也许，或是玉米热狗配可乐。反正就是珍妮的"不利生育"禁止食物列表里的某个组合。他是在经过 7–11 门口那几个抽烟者之后决定，香烟才是他真正想要的东西的。或许它比垃圾食品还要不利于精子活性。要不是那样，他压根就不会徒步到溪边去抽烟，也就不会撞上玛丽，然后一盒接一盒地买烟，天知道后来买了多少盒，而其中某一盒最后落到了一个杀人犯手里。会不会就是因为一年前那一天选择了右转而非左转——一时冲动，就跟挑哪条领带似的，都算不上怎样的“决定”——他无意中改变了一切？要是他往左转了，会不会亨利就还活着，脑袋好好的，而马特此刻也待在家里，手没有残废，正对着一个熟睡的新生儿拍照，而不是在这个破败不堪的停车场里暗中观察，想要知道那个可能把他跟谋杀凶器联系起来的店员还在不在那里上班？

马特摇了摇头，想要赶走这些思绪。他必须要停止这种精神受虐症，不要再问自己这些没有答案的“要是……”问题，这只会损害他的大脑，他必须专注于眼前的任务。这个任务花了五分钟：一分钟用于看清店员是个女孩，四分钟用于到外面打公用电话给那个女店员，说他想找一个店里的雇员，一个有点年纪的白头发男人。她说没有的那一秒，马特立马挂上电话，深吸一口气：这儿没有那样的人，至少在她上班的十个月里从来没有。他以为能就此摆脱纠缠了他一整天的恶心人的恐惧感——以为压力能就此从他的肺部消散，以为一呼一吸能让他振作精神而非精疲力竭。但所有这些都没有发生；要说有什么的话，那只是他的不安感更加强烈了，就好像关于 7-11 店员的担忧盖住了别的什么，如同绷带一般，而现在绷带被扯了下来，他不得不去面对更大的担忧，真正的烦恼，自从在法庭经过玛丽身边时轻声说了那句“6 点半，今晚老地方”以后他就一直在害怕的事：和玛丽见面。

*

去年夏天第一次见玛丽是在一个排卵日，又名“珍妮的疯狂做爱日”。这又体现了珍妮那种超级无敌刻板的性格，她的这种特质（就像打鼾、烧焦食物、屁股下方有颗痣）一开始很让他着迷，现在他早已厌烦至极。这是怎么回事呢？他并不记得自己何时就变了；这是不是就像从悬崖上跌落下来，前一天他还爱着这些奇怪的特质，第二天醒来就讨厌它们了？还是说魅力这东西会一点一点地消退，就像新车的味道那样，会随着婚姻一小时一小时地衰老而直线下降，直到他自己都没有觉察到就跨过了临界线？前一小时，一点点喜欢，过一小时变成中立，再过一小时，一点点讨厌；十年之后，降至反感；三十年之后，恨到“你要是再不闭嘴我就拿斧头往你头上劈过去”的地步？

现在想来真是难以置信，珍妮身上那股一门心思扑在未来目标上的劲头，竟是两人初遇时让他一见倾心的原因之一。倒也不是说这有多不同寻常。差不多每个医学院学生都有一种迫切到可悲的进取欲求，在他认识的亚裔中更是达到了不可想象的顶峰程度。珍妮身上与众不同的地方在于*为什么*。他的那些亚裔美籍朋友都会跟他讲述父母是如何逼迫他们一天二十四小时、一周七天地舍命学习的，如何成天在他们耳边念叨要上常春藤名校的悲惨故事，而珍妮不一样，她的进取心是源于叛逆，因为父母*没有*逼迫她。他们第一次约会时她就告诉他，她曾经有多喜欢这种自由状态，相较于她的弟弟——父母逼着他连生病时都要去上学（她则不用），或是因为拿了 A- 而惩罚他（她也不用）——直到后来她明白了：他们对弟弟的期望更高，是因为他是个*男孩*，是他们最重要的长子。于是她下定决心要实现他们在他身上的期望（上哈佛，当医生），仅仅就为了惹怒他们。

这当然是个很有意思的故事，但真正迷住马特的地方是珍妮讲述的方式。她痛斥韩国文化中根深蒂固的性别偏见，这种偏见明目张胆、毫无歉意，她坦言正因为此，有时候她会恨韩国人，恨*自己*是韩国人；然后她又笑着自嘲，一心想要摆脱亚裔人对于*性别*的刻板印象，到头来却又落入美国白人对于*种族*的刻板印象，成为老掉牙的固定角色：过分进取的亚洲学霸。她争强好胜，人很有趣，但也容易受伤，有点迷惘、忧伤，这让他既想要膜拜又想要保护她。

他想要加入她，在她努力证明她父母错了的奋斗中与她并肩作战，尤其是在她母亲和他第一次见面时说了“我们更希望她找一个韩国男人，但好歹你是个医生”之后。是的，他想过或许和他交往本就是珍妮反抗的一部分。但不，他没有（过多）纠结过这点。

这也是为什么他在校期间，始终支持珍妮一心扑在追求分数和奖学金上，支持她设定每个目标，再有条不紊、从容淡定地将之达成、划去。当然了，这需要做出一些眼前的牺牲，例如取消晚餐，从不看电影，但他并未在意。他本也没指望在医学院的生活会有什么不一样；说到底，读研究生不就是一种未来导向思维的体制化吗？眼下，熬夜通宵，吃着差劲食物，负债累累，但当你到达终点——毕业了，找到一份工作，开始真正的生活时，一切也就都值了。但问题在于，对珍妮而言没有到达终点一说。只有不断地往后推迟。每达成一个目标，就意味着设立一个新的、更大、更难的目标。马特本以为当她弟弟大学辍学去当演员了以后，她会就此停下、宣布获胜，然而到那时，这种无止无尽的目标设立或许已经积习难改，她再也停不下来了。她继续奋斗，但身上褪去了先前那份反抗者的生气蓬勃，无论她做什么，似乎都徒劳无益，就好像西绪福斯每天推石上山，只是不同于神话中每天晚上大石会再度滚落，而是每天晚上那座山都会长到两倍高。

性是这段婚姻中唯一免于规划之事。甚至连开始备孕的决定，都不同于婚姻生活中其他所有的决定——从她随他的姓（不同意）到用哪种电灯泡（LED）——并不是经过数小时讨论后的结果。只是某天晚上前戏时的一时兴起，当时他正要拿避孕套，她说：“我们需要那个吗？”然后翻滚到他身上。第二天早上，第二天晚上，那个月余下的每一天，他们都继续着，没有谁提起周期或孩子什么的。

珍妮经期到来时，没有特意宣布，只是“哦，顺便一提”式地随口带过。但未免过于轻描淡写，显然是刻意如此，掺杂着一丝焦虑。下一个月，她提及时的语气已是明显焦虑，掺杂着一丝绝望，再下一个月，则是绝望中掺杂着一丝歇斯底里。好几本备孕的书出现在他们的床头柜上。

当珍妮宣布排卵周到来时，他们就得疯狂做爱，越多越好。马特明白过来：她设定目标的习惯，那种要把每一个行为跟未来里程碑挂钩、让人精疲力竭的做法，现在已经传染到了性爱上。她没有提半句不在其他三周里做爱，但事实上就是发展成了这样。于是，性爱成了一件仅仅是为了怀上才做的事。医疗性的，按照计划来的。然后在精子存活力和活性测试后不久，排卵周中的一天变成了排卵日、二十四小时的疯狂做爱期，接下来是二十七天的“修整期”。

然后就有了高压氧治疗认识的那些特殊孩子——不只是罗莎、TJ 和亨利，还有他有时在其他疗程上遇到的诸多孩子——还有更让人心烦的，每天两小时不得不听那些母亲讲述各自的故事。作为放射科医生，他见多了生病和受伤的孩子，然而目睹真的去抚养这些孩子带来的日复一日的挑战，他还是被吓得不轻，很难不去想如果把他的不育和这些高压氧治疗患者联系起来看，一定是有某种更大的力量在告诉他（不对，是在对他大叫）：停下来，或者至少等一等，把事情先想清楚再说。

开始高压氧治疗大约一周以后，有次晨间潜氧结束时基特告诉他们，TJ 有了一种新“行为”，粪便抹污（“粪便，比方说大便？”他问道。她说：“是啊，抹污，就是在墙上、窗帘上、书上，所有地方擦得到处都是！”），马特当时正好收到珍妮发来的语音信息，说根据她的尿液测试，今天就是排卵日，问他能不能马上回家。他没有理会，直奔医院，关掉手机，无视她越来越频繁发来的语音信息。他正以为能就此躲过，没想到丈母娘夺门而入，闯进他的办公室。“珍妮要你现在马上回家。她说今天是……那个词叫什么来着？”马特赶紧抢在她说出“排卵”两字前跑去关门，但还没等他关上，她就清楚、大声地说了出来：“高潮。今天是高潮日。”

马特回到家时，珍妮已经一丝不挂躺在床上了——或许从六小时前给他发语音时就是这样了。他说着对不起，手机没电了，但她只是说：“随便了。赶紧过来。我们要没时间了。快点！”

他脱下衣服，解开衬衫纽扣，机械、缓慢地松开皮带扣。他跳上床，亲吻她的嘴唇，努力专注于她的身体，感受她的抚摸，但他没有动静。“来啊。”她说着，有点过于用力。他看到了那支排卵测试棒，放在床头柜的纸巾上，就在那儿，像是无声地命令着他，赶紧上啊！现在就上你的老婆！他实在想对这种荒谬大笑出声：便利店里99美分买来的粉色小棒，足以控制并绑架他所剩无几的性生活。

“你到底是怎么了？”珍妮说。

马特往后躺去。他能说什么呢？“对不起，亲爱的，但是和你母亲讨论高潮什么的让我有点心情不好，还有，我觉得上帝并不想让我们生孩子，另外，你听说过‘粪便抹污’吗？”他说，“或许是高压氧治疗的关系。我没睡好觉。我们这个月就跳过吧。”

她什么也没说。他们就这样并肩躺着，抬眼望着天花板，赤条条的身体彼此靠近却没有触碰。一分钟后，她坐起身来。“你说得对，我们忘了吧。你该休息一下了。”她往下移动，停在了那里。一想到这不是指向孩子，指向未来的一个动作，他身体的什么地方像被打开了，唤醒了某个原先沉睡的神经元。他捧起她的头，不想让她把嘴和喉咙的温暖包裹抽离。

事后，他会问自己怎么会没有看到征兆，怎么会自欺欺人地以为她就能如此轻易地放弃那天，放弃一整个月！但在那高潮后缱绻甜蜜的蒙眬意识中，他想都没想珍妮为什么一跃而起，飞一样地奔去洗手间。他只是像个傻子似的躺在那里，感到暖融融的，很幸福，有点奇怪但并没有真的在意她到底在干什么，看在上帝的分上，怎么会搞出那么大的动静来——橱柜门吱嘎打开，撕开塑料袋，倒入什么液体然后摇晃，最后是吐出什么的声音。待珍妮重新躺上床，马特朝她翻滚过去，想把她拉向自己。

“我需要帮助。你帮我把那几个枕头拿过来，垫在我屁股下面好吗？”珍妮双腿分开，臀部高高抬起。她手里拿着一支无针管皮下注射器，里面当然是他的精子。吸管输精法，以前她还嘲笑过（“我跟你说，有的女人真的会用吸管来做。不开玩笑！”）。她抬高臀部，缓慢地将液体注入体内。“我现在真的需要枕头。”

马特在她大腿根部垫上枕头。他站起身，慢慢穿上衣服，想着珍妮是如何将“活在当下”的事情和未来扯到一起，如何将纯粹愉悦的行为（“你该休息一下了。”她这么说的！）重新利用，变成人工受孕的方式的。

马特含混不清地说着怕堵车什么的，早早出门去做傍晚的潜氧疗程。关上卧室门之前，他瞥见珍妮全身赤裸躺在那里，两条腿伸直蹬向天花板，活像在拍太阳马戏团某种软色情版本的广告。那天下午的余下时间里他开车去奇迹溪，在 7–11 停下来买烟（骆驼牌，特价中），走到溪边——其间他都想着他的精子正顺着珍妮的阴道壁滑向子宫颈，借由重力而非它们自身的活力被拉入子宫。他点燃香烟，吸了一口，想象着他的精子在鞭子似的小尾巴助推下游向卵巢，但还是太慢，太虚弱了，没办法穿透那一层壁。

马特吸到第三根时，玛丽过来了。他们以前只见过一次，就是在马特丈人家吃晚饭那次，但她还是一屁股在他边上坐了下来，全然没有半生不熟的陌生人之间那种尴尬的“哦！你好啊！你在这儿做什么？”式搭话。只是一声“嘿”。带着孩童放学后见面时那种轻松又熟悉的感觉。

“嘿。”他回道，目光落在她手里的那本大部头上。“SAT 词汇。想让我来考你一下吗？”

后来，每当他百思不得其解地自问，到底是这世界上什么奇怪的力量，竟让他如此愚蠢地开了这个头——什么的头呢？反正就是和玛丽之间那些事的头，他最终都会归结到这点上：她甩手扔掉那本 SAT 教材的样子就跟扔飞盘似的，同时那样看向他——猛地瞟了一眼，简直有点像个白眼，但又不算是，还配合地摇了摇头，厌恶似的皱起眉头。那是珍妮的眼神，她特有的“这事儿连讨论的门都没有”的眼神，他第一次见识是在上学时有次建议放下学习去看场电影，最近一次见识就在今天，他说也许他们应该在某个领养等待名单上报个名。看到玛丽露出珍妮年轻时的样子，把学习丢到一边，这里面有种东西让他回忆起了和珍妮的初次约会，珍妮说着其实她是如何对学校满不在乎，有时候又是如何想把课本一股脑儿扔出宿舍窗外的。

“骆驼牌。我的最爱啊。你介意我来一支吗？”玛丽举起他的烟。

马特正要开口说介意，当然了，你是个孩子啊，我可不会给未成年人供烟，然而那种奇特的似曾相识感，好像又回到了和那个无忧无虑、“真实活着”的珍妮在一起的时候，他是多么疯狂渴望着那个在现实生活涌进来之前、在不孕不育之前的她啊。这一切在他喉咙口筑起堤坝，堵住了本要说出的话。玛丽见他没回答就当是默许了，伸手拿过一支烟。

她点起烟捏在指间，怜爱似的看着它，几乎带着虔敬，方才将烟含进唇间。她深吸一口，从微张成 O 形的唇间呼出来，身体向后躺去，乌黑的长发在沙砾上散开成扇形。这又让他想起了珍妮的头发在枕上散开成扇形的样子。珍妮也是乌黑的长发，那黑色浓到近乎青色。

马特移开目光。“你不该抽烟的。话说你几岁了？”他问。

“马上十七岁。”玛丽又吸了一口。“你几岁了？大概，三十岁这样？”

“你经常这样？抽烟？”

她耸了耸肩，就像说没什么大不了的。“我藏了我爸的一些烟。一大堆骆驼牌呢。我下次带点儿来。”

“朴抽烟？”

“他说他戒掉了，但是……”她又耸了耸肩，闭上眼睛，嘴角上扬微微一笑。她将烟凑近嘴边，缓缓吸入，胸口一起一伏。进入，穿过她的身体，再出来。进进，出出。马特将呼吸调至与她一样的节奏。同步呼吸、相对无言。一种舒适的安静将此时此刻包裹于亲密感中。他想吻她。她的脸庞如此光滑，甚至都能映照出湛蓝的天空。他俯下身，凑近她的脸。

“那个怎么样——”玛丽睁开眼睛，正好看到马特的脸在她的上方。她停住了话，惊异地挑起眉毛，而后又恼怒地皱起眉头。是恼怒于他的变态，竟会想要吻她，还是恼怒于他的胆小，欲吻又止呢？

马特多想告诉她啊。但他又怎能使她明白呢？因为她看上去如此平静——不，已经飞升越过平静，进入了纯粹的幸福——让他想要、需要分享这种幸福，吸收她皮肤的美丽剔透，将它转为己有？“对不起，我看到有只小虫，一只蚊子，我是说，停在你脸上，我想要，嗯，把它抓住。”马特努力想用意念让脸上的毛细血管不要扩张，不让血色涌上两侧脸颊。

玛丽弯着手肘支起上身，变成半躺半坐的姿势。

马特吸了一口烟。“你刚才说什么来着？什么怎么样？”他努力让自己听上去很随意。

或许是他瞥见她躺回去时一闪而过的眼神：一个女人因为有男人钟意自己而暗自得意，心生欢喜。抑或是她接下来以一种不加掩饰的方式轻松说“我是说，治疗怎么样？你知道的，高压氧治疗。你的精子问题现在解决了吗？”，语气中既没有奚落也没有怜悯，仿佛他的不孕症不是一桩那么严肃的悲剧事件——而这正是珍妮、他们的医生，还有她那该死的父母看待不孕症的方式，并且说服他相信的确如此。不管是什么原因，就在那一刻，他的精子没能做到它该做的事，达成计划的目标，这已不再让他郁郁寡欢、悔恨不已，反而令他释然于怀、拾起希望，让他感受到无忧无虑、无关未来的他妈的该死的自由。

*

蚊子可真是讨厌极了。说来好笑，去年夏天他和玛丽就坐在现在这个地方，它们从来没有烦扰过他，然而现在，没有香烟，它们就成群围着他飞来飞去，嗡嗡嗡地表达着对于温暖肉体送上门来的狂热兴奋，这肉体已在汗水里浸泡了一整天，静脉在炎暑之下肿胀膨大，热乎乎的血液奔涌其间。马特拍打正在他手腕和脖子上饱餐的黑色小虫。他真希望自己带了烟。

看到玛丽过来他停了下来。该死的蚊子。比起驱赶蚊子，更重要的是得表现并真的做到淡定，再说了，拍打蚊子根本无济于事。“谢谢你过来。我其实不确定你会来。”马特说，玛丽停下脚步，站得很远，堪堪只够听见彼此说话。

“有什么事吗？”她问道，声音如此单调，比爆炸前低沉许多，就好像她一下子老了二十岁。

“我听说你可能会在明天出庭做证。”他说。

她没有回答。只是看了他一眼——那种她和珍妮都会露出的“这事儿连讨论的门都没有”的眼神——然后转身走开。

“玛丽，等等。”他以为自己看到她行至半途脚步欲止，但他眨了眨眼，她还在继续走。他向她奔去。“玛丽。”他又叫了一声，这次语带温柔，伸手去触她的手臂。感觉真怪，看着自己的手指碰在她的肌肤上，却无法透过他缺少神经的疤痕组织感受到光滑，这种视觉与触觉之间的拉锯战让他的大脑一时间空空如也。

她停下来，看着他的手，脸上掠过一丝躲闪的神色，然后抽开手臂。反感？抑或同情？动作很慢，很小心，仿佛他的手是一枚即将引爆的炸弹。

他想要伸出手，用他手上的疤触碰她脸上的疤，但随即退缩回去。“对不起。”

“对不起什么？”

他张嘴欲言，然而他想要逐一道歉的所有事——纸条，他的妻子，他的证词，以及最想道歉的，去年她的那个生日——全都一齐冲到他的声带，造成了言语上的交通大堵塞。他清了清嗓子。“我得知道你有没有跟谁说过。”

玛丽用食指绕着马尾辫打转。她放下辫子，然后又绕了起来。

马特将厚重、带着霉味的空气吸入肺里，感觉简直像在吸烟。“你父母，他们知道吗？”

“知道什么？”

“你知道我指的是什么。”他道。他那根没了的手指根部一阵痉挛，真够惨的，因为他连抓都没法抓。

玛丽眯起眼睛，像是想努力读清写在他脸上的小字。“不。我没有告诉任何人。”

他这才发现自己一直都屏着气。他感到一阵头晕目眩，听着蚊子的嗡嗡声，音调好似越来越高，然后又渐渐低下去，像是呼啸而过的汽笛。

“珍妮呢？”玛丽道，“她也在证人名单上。她打算说什么吗？”

马特摇了摇头。“她不知道。”

玛丽皱起眉头。“你说她不知道是什么意思？我们在这儿谈论些什么呢？”

“我们，”马特道，“我们的纸条，一起抽烟，她对此一无所知。我从来没跟她说过。”

痛苦和不可置信让玛丽的面部扭曲，她冲上前来，狠狠推了他一把。“你这个该死的骗子！”她提高音调，回到了爆炸前的尖嗓门。“你以为我昏迷了以后就失忆了？我什么都记得。那真是我人生中最羞辱的一刻，她把我当成了不肯放过她老公的跟踪狂。你知道的，如果你没法再面对我，我能理解。但你为什么要派你老婆过来？”

马特站不稳，仿佛玛丽刚才那一推撞散了他胸中的一百颗小弹珠，它们相互碰撞，在他的肋骨、脊椎间，让他站不直了。“她……她怎么了？”

玛丽退后两步，脸上依然满是不信任，尽管马特显然一头雾水的反应让她的态度有所缓和。“你不知道？可是……”她用力闭紧眼睛，搓揉着脸。那道疤在她苍白的脸上变得通红，像是熔岩蜿蜒从山上渗流下来。“她说她知道的。她说你在爆炸前一天把什么都告诉她了。”

他眨了眨眼，回想起来：爆炸前一夜在他们的卧室里，珍妮从背后伸手过来，捏着玛丽最新写的一张纸条。我不知道我们为什么要讨论这个。我们就不能忘了这事发生过吗？他没转头，只听见珍妮的声音从背后传来——“柜子里发现了这个。这是在说什么？谁写的？”他当时扯了个谎，满心以为她相信了。是他搞错了吗？

“所以，你到底有没有告诉她？”玛丽问。

马特目不转睛地凝视着玛丽的脸。“她发现了你写的一张纸条，但我告诉她是一个实习生写的，说她跟我调情然后又不好意思了。珍妮相信了，我知道她信了。后来她再也没提起过。她是什么时候来找你的？在哪里？”

玛丽抓着马尾辫放到唇边，然后又松开手，让它落回去。“爆炸当晚，8 点左右。就在这儿。”

“8点？这儿？但我跟她说过的啊。我打电话告诉她潜氧推迟了，我晚点回去。她完全没提开车来这儿，没提到你或别的什么——”

“她知道推迟了？但她说……”玛丽的声音渐渐低下去，嘴巴还张着却没有说出话来。

“什么？她说什么？”

玛丽摇着头，像是想要重新集中思绪。“我当时在等你，在这儿。她过来说你把什么都告诉她了。我说不知道她在说什么，她说你人脾气好，不好意思和我开口，但我一直都在跟踪你，让我最好就此停手。她说你不会过来跟我见面了，你压根懒得那么做，你人已经先走了，派她过来劝我放弃，不要再缠着你。”

马特闭上了眼睛。“哦，天哪。”他叹道。抑或这只是他脑中所想。很难说清，他感到脑袋里天旋地转。

“我一再说自己压根不知道她在说什么，但她带来了一个包，然后她……”玛丽的声音颤抖着，“她从里面掏出一盒香烟，丢给我。还有火柴，一张纸条，她吼着说这些全是我的东西。”

马特恍惚间疑惑这到底是不是个梦，会不会他醒过来，一切都会回归正常。但并不是，梦在你置身其中时还是遵循逻辑的。现在淹没他的超现实感是在梦后袭来的，而不是在做梦时。“然后呢？”

“我就说它们不是我的，然后走开了。”

马特想象妻子站在此处，怒气冲冲，脚边丢着香烟和火柴，而他就在几分钟步行距离的氧气舱里。血液在他的耳朵里冲涌。

“你觉得她丢掉的香烟就是伊丽莎白捡到的吗？”

马特点了点头。当然是的。唯一未知的，是珍妮在伊丽莎白捡到前对它们做了什么，如果有什么的话。

过了片刻，玛丽说：“你那天晚上是打算见我的吗？”

马特睁开眼睛，再次点了点头。他感觉脑袋空洞洞的，点头的动作都好像是在把大脑往头骨上撞。“是的啊。”他强迫自己大声说出，声音沙哑极了，简直像好几天没说话了。“我以为我们晚点会见面，在潜氧结束后。”

玛丽看着他，什么都没说，他试图解读在她脸上看到的未表之意。是渴望吗？遗憾吗？

玛丽摇了摇头。“我得走了。有点晚了。”她走开了。几步之后，她又停下来，转身向他。“你会觉得内疚吗？或许我们应该把知道的一切都说出来，不管什么后果都顺其自然？”

马特感到全身动脉猛地缩紧，让五脏六腑转入惊慌模式，心跳加速，血流加急，肺部扩张。是的，他一直都在担心自己和一个十几岁少女的胡闹关系会东窗事发。但这其实挺好笑的，不过是一场儿戏罢了，如果陪审团发现爆炸前珍妮就在这儿，并且还对此撒了谎。实话说吧，他也一样。

“我想过的。”马特一字一顿，迫使自己话说得缓慢而平静，仿佛他是在考虑某场讲座上一个颇有意思的附带观点。“但我觉得我们没什么可以提供的。不管你、珍妮、我做了什么，都和火灾没有任何关系。纸条，香烟——没错，推测它们的来源有点意思，但是说到底，这和究竟是谁放的火并没有任何关系啊。我担心我们只会把问题搞得更复杂。你也看到这些律师怎么歪曲解读每个人的话了。”

“是啊，”她道，“你说得对。晚安吧。”

“玛丽。”他朝她走去。“要是你说出任何事，我是说不管什么事，我们俩的家庭，我们的全部未来——”

玛丽举起手掌，像是在叫停，然后久久凝视他的眼睛。她很慢很慢地放下手，转过身，走开了。

当她走过转弯处，消失在他的视线里后，马特开始缓缓地呼吸。全身动脉似乎又扩张了，血液急涌进五脏六腑，让它们一个接一个地松解开，随之而来的是一阵轻微的刺痛感。马特感到有哪里痒乎乎的。低下头看，一只蚊子正停在他的手肘上，优哉游哉地吸着他的血。他一掌拍下去，动作又快又猛，然后移开了手。蚊子粉碎的身体粘在了他的手掌上，那么一小团黑乎乎的污渍，躺在它在死前时分还尽情饱饮的深红鲜血残迹里。

玛丽

她来到树林中最爱的去处。幽静隐蔽的世外桃源，奇迹溪在这里逶迤穿过一片树影浓密的垂杨柳林。每当心烦意乱的时候，她都会来到这里想事情，去年在那个与马特共度的可怕生日之夜后，还有就是在爆炸前、珍妮朝她丢烟后，她都来了这里。坐在这儿光滑平整的石头上，边上汩汩流淌的溪流水、翠色垂帘般延展的柳树林，都让她与外界隔绝开来。她感到安全、宁静，与树林合为一体，仿佛她的皮肤蜕下来融入空气，空气沁入她的皮肤里，皮肤与空气一个又一个细胞的交换让她整个人的边界开始模糊，宛如印象主义的一幅画，她的内心通过毛孔渗透出来，消散于苍穹，让她变得轻盈，不再那么具体而实在。

玛丽弯下腰，伸手浸入水里。此处水势湍急，激流打着转儿越过卵石，拍打在她的手指上痒痒的。她舀起一捧水，用力擦拭手臂上刚才被马特碰过的地方。她的胃部平静下来，但大脑依然困在那种高速运转却功能瘫痪的奇异状态中，各种思绪飞涌进来，大脑却无力思考。她站在那里，呼吸着，顺着边上杨柳枝叶的摆动节奏，翠色的垂帘在风中左右轻轻荡漾，如同草裙舞者的翩然裙角。她需要解开思绪，理性地把各种事情捋清楚，一条线一条线地来。

酿成大火的香烟和火柴就是珍妮朝她丢的那两样。这看来是可以肯定的了。唯一的问题是谁：谁把它们从树林带到了谷仓那里，堆起一小簇树枝，点燃了烟放上去，然后转身走开？珍妮还是伊丽莎白？或者甚至是抗议者？

玛丽最初的怀疑对象是珍妮。从昏迷中醒来后，躺在医院的床上，在医生对她记忆的刺激之下，她想起了珍妮对她的愤恨，猜测可能是她一怒之下不可自控地干了这事，想要毁掉一切和玛丽有关的东西。

然而想到要如何告诉警察，她内心就无比煎熬。她有足够的勇气向他们坦承一切吗？她会不会要和盘托出，那个与马特共度的生日之夜的屈辱细节？她母亲跟她讲了伊丽莎白，讲了她抽烟、虐待孩子、网上搜索记录等等，玛丽也就完全相信了。一切都对得上号：伊丽莎白肯定是在珍妮丢烟的地方捡到了烟，用它们点着了火，以最可能杀死她儿子并嫁祸给抗议者的方式。一切都干脆利落得让人毛骨悚然。再说，还有亚伯说的“百分之一百二十”确定伊丽莎白有罪。每当玛丽良心不安，想要打破沉默说出那个夜晚的时候，她都会紧紧抓住这些不放。

然而今天过后一切都变了。不仅仅是那场交叉质询（亚伯对伊丽莎白的指控远没有他所保证的那样稳操胜券），也是因为马特刚才吐露的真相。照他说的，他从来没和珍妮说过玛丽，或是派她过来为了他与玛丽对质。但这意味着什么呢？珍妮的这些谎言和秘密是不是纵火杀人阴谋当中的一部分呢？她是否比玛丽以为的还要恼羞成怒呢？会不会是她知道了那个生日之夜？是否就是她把烟放到了谷仓边上，想要借机杀死丈夫，因为她知道他就在里面？

不。那不可能。只有禽兽才会在正在传输的氧气边上点燃香烟，明知道谷仓里面坐着无助的孩子与他们的母亲。而珍妮不是禽兽啊。她是医生，一直无私地救死扶伤，也曾卖力地帮助他们建造奇迹潜水艇。难道她是吗？

不止于此，关于那群抗议者今天也有疑点浮现出来。皮尔逊警探说排除了她们的嫌疑，因为当晚离开警局后她们就直接回华盛顿特区去了。但那不是真的；就在爆炸前十分钟，她父亲还看到这群人在他们谷仓周围开车徘徊。所以抗议者为什么要撒谎呢？她们又做了什么需要掩盖的事情？

玛丽走到最近的垂杨柳下，轻抚修长得快要垂到地上的柳条，用手指穿过其间，将它们分拨开来，就像母亲以指为梳，整理她的头发那样。她走入树叶的帘幕之中，感受缕缕柳条如羽毛般温柔抚过她的脸庞，那块疤周围的皮肤刺刺痒痒的。

她脸上那块疤。坐在轮椅上双腿残废的父亲。考虑到她目前所知道的一切，考虑到她对珍妮还有抗议者的怀疑、对伊丽莎白与火灾关系的重重疑问，难道玛丽不该责无旁贷地站出来，不管后果如何吗？

亚伯说她或许很快要出庭做证。或许那正是她需要去做的事。一个说出真相的机会——不，应该说是义务。她再等上一天。亚伯说他明天会呈上伊丽莎白最令人震惊、无可辩驳的罪证。她等等看到底是什么。要是还有一点疑问，还有哪怕最渺茫的机会证明伊丽莎白无罪，她就当庭站出来，告诉所有人去年夏天发生了什么。

赵珍妮

她径直走向厨房里放那口炒锅的柜子。马特的一个表亲在当年的新娘送礼会上送她的，还对她说：“我知道这个没在你的期待列表上，但感觉真的是太合适了……”她没有解释这口锅为何会如此“合适”，但珍妮知道正是由于她是亚裔。炒锅是中国的东西，不是韩国的，她本想说出来，但还是把话咽了下去，谢谢她送了考虑如此周到的一份礼物。她原打算捐掉或是转手送给别人，但最终还是留下了，塞到了那堆他们从未用过的没用东西后面。

她第二次打开装有那口炒锅的箱子，一把抽出里面的说明书 /

菜谱小册子。她飞快翻看，直到找到了它：那张万恶的韩亚龙超市纸条。她把它藏在了这里，去年一整年都想要忘掉它。

今天在法庭上，她第一次意识到除了马特、玛丽和她自己以外，竟然还有人知道这张纸条，甚至纸条本身都成了争论的疑点。想想吧，今天它在法庭上被提到时，她差一点就听漏了。当时皮尔逊说了抗议者是清白的，她满脑子都在回忆那个晚上她是怎样目睹抗议者开车经过奇迹潜水艇的；那大概是什么时候（8 点 10 分？ 8 点 15 分？）；这些"手机基站信号"能有多可靠呢，竟然可以证明她们的谎言为真；还有，当特蕾莎站起来大声说出"我看见了那张韩亚龙超市的纸条"时，哦，上帝啊，会不会在什么地方也留下了她自己的手机基站信号记录呢？珍妮的心脏重重击打着肋骨架，她不得不整理一下头发，盖住发烫的脸颊。

她为什么还留着这纸条呢？她真是想不出任何目的，只能归结为她的愚不可及。爆炸后在医院探望马特时，她曾听到警探谈论，说找到了香烟，第二天早上要在树林里开展彻底搜查，当时她一阵惊慌，半夜驱车来到奇迹溪，取回了先前愚蠢落在那里的东西。她没找到烟和火柴；唯一找到的只有这张纸条，在周围用黄色胶带封起来的一片空地附近的灌木丛后面找到的（空地正是伊丽莎白的野餐地，她后来得知）。她紧紧捏住纸条，然而出于她自己也解释不清的奇怪原因，她选择把它留了下来。

不过当然了，一年之后回过头看，她当时所做的一切似乎都莫名其妙。然而就在那天，恼羞成怒在她体内涌动，所有行为都合情合理，甚至包括将留言条藏在炒锅里，将她丈夫与一个韩裔女孩有染的证据，保存在一个最先说她丈夫有"恋东方人癖"的女人送的礼物里。

那是在他们订婚后的感恩节，在马特祖父母家中。互相介绍过后，珍妮去了趟洗手间，回来时听到一群女人在说话。马特的表姐堂妹都是神气活现的金发女郎，说话带着程度不一的南方口音。她们好像在小声分享什么秘密。“我不知道她是东方人！”“这是第几个了,第三个？”“我记得有一次是巴基斯坦人——那个算吗？”“我就跟你说过，他有恋东方人癖，有的男人就是那样。”

听到最后这句（来自即将送出那个炒锅的女人），珍妮蹑手蹑脚走了回去，锁上洗手间的门，旋开水龙头，然后在镜子中注视着自己。恋东方人癖。那就是对她的定义吗？满足内心深处某种畸形的精神性欲的一个异国玩物？*癖*意味着有问题。淫秽，甚至是。而那个词，*东方人*——让人不由得联想到第三世界的陌生图景，古老的落后村庄。艺伎和少女新娘。逆来顺受和性变态。她感到一股火辣辣的羞耻感席卷周身，从头到脚，从一侧涌到对侧，每一次席卷而来都如洪流般要将她淹没。以及愤怒，一种无比尖锐的不公之感：她有过好几个白人男友，但没有一个说她有恋白种人癖。她身边也有只找金发或是犹太女人的男性朋友，只找亲共和党男人的女性朋友（恰巧如此还是有意为之，没人知道也没人关心），但谁都不会说他们有恋金发女郎癖、犹太癖或是共和党癖。但要是哪个非亚裔男的交往过两个以上亚裔女人，那就叫怪癖了，他肯定就是想让她们满足他对于异域东方人的某种性变态、心理畸形的欲求。但是为什么呢？谁决定喜欢金发女郎、犹太人和亲共和党人就是正常的，喜欢亚裔女人就是不正常的？为什么“癖”——这个字的言下之意就是性怪癖——专门针对亚裔女性和足部呢？这实在非常无礼，纯属胡扯，她真想尖声大叫：*我不是什么“东方人”，也不是什么足部！*

晚餐席间，珍妮坐在马特边上（但没有靠得很近），感觉自己是错误的、肮脏的，想着还有谁看着他俩时想到了“恋东方人癖”。每当有谁发表关于亚洲人的评语时，哪怕是那些她一般都会一笑置之的话，她都会猛烈意识到自己是外国人，胃中一阵翻滚，甚至面对那些善意亲切却带着刻板印象，或是原本意在奉承的评语。比如，马特那位和蔼的祖母说："想想你们会生出怎样惊艳的孩子来啊。我在那些越战促成的混血孩子中见过特别多，真的不是开玩笑，他们实在太好看了。"又比如，马特那位关心人的表叔说："马特说你是你们班里的第一名。我不惊讶。我知道几个在念大学的亚洲孩子——日本人吧，我记得——好家伙，可真是聪明得不得了。"（他妻子随即附和："伯克利现在有一半都是亚洲人了。"然后又对珍妮说："我不是说这不好。"）

事后，珍妮很想忘了这件事，提醒自己那只是无知的人说的一句无知的话，再说了，马特也交往过一堆非亚裔前女友，具体而言，有六个白人，而亚裔美国人只有两个。她第二天核过了。然而，时不时地，她看到马特在医院咖啡厅里跟某个亚裔护士开玩笑，或是某个她一向不喜欢的女人对她说"你们俩应该跟那位新来的足科医生和他夫人搞一次四人约会，她也是亚洲人"，她就会想起那个送炒锅的表亲，火辣辣的烧灼感就会爬上她的眼周和脸颊。

但在那些时候，她都知道自己并没做错什么，知道是她不理智地过度反应了。而那几张纸条就不一样了。爆炸前一天晚上，洗衣服时在马特裤袋里发现第一张时，她拿给马特看了，他说是医院里某个实习生写的，他断然无视了她的几次调情。她努力让自己相信他，也真的想要相信他，但第二天早上她还是没忍住，搜了他的衣服、车子，甚至垃圾，然后发现了更多同一笔迹的纸条。大多数留言都很短，类似今晚见面？或昨晚想你了之类的，但她找到了一张上面写着讨厌SAT单词！今晚<u>要</u>抽烟！，于是她知道了：他在撒谎。

她找到最后一张纸条，即如今已是臭名昭著的那张韩亚龙超市纸条，也是她放在炒锅里藏了一年、此刻正捏在手里的这张，读到丈夫潦草写下的字迹：我们得给这事画上个句号。今晚见面，8:15。溪边，底下是女孩子气的笔迹写下的好的，她明白过来了：这个约定的时间（就在潜氧结束后）和地点（他只是说了"溪边"），只可能表明他在密会的那个女孩，那个跟他一起抽烟还做了天知道什么事的女孩，正是柳玛丽。

这让她陷入疯狂。她现在算是意识到了。发现这张纸条，意识到马特跟一个韩国女孩搞到了一起，她不知道究竟是未成年女孩还是韩国人更让她受辱。她开始怀疑那个送炒锅的表亲是不是说对了。突如其来的热浪席卷而来，如此火辣而迅猛，让她感觉像是发了烧，浑身虚弱。她想扇马特一巴掌，大声尖叫着问他到底有什么毛病，为什么有这种癖好，但是同时，她又痛恨自己信了这种癖好论的鬼话，她永远都不想大声跟他说出这话，实在太让人羞愧了。

此刻站在厨房里，珍妮手里捏着纸条，这小小一张纸正是那天晚上她想要抹去的一切事情的缘起和终结：从驱车赶往奇迹溪，拿着它和玛丽对质，到半夜里又过去把它取回，加上在此之间的所有可怕事情。她拿着它来到水槽，放到水下冲洗，然后把它撕成一片一片，一遍又一遍，最后把碎片丢入水流，让它们散落下去。她打开垃圾处理器，专注听着金属叶轮一圈又一圈转动时的碾磨声，直到那张纸条消失不见，变成微粒状的纸浆。等她冷静下来，再也听不到血液在她耳膜里冲涌，她便关掉垃圾处理器和水流，把炒锅放回盒子里，封上盒子，重新塞回橱柜，放在那些她永远都不会用的东西后面，紧紧关上了橱柜门。

审判：第三日

2009年8月19日，周三

朴

说英语的朴和说韩语的朴判若两人，或许在某种程度上，移民都难免变回童年时的自己，失去口语上的流利，以及与之相伴的能干与成熟。动身来美之前，他就为自己会经历的种种困难做了应对准备：开口前要先把想法翻译过来的那种逻辑别扭感；要根据语境理解词语的智力负担；要把舌头拗成陌生的姿势来实现韩语中不存在的发音时的生理挑战。然而他有所不知、未曾预见的，是这种语言上的不确定性会延伸到言语领域之外，然后就像病毒一样侵染其他部分：他的思维、举止，乃至性格本身。在韩语世界，他是一个富有权威、受过良好教育、值得尊重的人。到了英语世界，他就成了一个又聋又哑的白痴，缺乏自信，神经紧张，能力低下。一个傻瓜。

朴很早就接受了这点，早在他初到巴尔的摩杂货店和杨团聚的第一天。那些十岁出头的小屁孩会故意操着假口音说“啊——所”[1]，假装听不懂他说的“我能帮你什么吗？”，然后一边窃笑，一边怪声怪气地唱着歌起哄，一遍又一遍。他可以仅仅将此看作小屁孩像走进商店试衬衣一般想要试一试刻薄待人是什么感觉，不予理会。然而那个点了一份博洛尼亚大红肠三明治的女人则不同：她是真的很难听懂他说的“来一杯汽水吗？”，这句话还是他那天早上记住的。她说：“我听不见，你能再说一遍吗？”在他更大声、更慢地重复一遍以后，她说：“再说一遍。”然后是：“抱歉，我今天耳朵有点不大对劲。”最后，对他尴尬一笑——为他感到尴尬，朴意识到——然后摇了摇头。这四遍下来，每一遍重复，他都感到双颊和额头涌

1 Ah-so，源于二十世纪二十年代带贬义色彩的英语说法，模仿日本或其他亚洲人的话，尤其是表达“我懂了”的意思。

上火辣辣的感觉，而他的头仿佛正俯下来对着燃烧的煤炭，而且还在被一厘米接一厘米地往下面按。他最后干脆指向一瓶可口可乐，用手做出喝的动作。她释然大笑，说："是的，我要来一杯。"接过她递来的钱时，他想到了外面的乞讨者，他们也是从像这个女人一样的人手中接过零碎小钱的，施与者的眼中带着善意而又厌恶的垂怜之色。

朴变得很安静。他在沉默寡言中寻找解脱，这让他多少保有尊严，然后将自己的存在隐去，默默无闻。问题在于，美国人不喜欢沉默，沉默让他们感到不安。对韩国人来说，惜字如金代表严肃稳重，但对美国人来说，空话连篇则是一种内在美德，近似于善良或是勇敢。他们热爱言语，言语越多、越长，说得越快，那就是越聪明，越让人印象深刻。安静寡言在美国人这里似乎等同于脑袋空空。没有话要说，没有想法值得让人听到，这或许还等同于郁郁寡欢，甚至是有所欺骗。这就是为什么亚伯担心朴出庭做证。"陪审团必须要觉得你很想告诉他们什么信息，"他在给朴做准备工作时说，"你大段大段地沉默停顿，他们就会纳闷：'他在隐瞒什么？他是在想怎么撒谎最有利吗？'"

此时在这里，陪审团全员入座，所有人都暂时停下了小声交谈，朴闭上眼睛，在言语的狂轰滥炸开始之前，享受最后的安静一刻。或许他可以将这种安静一口喝下，储存起来，就像沙漠里的骆驼那样，留着待会儿在席上一点一点地用来让自己恢复清醒。

*

当证人就像演戏。高高的舞台上，所有人的目光落在他身上，而他努力回想别人给他写好的台词。至少亚伯还是从答案易于记忆的基本问题开始的："我今年四十一岁""我在韩国出生、长大""我是去年移居美国的”“一开始我在一家杂货店打工”。就是以前在韩国时，朴列在旧英语课本上用来教玛丽的那类问答组合。他让她埋头苦练，命她一遍又一遍背诵那些答案，直到她能够脱口而出；昨天晚上她也是这样让他埋头苦练的，纠正他的发音，逼他再来一遍。而现在，玛丽在座位上如坐针毡，眼睛眨都不眨地专注盯着他，就好像要把她的所思所想发电报传给他，以前她在韩国参加月度数学竞赛时他也是这个样子。

这正是他关于移民美国最后悔的地方：变得比自己孩子更不老练、更不像个大人，这让他感到羞耻。他预料到这种情况最终总会出现，也见过孩子和父母如何在父母老去时互换位置，因为父母的身心终将退回童年状态，然后是婴儿时，最后归于虚无。但这是在好多年后才会到来的，肯定不会这么早，在玛丽自己还仍是半个孩子的时候。在韩国时，他是老师。但来美后，有一次他到玛丽学校去，校长对他说：“欢迎！告诉我，你对巴尔的摩感觉如何？”朴笑了笑点点头，正想着怎么回答，这时玛丽接口：“他喜欢这儿，他在内港边上经营商店。对吧，爸爸？”那次见面会剩下的时间里，玛丽也都替他接话，回答本是抛向他的问题，好似一位母亲和她两岁大的儿子那样。

讽刺的是，这恰恰就是他们移民美国的目的：让玛丽能有个比他们更好的人生、更光明的未来。父母不就该这样期望吗，期望孩子会比自己更高 / 更聪明 / 更有钱吗？朴很自豪女儿如此快就流利掌握了这门把他难倒的外语，小跑冲刺在她的美国化道路上。他无力追赶，这是本该发生的事。不仅仅因为她来这儿已有四年，还因为小孩子本来就更擅长语言：越小，学得越好；谁都知道这道理。过了青春期，人的舌头构造就会失去不带口音模仿新学发音的能力。但知道这点是一码事，让你的孩子目睹你学得如何吃力则是另一码事，你在他们眼里从此走下神坛，沦为了一个小人物。

“朴，你为什么会开起奇迹溪潜水艇呢？韩国人的杂货店，我理解。但高压氧治疗感觉挺不寻常的。”亚伯问出了第一个需要较长陈述的挑战性问题。

朴望着陪审团，努力把他们想象成刚刚认识的新朋友——亚伯就是这样建议他的，接着说：“我以前……在一家疗养中心工作……在首尔……我梦想着……建立同样的设施……来帮助别人。”背下来的这些话到了他嘴里就感觉不对劲，像是胶水似的粘住了。他本该表现得更好的。

“告诉我们你为什么会投保火险。”

“高压氧方面的监管人推荐投保火险。”昨天晚上朴练了这句话足有一百多遍，这句话中七个 r 音让他舌头都打结了，说出来磕磕巴巴。所幸陪审团好歹听懂了。

“为什么是 130 万？”

“保单金额是保险公司决定的。”那时，他还非常生气，要付这么多钱给一件可能永远都不会发生的事情，而且每个月都要付！但他别无选择。珍妮坚持要签这个保单，以此作为他们两人之间交易的条件。此时，珍妮就坐在亚伯后面，低垂着头，面色惨白，朴不知道她会不会在夜里久久难眠，后悔他们两人的秘密协议、一笔笔现金付款，想不通当初兴冲冲盘算的计划何以落得如此结局。

“昨天，豪格女士指控你曾使用马特·汤普森的手机，致电保险公司询问纵火问题。朴，”亚伯凑近问道，“你打过这通电话吗？”

“没有。我从来没用过马特的手机。我从来没给公司打过电话。没有这个必要。我本来就知道答案。保险单上都写了。”

亚伯举起一份文件，像是向人炫耀它至少有两厘米的厚度，然后递给朴。“你说的是这份保险单吗？”

“是的。我在签字前读过。”

亚伯露出惊讶的表情。“真的吗？这是一份相当长的文件啊。

大多数人都不会去读那些小字条款的。我就不会，我还是个律师呢。”

陪审员纷纷点头。朴想他们都属于那种直接签字的人，对他人信任到不可思议，或者说实在懒惰，或者两者兼有。亚伯说大多数美国人都这样。“我不太了解美国这边的情况，所以我一定要读。我用字典把它翻成了韩语。”朴翻到纵火条例那页，把它举起来。陪审员坐得远，看不清那上面的字，但他们能看到他在边缘空白处留下的潦草字迹。

“所以关于那个纵火问题的答案就在那份文件上？”

“是的。”朴朗读了那项条款，美式繁文赘述的典型，一句话足足有十八行，里面满是分号和长单词。他指了指自己的韩语字迹。“这是我翻译过来的。如果别人放火你就拿钱，但如果放火和你有关就拿不到。”

亚伯点了点头。“现在，被告方试图推到你身上的另一个罪证，就是被告人声称自己捡到的那张韩亚龙超市纸条。”亚伯紧咬牙关，朴猜想他还在心烦特蕾莎的“叛变”。“朴，你写过或是收到过任何这样的纸条吗？”

“没有。从来没有。”朴说。

“对此知道什么吗？”

“不知道。”

“但你有没有一本从韩亚龙超市买的便笺本？”

“有。我放在谷仓里。很多人都用过它。伊丽莎白就会用。她喜欢那个大小。我就给了她一本。她放在钱包里用。”

“等等，所以被告人钱包里放着一整本韩亚龙超市的便笺本？”亚伯看上去一脸震惊，仿佛他压根不知道，仿佛朴的这个回答不是他设定的。

“是的。”朴抑制住想对亚伯的夸张表演发笑的冲动。

“那么她可能轻而易举地揉皱一张韩亚龙超市的纸条，留在哪里等着别人发现了？”

“反对，这是在要求证人做出推测。”香农站了起来。

“收回。”亚伯往黑板架上放上一张海报时，脸上有一抹如浮云飘过般的笑容。“这是豪格女士昨天那张做满标记的表格复印件。”

朴看着上面那些鲜红的字眼，指控他毁掉了他患者的生活、他女儿的脸和他自己的两条腿。

“朴，这张表格上写满了你的名字。让我们来研究一下。首先，拥有或持有凶器，本案中就是骆驼牌香烟。你去年夏天抽过吗？”

“没有。我定下了潜氧期间不准抽烟的规则。用氧环境下这样太危险了。”

“那么在去年夏天以前呢？你抽过烟吗？”

朴刚开始让亚伯不要问这个，但亚伯说香农肯定掌握了他过往抽烟的证据，率先承认反而会挫败她计划好的攻势。“抽过，在巴尔的摩时。但在弗吉尼亚从来没有。”

“你在任何地方的任何一家 7–11 便利店买过烟或是别的什么东西吗？”

“没有。我在巴尔的摩见过 7–11，但从来没进去过。我在奇迹溪附近从没见过 7–11。”

亚伯凑上前来。“去年夏天你买过或是摸过一支香烟吗？”

朴咽了咽口水。说出善意的谎言并不可耻，有的回答在技术层面上是假话，但最终能够成全更高的利益。“没有。”

亚伯掏出一支红色记号笔，箭步走向黑板架，划去了归嫌疑人所有 / 所属的物品边上的柳朴，然后合上记号笔，笔盖扣上的咔嗒声，仿佛是划去朴名字时附带的音效感叹号。“下面一个，犯罪机会。这里有很多混乱的点，关于你的邻居，你的声音，所有这些。那么告诉我们，一次说清：最后一次潜氧时，就在爆炸发生前，你人在哪里？”

刻意地，朴说得很慢，拉长每一个音节。“我在谷仓里。从头到尾。”这不算撒谎。不完全是。因为它并不会影响到最终的问题，即究竟是谁放的火。

“你马上打开舱门了吗？”

“没有。”这是实话，他不会那样做的。朴解释过要是他在现场的话会怎么做：用应急阀门（万一控制键坏掉了）关掉供氧，然后特别慢地减压，确保压强变化不会再一次引起爆炸，因此舱门开启会有一分多钟的延迟。

“有道理。谢谢，”亚伯说，“那么，朴，你还有其他证据，证明你在爆炸前从未离开过氧气罐附近吗？”

“有，我的手机通信记录。”朴说，亚伯一边分发记录复印件。“下午 8 点 05 分到 8 点 22 分，我都在打电话。我给电力公司打电话问他们什么时候能来维修，又给我妻子打了电话，问她什么时候能拿到电池赶回来。连续十七分钟，一直都在打电话。”

“行，我明白了，但那又如何？你也可以待在外面打电话，同时在氧气管下面点火。”

朴摇了摇头，忍不住微微一笑，道：“不。那不可能。”

亚伯皱眉，假装搞糊涂了。“为什么？”

“氧气管附近没有手机信号。没错，谷仓前面是有信号的。但后面没有，里面或外面都没有。我的每个患者都知道。如果他们要打电话，就得走到前面去。”

“明白了。所以你从 8 点 05 分一直到爆炸发生时，都不可能靠近起火地点。不在附近，没有机会。”亚伯噗一声拔出记号笔，在犯罪机会几个字边上划去了他的名字。“我们来看‘特殊知识与兴趣’，豪格女士在边上标了 P. YOO.[1]。”

1　柳朴名字的缩写，pyoo 也是一个拟声词，用手指当枪时发出的模拟枪声。

朴听到底下响起了窃笑声，他想到亚伯跟他解释过这一缩写的幼稚恶搞意味。“肯定是故意的。我真讨厌那女人。”亚伯当时说。

“朴，作为持有证书的高压氧治疗师，你的确研究过高压氧治疗造成的火灾，对吗？”

“是的。我研究这个是为了学习如何防止火灾。提高安全性。”

“谢谢。”亚伯在特殊知识与兴趣边上的柳朴名字下面写上（有充分理由——安全），然后说，“我们还有最后一项。动机。让我开门见山吧：你有没有为了拿到130万美元而在自己的经营场所放火，当你的患者都在里面，你的家人也在附近时？”

朴此时都不用假装笑出声来，这种想法实在太过匪夷所思。“没有。”他看着陪审团，目光尤其落在其中的年长者脸上。“如果你有孩子的话，你就会知道。我永远、永远不会为了钱让自己孩子遭受危险。我们来美国就是为了女儿。她的前途。一切都是为了我的家人。”陪审员纷纷点了点头。“我对经营的业务满怀兴奋。奇迹潜水艇！很多残障儿童的家长打来电话，我们还有等候治疗的患者名单。我们心满意足。没有理由破坏这一切。为什么呢？”

“我想有人会回答，为了130万美元。那可是一大笔钱呢。”

朴低头看着轮椅上自己的一双废腿，摸了摸轮椅的不锈钢扶手。法庭里闷热难耐，这扶手还是冰凉凉的。“医院的账单。花了50万美元。我女儿一度昏迷不醒。医生说我可能再也不能走路了。”朴看了看玛丽，她脸上已是泪水涟涟。“不。130万不算一大笔钱。”

亚伯看向陪审团，十二个人此时齐刷刷地望着朴，眼里满是同情，他们在座位上朝他倾身向前，仿佛想要伸手越过护栏，摸摸他，安慰他。亚伯用红色记号笔端敲了敲犯罪动机边上P. YOO的P字，盯着它看了一会儿，摇了摇头，然后往朴的名字上重重划了一道红色粗线。

“朴，”亚伯说，“马特·汤普森告诉我们，你当时闯进火场，冲入着火的舱内，而且是好几次，即使在你自己身负重伤之后。为什么？”

台词本上没有这一问，但奇怪的是，他并没有因为要给出一个未经背诵的回答而感到慌张。他望向听众席，看着马特和特蕾莎，还有他们身后的其他患者。他想起那些孩子，轮椅上的罗莎，像鸟一样挥舞手臂的TJ，但想得最多的，还是亨利。羞涩的亨利，目光总是游离向上，就好像和天空是拴在一起的。“这是我的职责。我的患者。我必须保护他们。我自己受的伤，不算什么。”朴转向伊丽莎白。“我努力想救出亨利，但是大火……”

伊丽莎白低下了头，仿佛是出于羞愧，然后伸手拿起自己的玻璃水杯。亚伯说：“谢谢你，朴。我知道这很艰难。最后一个问题。问完就好，你有没有做过跟那支香烟、那盒火柴有关的任何事情，任何跟那场害死了你的两个患者、还差一点让你自己和女儿送命的大火哪怕有一丁点关系的事情？”

正欲张口回答时，他看到伊丽莎白的手在送水到嘴边前轻轻甩了一甩。他猛然想起，那个每每从他意识深处钻出来入侵他梦境的熟悉画面：戴着手套的指间夹着一支烟，轻轻甩了一甩，然后伸向氧气管下面放着的一盒火柴。

朴眨了眨眼。他深呼吸一口气，让狂跳的心平静下来。他提醒自己忘掉那一刻，只当把它揉紧捏成一团，让它闷死过去。他看着亚伯，摇了摇头，说：“不，没有。什么都没有。”

杨

当伊丽莎白的律师开口说“下午好，柳先生”时，涌入杨记忆里的，竟奇异地是玛丽出生的时刻。一定是朴脸上的表情唤起的：他面部的全部肌肉死命拧紧，打造出一副纹丝不动的面具，那是一个鼓足勇气藏起恐惧的男人。近十八年前（不，正好就是十八年。明天是玛丽的生日，但在她出生的地方，首尔现在已经是明天了），医生神色凝重地走进来，一语不发地在杨的康复室里踱步时，他的脸上就是这副表情。医生说，他们不得不给杨做了紧急子宫切除术。至少孩子没事，他说。是个女孩。他们很抱歉。

像大多数韩国男人一样，朴一直想要个儿子，也以为会是个儿子。他尝试掩盖失望；他的家人悲叹他如何不幸，唯一的孩子是个女孩时，他说："她顶十个儿子呢。"但说得有点过于斩钉截铁，就好像想要说服他们相信什么连他自己都不太相信的事情。杨听出了他语气中的紧张感，那种他试图注入话中的虚假开朗，这让他的音调比平时提高了一点。

此时他的声音就完全和当时一样，说："下午好。"

伊丽莎白的律师没有像她对其他证人那样，多费时间对他讨好一番。"你说你从未去过这儿附近的任何一家 7-11，对吗？"

"是的，我从没见过，连它们在哪里都不知道。"朴说，杨会心一笑。亚伯跟他说过，不要光说一个"是的"，她正等着这种回答来给他设套。要详细，要解释，亚伯说，而朴现在就做到了。

香农沉了沉下巴，微微一笑，然后如猎人逼近猎物般朝朴走去。"你有自动取款机卡吗？"

"有。"朴皱了皱眉，话题的陡然一转或许让他有些困惑。

"你妻子会用那张卡吗？"

朴眉头皱得更深了。"不。我妻子有自己的卡。"

香农递给他一份文件。"认得这个吗？"

朴快速浏览。"这是我的银行账单。"

"请为我们读一下'自动取款机现金提取'下面标出高亮的那几行。"

"2008 年 6 月 22 日，十美元。2008 年 7 月 6 日，十美元。

2008年7月24日，十美元。2008年8月10日，十美元。”

“这四项条目的发生地点在哪里？”

“弗吉尼亚州，松木边，王子街108号。”

“柳先生，你还记得这个地点有什么吗，松木边的王子街108号？”

朴抬起目光，整张脸都因为绞尽脑汁而扭曲了，然后他摇了摇头。“不记得。”

“来看看我们能否唤醒你的记忆。”香农往黑板架上放上一张海报:一家7-11便利店的照片，在它橙、绿、红三色条纹的店门布篷下，赫然立着一台自动取款机。玻璃门上印着的地址清楚可见：弗吉尼亚州，松木边，王子街108号。杨感到胃中有什么东西猛地一沉，碾磨着她的五脏六腑。

朴岿然不动，脸色却骤然黯淡如饱经风霜的灰色墓碑。

“柳先生，此处的自动取款机边上是什么？”

“7-11便利店。”

“你做证说从未去过或见过附近任何一家7-11，但就在这台去年夏天你用了四次的自动取款机边上就有一家。我说得对吗？”

“我不记得这台自动取款机了。我从没去过那里。”朴说。他看上去很坚定，声音中却透出犹疑。陪审团是不是也听出来了呢？

“有没有理由怀疑你的银行账单可能出错了？你的卡去年夏天有没有丢过或被偷过？”

朴想起了什么。这念头让他一阵激动，张口欲言，但随即又顿然缄口，垂下目光。“不，没被偷过。”

“那么你承认银行记录证明你数次去过这家7-11，但你又坚称不记得去过那里，对吗？”

朴依然低垂着头，“我不记得了。”

“很可能你也不记得去年夏天买过烟了？”

“反对，这是在纠缠证人。”亚伯道。

“收回。”香农道，然后继续。“8 月 26 日，就在爆炸发生前几个小时，你去过 7–11 吧？”

“不！”朴的声音里满是怒火，这让他脸上又恢复了血色。“我从没去过 7–11。从来没有，也没有在爆炸当天去过。我一整天都没有离开营业场所。”

香农挑起眉毛。“所以你那天一步都没离开过自己的地方？”

朴迫不及待地张口欲言，杨真希望他说出“是的！”，但是没有，相反他合上了嘴，整个人像被戳破了的充气玩具那样迅速漏气，轰地跌坐下来。香农问道：“柳先生？”朴抬起头来说：“我现在想起来了，我去那里买过东西。我们需要婴儿爽身粉。”他看向陪审团。“我们用在氧气头盔密封口。为了防汗。保持干燥。”

杨想起朴说到他们要再买点爽身粉，但抗议者还在现场，他走不开。接着，在最后一场潜氧开始前，他从厨房抓了把玉米粉当替代用。那他为什么要撒谎？

“你去了哪里？”香农道。

“沃尔格林药房，买爽身粉。然后去了附近的自动取款机。”

“柳先生，请读一下 2008 年 8 月 26 日那一行，在你的银行账单上。”

朴点了点头。“自动取款机取现。一百美元。中午 12 点 48 分。弗吉尼亚，奇迹溪，溪畔广场。”

“这就是你去的自动取款机，在去完沃尔格林后？”

“是的。”杨回忆当时。12 点 48 分，午休时间。他让她准备午饭，他自己再出去跟抗议者理论一番。二十分钟后他回来，说他尽力了，但她们就是不肯听。难道他其实是去了城里？但为什么呢？香农往黑板架上放上另一张照片。“是这个溪畔广场的自动取款机吗？”

“是的。”照片将整个“广场”尽收其中。广场一词乍听豪华宏大，实则只有三家店铺，外加四个挂着“招租”牌子的空置门面。自动取款机就在广场中央，边上是派对中心。

“这家 7–11 引起了我的注意，就在这个广场后面。你看到了，对吗？”香农指了指照片一角那确凿无疑的三色条纹。

朴看都没看照片一眼就道：“是的。”

“同样让我感兴趣的是你找了这个自动取款机，离沃尔格林几公里远，虽然沃尔格林里面就有自动取款机，而你似乎也经常使用那台，据你的银行账单显示。我说得对吗？”

“我出了沃尔格林才想起需要取钱。”

“你在沃尔格林为爽身粉付款时掏出了钱包，却竟然不记得自己需要取钱，这很奇怪。”香农道，然后微笑着走回自己的桌子旁。

朴抬起头道：“沃尔格林卖烟的。”

香农转身。“不好意思？”

“你觉得我用了广场的自动取款机是因为要去 7–11 买烟。但如果我要烟，为什么不在沃尔格林买？”不言自明了。香农的论点立不住脚。朴的论辩逻辑、他自豪的眼神，以及陪审员纷纷对他点头，都让杨感到一阵胜利的喜悦。

香农道：“因为我觉得你那天根本没有去过沃尔格林。我觉得你是去 7–11 买了骆驼牌香烟，然后就近去了自动取款机，而沃尔格林只是你今天临时编造出来，解释自己为什么离开营业场所的。”如果香农是高声尖叫，或是用“这下逮住你了！”那种语气说出这话，杨大可轻易将其视为戴有色眼镜的敌方在虚张声势。但香农是温和地说出这些话的，带着老师告诉幼儿园小朋友答错问题时的遗憾语调，好像她不是想要指出错误，而是迫于义务。杨发现自己同意她所说的，因为她*知道*香农是对的。朴没有去过沃尔格林。他当然没有。但他到底去了哪儿，做了什么，连对他的妻子都要隐瞒？

亚伯抗议，法官让陪审团无视刚才那组问答。香农继续道：“柳先生，在去年夏天之前，你持续每天抽烟二十年左右，是的吧？”

杨几乎都能听见他的大脑在呼呼飞转，拼命搜寻怎样才能避免说出那个“是的”，尽管他最后还是无奈而含糊地承认了。

“你是怎么戒掉的？”香农道。

朴皱了皱眉，显出困惑。“我就是……不抽了。”

“真的吗？你肯定用了嚼口香糖，或是贴尼古丁贴片之类的方式吧。”香农语气中透着不可置信，但并不是敌意的。她的语气是温和的，甚至带着钦佩。杨再一次发现自己站在了香农这边，她也在疑惑，他究竟是怎么如此轻巧地戒掉了一个持续二十年的习惯的？她能看出陪审员脸上也都同样写着这个问题。

“不。我就是戒掉了。”

“你就是戒掉了。”

“是的。”

香农久久凝视着朴，两人眼睛都一眨不眨，仿佛在进行一场看谁先眨眼的对视比赛。香农先打破了，香农眨了眨眼说：“好吧。你就是戒掉了。”她微笑说这话的样子，像极了一位母亲边轻拍三岁孩子的脑袋边说：你看到一只紫色大象在你房间里跳舞了？好的。你当然看到啦，宝贝。“那么，在你——”她停顿了一下，“戒掉烟之前，骆驼是你最喜欢的牌子吗？”

朴摇了摇头。“在韩国时，我抽爱喜牌，但这儿没有卖。在巴尔的摩，我抽过很多牌子。”

香农微笑。“那如果我问你以前在休息时一起抽烟的快递员同事，比方说一位叫弗兰克·菲谢尔的先生，他们会说你没有最喜欢的美国香烟牌子吗？”弗兰克·菲谢尔，他们没在亚伯给他们看的被告证人名单上认出这个名字。他们只知道那个快递员叫弗兰基[1]，

1 弗兰克的昵称。

从来不知道他的全名。

亚伯站起来。“反对。如果豪格女士想知道别人什么事，她该去问他们，而不是朴。”

“噢，我正这样打算呢。弗兰克·菲谢尔这会儿就准备从巴尔的摩驱车赶来。但你说得对，我收回问题。”香农转向朴。“柳先生，你曾经告诉别人你最喜欢的美国香烟牌子是哪个呢？”

朴紧锁牙关，怒目而视，像一个叛逆的男孩拒绝为某种淘气行为承担责任，尽管已是证据显然。

“法官大人，”香农道，“请让证人回答——”

“骆驼。”朴狠狠说出。

“骆驼牌，”香农看上去心满意足，“谢谢。”

杨看了看陪审团。他们都朝朴皱起了眉头，摇了摇头。如果朴一开始就承认，他们可能会相信只是一个巧合，但朴几乎一口否认的态度让这事在她和他们的眼中成了某个关键点。氧气管下面的那支烟会不会是朴的，是他当天早些时候买来的？但是为什么呢？

像是作为回答，香农问道：“那些抗议者让你很生气，对吗？”

“或许不算生气。我是不喜欢他们骚扰我的患者。”朴道。

香农拿起她桌上的一份文档。“根据警察局的一份报告，爆炸发生后次日，你指控抗议者放火，你的陈述原话：‘她们威胁要不择一切手段关停高压氧治疗。’”香农抬起头来。“这份报告准确吗？”

有那么一会儿，朴移开了目光。“是的。”

“而你也相信她们的威胁，对吗？毕竟，她们造成了断电，中断了你的营业，即使在警察把她们带走时，她们还保证会再回来，坚持抗议，直到让你关门倒闭为止，对吗？”

朴耸了耸肩。“那不重要。我的患者都相信高压氧治疗。”

“柳先生，你的患者对你的信任是不是基于你曾在首尔的一家高压氧治疗中心工作过四年多呢？”

朴摇了摇头。“我的患者看到了效果。孩子们确实有了改善。”

“是不是这样，”香农继续，“抗议者威胁要极尽可能地挖你老底，还说她们会联系首尔那家你工作过的中心？”

朴没有应答，紧紧咬住牙关。

“柳先生，要是没有发生爆炸，而她们也真的联系了那家中心的主人，金柄良先生会告诉她们什么呢？”

亚伯提出反对，法官表示同意。朴一动不动，也没有眨眼。

“事实是，”香农说，“你入职不到一年就因为不能胜任而被解雇，这是在你来美前三年多，不是吗？如果抗议者发现此事，向你的患者揭穿了你的谎言，那你的生意就彻底完蛋了，你将会一无所有。而你不能让这种情况发生，不是吗？”

不，这不可能。杨看到朴的脸因为怒火变成了绛紫色。不，是因为羞耻。他垂下了目光，无法直视杨的眼睛。她想起了朴叮嘱她不要再用他的工作邮箱，说有新规定禁止发私人邮件。当亚伯提出反对，朴大叫着他从未伤害过患者，法官敲下法槌时，杨不得不挪开了眼。她的目光环绕整间法庭飞转，然后落在黑板架的那张照片上，广场的派对中心窗户边上有什么东西亮闪闪的，太阳照在上面折射出刺眼的光。昨天他们来法庭的路上，她曾路过那个地方，要是闭上眼睛，她几乎还能假装仍是昨天，回到她对丈夫的秘密和谎言还一无所知的时候，那时她正想着为玛丽生日购置彩带和气球不知要花多少钱。

气球。想到这个让杨猛地睁大眼睛，目光聚焦在黑板架上。照片中，你看不出是什么折射出了那道强光。但在昨天，驾车经过时，杨看到了，它们懒洋洋地飘浮在里面，外面就是那台自动取款机：亮闪闪的、金属色的铝膜气球，上面印有星星和彩虹。就和爆炸当天在电线上爆破、导致断电的那些气球一样。

*

玛丽（那时还是美熙）一岁时，有次杨告诉朴他们的宝宝第一次看到气球很高兴，之后朴就从某次工作场所的活动上带了一些气球回家，牵着它们搭乘拥挤的地铁和公交。他很晚才到家。他说他不得不等了三十几分钟，直到地铁上的人都下完，这样气球才不会被挤破。他一回到家，美熙就惊喜地尖叫起来，蹬着她两条胖乎乎的腿满屋子地蹦蹦跳跳，还张开小小的手臂环绕那几个气球，仿佛要拥抱它们。朴放声大笑，像个小丑似的手舞足蹈，把气球顶在头上轻轻拍打，一边发出傻乎乎的怪声，而杨站在边上，想着这个男人是谁呢，他完全不是她在那一刻之前认识的样子（或是在那之后继续维持的样子，除了在女儿面前）：一个务实、严肃的男人，努力传达一种沉静寡言的尊严感，极少会讲笑话，也不会开怀大笑。

看着朴，她现在又有了那种感觉。她告诉自己，这个对着香农怒目而视，额头青筋暴起，被汗水浸湿的头发沉重地垂在脑后的男人，和那个牵着比他们孩子脑袋还大的气球回家的男人，是同一个人。但当时那种“他和我认识的那个男人不一样”的感受是引申出来的。她欣然发现了丈夫之前从不展现的一面。而此刻却是现实存在的：朴其实从来没有像她以为的那样当过康复中心的经理，也不是他所假装的高压氧治疗专家。

中场休息，朴滑着轮椅从证人席上离开时，杨想与他目光对视，但他避开了。亚伯过来时朴几乎是松了一口气的，亚伯说他们要重新定向，然后都没有往她这里瞥一眼，就推着朴出去了。

重新定向。更多问向朴的问题，更多的谎言去解释他已经说出的那些谎言。杨感到胃里翻江倒海，胃酸沿着食管爬上她喉咙的后部。她往前倾，想要压下胃里涌上的东西，然后用力咽了咽口水。她必须离开这里；她不能呼吸了。

杨抓起钱包，跟玛丽说了句人不舒服。肯定是吃坏什么东西了，她说，然后匆忙离去，努力稳住自己不要跌倒。她知道应该告诉玛丽她要去哪里，但她自己也不知道要去哪里。她只知道她要离开。就现在。

*

她开得太快了。出松木堡的道路是一条坑坑洼洼的乡间小路，碰上今天这样的下雨天，就会变得泥泞湿滑。然而飙到最高速度来个 U 形急转弯的感觉让人平静，此时你必须双手转动方向盘，同时一边踩下刹车，身体在滑向车门方向时有种失控的快感。要是朴在边上，定会大叫着让她慢一点，让她像个正常母亲那样开车，但此时他远在别处，杨是一个人。可以一个人专注感受轮胎碾过下面的石子路，雨点啪啪落在车顶上，两旁树木的浓密枝叶在头顶高处连接成一条隧道。

每当路边那条溪的水涨起来，就像今天这样，她总会想起朴的老家，釜山市外的一个村庄。她以前说过一次，但朴让她别说滑稽话了，这儿和他的村庄一点不像，还说她就是那种觉得但凡有点乡村气息的事物看上去都一个样的城里人。的确，这儿是葡萄园而非水稻田；养的是鹿，而非羊。但在他老家水漫上稻田时，就和奇迹溪在暴雨来临时的微妙色彩一模一样：放久易碎的巧克力那种淡淡的棕褐色。这也正是身处此地，而非其他任何地方的特别之处：这里没有什么能让你在时空中定位，你可以感觉置身于地球的另一端，穿越到很久以前的某个时间点。

他们第一次发生争吵就是在朴老家的村庄里。两人订完婚后直奔那里，去拜见他的父母。朴很紧张；他满心确信，像她这样从小住在有室内排水和中央供暖的大楼公寓里的人，肯定会讨厌他们家。

让朴不理解的是，她竟然真的喜欢他的村庄，喜欢这儿的宁静，远离了首尔每个角落都弥漫着的化工味雾霾和建筑噪声，彼时首尔为了迎接奥运正在举城改造。走出车子步入村庄，她就闻到了来自堆肥的臭味，就像在腌制几日后头一次打开密封罐头时闻到的泡菜味道。她望着群山，孩子们在河床上跑来跑去，他们的妈妈在木质搓衣板上洗衣服，她对他说："很难想象你来自这样一个地方。"朴以为她是在嘲笑他，这更证实了他一直以来耿耿于怀的那个想法，即杨的家人（延伸开来，包括杨自己）都觉得他"低她一等"，而实际上杨是赞赏他才这么说的，她敬重他从如此贫苦肮脏之地成长起来，一路奋斗、考入大学的成就。这场争吵最终在朴表明将拒绝她父亲准备给的嫁妆，以及在她叔叔电子公司为他谋取的销售岗位中收场。"我不需要施舍。"他说。

忆及此事，杨不由得握紧了方向盘。有什么飞奔着穿过马路。是小浣熊吗？她急转弯，伴随一声闷响，一个轮胎重重滑出路边，车子眼看着就要冲向一棵巨大的橡树。她用力刹车，掉转头去，但车子还是继续打滑，向前滑行，减速减得太慢了。她只好拉起手刹，车子猛地停住，她的头飞甩到后面。

橡树树根就在车子前方，离保险杠只有几厘米，然后她放声大笑起来。是的，她知道这样不合时宜，但她实在忍不住。一定是因为惊吓与解脱混杂在一起，反而产生一阵不可思议的胜利快感。她呼吸着让自己平静下来，望着雨水打在树上，沿着上面突起的结疤树瘤弯弯曲曲地流下来。她想到朴，她那骄傲的丈夫，在家人移居外国还不到一年时就被解雇了。分开的这四年里，他们交流得很少，即使在打电话时她也会有意避免听到不好的消息。国际长途很贵，他们的工作时间又截然不同。他没想在电话或是邮件里坦白屈辱，她真的感到惊讶吗？现在坐在这里，他的欺骗给她带来的震惊变得遥远，怒气也就逐渐土崩瓦解，取而代之的是同情。是的，她能想见他是怎样不费吹灰之力地说服自己，在一件发生在离她一个世界之外的事情上保持沉默的，毕竟她对此什么也做不了。或许她甚至可以原谅他。

但撇开那些不说，萦绕不散的还有气球的问题。关键在于，朴是知道铝膜气球会造成电线短路。或者说每个韩国的家长都知道。韩国学校的科学竞赛有一类很热门的题目就是家用物品引起的电力事故。玛丽五年级那年，有个男生凭借演示铝膜气球、掉进浴缸的吹风机和旧电线如何引起火灾而拿了奖。她很惊讶大多数美国人似乎对此没有概念。话说回来，美国在全世界的科学教育排名上的确靠后。朴在断电前几小时内就去过气球商店。这是否意味着是他搞出断电的？可这说不通啊。还有朴抽烟的事呢？去年夏天好几次，她都感觉闻到了烟味，但都只是淡淡一点，她以为肯定是出来遛狗的邻居在附近抽了烟。还有，如果他真的在韩国丢了工作，那他是怎么在来美之前存下这么多钱的呢？

她闭上双眼，用力摇头，想要理清思绪，然而一个个问题在她脑海中彼此碰撞，每一次撞击都产生更多问题，对她的大脑狂轰滥炸，令她头晕目眩。一只松鼠跳到车盖上，透过挡风玻璃向内张望，脑袋歪向一边，像个孩子望着鱼缸里的鱼，问它们，你们到底在做什么呢？

她需要答案。她松开刹车，从树前倒车回去，直面前路。这时往左转，她就能赶在休息结束前回到法庭，回到丈夫身边。但在那里没有答案。只有更多谎言，引发更多问题。而现在，当玛丽和朴都不在身边，正是绝佳的时机，也是唯一的时机，她可以去做她应该做的事。不再等着别人给她含糊其词、荒谬不堪的答案。不再一味守望，一味相信。

她拐向右边。必须去寻找答案。靠她自己。

*

仓库在他们房屋范围的边缘地带，距离当天气球缠住的那根电线杆咫尺之遥。杨走进里面，扑面袭来的是令她无从分辨的气味，那么刺鼻，泛着潮气和酸臭。外面的大雨打着飞快的节拍落在铝制屋顶上，像是敲着军鼓；雨水又从缝隙里漏下来，打在发霉的地板木条上，像是闷闷地敲着低音鼓。地上四散着各种工具和枯树叶，表面都蒙上了厚厚一层使它们无从辨认的灰尘、锈斑和霉，后者已经占据了角角落落，结成一片片墨绿色黏泥。

她想，一动不动地在这里站上多久，才会有蜘蛛爬到身上来呢。这里荒废了一年，经历了一个阴雨绵绵的秋天，接着是一场飓风、四次暴风雪，然后又是一个湿度打破历史记录的夏天。仅此而已，足以将他们在首尔和巴尔的摩的那些岁月，打发到只剩下眼前这一堆不同程度上腐烂破败的遗忘之物。他们那间陋室里没有阁楼或柜子。要是朴想要隐藏什么，肯定就在这里。

她走向角落里那三个叠放起来的储物纸箱，扯掉上面盖的垃圾袋，原本透明的垃圾袋已经蒙上了干结的蜘蛛网。粉灰如烟似雾般升腾而起，随后又在潮湿空气的重压下自由坠落，杨闻到了一股潮味，仿佛埋在深处的泥土被翻了上来，在地表第一次接触到空气。

是在第三个纸箱里，最底下那个，也是最难拿的那个，但她找到了。上面两个箱子几乎都是空的，但第三个里面装满了她自己都不记得保留下来了的哲学旧课本。如果她只是匆匆翻一遍，肯定就会错过那样东西，它被干净地包在一个纸袋子里，纸袋子夹在尺寸相近的书本之间。那是在杂货店工作时留下来的一个锡盒子，装散装香烟用的。她想出了这个办法：每支烟单卖五十美分。她告诉那些持福利券的顾客，虽然食品券不能买烟，但她不能阻止他们用食品券剩下的零头来单买散烟，此后香烟的销量突飞猛进，她开始拆封包装完好的香烟以满足需求。

她最后一次看到这个盒子是他们搬家到这里来时。盒子当时在一堆等着打包的毛衣上。她还打开看了一眼，里面全是散装香烟。她问朴为什么要带上这个。他不是已经戒烟了吗？他说他不舍得扔掉好端端的烟，那里肯定得有一百支。“什么，你是要把香烟传给我们的孙子孙女吗？”她大笑道。他微微一笑，没有正视她的眼睛，然后她说事实上它们也是商店库存的一部分，应该归店主所有。她让他把盒子跟其他需要归还的东西放到一起。那就是她最后一次看到盒子，在巴尔的摩，在朴的手里，他正拿着要交给姜氏夫妇。现在它却在这里，在另一个州，被人故意藏在隐匿之处。

杨从纸袋里拿出锡盒，猛地拉开盖子。还是像她上次看到的那样，细细的烟支整齐如士兵般排在盒子里，然而上面放了两盒朴最爱的薄荷口香糖和一瓶旅行装的风倍清免洗喷雾。

杨砰的一声合上盖子，盯着眼前这个储物纸箱。里面还藏了些什么呢？

她抬起整个箱子。很沉，底部长了霉，脏乎乎的，但她用力抓紧抬起，翻个面往下倒。所有东西都掉了出来，灰尘和干结的蜘蛛网随之飞起。她一把将空箱子掷向墙边。听到啪的一声，感觉真好，虽然不及听到沉甸甸的书一本本砸到地上的低沉闷响来得过瘾。她扫视这些物品，在其中寻找……寻找什么？气球的发票？ 7–11 的火柴？韩亚龙超市的便笺本？*总得有点什么*。但什么也没有。只有韩语课本，四散在她周围，有些在这坠落的重击之下撕开了页面，有三本书不知怎么，像是粘住似的一起坠下，最后齐整地摞成一叠。

她小心翼翼，用凉鞋尖碰了碰最上面那本，就好像那几本书是一条看上去死了实则只是睡着了的毒蛇。她用恰到好处的力度把它踢了下来。她弯下腰拿起现在露在上面的第二本书。约翰·罗尔斯的《正义论》，她大学时代最喜欢的书。这就意味着里面鼓起来的肯定是她的硕士论文笔记，从《罪与罚》中主角拉斯科尔尼科夫的角度出发，比较罗尔斯、康德和洛克。她从来没写完那篇论文；母亲的反复劝诫让她半途而废（“没有哪个男人会想娶一个比他受教育水平更高的妻子；这会让他蒙羞的！”），她都忘了自己留下了这些笔记。她把书扔到一边，又拿起最底下那本匆匆翻阅。还是什么都没有。

直到把这些书翻了个遍以后，杨才意识到自己一直都在屏着呼吸。她闭上眼睛，呼出一口气，肺部凝滞空气的排出令她如释重负，手指微微刺痛的感觉意味着氧气重新充盈了她的身体。她本来以为会找到其他什么，如此确信以至于害怕不已。但说真的，她找到了什么呢？表明朴并没有戒烟，还偷走了（如果你管这算偷窃的话）价值五十美元香烟的证据吗？那又怎样呢？的确，他有时会对她保有秘密。哪个丈夫不是这样呢？他抽烟，爆炸发生后，因为担心不公评判而隐藏了抽烟证据。这算多大的错吗？

她看了看表。2点19分。到时间回法庭去了。她会拿上这锡盒子，找个安静时间跟朴对质的。不，不是对质。这个词太过严厉。问一问。商量。她会拿出这盒子给他看，瞧瞧他怎么说。

伸手去拿锡盒子时，她的手微抖，她忍不住嗤嗤发笑，笑自己竟恐慌如此，竟然确信会找到丈夫是个骗子的铁证。不，还不止于此。既然都已过去，她可以承认了：她本想找到证据，证明她丈夫，那个爱着她、爱着他们女儿的温柔男人，那个跳进火里去救患者的男人是个杀人犯。“谋杀。纵火。”杨大声说出来。她为这样的念头自惭形秽，她根本不应该允许自己这样想，哪怕在潜意识中。一个坏妻子。

她抓起盒子，捡起那个装它的纸袋子，打开袋子把盒子放回去时，她注意到了什么。她伸手掏出来。是一本韩语的宣传册子，重新入境韩国的要求，上面用回形针附了一张名片，属于安嫩戴尔的一位不动产经纪人，还有一张便笺，上面用韩语写着：你准备搬回来真是让人激动。希望这本册子对你有用。随附一些符合你要求的清单。欢迎随时致电。

册子后面是一份用订书针订起来的文件。首尔的一些公寓清单，全部是房屋购后即可入住的状态。她往回翻到第一页。搜索时间几个字边上写着 08/08/19，韩国的日期记法，即 2008 年 8 月 19 日。

爆炸之前正好一个星期，朴在计划着举家搬回韩国。

特蕾莎

爆炸发生两天后，她无意间听到别人说“那场悲剧”。最初那段日子大家都是这么叫那起事故的。当时她正在医院食堂里喝咖啡，或者说只是搅咖啡，假装在喝。

“那两个孩子活了下来，真是奇迹啊。”一个女人低沉沙哑的声音说。特蕾莎确定这个女人是想让自己听上去性感迷人或是像个男人，所以刻意如此。

“是啊，可不是嘛。”一个男人的声音答道。

“不过，这让人禁不住去想——上帝真是有一种奇怪的幽默感啊。”

“什么意思？”

“那个跟正常人没两样的小孩恰恰是唯一一个死了的，那个自闭症小孩受了伤但还活了下来，而那个大脑严重损伤的小孩一点事儿都没有。讽刺吧。”

特蕾莎让自己专注于搅动咖啡，勺子打转越来越快，已经凝固的炼奶随着飞转的旋涡溅起白色点点。她几乎都能听见液体在旋涡中拼命往下的声音；嗡嗡嗡的旋转声充斥她的耳膜，盖过了食堂里嘈杂的噪声。她搅得越来越快，越来越猛，没注意到咖啡已经泼洒出杯口、沾湿了她的手，用意念想让咖啡旋风沉入杯底。

有什么东西让勺子从她手里甩了出去。她眨了眨眼，不知怎的，马克杯倒在桌上，咖啡洒得到处都是。嗡嗡嗡停止了，一片寂静中，她听到了咣当一声的回响，像是听觉上的余音残留。她抬起头。所有人都看着她，谁都没有动，一切都静止了，除了洒出的咖啡还在一点一点往桌子边沿蔓延开去。

“女士，你没事吧？”低音女人问道，快速盖下几张纸巾，在咖啡和桌边之间形成堤坝。女人递给她一张纸巾，特蕾莎道：“不好意思。我是说，谢谢你。”女人道：“没事。”她拍了拍特蕾莎的手背，又说了一遍“没事的，真的”，她目光向下滑落，脸红了一片，特蕾莎知道她意识到自己就是那个讽刺性地安然无恙的小女孩的母亲了。

低音女人是摩根·海茨警探，特蕾莎现在看见她在午饭后朝法庭走来。不知为何，每当想起警探在食堂里说的那番话，特蕾莎就会感到羞愧难当，脸上火辣辣的，她说的话可能也是所有人都会想的：罗莎，作为残障程度最严重的孩子，本来应该是死的那个才对。那样才公平啊。多合情合理啊。明明白白。摆脱掉脑损伤的残障孩子，毕竟她不会说话又不会走路，活着也跟死了没什么两样。

特蕾莎用伞挡住自己，不让海茨警探看到。排队进入法庭时，她听到有人说：“他们可能会把他送去收容所。他说‘粪便抹污’行为越来越严重了。学校只得给他穿上约束衣，撞头也撞得很厉害。”另一个声音说：“可怜啊。没了母亲。也难怪会行为错乱，但是——”三个青少年插进队里，大声聊天盖过了那两人的声音。

TJ。粪便抹污。基特有一次说起过，在一次潜氧期间。伊丽莎白当时正在谈论亨利“新的自闭行为”：持续语言，不停说起石头。这时基特道：“你知道我昨天花了四个小时做什么吗？我在清理屎。真的屎。TJ的新毛病叫粪便抹污。他脱下尿布，涂抹屎——往墙上、窗帘上、地毯上，哪里都抹。你根本不知道那是什么滋味。你说 TJ 和亨利都是自闭症，他们是一样的——这太伤我了。你抱怨说亨利没法保持眼神交流，没法察言观色，交不到很多朋友？你觉得那就让人心碎了，是啊，或许是吧。为人父母，哪天不心碎呢。孩子被人嘲笑了，不小心骨折了，没被邀请参加派对，这些事发生在我女儿身上时，当然我也会心碎，会跟着她们一起哭泣。但那种平平常常的琐事，都还不及我养育 TJ 所经历的一星半点，他妈的根本都不是在一个星球里的事情。”

她们经常这样，因为各自孩子疑难杂症的比较而互斥对方。这算是特需版本的家长夸耀战吧。这时特蕾莎总会插进来说说她的忧虑，例如罗莎可能被自己的唾液呛死，或是死于褥疮引起的脓毒症，通常她们两人就会迅速闭上嘴。然而听了基特这次的故事，想着清理时的恶臭、肮脏和悲惨心境，特蕾莎也没了法子。关于粪便抹污，可能再也找不出一个对照故事能让基特觉得，*至少我的日子还没有那么糟*。

现在基特死了，她的重担转移到她丈夫身上，而他准备把 TJ 送走了。特蕾莎想象罗莎待在收留所里，在一个四面摆着不锈钢床铺的无菌房间里，她真想立马跑回家，亲吻她的两个酒窝。她看了看表。2 点 24 分。还有时间打个电话回家。告诉罗莎她爱她，听她叫“妈”，一遍，再一遍。

*

特蕾莎努力集中注意力。对朴的再次直接询问相当重要。香农之前的问题令人不安，根据她在休息时听到的交谈片段，它们让大家的意见自审判以来第一次有了动摇。然而下午一开始，所有人的视线都转向了玛丽旁边的空座位，他们窃窃私语，猜测杨在哪里以及她的离场意味着什么。“我打赌是去见离婚律师了。”她身后一个男人说。朴再次接受直接询问，他再次明确否认去过 7–11 和买过烟，并解释被解雇是因为在外干兼职，而不是因为能力不足，而且之后很快就在另一家高压氧治疗中心找到了工作。在这个过程中，特蕾莎都在看着玛丽，看着她坐在两个本该是她父母坐的空座位中间。十七岁，和罗莎一样，但脸上却因为过于专注、忧虑不安而布满了皱纹，以至于那道疤痕看上去成了唯一光滑的一小块肌肤。

特蕾莎第一次看到玛丽脸上的疤，是紧接着在食堂里那次洒咖啡事件之后。她告诉自己应该去看看杨，给她一点鼓励，但其实，她是想看看昏迷中的玛丽。透过百叶窗的缝隙，她看到玛丽脸上绑着绷带，身上插着各种管子，特蕾莎想到那个低音女人说得多么错误啊：有四个孩子遭遇了悲剧，而不是三个。那女人在排等式时关于玛丽会说什么呢？没错，亨利比起罗莎和 TJ 是“跟正常人没什么两样”，但玛丽是你找不出还有谁比她更完美了：漂亮，成绩好，正要考大学。对那女人而言，一个差不多正常的男孩被活活烧死，和一个完全正常的女孩陷入昏迷、比一般人漂亮的脸上留了疤、比一般人聪明的头脑也可能受了损，这两者哪个是更大的讽刺，更大的悲剧呢？

特蕾莎走进病房，拥抱杨。她抱得很紧，抱了很久，像是人们在葬礼上因为共同的悲伤抱在一起那样。杨说：“我一遍又一遍地想，她就在上周还是健健康康的啊。”

特蕾莎点点头。她很讨厌别人用讲述自己故事的方式表示同情，所以她没有说话，但她懂这种感觉。当时才五岁的罗莎生病时，她坐在她的病床边，摸着她的手臂，就像杨对玛丽那样，无止无尽地循环想着，*但她两天前还好好的啊*。罗莎生病时她正在出差。出发前一天晚上，罗莎下楼来说晚安，她当时正抱着还在学走路的卡洛斯给他剪指甲，他在她膝上扭来扭去的，于是她说“晚安，甜心。

爱你”，而没有抬起头，只是侧过头来让罗莎亲她。那是最让她追悔莫及的部分，她竟然没有在这时看女儿一眼，在她们正常相处的最后时刻。给卡洛斯剪指甲的咔嚓声，罗莎牙膏的泡泡糖味道，她嘴唇黏糊糊贴在她脸上的感觉，然后是快速说完的那句“晚安，妈咪。晚安，卡洛斯”。这些就是特蕾莎关于生病前的罗莎的最后记忆。下一次见到她时，那个会唱会跳、跟她说“晚安，妈咪”的小女孩就不在了。

是的，所以特蕾莎懂杨的那种感受：她一定很想不通。杨对她说："医生说可能脑损伤了，她或许再也醒不过来。”特蕾莎紧紧握住她的手，和她一起哭了起来。然而在那层强烈的悲伤和同情之下（她的确为杨感到心痛，这是真的），她有那么一部分，最小最小、微不可见的一部分，只是大脑深处一个细胞的十分之一，竟感到欣慰，实际上不无高兴，看到玛丽陷入昏迷、知道她最后可能会跟罗莎一样。

不可否认：特蕾莎是个坏人。她不能理解那些人说，“即使是我的死对头，我都不会希望他/她遭受这事”；不管她如何对自己说她不会也不应该希望她的人生在别人身上上演，但有些时刻她真想让世上的每一个父母都经历一番她所经历的一切。这样的想法让她自我厌恶，于是她尝试寻找理由：如果那个让罗莎脑细胞坏死的病毒具有传染性，肯定就会有几十亿美元投入到对它的治疗上，那么要不了多久所有孩子都会恢复健康。但她知道，希望罗莎的悲剧传染到他人身上，并非是为了让罗莎受益。那就是嫉妒，纯粹、简单。她就是怨恨自己被选中独自承受痛苦，她嫉妒那些带着一锅炖菜过来做客、跟她一起哭泣的朋友，她们待上一小时后就要急匆匆赶去送孩子踢足球或是学芭蕾了。如果她再也回不到正常生活，那么上帝啊，她真想把每个人都从正常的宝座上打下来，让他们也感受一下她的负担，这样她就能不那么孤单了。

她努力不把这种想法加到杨身上。玛丽昏迷的两个月里，她每个礼拜都去看望。有时候还把罗莎带去，让她坐在玛丽边上，自己和杨聊天。那种感觉很奇怪，看到两个女孩在一起，玛丽缠着绷带，闭着双眼躺在那里，罗莎坐在轮椅上，身体高于玛丽，她们第一次平等了，几乎像朋友一样。

玛丽从昏迷中醒来那天，特蕾莎是一个人来的。她推开玛丽病房的门，看到医生们围在病床边，她透过他们看到了玛丽，她站了起来，眼睛睁开了。杨扑到她面前，抱得太过用力，都把她推到了墙上，她对特蕾莎说："她醒来了！她没事。她大脑好好的。"特蕾莎想要回抱她，对杨说，这可真是太棒了，奇迹发生了，但仿佛有无形的绳子捆住了她的手，给她脖子套上了圈，让她窒息，还有火辣辣的刺痛感沿着喉咙爬升到鼻窦，泪水从她的眼里涌了出来。

杨没有注意到。在跑回玛丽身边之前，她对她说："谢谢你，特蕾莎。一直以来你都在这儿陪着我。你真是一个好朋友。"特蕾莎点了点头，慢慢地退出病房。她来到洗手间，走进一个隔间，反锁上门。她想起杨说的话——"好朋友"，她这样叫她。她用手按在肚子上，想要咽下对那个女人的嫉妒、愤怒和仇恨，那个把她抱得紧到弄痛她的女人。她提醒自己这本就是她所祈祷的结果。然后她脱下外套，卷成一团，头埋进去，尖叫、大哭，一遍又一遍地冲水，确保没有人听见。

*

杨回到法庭时，正赶上摩根·海茨警探开始做证。杨像是生病了，原本白里透红的皮肤看上去蒙上了一层不透明的灰色，如同医院里住久了的病人那样，看到她拖着脚步穿过过道，眼神如此疲倦，眼皮都垂了下来，特蕾莎不由得感到一阵愧疚。自从玛丽从昏迷中醒来后，她就再也没回去看望过她们。那阵子正好赶上罗莎开始接受脐带血治疗，所以特蕾莎好歹有个借口，但她还是知道，自己突然不再露面让杨很是困惑。她深感羞愧。她抛弃了朋友，其原因是朋友的孩子恢复了健康。这也是为什么她会在杨最需要她的时候转而支持伊丽莎白。是因为玛丽恢复健康了，所以她要惩罚她吗？

旁听席泛起一阵嗡嗡嗡的低语。香农站在那里说："我重新提出对这一整条提问线的反对，法官大人。这些都是道听途说，与案情无关，且带有严重偏见。"法官回道："会有所注意，反对无效。警探，你可以回答了。"

海茨警探说："爆炸发生前一周，2008年8月20日晚上9点33分，一个女人打进儿童保护服务热线，称有个名叫伊丽莎白的女人让她的儿子亨利接受非法、危险的医学治疗，其中包括近期导致多名儿童死亡的静脉螯合治疗。来电者说伊丽莎白已经开始给他实行一种包括喝漂白剂在内的疗法，这让她非常担忧。她不知道母子两人的姓氏，也不知道地址。我是一位持证心理医生，也是我们办公室与儿童保护服务的联络官，所以受任调查此事。"

"来电者是谁？"亚伯道。

"是一个匿名电话，但我们后来知道来电者是鲁丝·韦斯，抗议者之一。"鲁丝。那个银发波波头女人。此刻就坐在后面，脸上红了一片，特蕾莎看着她，真想扇她一个巴掌。好一个懦夫。匿名控诉，不受影响，不担责任。她又一次想到那伙抗议者偷偷摸摸地躲在谷仓后面，等着预计氧气已经关掉后找准时机放火。她要把自己的理论告诉香农，关于她们是如何知道高压氧治疗的准确时间表的。

亚伯问："你是怎么找到伊丽莎白和亨利的？"

"来电者从网上聊天得知亨利在哪里上夏令营。第二天我在放学时段去了那里，但没碰上伊丽莎白。是她的一个朋友来接亨利的。我解释了自己为什么会在那里，然后问她知不知道那些医学治疗。"

“这位朋友说什么？”

“她一开始什么都不愿说，但在我的追问下，她承认自己也担心伊丽莎白好像对亨利并不需要的那些治疗着了迷。这是她的原话，着了迷。她说亨利是个‘古怪的小孩’——依然是她的原话——说他以前有过问题，但现在已经好了，可是伊丽莎白还在不断尝试每一种新冒出来的自闭症治疗手段。这个朋友说她在大学里是主修心理学的，她怀疑伊丽莎白是不是患了代理型孟乔森综合征。”

“什么是代理型孟乔森综合征？”

“是一种心理疾病，有时候又被称为‘医疗虐待’。涉及监护人夸大、伪造，甚至造成孩子身上的病症来获取关注。”

“这位朋友担忧的主要就是这个吗？”

“不止。当我追问更多信息时，她还是非常不情愿地告诉我，夏令营的老师说，亨利手臂上来自猫的抓痕让他很是难受，于是他们给他擦上软膏，扎了绷带。朋友觉得很奇怪，因为亨利并没有养猫，但她对老师没说什么。”

特蕾莎也记得见过抓痕。在亨利的左上臂，有好几条线状伤口，上面满是血管爆裂留下的红色小点。伊丽莎白注意到特蕾莎在看，就说亨利是被虫子给咬了，一直抓个不停。没有提到有猫。

“这位朋友还担心亨利的自尊心，”海茨继续说，“她说有一次她夸了他，他说：‘但我很惹人烦。所有人都讨厌我。’她问他为什么会那样想，他说：‘我妈妈跟我说的。’”

特蕾莎咽了咽口水。*我很惹人烦。所有人都讨厌我。*她想起伊丽莎白让亨利不要再念叨石头时的场景。她蹲下来，跟亨利脸对着脸，鼻子对着鼻子，小声对他说：“我知道你很兴奋，但你一直讲，一直讲，大声地自言自语。这对多数人来说都极其烦人，如果你还一直这样的话，我担心所有人都会讨厌你。所以你真的要努力让自己停下来。好吗？”

亚伯问："这时发生了什么？"

"这位朋友拒绝提供姓名，但她给了我亨利的姓氏和地址。那天是8月21日，周四。第二周的周一，我们来到夏令营与亨利进行了面谈。弗吉尼亚州的法令允许我们在未通知家长、未得到家长准许的情况下与儿童面谈，他们可以不在场。本案我们选择了这样做，为了将家长引导减少到最低程度。"

"被告人知道虐童调查这事吗？"

"知道，8月25日，周一晚上，爆炸发生前一天。我去了他们家，告知她这一指控。"特蕾莎想象警察过来敲她家门，以虐待指控为由贸然闯入。怪不得爆炸当天伊丽莎白是那么冷漠。得知有人——你认识的某个人，甚至还可能是朋友——举报你虐待儿童，那会是什么滋味啊？

亚伯问："被告人否认了指控吗？"

"没有。她只是说想知道是谁举报她的，我告诉她是匿名的。我自己也不知道是谁。但第二天早上，我接到那位朋友打来的电话，就是从夏令营接亨利的那个。"

"真的吗？她说了什么？"

"她很不安，因为被告人刚刚跟她大吵了一架。"

亚伯向她走近。"就在爆炸发生的当天早上？"

"是的。她说伊丽莎白指责她向儿童保护服务举报了她，对她大发雷霆。她请求我告诉伊丽莎白到底是谁举报的，好让她知道那个人不是她。"

"你怎么回答的？"

"我告诉她我不能这样做，那是匿名举报，"海茨说，"她听了更加不安，说她知道那肯定就是抗议者。她又说了伊丽莎白有多么生气，说她本来根本就不该跟我说话的。她的原话：'她气疯了，都想要杀了我。'"

“海茨警探，”亚伯道，“你之后发现了这位朋友的身份吗，这个在爆炸发生当天早上打来电话，说被告人‘气疯了，都想要杀了我’（原话）的人？”

“是的。我从停尸间的照片上认出了她。”

“是谁呢？”

海茨警探看了看伊丽莎白，说：“基特·科兹洛夫斯基。”

伊丽莎白

比起朋友，基特和伊丽莎白更像是姐妹。不是那种“我们比最亲的朋友还要亲！”的关系，而是“我其实不会选你做朋友，但我们是一条船上的，所以就好好相处吧”那种。她们的相遇是因为两人的儿子在六年前的乔治城医院同时被诊断出自闭症。伊丽莎白正在等待亨利的评估结果，这时有个女人说：“感觉就像等着上断头台，不是吗？”伊丽莎白没应答，但那女人继续自顾自道：“我不理解在这种时候男人怎么还能够专心工作。”说着看了看维克多和另一个男人。估计是她丈夫吧。两个男人都在拿着笔记本电脑办公。伊丽莎白费力挤出绷得最紧的一丝微笑，随手抓起一本杂志。但那女人还是喋喋不休地讲起自己儿子——快四岁了，马上过生日，她要做一个巴尼造型的生日蛋糕，他可喜欢巴尼了，完全对它着了迷——又说他如何不说话（会不会是因为他该死的从来都没机会插上话？），但也有可能因为他是最小的孩子，她还有其他四个孩子，全都是女孩，每人都说个不停（显然是得到了她的遗传），你知道女孩子是什么样的，这个那个，这个那个。这个女人——基特，就是奇巧巧克力那个[1]，带两个 t，独白到一半时她介绍了自己——与

1 基特 Kitt 与雀巢奇巧巧克力 Kit-Kat 中的 Kit 发音相同。

其说是在跟人聊天，不如说是吐出长长一串字词，对于伊丽莎白的不予回应浑然不觉。直到护士叫亨利·沃德的家长进来，她才停了下来。

医生说："我们来看一下……啊，是的，亨利。我知道你们很紧张，那我们就开门见山吧。亨利被发现患有自闭。"他说得漫不经心，就在啜饮两口咖啡间，仿佛向家长宣布他们的孩子患有自闭症是一件稀松平常的事，每天都在发生。当然了，对他——自闭症诊所的一位神经科医生——来说，这的确是每天都在发生的事，或许每小时都在发生。但是对她这个家长来说，这一刻——独一无二的一刻——就此将她的世界切分为"之前"和"之后"两部分，这个决定她一生的场景，此后她会一遍又一遍地在脑海中回放，所以真的有必要"云淡风轻"地喝着该死的香草星冰乐吗？而且他的用词，"亨利被发现患有"，就好像这个诊断不是他本人做出的，而是在哪里发现躺着一个亨利，被某种神秘的自然之力打上了自闭的戳记；再说自闭——这算什么词啊？让她很反感的是，他把一种疾病变成了一个形容词，基本上等于宣布自闭症就是亨利的主要特征，就是他的身份总结。

当她经过基特身边时，满脑子都在想这些语义上的问题——为什么英文里有专门的形容词描述得了糖尿病的人（diabetic）却没有用来描述得了癌症的（canceristic），"比较严重"（moderately severe，亨利的自闭程度）和"非常普通（severely moderate）"的区别是什么。伊丽莎白当时没在哭，其实根本没哭过，但她脸上的表情一定尖叫着宣泄了绝望，因为基特停下来给了她一个拥抱，一个紧紧的、久久没有松开的拥抱，通常只有最亲密的朋友间才会这样做。她不知道为什么来自这个不合时宜的陌生人的不合时宜的拥抱，并不会让她感觉尴尬，而是很受抚慰，像是家人，于是她也回以拥抱，哭了出来。

伊丽莎白从未想过还会遇见她，她们没有交换电话号码、邮箱地址，甚至都不知道彼此的名字。然而就在一周后，她们又相遇了，第一次是在县上的自闭症幼儿园入学迎新会上，第二次是在一位语言矫正专家那里，接着又是在一场应用行为分析讲座上——并没有太令人惊讶，因为这些都是乔治城医院推荐的，但话说回来，还是有种命中注定的意味，要说是巧合的话未免有点过巧了。后来亨利和 TJ 被分到了同一所学校的同一个班，她们索性开始什么事都一起做。她们管这所学校叫“自闭症改造营”。她们拼车送孩子去学校、去治疗，一起参加应对确诊自闭症后悲痛情绪的讲座，还加入了当地的自闭症妈妈团体。意外般地，她们就以这种方式结为密友。并不是她们有多享受彼此的陪伴，而是出于习惯，因为她们每天都会被塞到一处，不管喜不喜欢。一再碰面使她们逐渐变得亲密无间；有一次，在维克多惊人宣布已在加利福尼亚找到新欢之后，她们甚至还一起去了醉酒女生之夜。

伊丽莎白是家里的独生女，所以从未有过这种经历，但是这种形影不离、事事分享的状态——从她们儿子每季度的自闭症严重度评分，到老师对两个孩子“持续行为”（亨利是摇晃，TJ 是撞头）的每日汇报——有个问题，那就是会催生出一种激烈的竞争。这种关系影响到她们所做的一切，渗入两人关系的角角落落，让关系细微地变了味。伊丽莎白知道竞争在“平常”孩子妈妈的世界里无处不在，也在“商人乔”超市派对时听到女人们相互比较自己孩子在全明星和天才班的录取情况。然而如同其他种种，嫉妒心在自闭症孩子妈妈的世界里——这个世界堪称她所见识过的最富有合作精神，同时又最具竞争性的——会发展过头，因为在这个世界里，成败真的攸关命运——不是说你的孩子进了哪所大学，而是他们能否在社会上存活下去：一旦离开家里，他们会不会与人说话，以及在你死后他们将如何生活。不同于“平常”孩子的世界——在那里别人孩子的成功就意味着你的孩子落后了——这个世界对于他人成功的分享、帮助与庆祝，要激烈得多，也复杂得多，因为别人孩子的提升意味着你的孩子也有希望，但同时也给了你更大压力想让自己的孩子也做到。对于亨利与TJ而言，所有这些因素又被进一步放大，因为他们年纪一样，班级一样，根本不可能不去比较和对照。

自从开始接受生物医学治疗，亨利有了进步，而TJ没有时，伊丽莎白和基特的关系便逐渐扭曲，变得表里不一，表面上维系两人的仍然像是友谊——她们依然在每周四拼车、一起喝咖啡——内在却感觉变了味。有趣的是，竟然是基特先告诉伊丽莎白，有一个名叫“现在就击溃自闭症！”的医生组织（里面多数是自闭症孩子的家长），倡导“治愈”自闭症的治疗手段——此前伊丽莎白压根不知道有这一可能。当然了，这种概念实在很奇怪，更不用说整个世界基本上都不相信自闭症是一种你能够“治愈”的东西。骨头断了，可以治。肺炎，没问题。甚或癌症也可以，如果你幸运的话。但是自闭症？那就是伴随一生的问题了。此外，“治愈”暗示着存在某种正常的基准线，只不过失去了，而自闭症被认为是一种与生俱来的病症，也就意味着不存在丢失的东西可以被找回、被治愈。她将信将疑，但尝试治疗就像她作为无神论者却仍然让亨利受洗一样:如果她是对的，他们也不过是往亨利头上浇了点水（没有害处），但如果维克多是对的，那他们就是将他从永世罚入地狱的命运中救了出来（大有好处）。同样地，特殊的日常饮食和维生素摄入不会对他有什么害处，但哪怕真有一点希望能够“治愈”，潜在的好处就会是改变一生的。风险，零。回报，可能是零，但也可能巨大。简单的一笔算数。

于是她照做了。从亨利的日常饮食中去除色素、添加剂、麸质和酪蛋白，在她请老师把彩色金鱼形小饼干换成她的有机葡萄时，忍受老师投来的“哦，你这个疯狂的神经质母亲”的目光。连哄带劝地让亨利的儿科医生给他做化验，尽管对方百般不情愿（“我不会对一个小男孩做不必要的抽血，更不用说还要浪费保险公司的钱”），当化验结果出来，显示出如“现在就击溃自闭症！”组织里医生们预测的异常情况（高铜，低锌，高病毒滴定度），求着很少这么谦恭的儿科医生松口：行吧，说到底给亨利补充维生素 B12、锌、益生菌和其他诸如此类的，也不会有什么害处。

她的这些尝试并没有什么与众不同；她那个自闭症妈妈小组里还有十几个人也都选择了“生物医学路线”，且已坚持多年。与众不同的是亨利。他堪称生物医学治疗法的圣杯人物，即所谓的“超级反应者”。在伊丽莎白戒除食品色素一周（仅仅一周！）之后，亨利摇晃身体的发作频率从平均一天二十五次减少到了一天六次。补锌两周之后，他开始有了眼神交流——稍纵即逝、偶尔发生，但比起从来没有，已经大有突破。然后在她增加了维生素 B12 注射后一个月，他的平均说话长度翻了一倍，从每次 1.6 个词增加到每次 3.3 个词。

和基特聊天时，伊丽莎白小心避免流露出自得之意，因为与此同时 TJ 并未显露出任何变化。但问题在于，她们两人对待这套疗法的方式是截然相反的——伊丽莎白相当龟毛，基特则是懒懒散散——所以伊丽莎白很难不去想，她自己这种一级谨慎态度——比如，为了彻底贯彻那套饮食，专门为制作亨利的食物买了一台单独用的吐司机和一整套厨具——肯定多多少少也对亨利的显著反应起到了作用。基特则不一样，她允许 TJ 在特殊场合下“打破”饮食规则，又因为他有四个姐姐、四位祖父母、九个堂兄弟姐妹和三十二个同班同学，所以每周都会有一次特殊场合，而基特也时不时会忘记他的保健品。伊丽莎白告诉自己，TJ 毕竟不是她的孩子，每个人都有自己的处事方式，但她真的很为 TJ 痛心，不想见到他停滞不前而亨利突飞猛进，她多么希望能由她掌管，让两个孩子之间恢复平等，同时恢复——是的，承认也无妨，这才是她最想找回的——她和基特的亲密无间。伊丽莎白主动帮忙——她提出把 TJ 一周七天的保健品提前装入按天标记的药片分装盒里，还给课堂举行的生日聚会带来符合饮食要求的纸杯蛋糕——但基特却说："难不成这个自闭症纳粹军已经掌管了我的生活？不用了，谢谢。"她是用开玩笑的语气说的，眨了眨眼放声大笑，但这句话底下却暗含恨意。

那一天，校长宣布亨利从自闭症班级转到"轻症"问题（例如表达和注意缺陷障碍）班级——这个班级有个自相矛盾的名字，叫"普通特殊教育"班，基特抱住伊丽莎白道："这消息真是太棒了。我都替你激动死了。"但她说时眨眼有点过快，眨得也有点过久，笑时嘴巴咧得有点过开，十分钟之后，伊丽莎白在停车场经过基特的车边，看到她伏在方向盘上，整个身体随着哭泣而剧烈起伏。

现在想起来，伊丽莎白真希望能回到那个时刻，打开车门，对基特说别哭了，这些都没什么的。因为就算亨利在自闭症中算多么的"运作良好"，就算他能多说多少个词，事到如今又还有什么意义？毕竟他已在灵柩中永眠，而 TJ 没有；TJ 还能吃，还能跑，还能笑，而亨利永远都不可能再做这些事。如果基特当时知道就在几年之后，伊丽莎白甘愿付出一切，只为和她交换位置——她想成为那个活下来的孩子死去的母亲，而非死去的孩子活下来的母亲；她想死于保护儿子，从而免于想象儿子有多痛苦的折磨，不必背负知道一切因她而起的巨大自责——基特又会做何感想？

不过当然了，她们谁都不会知道未来之事。那天她在停车场里开车经过基特时，想起了两人的第一次见面，基特停下来，紧紧地抱住她，此刻她真想停下车，跑过去，给她一个拥抱，和她一起哭泣。她想说声对不起，她不该那么评判她，不该装作"帮忙"实则委婉地批评她，想说她不会再这样，而只会倾听、支持她。但基特会做何感想呢，面对伊丽莎白——那个引发她痛苦的孩子的母亲——过来安慰她，还装作理解她？她是真的为基特着想呢，还是出于自私，不想感到自己失去了唯一的朋友？

伊丽莎白没有停下，径直开回了家。那天晚些时候，基特发来邮件说拼车已经没意义了，因为亨利分到的新班级会在一个五英里以外的学校，还有，噢，顺便一提，这周四她也没法和她约咖啡了，她要和一个女儿一起去郊游。伊丽莎白回说没问题，反正她很快就会再见到她的。后面一周没有邮件发来，但伊丽莎白还是在周四去了她们平常相约的那家星巴克，等她。基特没有来。伊丽莎白没给她打电话，也没发邮件。她只是每周四都还会去星巴克，坐在靠窗的座位，等着她的朋友走进来。

*

此刻坐在法庭里，伊丽莎白回想起爆炸发生前一周的周四，也就是海茨警探去亨利的夏令营遇见基特那天。一如往常，她当时正坐在星巴克，想着基特。自从亨利换了学校后，她就没怎么再见过她，只有在每月一次的自闭症妈妈聚会上才会见到，但她期望高压氧治疗能让她们重新亲密起来。某种程度上也的确如此；她们每天都会关在封闭舱里聊上几个钟头，互相告诉对方错过了什么。但是两人之间总有一种尴尬的气氛，感觉她们（或者说，只是她一人）在用力过猛地想让一种旧日的亲密关系起死回生。接着，当然就有了那场关于“乐酸乳”的争吵，当时她们刚经历了一场尤为尴尬的潜氧疗程，她在课上一个劲跟基特介绍新的疗法和训练营，基特礼貌地点着头但没有接话。伊丽莎白越来越受挫，到了某个临界点，怒火爆发，她变成了——承认这点让她很受伤——一个暴躁专横、尖酸刻薄的贱人。她自己知道，也想停下来，但那种揉成一团的受伤感猛然爆发，喷涌出大段大段她自己都控制不住的话来。

她放下咖啡，做出决定：她必须向基特道歉，像样地当面道歉。不是在高压氧治疗中（永远没有两人独处的时间），也不能冷不丁出现在她家门口（太疯狂了，像个跟踪狂），但她可以打电话给基特，说她赶不及了，请她帮忙从夏令营接一下亨利（离 TJ 的夏令营只有一个街区）。然后等伊丽莎白到基特家里接回亨利时，她就有机会和她说话了。她可以跟她说，她很抱歉，也很想她，或许因为那些刻薄恶意都已喷涌完毕，随之诞生的就会是一种没有仇恨的、真正的亲密关系。于是她就那么做了，也就是说——上帝啊，多么讽刺！——正是伊丽莎白自己导致了海茨警探遇上基特，向后者求证有关虐待儿童的控告。她甚至根本都没走到道歉那一步；她过去接亨利时，基特看上去很不安，提到猫的抓痕什么的，把伊丽莎白吓得赶紧离开，就这样她原本想象里袒露心扉的一次深聊，变成了站在门口迅速结束的一分钟对话。

而现在，基特已死，一个心理学警探站在证人席上，清清楚楚地告诉世界基特对于伊丽莎白——她这个疯狂的前朋友——是怎么想、怎么说的。亚伯道："爆炸当天基特打来电话，说被告人'气疯了，都想要杀了我'（原话）时，她还说了什么吗？"

海茨道："说了。她说她发现亨利即将接受静脉螯合治疗。"她望着陪审团。"螯合就是往静脉里注入强效药，以驱除体内的有毒金属。这是一种经美国食品药物管理局批准的用于重金属中毒的疗法。"

"亨利中毒了？"亚伯问道，脸上露出他那故作惊讶的惯用表情。

"不是，但有些人认为我们的空气、水源中的金属和农药正是自闭症的成因，因而通过净化身体，你就能够治愈自闭症。"

"这听起来的确像异端邪说，不过，难道它不是医学判断的结论吗？"

"不是。有孩子死于这一疗法，被告人也知道这点。她在网上就此发帖讨论，却没有告诉亨利的儿科医生。她采用了一种早已过时的自然疗法，不被弗吉尼亚州承认的替代疗法，在网上订购药品。在我看来，这就是一种危险举动，让你的孩子接受可能致死且是秘密进行的实验性治疗。”

“基特说了这一方面的治疗让她很担心？”

“是的。她说伊丽莎白打算将这一疗法和另一种更为极端的疗法结合起来，那个叫‘奇矿液’。”

亚伯举起一个拉链袋，里面装着一本书和两个塑料瓶。“你认得这个吗，警探？”

“认得，这是我在被告人家里的厨房水槽下面发现的。书名叫《奇矿液：奇迹矿物盐溶液》，一本关于自闭症治疗界最新热潮的操作指南，这种做法是将亚氯酸钠和柠檬酸，也就是这两个瓶子里装的液体，混合在一起合成二氧化氯。”她望着陪审团。“也就是漂白粉。你需要让患者口服下这种溶液——换句话说，就是让他喝漂白粉——一天八次。”

亚伯换上一副怒不可遏的表情。“被告人对她儿子做出这种事？”

“是的，在他死前一周。她在书中的一张表上记录说他哭了，胃痛，发烧发到 39.4 度，还呕吐了四次。”

“被告人记下这些细节，就好像她是在一只老鼠上做实验那样？”香农提出反对，法官表示同意，他宣布亚伯的发言无效，但伊丽莎白已经在陪审员的脸上看到了嫌恶与惊恐，他们脑海里一定是虐待狂纳粹医生折磨犯人的画面，一点也不像她自己记忆里那样：她紧紧抱着亨利，告诉他会没事的，她的手在颤抖，泪水模糊了双眼，想要看清体温计上的数字都是那么艰难。

海茨说：“这和基特的叙述也是吻合的。显然，伊丽莎白说她必须停用奇矿液，因为它让亨利病得太厉害了，而她不想让他缺席夏令营。但她还会重新实行的，和螯合法一起施用，等到夏令营结束了。那样的话，亨利可能真的会病得很严重，但无所谓了。”

“真的会病得很严重，但无所谓了。”亚伯重复道，他的眼神凝滞，仿佛在想象亨利如何受苦，然后摇了摇头。基特当时也是这样——重复了一遍伊丽莎白的话，摇了摇头，只是她重复的时候是那么生气。“真的会病得很严重，但无所谓了？听听你都说了什么吧。他进步很大啊。你为什么一直要搞这种荒唐事呢？”说完基特又扯出那套老话：什么她就想每天吃着夹心糖而不是照顾儿子。这话让伊丽莎白气疯了，从而引发了基特死前十小时的那场激烈争吵。

基特第一次说出这话是在一场自闭症妈妈的聚会上，那是在乔治城医院的神经科医生给亨利复查之后，他宣布亨利“不再属于自闭症之列”。聚会的纸杯里盛上香槟，杯子上写着彩虹色字母的Wow！[1]，妈妈们纷纷举杯庆贺，有的人甚至哭了，虽然不一定是喜极而泣；从她自己每次读到讲述“我孩子的自闭症奇迹般地治好了”的传记时不能自已地哭出来的经验来看，她知道这眼泪来自介于绝望（“别人的孩子好了，但我的孩子没有”）和希望（“别人的孩子好了，所以我的孩子也能好起来”）之间的摇摆情绪。

有人说了再见之类的话，说着她们以后聚会时会如何想念她。伊丽莎白说不，她打算还是一切照旧——聚会、生物医学治疗、言语治疗等等——基特就是在这时说出那话的。她对着伊丽莎白摇了摇头，就好像后者疯了，然后笑嘻嘻地说：“我孩子要是像你的这样，我就成天躺在沙发上吃着夹心糖了。”

伊丽莎白猛受震动，像是被扎了一下，但她还是努力挤出微笑。努力忽视基特佯装轻松的语气和嗤笑中流露的轻蔑——这种语气就像十几岁的青少年对着霸道的母亲大翻白眼。她告诉自己，基

1 感叹词，意为“哇！”。

特就是这样，盛气凌人又爱嘲讽，“不加滤镜”的性格，这个夹心糖的评论正是她的方式——想要搞笑，却浑然不觉话说出来多么尖酸——用以表达对伊丽莎白的庆贺，恭喜她终于跑完了两人一同开始的马拉松，告诉她赢得了放松下来的权利。该享受一下生活了。

问题在于，伊丽莎白并不确信她（或者说，是亨利）真的已经抵达了终点线。没有自闭并不等同于正常。甚至连医生的用词——“言语上几乎和平常同龄人分辨不出差异”——都昭示了这点：亨利不是平常人，只是学会了去模仿，就像在实验室里被训练的猴子一样。如果他小心翼翼的话，可以混作正常人，但那是一种不稳定的正常，处于岌岌可危的状态。

从这个角度看，有个自闭症康复的孩子，就像有个癌症病情缓和或是戒掉酗酒酒瘾的家人。随时都要警戒任何不正常的迹象、任何可能意味着他复发了的事，同时还要努力不让自己太多疑。在别人祝贺你喜获奇胜时强作微笑，实际上焦虑在你的胃中翻滚不已，因为你根本不知道这次缓刑会持续多久。

但她没法跟基特说这话，没法跟任何一个自闭症孩子的妈妈说。这就像一个病情暂缓的人对着某个真的快要死于癌症的人，哭诉自己最终还是有可能死于复发——不够感激自己有所好转已是多么幸运，以及你的烦恼跟别人相比多么相形见绌。所以当基特说夹心糖的时候，她并没有和她争，指出亨利可能会倒退回去。她没有说她还是多么担忧——亨利在新班级里没有朋友，而且但凡生点病或是紧张的时候，他就会回到老样子：抬头呆望，用机器人似的单调语气一遍又一遍地重复同一个短语。不，基特每次说这话时（她似乎每说一次都觉得更搞笑了），伊丽莎白都只是跟着她一起笑笑。

除了最后一天。爆炸当天早上，往车子走去时，她说起奇矿液，基特来了一句：“你为什么一直要搞这种荒唐事呢？我觉得你可能真的得想想那些抗议者说的话。就像我一直说的。”然后她又来老一套的夹心糖评语。只有这一次，伊丽莎白没有笑。

伊丽莎白什么都没说。她把亨利送进车里，递给他苹果切片，然后等着基特把 TJ 在车里安顿好。在基特关上 TJ 边上的车门后，伊丽莎白说："不，你不会的。"

"不会什么？"

"如果 TJ 和亨利一样，你并不会成天闲躺，吃夹心糖的。为人父母不是这样的，你是知道的。你觉得每个正常孩子的妈妈就是那样：我家的不是特殊小孩，所以我什么都不用做；我想我该邮购一些巴黎的夹心糖吃吃？相信我，我当然巴不得成天闲躺，吃夹心糖，而不是照顾亨利。哪个妈妈不想这样呢？但总有什么让你担心，总有哪里他们需要你。如果不是健康问题，那就是上学、交友，或是别的什么。没完没了。你怎么可能不知道呢？"

基特翻了个白眼。"这只是个玩笑啊，伊丽莎白。一种修辞手法。我是让你稍微放松一点，不要老想着'除非我孩子百分百完美了，否则我绝不休息'这种傻话。"

"你没有权利让我停下。就像特蕾莎没有权利让你停下为 TJ 所做的一切，就因为他会走路一样。"

"这真是太荒谬了。"基特转身要走。

伊丽莎白上前一步拦住她。"仔细想想。如果罗莎明天醒来，变成和 TJ 一样，那就是奇迹发生了，这也是特蕾莎穷尽治疗在追求的目标。但即便这样，就意味着她有权利说你不应该尽最大努力，让他突破现有的状态吗？"

基特摇了摇头。"你真的得放轻松点。那只是一个该死的玩笑啊。"

"不，我不认为是玩笑。我觉得你是不爽。你很嫉妒，两个男孩开始一样，然后亨利有了进步，TJ 没有，你就是想把我也拖下去，让我因为你的落后而心怀愧疚。好吧，你猜怎么着？我真的心怀愧疚。”一旦承认了,伊丽莎白觉得所有怨恨都从体内喷涌出来了,留下一种暖暖的发麻感，就好像原本麻木的一只脚重新有了知觉。终于，有机会说出一切了：她有多么愧疚，多么想念基特，多么抱歉以前批评过、埋怨过她。

她准备张口说出这些，请求基特原谅时，后者身体瘫落在车子的引擎盖上，双手掩面。她以为基特或许是哭了，于是朝她走过去，然后基特放下了手。没有眼泪。她的脸上是又疲惫又想笑，一副“真不能相信我在跟这种疯子说话”的表情。

她看着伊丽莎白摇摇头，说：“这真是荒唐透顶。我告诉你，你很讨人厌。真他妈的难以置信。”

伊丽莎白什么都没说，说不出来。

基特叹了口气，那种筋疲力尽的出声长叹。“你觉得我让你停下来是因为我希望——什么鬼——希望亨利会再得上自闭症？你把我想成什么疯女人了？我不嫉妒你，也没有生你的气，”她说，“我是说，我希望 TJ 能说话，和亨利一样融入主流吗？我当然希望了。我也是人啊。但我真的替你感到高兴。只是……”基特再次吸一口气，但这次抿紧了嘴唇，像是瑜伽中让养分进入体内的那种吸气，以鼓足勇气说出接下来的话。她看着伊丽莎白。“听着,不是开玩笑。我觉得你为了让亨利达到现在的水平真的很辛苦。只是，你在这条路上走得太久了，你不知道怎么停下来了。我觉得或许……”基特咬着嘴唇。

“或许什么？”

“我觉得你那么辛苦地帮他摆脱掉自闭症，现在亨利在你身边好好的，变回了本来该是的那个男孩。我觉得或许你不喜欢那个男孩。他有点奇怪，喜欢自言自语地说着石头或是别的什么。他不是某个小圈子里的精英先生，永远也不可能成为那样。我觉得你希望的是把他改造成你想要的孩子，而不是接受你本来该有的那个孩子。

但没有哪个孩子是十全十美的，而你也不可能通过更多治疗把他变得十全十美。这些治疗很危险，他根本不需要。这就像癌症好了以后还继续化疗一样。你做这些到底是为了谁？为了你自己还是他？”

癌症好了以后还继续化疗。那个警探昨晚解释虐童控告时也说了这话。伊丽莎白看着基特。“所以是你。”

“什么？什么是我？”

“你给儿童保护服务打了电话，说我是个虐童者。”

“什么？没有啊。我不知道你在说些什么。”基特辩道，但伊丽莎白看出来了——基特的整张脸和脖颈瞬间变成深红色，话说不利索、断断续续，眼睛神经质似的左顾右盼，就是不看伊丽莎白的脸——这事基特全知道了。背叛，尴尬，困惑——所有一切缠绕上伊丽莎白的喉头，紧紧扼住，让她眼冒金星。她在那地方一秒钟也站不下去，于是直朝自己的车子奔去，然后狠狠关上车门，离开那里，留下灰尘在车后如龙卷风漏斗般飞升而起。

杨

她找不到车了。它不在法院的残障人士停车区，也不在前面的街上。朴什么也没说，只是摇了摇头，就好像她是个健忘的孩子，而他疲惫得都懒于责骂了。

“你怎么会忘记它停在哪儿了呢？你几个小时前才停的啊。”玛丽说。

杨咬住牙关，紧闭嘴巴。她脑中满是一个个弹出的问题和指责，就好像彩票数字选择器上跳动的小球似的。但现在——站在大街上，他们的女儿在旁边——显然不是吐出那些话的时机。

她在两个街区外找到了车，停在装有计时器的停车区。她打手势招呼他们过来时，发现雨刷器下面夹了张纸。罚单吗？她这才想起来之前忘付停车费了。其实，她根本都不记得把车停在这里了。她一个箭步跨过那条堆满垃圾桶、散发恶臭的车前小巷，伸出雨伞遮住挡风玻璃不让朴看见，然后一把扯下那张罚单：35 美元。

自她发现那份首尔公寓清单，到现在的三小时里——驾车回松木堡，走进法庭，坐在那里听完海茨警探的证词——她都感觉如在梦境。不是个好梦，那种一切都是软乎乎的、伴着“一切皆有可能”的兴奋感的美梦，但也不是噩梦，而是那种你咬定就是现实生活，但里面的事情却扭曲失真到刚好让你迷失方向的那种梦。你准备搬回来真是让人激动，不动产经纪人写在便笺上的那句话。跨国搬迁，却对妻子只字不提。他是打算离开她，或许为了跟另一个女人在一起？抑或伊丽莎白的律师是对的，是他策划了一场“迅速致富然后逃离”的阴谋吗？哪种可能好一点呢，她的丈夫出轨了，还是杀人了？

她要和朴谈谈。她必须和他谈谈，让脑中不断回旋的场景停下来。一次短暂的庭审休息时，他为从未告诉她他被解雇的事向她道了歉。他说不想让她知道自己同时打两份工，不想让她担心，但他还是应该告诉她的。朴的诚恳态度提醒她，尽管他当然犯了错误，但他仍然是个好人。她应该向他坦白自己的发现——实事求是地，不加评判或指责——然后等着他做出解释。

老公，她应该说——像个好妻子那样用以指称“配偶”的韩语叫法——你为什么要把香烟藏在仓库里？

老公，爆炸发生当天你在派对中心那里做什么？

老公，你那天把我一人留在谷仓以后去干了什么？

她越想这些，就越觉得应该怪自己没去弄清答案。即使是最后一个问题，也是最重要的那个问题，她也从来没得到清楚的回答。爆炸前他到底干了什么？她太过关注他们应该怎样叙述整件事，而没有追问朴他究竟做了什么，所谓的“站岗监视”抗议者，确切、具体指的是什么行为。

杨把那张罚单深深塞进钱包，拉上钱包拉链。她帮朴坐进车里，折起轮椅放到一边，发动车子开回家里。等到了家，就在今晚，她会最终问出那个因为她的恐惧和愚蠢，在过去一年里都没能问出的问题。

老公，你和那场爆炸有什么关系吗？

*

直到晚上 8 点，杨和朴才终于有了独处时间。玛丽一般会在晚饭后出门去林间散步，但今天雨势一点也没有减弱的意思。于是杨给了她 30 美元，说这是她十七岁的最后一个夜晚了，为什么不驾着家里那辆车出去见见朋友呢？给她那么多钱意味着他们接下来整个月都要更加节衣缩食，但为了支开女儿也是值了。再说，这毕竟是个里程碑，她要十八岁了。他们没钱出去吃一顿，或是买点礼物，但他们本该这么做。

当她拿着仓库那个袋子走进来时，朴正坐在桌边读着法庭上传阅得来的报纸。他抬起目光道："你淋湿了。"肯定是还在下雨，但她没有意识到，在走去仓库的路上甚至都没感觉到雨水打在身上、渗进皮肤，只顾着去查看那个袋子，确认那份公寓清单还在原处，而不是她在恶心想吐的状态下产生的某种幻象。她竟然都没注意到雨水，也是挺好笑的，但一旦朴说到了，湿漉漉的衣服便让她浑身不安极了。控告朴的袋子在她脚边，指责的话语悬在喉头，而此时她的注意力全落在那件湿乎乎的、材质粗糙的尼龙薄衫上，它贴在她的皮肤上，痒痒刺刺的。

"你有什么要给我看的吗？"朴放下报纸说。

杨一时困惑不已，奇怪他怎么会知道她发现了什么，但接着她看到了自己的钱包，敞开躺在那里，露出里面的那张罚单。

她目瞪口呆地看着丈夫，后者正像一个家长准备训斥品行不端的孩子那样盯着她。一股泛红的热流爬上她的脖颈，她看着他，他脸上甚至没有一丝因为翻看她私人物品应有的歉意，这让她更加愤怒。

杨大步走向桌边，一把抓起钱包。“你翻了我的钱包？”

“先前我看见你在车边上把它藏起来了。35 美元是很多钱了。你怎么能做出这么蠢的事情呢？”朴的语气是温柔的，但绝非善意的温柔。不，他的声音里有一种高高在上的家长训斥孩子时的专用语气，表面强作温和，实则暗藏怒火。

而他的确很愤怒。她现在看出来了：在今天的事发生了之后，在她当着众多陌生人的面在公堂上发现他多年以来的谎言之后，他竟然还在生她的气。突然间，整个对话都变得可笑起来，她之前竟然还为要拿着锡盒子跟他对质惴惴不安，多么滑稽啊；现在她真不知道应该扇他一巴掌，还是大笑出声。

“我在想什么？”她说，“让我们来看看，我当时没专心停车还能在想着什么事呢？”她拿起那个袋子，顿时一股强有力的能量流经周身，继而沉淀为一种酥麻的平静感。“我想我肯定是一门心思在想着这个。”她把锡盒子丢在桌上。咣当一声。“想着你一直以来隐瞒我的所有事情。”

朴盯着那个盒子，伸出手去触摸它。当食指碰到盒子边缘时，他眨了眨眼，立马抽回手，仿佛是碰到了鬼，然后意识到它竟然是实体的。“你从哪里找到的？怎么找到的？”

“我在你藏着的地方找到的，仓库。”

“仓库？但我是把它给了……”他看着盒子，然后又瞥向旁侧，目光前后闪烁，就像在努力回忆起什么，拧成一团的脸上写着完完全全的一头雾水，让杨都怀疑他是不是真的觉得自己已经还给姜氏夫妇了。

朴摇了摇头。“我肯定是忘记还给他们了，然后丢到了那里。那又怎样呢？我们仓库里放了些旧香烟，自己没意识到罢了。这没什么啊。”

这听起来很可信，然而里面的口香糖、风倍清，以及公寓清单都足以证明去年夏天他把这个盒子用作了藏匿处。不，朴在撒谎，就像他在亚伯办公室里那样。她想起他可以多么让人信服地坚称她明知是谎言的话为真相，见识到这点时她真是毛骨悚然。他现在继续使着同样的把戏，期望她会上当受骗。

朴似乎把她的沉默当成了默认。他把盒子推到一边，说：“很好,解决了。我们这就把它扔掉,忘了吧。”他举起那张罚单。“现在，这个——”

她从他手里夺过罚单，撕成了两半。“罚单？罚单不算什么。只是一点钱,交了就完事了。可是这个呢？”她拿起锡盒一阵晃动，里面的东西叮当作响，然后她砰的一声把它摔到桌上，盒盖打开了。“你看到香烟了吗？骆驼牌，和某人用来在我们地盘上谋杀我们患者的香烟一模一样。还有口香糖、风倍清，用来掩盖烟味的东西。这些全都藏在我们的仓库里。你在法庭上发了一整天的誓说你没再抽烟，然后你觉得这些没什么？不是没什么。这是证据啊。”她抽出房产经纪人的那份文件册，啪的一声扔到桌子上。“那么律师看到这个又会做什么呢？如果陪审团知道就在爆炸发生前夕，你秘密计划迁回首尔，他们会说什么呢？”

朴拿起文件册，目不转睛地盯着最上面那张纸。

“我是你的妻子啊，”杨说，“这种事你怎么可以瞒着我呢？”

他快速翻阅文件册，目光在每一页之间跳转，就好像努力在脑中对它们进行处理，想要弄清它们的含义。

看着朴犹豫不定的空洞眼神，杨感到愤怒渐渐融化，转而变成担忧。医生提醒过，之后可能会有更多症状显现出来。是不是损伤扩散到了他的大脑，让他忘记了清单的事情？“老公，”她问道，“怎么了？告诉我。”

朴看着杨的脸，又看看她的手，看上去像是忘记她在这里了。他皱了皱眉，然后深长地叹息，吐出一口气。“对不起。那不过是一场愚蠢的白日梦罢了。所以我没告诉你。”

“告诉我什么？”她问。一阵新的恶心感让她胃部抽搐。她本以为听到事实、得知这一切不是她凭空所想会让她如释重负，然而现在当他真的向她坦白，满脸悔意时，她真希望能回到数秒之前，回到她的担忧尚未得证、愤怒尚无根据之时。

“对不起，”他道，“那些香烟，是我藏起来的。我不得不戒烟，我也做到了，再也没抽过，但我还是喜欢把它们拿在手里。每当我因为什么事情而焦虑时，这都能帮助我，只是……那种感觉，闻闻它们。但即使没有真的抽，那个味道也很强烈，所以我买了清新剂和口香糖。我不想让你知道是因为……因为感觉我这样太愚蠢了。太懦弱了。”

他那双因痛苦和渴望而紧缩的眼睛，一动不动地与她对视。

“那么公寓又是怎么回事？”她问。

“那个……”他揉了揉脸。“那个不是给我的。只是……我们的业务当时进展得很好，我就以为或许我们可以帮助我兄弟搬到首尔去住。你知道他多么想搬过去的。”他摇了摇头。“不管怎么说，你看到那价格了。我跟他说我们无能为力，就是那样。我本来是要把这文件扔掉的，但爆炸以后就忘得一干二净了。”他又叹了口气。“我本来应该告诉你的，但我是想先探探价格。知道了以后，也就没有什么要跟你说的了。”

“但那个经纪人说的是你要迁回韩国。”

“是啊，我当然是这么跟她说的。要是我说这只是做做背景调查，她还会有什么劲头来帮我啊？”

“所以你是说你没打算要带我们迁回韩国？”

“我为什么要那么做？我们那么辛苦才好不容易来到这里。即使现在，我也还是想留在这里，努力拼搏。你难道不是吗？”他的脸微微扭向左侧，睁大的眼睛里满是疑惑，神情好似一只小狗抬起脑袋望着主人。她为自己质问他的动机而心生内疚。

“那么溪畔广场又是怎么回事呢？”她道，“我知道你去沃尔格林不是为了买爽身粉。我记得的——我们用的是玉米淀粉。”

他摸了摸她的手。“我考虑过告诉你的，但我想要保护你。我不想让你为了我撒更多谎。”他低下头，手指沿着她手上的青色静脉轻轻抚摸。“我买了气球，在派对中心。我想要摆脱掉那些抗议者。我想如果造成一场断电，然后怪到她们头上，警察就会把她们带走了。”

整个房间像是在她眼前倾斜了。她猜到了是这样，从她在照片里看到气球那一刻起就怀疑了，但听到他亲口确认还是让她大受震惊。她的丈夫当面承认自己向她隐瞒了罪行，而没有将她的话题引开。多奇怪啊，这一天下来，她还未曾像现在这般心情舒展过。事实上，他没有必要对她承认。她没有证据，只是怀疑而已，他本可以轻轻松松编个故事，然而没有，他选择了坦诚相见。这让她有了希望相信，或许，只是或许，今晚他所告诉她的一切都是事实。

她说：“这就是为什么那天晚上你要离开谷仓？你去捣鼓那些气球了？”

他点了点头，咬住嘴唇。“对不起。我知道不该那样抛下你一人的。但当时警察打来电话，说他们马上就过来收集气球，检测上面的指纹，这样我就有证据说是抗议者干的，从而给她们发出限制令。然后我意识到，我没有擦掉气球上的指纹，而我当然不想让他们发现我的指纹，于是就出门去把气球摘下来。我以为只是一分钟的事情，但在摘下来的过程中遇到了麻烦，然后我看到了抗议者。我吓了一跳，不知道她们会使出什么法子，我就是在那个时候打电话给你的，说我一直到潜氧结束都不能回来。”

“这就是为什么玛丽会跟着你出去吗？给你帮忙？她知道这些事情吗？”

“不知道。”他道，杨感觉胸口如卸重负。你的丈夫对你瞒着秘密是一码事，而他如果对你们的女儿坦白秘密又是完全另一码事。朴说：“不知道。我只说了我要把气球摘下来，需要有人搭把手。她也的确搭把手了，到仓库找了几根棍子过来，想要够着气球什么的。我甚至尝试了把她托举起来。”

杨看了看她和丈夫的手，现在它们已在桌上紧紧叠握。

“老婆，”朴道，“对不起。我应该早点把这些都告诉你的。我以后再也不会瞒你什么了。”

她看着他的眼睛点点头。他所有的解释都说得通，终于不再有谎言了。是的，他做过一些可疑的事情，对他在首尔的工作撒谎，把香烟藏在锡盒里，对那些气球也撒了谎，但这些都是小错误。技术层面上是错了，但并不是*真的*错了，就像善意的谎言。尽管中途换过工作，但他的确在首尔有四年的高压氧治疗从业经验，这才是真正的重点。尽管藏了一盒香烟，但他所做的仅仅是看看它们，将它们作为精神上的支撑，这又有什么大不了的呢？气球是最烦人的部分，因为如果没有那场断电，那天晚上他就会待在谷仓里，就能更快地关掉氧气，打开舱门。但是说到底，引起火灾的还是伊丽莎白，不管前述行为最终造成了怎样的破坏，罪魁祸首都是伊丽莎白。

杨用指尖触碰朴的手指，两人十指交扣在一起。她告诉自己不该怀疑丈夫，是她错了。然而，即使她宽慰他，说她相信他说的，也原谅了他，并且信任他，但还是有什么让她隐隐不安，一种无法安置的感觉告诉她，他的叙述有哪里不对劲；有什么细微之物在她意识深处，慢慢爬啊爬，就像一袋米里的小小象鼻虫。

直到那天夜里晚些时候，她躺在床上，像播录像一样在脑海里回放他的叙述时，她方才意识到是哪里不对劲。

如果玛丽和朴一起干活，两个人在电线杆边上站了很长一段时间，那为什么他们的邻居报告说只看见了一个人呢？

马特

雨让他的脑子乱成一团。先前珍妮开车和他一起回家，车外风雨大作时还没这么糟糕。滂沱大雨迅疾而狂暴地砸落在车上，几乎都盖过了轰隆的雷鸣暴雨，噪声之猛烈让他平静下来，他把手贴在头顶的天窗上，想象雨水带着压力敲打在他的肉上，或能唤醒厚厚疤痕下面的神经，让它们有所知觉。但两人回到家时，暴风雨已经平息，现在变成了淅淅沥沥的小雨，落在浴室窗户上发出细微的声响，那种沉闷闷的、像在人心上抓挠的声音，缓缓在潮湿的空气里爬行，匍匐着穿过他的全身静脉，让他的肩颈冒出一阵痒意。

他把手指伸到衬衫底下摩擦止痒，现在没了指甲，他能做到的仅限于此。说来滑稽，他以前觉得指甲只是尚未退化的无用残留，但现在的他，却如此强烈地想念它们，需要它们扎进肉里，抓挠。他摩擦得更用力了，渴望缓解痒意，然而手指头上光溜溜的疤痕只是在他湿乎乎的皮肤上滑来滑去，反而加剧了身体各处的痒意，这感觉沿着胳膊蠕动到他的手，钻到那层牢不可破的疤痕组织底下。一瞬间，昨晚在溪边被蚊子叮过的地方发作起来，胳膊上的几个肿块一下子变成了鲜红色，活像是田地里的罂粟花。

他脱掉衣服，打开淋浴器，喷流按摩模式。他步入淋浴间，集中喷出的冰冷水流穿透身体，如同投下炸弹般，消灭了全身上下的痒感。然后他打开热水器，把头伸到水花下，努力整理乱成一团的思绪，在脑中列出清单。珍妮喜欢列清单，他们争吵（是“讨论”，她会纠正道）时她就会用清单来证明自己是有逻辑、讲公平的。“我没有怪你任何事，”她会说，“只是罗列事实。这是我所知道的。事实一：巴拉巴拉。事实二：巴拉巴拉。”带序号的事实对她而言很重要，他现在则需要小心翼翼地照搬她的模式。他闭上眼，深呼吸，努力专注于他所知道的——不是问题，也不是猜测，只是他能够逐条列举的具体事项：

事实 1：爆炸前，珍妮不知怎么发现了给他写纸条的人不是医院的实习生，而是玛丽。

事实 2：爆炸前三十分钟珍妮在奇迹潜水艇。

事实 3：当时，珍妮很生气，与玛丽对质并对她撒了谎（说他抱怨玛丽纠缠不休）。

事实 4：珍妮把骆驼牌香烟、7-11 火柴和一张卷成团的韩亚龙超市便笺扔向了玛丽。（**相关事实 4A：**伊丽莎白声称当晚她在同一片树林里找到了骆驼牌香烟、7-11 火柴和一张卷成团的韩亚龙超市便笺。）

事实 5：珍妮从未跟他说过这些事。她跟他、警察和亚伯说的都是爆炸当晚她一直在家。

最让他在意的是最后一个事实，她的秘密和谎言。她从他车里、衣服口袋里或是随便什么地方找到那包烟，然后亲手交给谋杀犯，整整一年都没跟他提过一个字，其间让他假装香烟的事情和他毫无干系，假装她自己不知道他是在假装。上帝啊。

去他的清单。去他的事实。现在是质疑的时候。关于他和玛丽，珍妮知道什么，又不知道什么？她首先是怎么发现这件事的呢，又为什么不来找他对质？她为什么要背着他去跟一个未成年少女对质，看在上帝的分上，还朝她扔什么东西？然后玛丽跑开了，珍妮只是把那些东西留在原地，让别人捡到了？还是……有没有可能就像香农说的，丢下这些东西的人正是谋杀犯本人，而这个人就是他的妻子呢？但是为什么呢？为了伤害他？玛丽？他们两人？

马特抓起浴球。蚊子咬过的地方痒得让他抓狂，肯定是热水把它们从冬眠中解冻出来了。他脑中的每个细胞都在尖叫，想要有什么东西，任何东西，来抓开痒处，挠到出血为止。他狠狠刮擦，动作快而粗暴，享受沐浴球扎进皮肤的快感，以及薄荷味沐浴露渗入伤口的刺痛感。

“亲爱的？你在里面吗？”浴室门嘎吱打开了。

“我快好了。”他道。

“是亚伯。他来了。”珍妮看起来受到了惊吓，额头上弯弯曲曲爬满了各个方向的皱纹。“他说他现在就要跟你谈话。他看起来挺不安的。我觉得，”她把手放到嘴边，咬着指甲，“他可能发现了。”

“发现了什么？”马特道。

“你知道的。”珍妮直视他的眼睛。“香烟的事情。你和玛丽。”

*

珍妮说得对。亚伯焦虑不安。他试图掩饰，微笑着和马特握手。马特痛恨握手，痛恨别人正常的手触碰到他变形的手之前露出的那种嫌恶、好奇的眼神，但忍受这个总好过假装没注意到别人的手朝你伸过来的尴尬。亚伯显然神经紧张，语带不祥，说他必须和他们两人分别单独谈话，马特先来。看来珍妮可能说对了，亚伯知道了他和玛丽的事，抽烟的事，所有的事，不然会有什么让亚伯那样看他（或者说，是不看他）呢——好像他是嫌疑犯，而不是他的王牌证人？

只剩他们两人时，亚伯道："我们查到打那个纵火电话的人了。"

马特得忍住不让自己出声地松一口气：毕竟不是关于玛丽的。这种如释重负感之强烈，让马特再度意识到自己是多么愚蠢啊，竟做出了这种仅是有点败露迹象就足以令他羞耻至极的事情。"好吧，那是谁呢？朴？"

亚伯双手交叉成塔尖形，抵在下颚上，然后看着他，仿佛在做什么决定。"我们待会儿来说，但首先，我想让你看看这个。"他啪的一声砸下一份文件。"这是他们盘问过你的那张电话账单，上面记录有询问纵火的那通电话。看一下上面每个电话号码和时间，告诉我你有没有发现哪个认不出来的电话。"

马特浏览列表。大多数都是他自动应答服务的呼叫，医院的电话，有的是打到他办公室的，有的是打到珍妮办公室的。有一个是打给生育诊所的，这有点不同寻常，因为一般都是珍妮管这事，但也没有太不寻常，因为他有时迟点过去，也会给他们打电话。"没有。唯一一个不对劲的电话就是那个打给保险公司的。"

亚伯递给他另一份文件：还是一张电话账单，这一次没有顶上的日期和电话号码。"那么这一张呢？"亚伯道，"有什么地方不对劲的吗？"

这一张和上一张一样，罗列了他的自动应答服务上的来电和去电，医院的，办公室的，珍妮办公室的。"没有。没有哪儿不对劲的。"马特道。

"撇开那个保险电话，这两张单子里哪一张列的更符合你一般会打的电话？"

马特又看了看。"我猜是第二张，因为我一般不会给生育诊所打电话。但是为什么呢？这是什么意思？"

亚伯碰了碰桌上的两张单子。"它们其实是同一天的记录。这张，”他拍了拍第二张，“是珍妮电话的记录，不是你的。”

马特的目光来回落在两张单子上。亚伯说“不是你的”时的那种感觉，以及他喜欢在法庭上用的可逮住你了！的语气，告诉马特这肯定是很重要的线索，但他很难思考出结果。他是漏掉了什么吗？

马特道：“我知道你们用的是同款翻盖手机，有一次还对调了，就在打保险电话那天，是这样的吗？”

是吗？重建过去的问题就出在这里：现在来看，2008 年 8 月 21 日，是一个“重要之日”，那通电话拨出的日子，但是在那个时候，它不过是平常无奇的一天罢了，和其他任何一天一样，被各种琐事和接诊填满。谁会记得是在这一天，而不是许多相似日子中的其他某天发生了手机对调这件事呢？是的，手机对调会带来不便，但毕竟不是你会为了后代铭记于心的大事件。

马特摇了摇头。“我不记得是什么时候了。但那个怎么会……等等，你是说……你觉得是珍妮打那个电话的？”

亚伯没有回答，只是继续用那种什么都不肯泄露的愚蠢眼神盯着他看。

“客服那人是这么说的吗？”马特问道，“告诉我啊。快点。”

有那么一会儿，亚伯眯起了眼睛。“不是朴。是个说一口正常英语的人，没有口音。他们当时正在搞个市场研究，所以把所有这些不太寻常的事情都记录在案了。”

马特摇了摇头。“不。不可能是珍妮。她没有理由打这电话啊。我是说，她为什么要这么做呢？”

“好吧，假如你是香农·豪格，你或许会说她是在跟朴合谋图那 130 万美元，她打电话是为了确认如果他们按计划行事，放火烧仓再怪到第三方身上，保险公司会给予赔付。”

马特看着亚伯的眼睛，它们一眨都不眨，就好像亚伯不想错过哪怕一微秒来观察马特的反应。“那么你呢？”马特问道，“你会怎么说？”

亚伯的嘴唇松了下来，露出半笑不笑，又或者是假笑的表情，但马特看不出来。“显然，这取决于你和珍妮要对我说什么。但我希望能告诉陪审团，是香农又在小题大做了，这不过是夫妻两人某天错换手机的简单事情罢了，妻子在正常工作中打了几个电话，其中有个恰好是为一桩她提供医疗建议的事务确认保险是否到位。”

马特有点心惊，这些律师面对既定的一串事实，是如何能够翻转指向截然不同的方向的。不是说医学里就没有这种事。对于同一组症状，两个医生可以得出完全相反的诊断结论，是再常见不过的事。但医生至少都是为了得出真相。马特有种感觉：亚伯对真相的在意，仅仅局限于符合自己的那套案情理论就行；除此之外，没有多少在意。但凡有什么新发现的证据是说不通的，都不是让他重新考虑立场的理由，而是只要解释得过去就行。

“那么，”亚伯说，“让我再问你一遍。2008 年 8 月 21 日，你们有没有不小心错换了手机？让我提醒一下你刚才说的，你说珍妮的电话记录，”亚伯摸了摸第二张列表，“更能代表你平时打电话的情况。”

这个问题无疑证明了他的感觉。亚伯跟他谈话的目的，不是为了发现真相，而是为了指导他给某个事件版本做证，这一版本能够赶走“惹麻烦的新证据”。给亚伯的止损管理当一个棋子，这让他很是恼火。但若是不配合，可能会引来更多问向珍妮和关于珍妮的问题，而他不允许这种事发生。马特点了点头。“我觉得就是 8 月 21 日那天，我们错换了手机。”

“那么可以想见，珍妮作为英语一级流利的医疗顾问，经手诸多工作事务，其中就包括保险问题。你记忆里是这样的吗？”

“是的，”马特说，“我记忆里正是这样的。”

*

他出来走到平台上，看着亚伯和珍妮在窗帘上投下的影子，两人隔着桌子面对面端坐，如同象棋比赛里的对战双方。雨像他感觉到的那样下着——微弱、慵懒，就好像云在电闪雷鸣之后就筋疲力尽了，此刻已沉沉睡去，时不时在梦中流下点暖融融的口水来。马特讨厌这种夏天暴雨过后的绵绵细雨，讨厌皮肤在这种天气变得肿胀胀、黏糊糊的感觉。但在今晚似乎很应景，这种痛苦。潮湿闷热的空气厚厚地积在肺里，几乎令他不堪重负。

今天早些时候已经够糟了，根据他当时所知的情况：就在爆炸发生前，珍妮就在现场，手里拿着谋杀凶器，整个人怒气冲冲。而现在拜亚伯所赐，又增加了事实6：就在奇迹潜水艇毁于纵火前一周，她向奇迹潜水艇的承保公司致电询问了纵火赔偿。该死的！

他看到那两个人影起身准备离开，听到前门嘎吱关上，他短暂地闪过想要逃离的念头，如果接下来几个小时他一走了之，跳进车里，绕着环城公路开上几圈，音响里硬摇滚放得震天响，那该简单多少、快乐多少啊。但他没有，而是走进厨房，懒得像珍妮希望的那样脱掉鞋子，从冰箱里拿出一瓶添加利金酒，直接大口喝起来。去他的鞋子，去他的杯子。

冰凉凉的饮料径直灌下，嗓子眼直像火烧，流到胃里积成滚烫的液体。几乎是一瞬间，这种暖融融的感觉扩散至四肢，从细胞传到细胞，就像多米诺骨牌，那种由数千块碎片拼接而成、长长的复杂图案，一块接一块地倒下来，但一切如此之快，最后一块距离第一块倒下不过几秒钟时间。

马特正要再把瓶口送到嘴边，珍妮走了进来。“我无法相信你竟然会这么做。”她说道。

他重重地把酒瓶塞回去，舌间一阵发麻，几乎要哑然失言。

珍妮从他手里夺过酒瓶，狠狠摔下，玻璃砸在花岗岩料理台上的咣啷一声让他忍不住往回缩。“亚伯告诉我，你说是我打了那个纵火电话。该死的，你怎么会说出那种话，还是对公诉人说？你是怎么会有那种想法的？”

马特想要抗议，说他并没有真的那么说，他只是说有可能，但说到底，争这些又有什么意义呢？当他明明可以直击靶心时，为什么还要缩手缩脚地绕着边缘打转呢？他看着珍妮，吸一口气，说：“我知道爆炸那天晚上的事了。你去找了玛丽。”

那感觉就好像在快速翻阅一本面部表情识别书，伊丽莎白以前会用它来测试亨利，每一张图代表一种情绪。震惊。惊恐。害怕。好奇。释然。所有这些在珍妮脸上接连登场，快速闪过，直到定格在最后一种情绪上：无可奈何。她移开了目光。

马特道：“你为什么从来没跟我说过？整整一年，从来没提过该死的一个字？你是怎么想的？”

珍妮顿时变了脸色。防守的姿态骤然消失，迅速换上截然不同的表情，就好像她变成了另一个人，仿佛是一头进击的公牛，下巴内收，瞳孔收缩，在她体内积蓄已久的所有愤怒都集中到瞳孔的两点上，几乎要喷出火来。“你还来教育我？认真的吗？那你的香烟、火柴怎么说，你写给一个十几岁女孩的该死的纸条怎么说？我可没见你过来跟我坦诚相待啊。到底是谁在瞒着犯罪秘密啊？”

珍妮的话像冰锥一样刺破了灌入酒精带给他的暖意包裹。当然了，她说得对。他有什么资格自以为是呢？他才是那个始作俑者——隐藏、谎言、秘密。他感觉身上从眉毛那里一直到小腿上的每块肌肉都垂泄下来。“你说得对，”他道，“我应该告诉你的。很久以前。”

他这半真半假的道歉似乎浇灭了珍妮的怒火，她眉间的深纹在末梢处舒展了些。“那么告诉我吧。和盘托出。”

说来好笑，他一直惧怕向珍妮坦白玛丽的事，然而当这一时刻真的到来，他却感到前所未有的释然。他先从真实部分说起，说到整个生育的事给他带来的压力，然后他一时冲动买了包烟，或许就是为了挫败计划。这样做让他在争论中——事实上是在整个婚姻中——处境不利，但是撒谎的关键就在于此：你要时不时丢出一点令人羞耻的真相果核作为诱饵，为了掩盖你真正想要隐瞒的东西。多简单啊，用这些边边角角的脆弱实话给他的谎言立稳根基，然后再篡改细节，建立起一个可信的故事。他说玛丽在溪边看到他抽烟，面对她讨要香烟他松了口，尽管她还太小（真话），他为此感到内疚（真话，尽管不是因为抽烟）并决心再也不这样了（假的），但接着她就让他再买点烟给她和她朋友（假的），之后她就开始给他写纸条约见面（真话），为了让他带烟给她（假的），他都没有理会（假的），至少给他写了十次纸条（真话），直到最后他决定这事必须要结束（真话，但依然不是因为抽烟），给她递了最后那张纸条，说必须结束这事，约她那天晚上 8 点半见面（真话）。

珍妮开口："这么说，我发现的那包烟，就是那第一天你买的？"马特说是的，是的，当然了，他只买过一包（假的），然后说出了最真实又最不真实的那句话："反正，只有那么一次。"（真实的是"那事"的确只发生了一次，可怕的、令人羞耻的那一次，在玛丽的生日上，从她跌倒在他身上开始的。至于在抽烟上则不是真的。）

他讲完故事后足足有一分钟，珍妮都没有开口。她隔着桌子坐在对面，无言地看着他，像是努力想从他脸上读出什么。他也看着她，保持目光相接，仿佛谅她也不敢质疑他。最后，她移开了目光，说："爆炸前一天晚上，我发现她那张纸条时，你为什么不告诉我真相呢？"

"你认识她。我们跟她父母是朋友，你可能会觉得有必要告诉他们，但我觉得其实没什么大不了的。有点烦人，但是……"他耸了耸肩。"你是怎么发现的呢？发现不是个实习生写的，我是说。"

“第二天，”珍妮说，“我在医院停车场经过你的车边上时，看到座位上留着一张写有 8 点 15 分见面的纸条。”真是扯淡。他绝对不可能把那张纸条留在看得见的地方。他敢用一切打赌，她肯定花了整整一个上午仔细翻找他的口袋、邮件，甚至是垃圾桶。

“想到高压氧治疗 8 点才结束，”她继续道，“我猜想你可能去见的人不会有很多，当然不可能是医院的实习生了。于是我在车里找了一遍，发现了另一张纸条，说的是 SAT 单词什么的。这下就很清楚了，写纸条的人到底是谁。”

他记得那张纸条。玛丽总把纸条留在雨刷下面，但那天在下雨，所以她就从车底下的磁性吸盘上取下了备用车钥匙，把纸条贴在了方向盘上。她还画了一个笑脸，他看了不禁一笑，为了她的青春活力和天真无邪。

“那么你为什么不来跟我说这事？”马特语气温柔地说，小心地让这个问题听起来像是出于好奇，而非为了指责。

“我不知道。我猜是因为不确定到底是怎么回事吧，所以我去那里想要弄明白。但潜氧课延迟了，而她又是一个人，所以我就……”珍妮看着自己的手，一只手的指尖顺着另一只手掌的纹路轻轻摩挲，就像在算命那样。“你是怎么知道的？”

“我过去找她说话了，昨天晚上。亚伯说到她会出庭做证，而我都有一年没跟她说过话了，所以觉得应该探一探她会说什么，你知道吧？”

珍妮很慢地、几乎察觉不到地点头，在他说到这么久以来都没跟玛丽说过话时，他觉得在她脸上看到了一丝微弱的宽慰。“我以为她什么都不记得了，”珍妮说，“杨是这么跟我说的。”

“可能不记得爆炸了。但她肯定记得你，”马特搜寻着合适的用词，“那天晚上去找她的事。她只跟我提到了一些，因为她以为你肯定告诉过我了。”马特咽下了拼命涌上喉头的下一句话：你到底为什么不告诉我。以前他就已经明白——婚姻中的争吵就像是跷跷板。对于责备你必须小心权衡。如果往一方身上施加了过多责备，把他们捶倒在地，对方就有可能会站起来直接走掉，留你一个人跌坐到地上。

珍妮咬着指缘上的肉，过了一会儿说："我没看出有什么必要。我是说，告诉你。有人死了，你烧伤了，她昏迷了；那些纸条什么的，以及我跟她的谈话，所有这些就显得非常愚蠢。不值一提。都没什么要紧了。"

但你当时就在那里，在犯罪发生时就在现场，手握凶器，这可不算没什么要紧，马特心想。警察可能会觉得那非常要紧。

她仿佛知道他在想什么，也知道自己的理由在别人听来是怎样，于是说："警察最开始盘问香烟的事时，我想过说点什么，但我能说什么呢？说我开车一小时为了去跟一个未成年女生说，不要再给我丈夫写纸条了？哦，是啊，对了，我走之前，还给了她香烟和火柴，而没准就是它们引起了爆炸？"

给了。她能把朝人扔东西说得像赠送礼物似的。在惊叹之余他意识到，珍妮的用词中还有更重要的深意。给了暗示着接收者，玛丽，变成了问题物品的所有者。"等等，那么在你，嗯，给了她那两样东西后，她有没有可能随手一扔，把它们留给你就不管了，还是说，你把它们留给她就不管了？"酒精给他脑中灌上了泥浆，让他很难思考什么，但这问题不知怎么对他来说就很重要。

"什么？我不知道。这有什么区别吗？我们都走了啊。我知道的就是，我让她不要再让你接近那东西，也不要再给你写纸条或是别的什么了。"

珍妮还说了别的什么：香烟被丢在了树林里，想到伊丽莎白这个显然精神不正常的女人在恰当的时机捡到后用作谋杀工具，她就一阵恶心。但是，马特的思绪停留在到底是谁最后持有香烟的问题上。想到香烟是落在了珍妮手里时，他就会觉得可能是她放的火。但如果是珍妮先离开，如果是玛丽最后持有它们的话，就有可能是她——

“明天，”珍妮说，“亚伯想让我录个声音样本。”

“什么？”

“他想录下我的声音放给那个客服人员听。这太可笑了。一年前一个两分钟的电话而已。这个人根本不可能还记得一年前的那个声音啊，对吧？我是说，他可能连是男是女都不记得了。他唯一知道的就是那人说的是标准英语，没有口音，不管这意味着什么。再说，想想有多少人可能偷用你的手机一分钟啊。我真不知道亚伯为什么要这么做。”

*标准英语，没有口音，可能偷用你的手机一分钟。*他突然想。以前他一直没设想过这种可能。

玛丽知道他把备用车钥匙藏在哪里。她可以进入他的车里，想怎么用他的手机就怎么用。她说一口完美的英语。没有口音。

审判：第四日

2009年8月20日，周四

珍妮

网上关于测谎仪的文章都把这事说得易如反掌：放松，控制呼吸，降低心率、呼吸频率和血压，你也可以随心所欲地撒谎！但无论她在一个瑜伽体式里静坐多久，在脑中想象大海碧波，一次次地用呼吸净化内在，也都无济于事。只要她一想到马特的手机，更别说那通电话了，体内的血流瞬间就会从慵懒的小河变成五级白色激流，就好像嗅到了随之而来的危险从而想要逃离，一种激活反应，让心脏进入惊恐模式下的狂跳。

讽刺的是，在她做了各种不该做的事、撒了各种谎之后，反倒是那通保险电话——也不是这通电话本身，而是打电话那天她偏偏和马特互换了手机——即将让她的世界天翻地覆。更加讽刺的是，她根本就没有打那通电话的必要。她本来简简单单就能从网上搜到，或者说，其实猜一猜都能知道——哪有火险不包括纵火的？但是朴让她乱了方寸，一开始他抓着烟的问题唠唠叨叨，然后又犹犹豫豫，说没准整个计划就是个错误，于是她一时冲动给保险公司打了电话，只是想快速确认一下。偏偏就在她错拿了马特的手机那一天！要是他们在别的日子互换手机，或者如果她用了办公室的座机（她当时就在办公桌前，边上就是座机！），那张该死的电话账单上就不会留下任何疑点，一切都会好好的。

两天前她就应该把事实和盘托出，在香农第一次提起那通电话时。（好吧，不是所有事实；只是关于电话的那部分。）她本可向亚伯坦白，给出某个说得通的解释，比如说打过去是想确认她父母在奇迹潜水艇上的投资受到了完好保护。他们就能嘲笑香农小题大做，竟因为一个心不在焉的丈夫某天早上拿错了手机就把朴认定为杀人凶手。然而看到律师对朴紧咬不放，珍妮慌了，她不知道她会不会把矛头转向自己，调查她的电话，询问她的动机，细细查看她的电话记录，或许还包括她的“手机基站信号”。要是香农知道爆炸前几分钟珍妮就在潜氧地点，当天晚上手里还持有骆驼牌香烟，并且在那之后整整一年都没说实话，她会做什么？她难道不会抓住那通保险电话不放，用作指控珍妮有纵火甚至杀人动机的证据吗？

什么都不做，什么都不说很简单。而一旦时机过去，之后也就不可能说出来了。撒谎的关键就在于此：它们会需要你从一而终。只要撒了谎，你就得照着那个故事编下去。昨天晚上，当亚伯坐下来，一五一十地说出了当时真实发生的事，连手机互换都说对了，她就想，他知道了。他全知道了。但是她不能承认，不能束手就擒，接受撒谎被抓的巨大耻辱。就在那时，他完全可能给她看她打电话的录像证据，拿出铁证，可即便那样她还是会抵赖，说出像“我被陷害了，这个录像带是假的！”这样可笑的话。这是一种忠诚，对她编的故事、对她自己的忠诚。他越是朝她扔出证据，她越是一口咬定：绝不是她。他们已经找到了客服记录，很快就会找出录音。

昨天晚上，在马特向她坦白并请求两人赤诚相见之后，她想过要告诉他。但为了解释她在电话的事情上撒谎，就不得不把一切都告诉他：她和朴的交易；两人决定将这一安排秘而不宣；她如何拦截了他们的银行账单，以隐藏数月以来她小心翼翼分散在多个账户上的支付记录。说出所有这些，她不确定他们的婚姻在此之后是否还能维系。

但她本来可能还是会向马特坦白一切，如果他关于玛丽事情的坦白如她认定的那般龌龊。然而他给出的故事是如此纯良，几乎没有一点过错，这更让她在爆炸当晚的那些过度反应显得愚蠢不堪，让她没法说出来了。

于是她就来了这里，准备到调查谋杀案的公诉人办公室里录一份声音样本。她倒不担心这件事。客服代表绝不可能在一年之后还记得她打去那个两分钟电话时的声音。亚伯出门时几乎是漫不经心地脱口而出——“要是声音样本得不出结论的话，还有测谎仪呢！”那个谎言测试会是什么感觉呢。坐在一面单向镜后，手上连着机器，对一个接一个的问题回答“不”，却明知道她的身体，她的肺部、心脏、血液无一不在背叛她？

她必须要忍过去。也不过如此。有篇文章说，在回答最初的“控制”问题时，靠踩在鞋子里的图钉上能够通过测谎，原理是痛感会引起和撒谎一样的生理症状，这样他们就无法分辨回答哪些为真、哪些为假了。这说得通。应该能行。

珍妮关闭网页浏览器，打开网络设置，抹除历史记录，退出账号，关掉电脑。她踮着脚走进卧室，小心翼翼不吵醒马特，然后在衣柜里翻找起图钉来。

马特

玛丽穿了在他梦里她常穿的那一身：他们去年夏天最后一次见面时她穿的那条背心裙，那天是她十七岁生日。就像在他所有的那些梦里，马特夸她好美，然后吻她，开始很温柔，紧闭的唇触碰紧闭的唇，接着猛烈起来。他吮吸她的下唇，感受它的丰满，然后拉下她裙子的细肩带。每到这里，梦中的自己就会意识到这是个梦，因为只有在梦的世界里他的手指才会有触觉。

真实世界里，他当时假装并未注意到那条连衣裙。那是爆炸前的周三，他在和往常一样的时间（晚上 8 点 15 分）来到溪边，她正坐在木桩上，一手夹着烟，一手拿着塑料杯子，肩膀耷拉下来，看起来像是方才结束漫长而辛苦的一天的老妇人。她的孤独传染给了他，他想要把她抱进怀里，化解那种凄凉的感觉，让它变成别的什么——什么都行。但他没这么做，而是坐下来说："嘿，你好啊。"语气里强行加入他并没有的轻快感觉。

"一起喝吧。"她说着递给他另一个装满清澈液体的杯子。

"这是什么？"他问道，但还没说完其实就闻到了味道，大笑起来。"蜜桃味杜松子酒？你跟我开玩笑吧。我都有十年没喝过了。"他大学里的女朋友很爱喝这个。"我不能接受。"他递回去，"你离饮酒年龄还差五岁呢。"

"四岁，实际上。今天是我的生日。"她又把酒推回给他。

"哇，"他犹豫着该说什么，"你不是该和朋友们一起庆祝吗？"

"我问了 SAT 班上的几个同学，但他们都很忙。"或许是在他眼里看到了同情，她耸了耸肩，强装明快，"但同时，你在这儿啊，我也在这儿。来吧，喝起来。就这一次。你总不能让我在生日一个人喝酒吧。这不吉利吧。"

这是个蠢主意。但是看着她的样子，嘴巴咧开勾出大大的微笑，两排牙齿都露了出来，眼睛有点浮肿，水汪汪的，仿佛刚哭过——让他想到有个小孩子玩的智力游戏，你要把上半张脸跟下半张脸拼在一起，有的孩子搞砸了，把悲伤的额头和开心的嘴巴拼在了一起。他看着她那佯装的微笑，扬起的眉毛透出希望和祈求，于是拿起杯子和她碰了杯。"生日快乐。"他一饮而尽。

他们就这样坐了一个小时，然后两个小时，一边喝一边聊，一边聊一边喝。玛丽告诉他，即使她现在基本都说英语，但在梦里还是会说韩语。马特告诉她，这条溪会让他想起童年的那只狗，狗死后他把它葬在了和这里一样的一条溪边。他们争论今晚的天空到底是哪个颜色，玛丽说是橙红色，马特说是紫红色，以及哪个颜色更好看。玛丽告诉他，她以前非常讨厌首尔的拥挤，不管是教室里，还是公交车上、街道上，但她现在好怀念，住到这里并没有让她感到宁静，仅仅是感到孤独，有时候还有迷惘。她告诉他，她有多害怕这里开学的时候，她跟城里几个同龄的孩子打招呼，但没有人回应她，只会用那种“滚回你该死的老家去”的眼神瞪她，之后，她无意间听到他们抨击她父母经营的行当，管它叫“巫术”。马特告诉她珍妮拒绝考虑领养，说他是如何刻意安排，把休息日和珍妮的休息日错开的，这样就不必和她共处一室。

10点左右，落日余晖隐没，黑夜终于降临，玛丽站了起来，说她人有点晕，需要喝水。他也站了起来，说他必须得走了，就在这时她被一块石头绊倒，跌落在他身上。他想要稳住她，但他自己也踉踉跄跄，结果两人一起倒在地上，大笑着，她在他身上。

他们想要站起来，但醉得太厉害了，结果两人身体交缠在一起，她的大腿压着他的腹股沟，来回移动着。他努力控制自己，告诉自己他已经三十三岁了，而她才十七岁，这搞不好是犯下重罪。但问题是，他并不觉得自己已经三十几了，也没有觉得自己老了。和那些十几岁的医院志愿者在一起，他总会奇怪他们为什么要称他“先生”。或许是蜜桃味杜松子酒的作用。不是酒本身（虽然它也的确起了作用），而是它火辣辣地灌入体内，在他胃里温暖地停留，嘴巴和鼻子里也泛着久久不散的酸酸甜甜的味道。仿佛有个时间机器让他瞬间穿越到高中时代，和某个女孩喝得酩酊大醉，亲热缠绵几小时的日子；现在坐在这儿，喝了太多那玩意儿，聊了一场无所不聊、又没点正经的聊天（自大学之后他还没这么聊过）之后，他感觉真的年轻了。再说，玛丽穿着那条裙子看起来可绝对不是什么纯良女孩，这就是个诱惑陷阱，错不了。

他脑袋里一团糨糊，很难思考。事后，他对记忆里这一刻的每一帧画面条分缕析，寻找哪怕一点线索说明她并非他以为的那样热情投入——她是不是扭动身子想要逃开？她是不是喃喃着说不要，尽管声音很微弱？然而事实是，除了她与他身体接触的部分，他当时未曾注意到其他任何东西，而她的反应、她的声音和动作，这些完全不影响。他闭上眼睛，头脑中的每个神经元都专注于那个吻带来的感受，她的嘴唇、舌头和牙齿的新鲜感，这加深了他穿越到年轻时代的超现实感。他不想让这一刻停下，不想让这种纯粹的官能停下，于是他双手缠绕住她，一只手抱着她的头拉向自己，让两人双唇紧贴，另一只手搂着她的臀部，像两个少男少女般摇晃腰肢。他感到下面涌起一股深深的压力，越来越强，越来越猛。他必须释放。就现在。他闭着眼睛，拉开裤子拉链，抓住她的手塞进去。

很快，太快了，那突然收紧的抽搐来得如此猛烈，带来欢欣的痛楚，电击般的刺痛感贯穿双腿直流到脚指头。酒精留下的巨大轰鸣堵塞了他的耳朵，眼睑后面灼伤般闪着白光。他感到人很虚弱，松开了原本抓着玛丽头和手的双手。

他躺倒在地上，任由整个世界在旋转，然后他感到有什么柔弱地、几乎是试探性地压在他胸上，于是本能地缩了一下。他睁开眼睛，一动脑袋，世界就转个不停，但他看到了，压在他胸上的是一只纤小的手——她的手，玛丽的手——在颤抖。手的上方，是她张成O形的嘴巴，然后是那双眼睛，睁大到突了出来。她就像个孩子一样迷茫。一个小女孩。

他跑开了。不记得是怎么离开的——他都记不得是怎么站起来的，更不记得在体内有那么多酒精的情况下是怎么一路开回家的。次日一早醒来时，宿醉缠身，有那么一瞬，尽管知道不可能，他还是希望这件事是他酒后冒出来的幻觉。然而内裤里的残迹和鞋子上残留的泥巴，无不证明那的确是事实，羞愧感汹涌而至，昨晚耳朵里的轰鸣声、眼睑后的白色闪光又回来了。

那晚之后他再也没跟玛丽说过话。他是想说的——想要解释、道歉（还有，说实话，想知道她有没有告诉别人），但她总是刻意躲开他。他给她留过几张纸条——去了她的SAT班，找到她的车——但她回复他，*我不知道我们为什么要讨论这个。我们就不能忘了发*

生过这事吗？但他忘不了，没法接受她就这么轻松地放过了他。所以他给她留了那张现在已经尽人皆知的韩亚龙超市纸条，但结果竟然被他妻子拿来扔在了她脸上，还指责她跟踪他！

那场折磨过去已经一年了，但那天晚上留下的羞愧、负罪和耻辱其实从未消失。大多数时间，它们就在他体内深处静静潜伏着，像一团缠得紧紧的绳结。然而每当他一想到玛丽，或者有时候没有想她，只是在吃东西、开车或是看电视时，那个羞愧之结都会突然爆发。

那天晚上也是他的最后一次。不只是玛丽的缘故，还有爆炸和随后的截肢，接二连三的重重打击把他体内残存的一点性欲都扫荡殆尽了。不是说他没再尝试过，但就在那次他开始惯常的前戏，他第一次意识到，他什么也感觉不到了。他不知道自己抚触的力道重了还是轻了。理疗师教过他怎么打字、进食，甚至教过他怎么戴着触感像是棒球手套一样的东西擦屁股，但没有教"怎么脱下老婆的衣服"，没有替代性的爱抚技巧。他真想要大声尖叫，又发现了生活中被那场爆炸毁掉的一个方面，以及，他没法勃起了。

珍妮尝试过其他方法，有那么一分钟起过作用，但他犯了睁开眼睛的错误。朦胧泻下的一层月光让他看见了珍妮如长帘般垂落的头发，随着她头上上下下的运动飞舞着。这让他想起了玛丽，她把自己从他身上推起来的时候，头发也在她脸边四下飞舞。他瞬间就软了。

马特的性无能就是这样开始的。珍妮试了一次又一次，连原先被她斥为贬低女性的东西都用上了——深 V 睡裙……但没有一样能抵消他在床事上感到的笨拙无能，更不用说还有对玛丽的羞愧了。他现在什么反应也搞不出来，甚至连自慰都没用了。

有好几次，他差一点就在夜里遗精了，以前他觉得遗精几乎比什么都没有还要糟糕（为了那转瞬即逝、毫秒的快感，根本不值得可悲地重返少男时代），但如今他开始祈求遗精发生，只为了宽慰自己：他不是永远死去了，只是暂时休眠而已。问题在于，玛丽总是会入侵他的梦境，内心深处某种恋童/强奸的负罪感应器就会让他随之醒来。直到今晚。

今晚，他继续往梦境深处走去。这一次比他多年来，甚至平生以来经历过的都更真实。梦中的玛丽放声尖叫，随之破裂成上百万块碎片，她化身的无数个玻璃小珠以缓慢的速度穿透他，推开他的皮肤进入身体，温暖的酥麻感和纯粹的愉悦传导到他的四肢。

"宝贝，你起来了吗？"珍妮的声音在唤他，他醒过来，但拉紧毛毯、翻了个身，装作还在睡的样子，她告诉他她要早点走，要去录声音样本。他一动不动直到她离开。听到她的车子开走后，他起身来到浴室，打开水龙头，把内裤冲洗干净。

杨

醒来后她最先注意到的是阳光。那个歪歪扭扭贴上薄膜、勉强充当窗户的缺口很小，没法透过多少光线。但当太阳正好处于某个位置时，就像此刻——清晨，太阳爬升，阳光从树上射进他们简易窗户的中间，不偏不倚地落在那个方洞的范围内——阳光倾泻而入，方形光束那么强烈刺眼，在最先洒下的一米之间几乎像是凝滞的固体，接着才徐徐散落，不似尘间的明亮光线涌进整间陋室，让后者蒙上一层童话般的色彩，浮尘颗粒在阳光笼罩下闪烁着幽光。鸟儿在歌唱。

这片荒僻地带的问题在于，在昨晚那种没有月亮的夜里，周围太黑了。不仅仅是没有光的那种黑，而是这一地带的硕大和形状本身的存在感。一种如此绝对、墨水一般的漆黑，她不管是睁开还是闭上眼睛，都是一个样子。昨天夜里大部分时间，她都醒着躺在那里，听雨点落在屋檐上，呼吸着湿湿的空气，拼命抑制住想要摇醒朴的冲动。她向来坚持认为，在采取行动前应该先好好睡觉，把问题留到明天。美国那些文章却都鼓吹，赶在一天结束前解决矛盾才是明智之策，这和一般常识真是截然相反。夜晚是最不适合吵架的时候，幽暗之下人的不安全感会增加，也更容易起疑心。如果你等待一下，第二天醒来时总会感觉好点，更讲道理也更有善心。时间的流逝加上新一天的光明，会让情绪冷静下来，减弱它们的威力。

好吧，但也不总是如此。现在就是，面对新的一天，雨停了，云散了，空气轻盈，可昨天晚上的那些忧虑非但没有云淡风轻，时间的流逝反而像是强化了世界已然改变的实感；在这个世界里，她的丈夫是个撒谎的人，甚至还可能是个谋杀犯。在夜里那种超越现实的模糊感中，这一新发现并非真实情况的可能性还是存在的，而清晨的明朗则将这种可能性一扫而光。

杨起身下床。朴的枕头上留了一张纸条：*我去外面透透气。8点半前回来。*她看了看表。8点04分。还太早。去见邻居斯宾纳姆先生，打电话给寄来首尔公寓清单的不动产经纪人，去图书馆用电脑搜索朴和他兄弟的邮件往来——她想好的各种调查朴说法的计划都还没法实施，只有一件事是可以做的：去问玛丽，爆炸当晚她到底跟着朴出去做了什么，把每一分钟做了什么都问清楚。

杨站在玛丽那个拉着浴帘的角落前跺了两下脚，这是他们假装敲门的方式，用韩语说："玛丽，起床了。"无论选哪种语言，横竖都会惹恼玛丽，说英语（"谁听得懂你在说什么啊！"）或是韩语（"怪不得你英语说得那么差，你得多练练啊！"），但对于这次对话，她不想让一门外语来碍事。从英语转到韩语可以让她智商加倍，让她谈吐流利、掌控语言，而这正是她为了挖出所有细节所需要的。"起床了。"她提高音量，又跺了一下脚。没有声音。

然后，她忽然想起：今天是玛丽的生日。还在韩国时，每逢她过生日，他们都会好好张罗一番，前一天晚上熬夜布置，就是为了给她惊喜，让她一醒来就看到那些标语和彩带。来美国后杨就没再这样做了。商店的营业时间让她无暇做任何除了最基本需求以外的事情。尽管如此，玛丽可能还是会期待她的十八岁生日能有所不同，毕竟这是一座里程碑。“生日快乐，”杨说，“我好激动，就要见到我十八岁的女儿了。我能进来吗？”

没有声音。没有床单摩挲作响，没有熟睡的鼾声，也没有睡着时的深沉呼吸声。“玛丽？”杨拉开帘子。

玛丽不在。床垫卷起来叠在角落，就跟昨晚一样，她的枕头和毯子却不见了。玛丽昨晚没睡在这儿。但她昨晚是回来了的。半夜里，车前灯照进窗户，前门嘎吱一声打开。是她后来又走了，杨没有听见？

她夺门而出。车子还停在那儿，玛丽没在里面。她跑到仓库。没人。但没有其他干燥地方能过夜了啊，走着能到的地方是没有的……

这时她脑中闪现一幅图景。女儿平躺着，待在一根黑暗的金属管道里。

她知道玛丽昨天晚上睡在哪里了。

*

杨开始没有进去。她站在谷仓外缘，正要呼喊玛丽时，闻到了一股陈腐的、石灰般的味道，让她想到了肉体烧伤、头发烧焦的场景。她告诉自己这不可能。火灾过去已一年了。她走了进去，目光低垂，以免看到火灾遗迹，但那是不可能的。一半墙体都烧没了，残存的地面上也满是暴风雨后留下的烂泥坑。屋顶那个下凹的洞透进一道宽宽的阳光，打在封闭舱上面，宛如美术馆里的一场展览。厚重的钢制舱体完好无损地幸免于难，但那上面海蓝色的涂漆层鼓起泡来，变得凹凸不平，玻璃舷窗也早已四分五裂。

去年夏天大部分时间，玛丽都睡在这里。一开始他们都是睡在陋居的，但玛丽没完没了地抱怨，说晚上熄灯太早，早上闹钟太早，朴打鼾，如此种种。杨跟她说这只是暂时的，再说了，以前在韩国他们也是睡一间房的。然后玛丽按照惯例反驳道（用英语）："是啊，那时候我们还是真正的一家人。再说了，你要是这么想要韩国传统，那我们为什么不搬回去呢？我是说，这里，"玛丽挥手扫过整间屋子，"比我们以前住的到底好在哪里？"

杨想要说，她理解女儿没有自己的空间多么难受，坦白说，对朴和她自己而言，没有一点隐私也很难受，甚至连斗嘴都不能，更不用说其他婚姻里必须要做的事情了。然而玛丽那不加掩饰白眼讥笑的样子，如此挑衅，仿佛杨根本不配受到尊重，让杨顿生怒火，她发现自己真希望从来没生过玛丽，于是冲她吼出了她曾立志永不说出的陈词滥调，就是母亲会说的那种：有些孩子连吃的、住的地方都没有呢，她有没有意识到自己有多么不知感恩，多么自私？（青春期女儿的典型技能：让你想到、说出那些你在当时就已后悔的话来。）

第二天，玛丽又摆出每次他们吵架时的那副样子：对朴谄媚，对杨刻薄。杨没去理会，但朴（他在子女对父母的控制这件事上向来一无所知）很享受玛丽的讨好攻势。杨不得不惊叹玛丽真是精于此道。那刻意装出的漫不经心，怯生生、几乎是道歉的语气，说她睡得如何不好，从而让他觉得她提议自己睡到封闭舱里实际上是他的想法。直到爆炸前，玛丽每晚都睡在那里。

玛丽出院当晚先是回到屋里那个属于她的角落里睡了。然而杨醒来时，玛丽就不在了。她到处找她，就是没往谷仓去找，她压根没想到玛丽会跨过那周围封的黄色胶带，没想到她竟然能够走近——更别说走进——那个有人在里面被活活烧死的金属管道。但就在经过谷仓时，墙面上有个烧焦的洞口，透过其间杨瞥见封闭舱边上有手电筒的光。她打开舱门，发现玛丽就在里面，仰面而卧。没有枕头，没有床单，没有毯子。她唯一的孩子，一动不动，闭着眼睛，手臂直直地摊在两侧。杨想到了棺材里的尸体。焚尸炉。她尖叫出来。

后来她们再也没说过这件事。玛丽从未解释，杨也从未问起。玛丽回到了她晚上睡觉的角落。事情就这么过去了。

现在，她再次来到这里，打开舱门。生锈的铰链吱呀作响，细细的光束穿透进来。玛丽不在这儿。但她的确来过。她的枕头和毯子放在里面，还有两缕和玛丽的一样长长的黑发交叉躺在枕头上，像一个字母 X。毯子上放着一个棕色的包。昨晚朴把仓库里找出的这个包放在门边，准备今天扔掉。是玛丽回家时发现了吗?

杨钻进舱里拿那个包。就在她把包侧过来准备翻看时，传来了一阵声音。踩在砾石上的嘎吱声，枯树枝折断到地上的声音。脚步声。很急,像是有谁在朝谷仓方向跑过来。一声大喊。朴的声音。“美熙啊,停下来,听我解释。”更多的脚步声,接着“当”的一记重响。是玛丽摔倒了？啜泣声从近处传来，就在门外。

杨知道自己应该出去，看看到底是怎么回事，但情况不同寻常。玛丽从朴身边跑开，显然是很生气，朴则在后面追她。杨没有动。现在她能看到包里装的东西了。那个锡盒。文件。她猜的是对的；玛丽发现了那些香烟，还有首尔的公寓清单。玛丽是不是去找他对质了，就像她一样?

朴滑动轮椅的咔嗒声越来越近。杨关紧舱门，这样她就藏了起来，但能从缝隙处看到外面。她在黑暗中移动身体，手摸到了玛丽的枕头。湿湿的。

轮椅声停了下来。“美熙啊。”朴用韩语说着，他的声音此刻更近了，就在谷仓门口。“我没法告诉你我有多后悔这件事。”

接着是玛丽颤抖的声音，她用英语说得断断续续，中间是抽噎声：“我不相信……你竟然和……这事有关系。这……根本……说不通啊。”

停顿了一会儿，然后是朴的声音：“我很希望这不是真的，但就是真的。香烟，火柴。这就是我干的。”他说的肯定是那个锡盒，只可能是那个。除了一点，锡盒里没有火柴。

玛丽的声音，说英语：“但它怎么会出现在这里？我是说，我们这儿有一整片地方，它为什么偏偏出现在了最危险的位置？”杨这时才意识到，他们两人的声音从何传来：谷仓后面，以前放氧气罐的地方。

一声叹息。不长，但很沉重，充满了惧怕，绝望地想要保持沉默。杨多希望这声叹息永远不要停下，他永远不会开口说出下面的话。

“我放在这儿的，”朴说，“我挑的地方，就在氧气罐下面。我找来小树枝和枯树叶。放上火柴，还有香烟。”

“不。”玛丽说。

“是的，都是我，”朴说，“是我干的。”

*

是我干的。

听到这四个字，杨低头躺到玛丽的枕头上，脸颊贴着玛丽泪水留下的一片濡湿。她闭上眼睛，感觉身体在打转。或许是封闭舱在打转，转得越来越快，空间越来越小，最后坍缩成一个点，将她整个人压碎。

是我干的。都是我。

这令人无法理解的话语宣告了世界的终结。他怎么能用如此实事求是的语气说出来呢？他怎么能够如此冷酷地承认，怎么能放火烧死了两个人，还继续呼吸、说话呢？

玛丽的啜泣声现在已变得歇斯底里，隔墙传来。杨这才想到，她在自己的一片恍惚中忽视了什么：玛丽刚刚发现自己父亲杀了人。她该多么震惊，此刻击垮杨的巨大震惊也同样折磨着她。杨猛地睁开眼睛，揪心地想要跑出去，把玛丽抱在怀里，和她一同哭泣，沉浸在得知她们所爱之人做了如此可怕事情的悲伤之中。杨听到嘘——嘘的声音，那是父亲在安慰难过的孩子，她真想冲朴大吼，让他离开玛丽，离开她们两个人，不要再跟她们讲他的罪行了，然后玛丽开口了："但为什么选这里？要是你选了其他别的地方——"

"抗议者，"朴道，"伊丽莎白给我看了她们的传单，她一直都说她们没准会放火来给我们搞破坏，我就心生一计——如果警察在传单出现的同一地方发现了香烟，她们就会有麻烦了。"当然了。多么简单啊：放火，怪到抗议者头上，拿到保险赔偿。典型的骗保操作，顺便报复了惹怒他的人。

"但警察已经因为气球的事把她们带走了，"玛丽道，"你为什么还要再采取行动呢？"

"抗议者给我打了电话。她们说警察只是警告了她们一下，没有什么能阻挡她们每天过来，直到把所有患者赶走为止。我必须做点更厉害的，让她们真正陷入麻烦，一劳永逸地摆脱她们。我从来没想过你会走到那里附近，更不用说……"他说不下去了，那个画面汹涌而来，占据了杨的脑海：玛丽跑向谷仓，转过身来，眨了眨眼，她的脸沐浴在大火燃烧的熊熊橘光中，身体随着那一下爆炸被掀翻到空中。

玛丽似乎也被那个时刻反复纠缠。她说："我一直在想，高压氧治疗设备怎么没有风扇的声音啊。太安静了。"杨也记得远处传来蛙叫声，没有像往常那样被空调风扇的噪声所掩盖。爆炸前夕令人窒息的纯粹寂静。

“都是我干的，”朴道，“我搞出断电来陷害抗议者。这引发了后面所有的事情——潜氧延迟，当晚出错的一切。我做梦都没想到会有这么多事情出错。我做梦都没想到会有人受伤。”

杨想要尖声大叫，想要质问他怎么能有那种想法，在传输氧气的管子下面放火。但她还是相信他，知道他肯定有计划能让所有人都及时撤离。这就是为什么他用的是香烟，为了让它在起火之前慢慢烧尽，以及为什么他要在她关掉氧气的时候待在外面，为了确保火势不会在 8 点 20 分之前变大，因为那之前还开着氧气。他制订了完美的计划让火慢慢燃烧，只是为了威吓而不想伤害任何人。问题在于，计划赶不上变化。向来都是如此。

漫长的沉默，然后玛丽用颤抖的声音说了句英语，声音轻到她不得不竖起耳朵才能听到。“我一直想着亨利和基特。”

“那是一场意外，”朴道，“你必须记住这点啊。”

“但都是我的错啊，一切都是因为我的自私，因为我想回韩国去。你跟我说都会好起来的，但我就是那么固执，一个劲地抱怨，最后……”玛丽失声啜泣，但杨已经知道了：最后朴决定给女儿她想要的，做了他想得到的唯一能让她愿望成真的事情。

杨只觉得有什么东西轰然倒塌，好像有谁在狠狠捶打她的肺部。一直折磨着她、告诉她这些怎么都说不通的，是那个为什么的问题。是的，朴痛恨抗议者。是的，他想把她们赶走。但为什么要放火？当时他们的生意越做越好，没有理由自己去毁掉。除非真的有什么理由。玛丽跟他说了，求他带她们搬回韩国。纵火并非因为他对抗议者的恨意而一时起念。他早有预谋。现在什么都能说通了，对上了。询问纵火保险的电话、首尔的公寓清单都是为了配合他的计划。后来抗议者搅了进来，他正好抓住了这个完美的幌子。

杨感到胸口疼得不行，像有只小鸟在啄着她的心脏，她想象去年夏天玛丽跟朴袒露心扉，哭着跟他说她有多想回到故乡。玛丽为什么没来找她，她的母亲？在韩国时，她们每天下午都会一起玩韩式抓子游戏，玛丽会跟她说哪几个男孩子捉弄她了，以及她上课时偷偷看了什么书。那种亲密感去哪儿了呢？是凭空消失、再也找不回来了吗，抑或仅仅是在青春期被深埋起来、暂时休眠了？她知道玛丽不喜欢美国，一直想要回去，但仅仅是通过她含沙射影的讥讽抱怨，绝非袒露心扉的沟通而知，这种信任玛丽显然只留给了朴。朴也没有来找她，而是为了满足玛丽的愿望铤而走险，独自一人做出决定，未曾从她那里听取什么。她是他二十年的妻子啊。这感觉就像是背叛。来自女儿和丈夫的背叛。两个她深爱的、最信任的人的背叛。

“我们应该告诉亚伯，”玛丽说，“就现在。我们不能再折磨伊丽莎白了。”

“我想过很多次了，”朴说，“但审判已经快结束了。很可能她不会被定罪。只要审判一结束，我们就可以搬走，重新开始了。”

“但如果定她有罪呢？她会被判死刑的啊。”

“如果真那样，我就坦白。等保险的钱过来了，你和你母亲远走高飞，到了安全的地方，我就去找亚伯。我不会让她为了她没有做过的事去蹲监狱。我不会那么干的。”他咽了咽口水。“我做了很多错事，但没有一件，没有一件，是有意伤害任何人的。你要记住。”

玛丽说：“但她已经受了很多罪。因为杀子罪名接受审判，她该有多么痛苦啊，我不忍心——”

“听我说，”朴说，“发生这事我真的非常难过。如果能改变，我宁愿付出一切。但我不觉得伊丽莎白也是这样想的。她或许是没有放火，但我觉得她就是希望亨利死，巴不得看到这事发生。”

“你怎么可以这么说？”玛丽道，“我知道他们都说她伤害他，但说她希望他死——”

“我听到的，亲耳听到她在对讲机上说的，当时她以为没有接通。”朴道。

“她说什么？”

“她跟特蕾莎说希望亨利死，说她真的幻想过他死掉。”

“什么？什么时候？你为什么从来没说过？甚至在做证时也没说过。”

“亚伯让我别说。他要在特蕾莎出庭做证时问她，但他想要出其不意，让她惊讶之下说出全部真相。”所以这就是为什么杨从来没听说过这事吗？因为特蕾莎跟她是朋友，亚伯怕她会走漏风声？还有谁没对她撒谎呢？

“关键在于，”朴说，“伊丽莎白希望亨利死。她虐待他。不管怎么样他们都要因此而起诉她，她也已经在审判中。再接受一个礼拜的审判对她来说会有那么大差别吗？记住，要是判决结果是她有罪，我就会站出来。我向你保证。”

这是真话吗？还是他只是这么说，为了说服玛丽保持沉默，而如果最后判伊丽莎白有罪，他又会编出其他什么理由，眼看着伊丽莎白去死？

“现在，我们进去前，”朴说，“我要你向我保证。你会照我说的做。不要对任何人说一个字，包括你母亲。听懂了吗？”

听他提到自己，杨感到心脏在重击胸腔，那么迅猛。朴又说了一遍：“美熙啊，回答我。你听懂了吗？”

“不。我们应该告诉妈妈。”玛丽依然用英语说，除了那个“妈妈”。上一次玛丽唤她妈妈是多久以前的事情了，在她用敌意的盔甲将自己包裹起来以前，她都是怎么称呼她的呢？“你说她已经起疑心了。万一她问起那天晚上的事怎么办？我要怎么说呢？”

“就说你一直以来说的那套，什么都记不清了。”

“不，我们必须告诉她。”她的声音颤抖了一下，听起来没了底气，像个小女孩似的音量微弱。

“不。”朴爆出这个字时太过猛烈，以至于在杨的耳朵里留下了回声，但他随即止住，深呼吸几次，像是为了让自己平静下来。“为了我，美熙啊，就算是为了我。”他在话里灌入一种强装的耐心。“这是我的决定，我的责任。要是你母亲知道了……”他叹了口气。

一阵沉默，她知道玛丽一定是点头了，如果玛丽没有听她的话，他肯定会不依不饶地坚持。一分钟后，她听到脚步声响起，轮椅转起来。越来越近，然后经过她前面，朝屋子方向远去了。她想着等他们进到屋里了自己赶紧跑掉。抑或跟在他们后面进屋，假装什么也没听到，看看他们有什么反应。她知道两者都是懦弱之举，但她实在太累了。如果就待在这里，把世界隔绝在外，像个尸体似的躺着，要多久就多久，直到这种天旋地转的感觉停下来，直到一切都过去，消融为虚无——那该有多简单啊。

不。她不能坐视不理，不能让朴就这么把她推到一边，让她变得比现在还要无关紧要。她用力推开舱门。门尖声叫着打开了，这不谐的声音刺穿她的耳朵，让她想要大叫。她试图站起来，头撞到了顶上的钢板，砰的一声闷响像敲锣似的回荡在她脑壳里。

谷仓里响起了脚步声，缓慢的、小心翼翼的脚步声。朴说没什么，可能是什么动物，但玛丽道：“妈妈，是你吗？”她的声音里满是恐惧，但还有别的什么。或许是希望。

慢慢地，杨直起身子，爬出来，终于站直了。她向玛丽伸出手，邀请她站到自己这里，让她们两人一同为这独属于她们的逝去而悲伤。玛丽看着她，泪水如两条细流般从她脸上滑落下来，但她并没有走向她，而是转而看向朴，像是征求他的应允。他伸出自己的手，玛丽犹豫了一下，然后从她身边走开，走向朴的方向。

她脑海中记忆涌现：玛丽还是宝宝的时候，有时她在他们两人中间，杨和朴都向她伸出手，呼唤她，他们的小女婴总是爬向朴，杨会大笑着拍手，假装不难过，告诉自己他和宝宝这么亲近，多棒啊，不像别的男人；只是因为美熙和她一起待了整整一天，她才会选择之前没见到的爸爸。他们之间一直都是这样，有一种不平衡，就连此刻的站位都是如此。三人形成了一个扁扁的三角形，杨孤零零地被抛在一角，远离另一边的两个人。或许所有独生子女的家庭都是这样，在亲密度上难以平等，结果就是三人组合中永远暗含嫉妒心。毕竟，真正三边等长的等边三角形仅仅存在于理论中，现实中可没有。她本以为当她们两人一起来到这里，和朴身处不同大洲时，这种平衡会有所改变，然而讽刺的是，朴见到玛丽的次数比她还要多：一周两次，在 Skype 上（杨没法用那个，因为杂货店里没网）。重心永远偏向朴和玛丽。以前是这样，现在还是这样。

杨看着他们两人。这个坐在轮椅上的男人犯下滔天罪行，并隐瞒了整整一年，现在他把秘密吐露给了他们的女儿，而不是她。在他身边，这个带疤的女孩，原谅了父亲犯下的罪行，即使正是后者给她留下了这道疤痕。这个女孩总是选择父亲，现在也仍然站在他那边，即使仅在几分钟前，他说出的毁灭性真相本该让她重新回到杨的身边。她的丈夫和女儿。她的日月，她的骨肉，没有他们，她的人生都将不复存在，然而他们总是遥不可及，让她无从了解。她感到胸口一阵深沉的剧痛，就好像心脏的每个细胞都要窒息，正在慢慢死去。

朴望着她。她期望看到他的忏悔，看到他像蔫了的向日葵那样垂下脑袋，没法正视她，同时向她坦白罪行、乞求原谅。然而他说："老婆，我没想到你在这儿。你在干什么呢？"不似非难也不见紧张，而是佯装随意的语气，像是在试探，看看他能不能继续欺骗她而不被戳破。她看着他，那张脸上装出的假笑却诡异地透出真诚，她往后跌去。突然间，仿佛地面凭空消失了，她正跌落至真空。她必须离开这个地方，离开这片充满死亡与谎言的废墟。她踉跄着，脚下炙热的地面变得崎岖不平，她不得不伸出手臂保持平衡，就像遇到气流颠簸时在飞机过道上走动那样。她经过朴和玛丽身边，走到一棵早已死去的老树桩旁，擦着眼泪。

“我明白了，你都听到了，”朴说，“老婆，你要理解啊。我不想给你增添负担，而且我是想着事情最后可能还有机会好起来，如果——”

“好起来？”她转过身来看着他。“这怎么可能好起来？一个小男孩死了。五个小孩没了母亲。一个无辜的女人被控谋杀受审。你坐了轮椅。玛丽余生都要带着知道自己父亲是个杀人犯的负担活下去。不可能有任何一件事会好起来。”直到停下来，听到这些话在寂静中激起回音，她才意识到自己是在大吼大叫。嗓子发痛，感觉沙沙的。

“老婆，”朴说，“进来。我们来谈一谈。你会理解的。一切都会好起来。目前，我们只能继续这样下去，什么都不要说。”

杨退后一步，踩到一根树枝上，这不平的凸起让她身体晃动，差一点就要跌倒。玛丽和朴两人同时倾身向前，向她伸出手来。杨看着女儿和丈夫的手，一人一边，都伸出来想要稳住她，给她支持。她看着他们的脸，这两个她深爱的、美丽的人，站在溪边小径末端，身后高高的树木在他们头顶形成浓荫冠盖，缕缕阳光在树叶间闪闪发亮。多么美丽的早上啊，而她的人生却在此崩溃，就好像上帝存心嘲弄她，确认她的存在无关紧要。

玛丽看着她说：“妈妈，求你了。”听到她温柔地用韩语叫自己“妈妈”，杨真想把女儿拥进怀里，像过去那样用拇指为她擦去眼泪。她想，说句好吧，多么容易啊，和他们联手，这样他们就会因秘密永远团结在一起。她抬起目光，隐约可见那台焦黑的潜水艇，烧毁它的大火曾经吞噬了一个八岁男孩和一个试图去救他的女人。

她摇了摇头：不。她往后退了一步，再一步，又一步，直到从他们身边走开。“你们没权利要求我做任何事情。”她说。她转身背对丈夫和女儿，独自离开了。

马特

他在法庭上搜寻玛丽的身影。他想要见到她。好吧，不算想要，准确地说。更多是需要。就好像你并不想要根管治疗，但你需要拔出蛀牙，止住疼痛。法庭里比往日来了更多人，很可能是近日新闻（“‘妈妈杀手’审判：被告给儿子喂漂白粉”）引发的效果。柳家人却颇为奇怪地没有到场。

珍妮已经到了。“我做了声音采样。今天他们会放给那个客服听。”她小声说，马特胃里翻腾起一阵紧张感，他想到了玛丽偷上他的车，车里放着手机。

亚伯转过身来。“你见到柳家人了吗？”

他摇了摇头。珍妮道：“我想是因为今天是玛丽的生日。也许他们在给她过生日？”

玛丽的生日。有什么事不对劲，他有一种不祥之感。这些令人不安的事情都凑到了一起——发觉车钥匙的事，那个梦，现在又是她的生日。十八岁生日，法律上成年了。同时，也完全能够被起诉了。该死。

海茨警探走上前去，接受交叉质询。香农这次没浪费时间说早上好或是你好啊，也没停在那里等待人们的窃窃私语消停下去。她直接开口，人在座位上。“你认为伊丽莎白·沃德是虐童者，对吗？”

人们四下张望，仿佛为了找出这个问题来自何方。海茨看上去吃了一惊，像是一个拳击手本以为第一分钟会绕台试探两下，没想到铃声刚落，就立马被对手照着脸上来了一记猛拳。她说：“我，嗯……我想是这样的。是的。”

香农还是坐着，问道："你是不是跟同事说这一点对案子至关重要，如果没有虐童控告，你就没有任何东西可作动机了，是吗？"

海茨皱了皱眉。"我不记得了。"

"不记得？你不记得2008年8月30日讨论本案的会上，你在白板上写下了'没有虐待等于没有动机'吗？"

海茨咽了咽口水。片刻过后，她清了清嗓子道："是的。我记不得了，但是——"

"谢谢你，警探。那么，"香农站起来，"跟我们说说你一般是怎么处理虐童控告的吧。"她走上前，步子迈得徐缓而轻松，仿佛她正在闲庭信步。"当你接到情况严重的举报后，你有时候会立即将孩子带离父母监护，都不用等调查结束，是吗？"

"是的，当有可信的严重威胁时，我们会争取获得一个紧急处理令，在调查期间暂时将孩子委派至寄养家庭。"

"可信的严重威胁。"香农再走近几步。"在本案中，当你接到匿名者对伊丽莎白的举报后，你并没有把亨利从家里带走，甚至都没有尝试这样做。是吗？"

海茨看着香农，嘴巴紧闭，眼睛眨也不眨。这一次她停顿了很久，才回道："是的。"

"也就是说你认为亨利没有遭到可信的严重威胁，是吗？"

海茨望向亚伯，又回看香农，眨了眨眼。"这是我们的初步判断。在调查之前。"

"啊，是的。你调查了整整五天。其间任何时候，如果你认定亨利确实遭到了虐待，你都可以并且会将他带走，以实施保护。这是你的本职，是吗？"

"是的，但——"

"但你没有这么做。"香农大步向前，架势活像一辆推土机冲撞上护栏。"在接到举报后整整五天，你都让亨利留在家中，是吗？"

海茨咬着嘴唇。“我们显然在评判上犯了错误——”

“警探，”香农让自己的声音盖了过去，“请回答我的问题，只是回答问题。我没有问你工作表现如何，尽管你的上司，以及有兴趣代表亨利的财产发起诉讼的律师，或许会非常有兴趣听你在此承认犯错。我的问题是：经过五天的调查，你有没有发现伊丽莎白作为施虐者，给亨利带来了可信的严重威胁？”

“我们没有。”海茨看上去很受挫，干巴巴地吐出这几个字。

“谢谢你。现在我们来说你的调查本身。”香农在黑板架上贴上一张空白表格。“昨天，你说你们这里调查四种类型的虐待：漠视，情感虐待，身体虐待，还有医疗虐待。是吗？”

“是的。”

香农在表格的一栏上写下这四种分类。“你分别跟基特·科兹洛夫斯基、八位老师、四位治疗师和两位医生面谈过，还有亨利的父亲，是吗？”

“是的。”

香农在顶上一行写下受访者：

	父亲	八位老师	四位治疗师	两位医生	基特
漠视					
情感虐待					
身体虐待					
医疗虐待					

香农问道：“其中有人对伊丽莎白漠视亨利表达出担忧吗？”

“没有。”

香农在漠视那一行连写下五个不，然后划去整行字。“接下来，除了基特以外，有谁对情感或身体虐待表达出担忧吗？”

海茨回道："没有。"

"事实上，上一年教亨利的老师这样说——我是从你的笔记上读到的——原话，'伊丽莎白是我见过最不可能在精神或身体上损伤她孩子的母亲了'，是吗？"

海茨呼出一口气，几乎是叹息。"是的。"

"谢谢。"香农在那两行的每一栏上都写下一个不，除了基特那栏。"最后，医疗虐待。你主要针对的就是这个，所以我想你应该向面谈过的每个人都问了非常详细的问题。"香农放下记号笔。"我们就来说这个。请罗列出除基特外的这十五个人跟你说到的所有医疗虐待事例。"

海茨什么也没说，只是瞪着香农，眼神中流露出极度厌恶。

"警探，请回答。"

"问题是，这些人都不知道被告对亨利施加的所谓医疗治疗，所以——"

"是的，我们马上会说到亨利的治疗。但同时，在我听来你的回答是你面谈过的这十五个人中，事实上，没有一个人认为伊丽莎白施加了医疗虐待。是这样吗，警探？"

海茨呼出一口气，鼻孔张得老大。"是的。"

"谢谢你。"香农在最后一行每一栏写下不，接着退后去让陪审团能够没有遮挡地看到黑板架。

香农指着海报。"所以这十五个最了解亨利也关心他是否安好的人一致认为，伊丽莎白没有对他施加任何虐待。我们来说说表达担忧的那个人。基特真的指控伊丽莎白情感虐待了吗？"

海茨皱了皱眉。"我觉得公正的说法应该是，她质疑被告人是否伤害了亨利，因为她对亨利说他惹人嫌，所有人都讨厌他。"

"这么说她是质疑有情感虐待。"香农在情感虐待 / 基特的对应方框里画上一个问号。"那么你对此意见如何呢，警探？这算虐童吗？我自己有个孩子，一个典型的青春期女孩，如果你懂我什么意思的话，我得承认，我发现自己经常说她很粗鲁，很刻薄，彻头彻尾让人讨厌，告诉她如果不赶紧改变的话，她就会落得孤身一人，没有朋友，没有丈夫，也没有工作。”有几个陪审员轻声发笑，点了点头。“现在，我知道自己拿不到任何年度好妈妈奖项，但我们会为了这种事把孩子带离妈妈身边吗？”

“不。就像你说的，这不算理想，但并没有上升到虐待级别。”

香农微笑着划去情感虐待那一整行。“现在，身体虐待。基特真的指控伊丽莎白身体虐待了吗？”

“没有。她只是提出这一质疑，因为亨利手臂上的那些抓痕。”

香农在身体虐待 / 基特的对应方框里画上一个问号。“你找亨利面谈时，他说是被邻居家的猫抓伤的，对吗？”

“是的。”

“事实上，你在亨利的面谈笔记上写道，原话：‘没有证据支持身体虐待控告’，对吗？”

“对。”

香农划去身体虐待那一整行。“现在就剩下医疗虐待了。控告集中在伊丽莎白使用的替代性疗法上，尤其是螯合疗法和奇矿液，是吗？”

“是的。”

香农在表格上写下螯合疗法和奇矿液（“漂白粉”）。“现在，请原谅我。我在这方面不是专家，但我觉得医疗虐待的前提条件是母亲做了什么，在事实上伤害到了孩子，也就是说，让孩子生病了，或是病得更重了，对吗？”

“一般来讲是这样的。”

“这就是我困惑的地方了。亨利明明在变好，从健康上说，那他的治疗怎么能说是虐待呢？”

海茨连眨了好几下眼。“我不确定事实是不是这样的。”

“不确定吗？”香农道，马特在她脸上瞥见想笑出来的神色，带着一丝孩子气的期盼意味——“看吧！”。“你知道在亨利三岁时，乔治镇自闭症诊所的一位神经科医生诊断亨利患有自闭症，是吗？”

“是的，他的病历里写了。”马特并不知道。他一直以为——受基特的话影响——亨利的“自闭症”都是伊丽莎白自己脑子里想出来的。

“他的病历里还写道，根据同一位神经科医生的诊断，亨利后来没有像去年二月那样的自闭症了，不是吗？”

“是的。”

“那么，从有自闭症到没有算是好转，而非恶化，对吗？”

“事实上，这个医生暗示他可能是误诊了——”

“因为亨利的情况进步实在太大了，以至于很难解释，因为大多数孩子都没有像亨利这样进步显著，对吗？”

“不管怎么说，他表示大量的言语和社交治疗最可能促成了这一进步。”

“你指的是，伊丽莎白坚持让他接受并全程安排、每天开车接送的那些治疗，对吗？”香农问道，再度将伊丽莎白描绘成年度好妈妈。但这一次马特没有反感，而是陷入了思考：是他错了吗？伊丽莎白的偏执是否情有可原，是不是正是这种偏执让一个男孩从自闭症转向了没有自闭症？

海茨的眉头皱得更紧了。“我想是的。”

“不说自闭症，亨利在其他方面也进步了，对吗？三岁时在同龄人中仅有百分之二的人比他轻，时有腹泻；八岁时在同龄人中他已经超过了百分之四十的人，不再有肠胃问题。你还记得在他的病历里看到过这些吗，警探？”

海茨的脸一下红了。“但这不是问题所在。问题是这些所谓的治疗非常危险、毫无必要，已经构成了医疗虐待，不管实际效果如何。我们不要忘记了：正是一项类似的高压氧治疗中众所周知的火灾危险，给亨利带来了不利后果，也就是死亡。”

“真的吗？我不知道在获得许可的机构里接受高压氧治疗算是医疗虐待。”香农转向旁听席。“这里起码有二三十个家庭，都是奇迹潜水艇的客户。所以我理解你对这些家庭都进行了虐童调查，因为他们竟然让孩子接受如此危险的治疗。这是你告诉我们的，对吗，警探？”

马特的眼角余光看见，旁听席上很多女人都紧张不安地转头看向彼此，再看看伊丽莎白，仿佛她们此前从未想过，自己竟会被视为和后者犯有同一罪行。难道正是因此她们现在才如此热忱地相信她是个邪恶的谋杀者？因为如果不是她蓄意放火，那或许就意味着此刻她们的孩子能平安待在家里而不是进了棺材仅仅只是拜运气所赐？

海茨说：“不，当然不是。你不能孤立地看待问题。不仅仅是高压氧治疗。她做了很多极端的事，比方螯合疗法，给亨利喂漂白粉。”

“啊，是啊。让我们来说说这个。螯合疗法是美国食品和药物管理局认证的一种疗法，对吗？”

“是的，但是这是用于治疗重金属中毒的，而亨利没有中毒。”

“你知不知道，警探，在布朗大学的一项研究中，被注射了多种重金属的老鼠表现出社交反常的行为，类似于自闭症，而在接受螯合疗法后变正常了？”

马特从没听说过。这是真的吗？

“不，我没听说过这项研究。”

“真的吗？我就是在你本人的文档中，找到《华盛顿日报》对这项研究的一篇总结的，边上是一串测试结果，显示亨利体内有较高的水银、铅和多种其他重金属的含量。”

海茨紧咬嘴唇，像是在强迫自己一声不吭。

香农道：“你知不知道，这项研究的研究者之一，斯坦福医院的客座医生和斯坦福医学院的教授安杰里·豪尔医生在治疗自闭症儿童时就会用到螯合疗法？”

这个名字马特不知道，但这样的名头——谁敢对这种人物的合法性提出质疑呢？

“不，我不知道这位医生，”海茨说，“但我倒是知道最近有几个自闭症孩子死于螯合疗法的。”

“因为一个已经不具备行医资格的医生失职操作，对吗？”

“我想是的，对。”

“医生的错误会引起死亡。”香农转向陪审团。“就在上个月，我读到报道说有个孩子死于儿科医生开错了剂量的泰诺。告诉我，警探，如果我明天给我孩子服用泰诺，这算是医疗虐待吗？因为很显然泰诺是一种可能导致儿童死亡的危险医药用品。”

“螯合剂不是泰诺。被告给亨利服用了二巯基丙磺酸钠，一种危险的化学品，一般在医院才能配到。她是邮购获得的，从一位外州理疗师那里。”

“你知不知道，警探，这位外州理疗师就是在豪尔医生的办公室行医的，她是在为豪尔医生给亨利开的处方配药呢？”

海茨惊讶得眉毛都提了起来。“不，我不知道这个。”

“你觉得提供由一位恰好是在斯坦福教书的神经科医生开出的药算是医疗虐待吗？”

她紧咬嘴唇，思忖着，马特真想跟她说：加油啊，别像个傻子似的。“不。”她终于说。

“很好。”香农说着划掉了表格上的螯合疗法。“现在，就只剩下所谓的漂白粉疗法了。警探，请问漂白粉的化学成分是什么？”

“我不知道。”

“你的文档里有，但那是次氯酸钠。而伊丽莎白给亨利喝的奇矿液，它的化学成分是什么呢，就是你管它叫漂白粉的？”

她微微皱了皱眉。“二氧化氯。”

“是的，二氧化氯。事实上，只是在水里溶解了几滴。你知不知道，警探，制水公司会用这个来净化瓶装水？”香农转向陪审团。“我们在超市里买的水就含有和被她称为‘漂白剂’的奇矿液一样的化学成分。”

亚伯站起来说：“有谁能证明，法官？”但香农继续说下去，音量提高、语速加快：“在属于非处方药的抗真菌剂里就有二氧化氯。你们是准备逮捕所有在沃尔格林购买抗真菌剂的家长吗？”

亚伯再次说：“反对。我已经够有耐心了，但她一直在用证人专业范围以外的问题纠缠，还假定不在证据里的内容为事实。海茨警探不是医生，也不是化学家，或医学专家。”

香农因为怒火而涨红了脸。“这正是我要说的点，法官大人。海茨警探并不是专家，她对自己称为危险且无必要的治疗根本一无所知，我不知道她是基于什么下此判断的。她甚至都懒得去学一下基本知识，这些在她的文档里都有，如果她愿意看一看的话。”

法官说：“反对有效。豪格女士，你可以让你自己的专家出庭，但现在，我们只说在记录上的、警探职责范围内的事情。”

香农点了点头。“好的，法官大人。”她转身。“警探，你有权利自发展开调查吗？在处理一个案子的过程中，比方说，如果你碰巧发现另一个家长实施虐待的证据，你会开始调查一个新的案子吗？”

“当然可以。我们会调查任何引起我们注意的案件。”

“在本案中，”香农道，“你在司法过程中，通过调查网上讨论，接触到了其他许多家长都在同时使用螯合疗法和奇矿液的证据，对吗？”

警探快速瞥了一眼旁听席，然后回答是的。

“这些家长中你调查了几个医疗虐待的情况？”

海茨又快速瞥了一眼旁听席。“没有。”

“这是因为你并不认为使用奇矿液和螯合疗法构成虐童，不是这样的吗？”香农只说到这里，但马特几乎都能听到她的言下之意：因为如果这些治疗都算虐待，那么这儿有一半的人都早该蹲监狱去了。

海茨怒目而视，香农也回瞪她，这场目光对决持续了好几秒，从开始的尴尬转变成十足的痛苦，直到海茨最后说：“是的。”

“谢谢。”香农说，说得很慢，很刻意，然后走到表格前面，在最后一行，医疗虐待那里重重地划上了一条很粗的线。

马特看了伊丽莎白一眼，她的脸上并没有变化，还是那副没有表情的面具，昨天海茨警探描述她是为了鬼知道什么目的对自己孩子施加痛苦试验的施虐狂母亲时，她就全程都戴着这副面具。唯一不同的是，现在她看起来不是无情，而是呆滞了。因为过度悲伤而恍惚失神。他这时想起来从今天醒来后就知道了的事情：他必须告诉亚伯，或许也应该告诉香农。也许不是全部说出来，但至少要说出玛丽和那个保险电话，以及韩亚龙超市纸条的事情。香烟什么的，他可以再等等。但他一定得去找玛丽，提醒她。让她有机会自己先去找亚伯坦白。

他摸了摸珍妮的肩膀。“我得走了。”他用嘴型告诉她，指了指自己的寻呼机，像是工作上有事的样子。她小声回道：“行，我回头告诉你。”

他站起来走出法庭。出去时，他看见香农正指着那张现已面目全非的表格。“警探，”她道，“我想要证实一下我们之前讨论过的一点。”香农在表格上写了什么，说：“这正是你在跟同事开会时写下的话，是吗？”

马特在门边停住，往里看去。直到海茨回答“是的，没错”，然后香农退后一步，这才让马特的视线没有了遮挡。他看到在那张海报顶上，所有那些被划去的虐待类别上方，香农用粗笔大字写下这句话并圈了起来：没有虐待＝没有动机。

伊丽莎白

她是在休庭时在法庭外面看见她们的。一个颇有规模的团体，有二三十个女人，都是她那个自闭症孩子妈妈群里的。她上一次见到她们还是在亨利的葬礼上，当时她还是众人眼里的悲情母亲。她们的同情和悲伤都聚焦在她身上，或许还掺杂着内疚，因为她们暗自怀有的那一丝优越感——自己的孩子还活着。那是在她被捕、新版故事传开以前，之后就再也没有把装有炖菜的锅子放到她门口的那些拜访的人了。她本以为她们中有些人会出席审判，但一周以来没见过任何一人。

但是现在，她们来了。为什么是今天呢？或许是最新消息把她们的好奇心吊到了愿意付钱让护工看一整天孩子的程度。抑或今天是她们每月固定的开会日——是的，今天正好是周四，于是她们决定来实地考察一番。抑或……有这个可能吗？会不会是她们听说亨利的治疗被归为“医疗虐待”，所以特意过来声援她的？她们中许多人给自己的孩子实施的都是同一套疗法。

女人们三三两两地站着，围成松散的一个圈，说着话，时不时来回转悠，像是聚在蜂巢边上的蜂群。她往法庭方向走去，靠近她们身边时，有个正在打电话的女人抬起头来，注意到了她。是伊莱恩，她甚至是在伊丽莎白之前第一个尝试所谓漂白粉疗法的。伊莱恩抬起眉毛，嘴咧开露出微笑，像是很高兴看到她。伊丽莎白回以微笑，朝她们走去，心脏扑扑跳到了胸口，整个人都因为希望的闪现而兴奋起来。

伊莱恩的笑容消失了，她转向其他人，小声说了什么。现在所有女人都看向她这边，像是看一具正在腐烂的尸体，抑制不住好奇但又觉得恶心，目光快速扫向她，然后又匆匆移开，面部随之扭曲，仿佛嗅到了什么腐烂味道。伊丽莎白这才意识到，伊莱恩抬起眉毛、露出微笑，不过是出于惊讶与尴尬，此时女人们聚成一团朝里面走去，背对着她，围成紧得不能再紧的一个圈子，看上去相互之间都要撞上了。

香农用嘴型对她说："来吧，我们走。"伊丽莎白点了点头，从她们身边走开，两条腿感觉空洞而沉重，让她很难迈开步子。多年来，这个群体是唯一一个让她有一丝作为母亲的归属感的地方，在这个世界里，她不会被礼貌地回避、被同情，因为她是（人们小声说，永远是小声说）"那个"——停顿——"有自闭症的男孩的可怜母亲，你知道的，就是那个整天摇来摇去的那个"。在这个群体中，她生平第一次感受到了一种近乎力量的东西。不是说她此前没有过成就——她在学校拿过优异成绩，在工作上获过奖金——但这些都是工蜂性质的成功，安安静静的类型，只有自己父母才会注意到。而在自闭症孩子妈妈的世界里，伊丽莎白就是摇滚巨星、奇迹创造者、小圈子里的领袖，因为她正是其中所有人梦寐以求的目标：一个康复孩子的母亲，这个孩子开始时和其他孩子一样，也是一团糟，没有言语、交际和表达能力，但是多年过去，一跃进入了主流群体，从各种治疗中结业了。亨利就是一个榜样，凝结了她们盼着自己孩子哪天也能破茧成蝶的希望。

成为如此多嫉妒与敬意的对象，让她有些陶醉，但也感到尴尬（她不习惯这样），她尝试轻描淡写自己在亨利进步中起到的作用。"据我所知，"她告诉这群妈妈，"亨利的进步并不是因为那些治疗，只是时间上恰好凑在一起了。没有对照样本，所以我们也就不得而知了。”（并非她真的是这样想，但她觉得这种“相关并不等于因果”的逻辑使她显得理性，会让那些不相信的人不那么轻易将她斥为那种“连疫苗都不信的疯子”。）

尽管伊丽莎白如此劝告，但几乎这个群体里所有人都加入了这股追捧生物医学的热潮，争着抢着给孩子安排上相同的治疗。“伊丽莎白方案”，她们如此冠名，尽管她抗议说自己只是遵照了其他人推荐的做法，仅仅根据亨利的实验报告做了些微调。随着其他好多孩子也有了进步（虽然没有亨利进步得那么快、那么显著），她成为真正的蜂王，所有人都想求助的专家人物。此刻站在庭外的女人中，每一个都曾经给她发邮件寻求意见，或是喝着咖啡问她，请她帮忙解读实验测试的结果，然后给她寄来玛芬蛋糕和礼品卡以示感谢。

而现在她们在这里，这些曾经怀着对她的崇拜聚到一起的女人：背对着她，因为对她的谴责聚拢得比以往任何时候都更加紧密。而她呢，曾经被捧上神坛，如今黯然退场，沦为贱民。如果说这一群体的反应象征了什么的话，那就是她离成为死刑犯也只有数日之遥了。

*

坐在法庭里，伊丽莎白看着黑板架上的那张表，丑陋的虐待二字映入眼帘。

虐童。她真的这么做了吗？在邻居家地下室第一次捏了儿子后，她向自己保证再也不会这样做了。她是正面育儿理念的拥趸，就连威吓和责骂孩子都不赞成，但沮丧感是随着时间推移一点一点累积起来的。周复一周、月复一月地保持耐心，忽略负面行为，表扬正面行为，然后，仿佛激流一般的怒火奔涌袭来，把她冲倒在地，让她不顾一切地渴望那种甜美的释放——抓住亨利软乎乎的肉捏他，或是大喊大叫。但她从未真的打过他，也从未扇过他巴掌，绝对没有做过任何需要医疗救治的伤害之事。以流血或骨折收场的那种事才是真正的虐童，她所做的不为人所见，只带来一小会儿疼痛，可以让亨利在做的任何她需要他停下来的行为戛然而止，这不是虐童。这和打小孩屁股又有什么区别呢？

她看着那张表，上面清一色的不确认了她并不存在过错，但她知道不管是她，还是表上列的那些人，那些职责本该是保护亨利的人，都辜负了他，这让她为亨利感到痛苦不已。然后香农对她说："亚伯马上要对海茨再次直接询问，不过别担心。没有人相信她的虐待控告了。"伊丽莎白不禁对海茨也涌起一丝同情，她真是彻头彻尾地被耍弄了。

亚伯径直走向那张表，指着上面那句没有虐待＝没有动机说："警探，当你写下这句话时，你的意思是如果被告人没有虐待亨利，她就没有动机杀害他了吗？"

海茨道："不，当然不是。有很多案例都是父母事先并未虐待过孩子，但下手伤害甚至杀死了孩子。"

"那么你当时是什么意思？"

海茨看向陪审团。"你们要理解那个语境。我当时才开始调查虐待不久，这个孩子和一个证人就被谋杀了。我请求派更多人手协助我的虐待调查，我当时可能……"她深吸了一口气，仿佛是唤起勇气以坦承什么让人难堪的事。"我写这个就像是速记一样，表达的是我当时的观点，当时调查还在早期阶段，我们掌握的唯一动机只有虐待控告，所以我们应该在那上面投入更多资源。"

亚伯露出了善解人意的老师般的微笑。"这么说你写这句话是为了说服上司赋予你更大权力和更多资源。别人同意了吗？"

“没有。事实上，皮尔逊警探把它擦掉了，说我这是一孔之见，他说虐待控告是作案动机的一种证明，但当然不是唯一一种。显而易见，自那以后，我们找到了大量证明动机的其他证据。被告人的网络搜索记录，她的笔记，和基特的争吵，等等。所以说没有虐待等于没有动机是绝对不实的。”

亚伯拿起一支红色记号笔在表格中没有虐待＝没有动机那句话上划了一大条粗线。他退后一步。“让我们来探索一下豪格女士给出的这张条理相当清晰的表格的其他部分。她一口咬定没有虐待，因为其他人没有意识到有虐待行为。警探，作为一位训练有素的心理学家和专司虐待案件的警探，你觉得这种推断正确吗？”

“不，”她说，“施虐者往往能有效地掩盖行为，并说服孩子习惯这种情况。”

“你在本案找到过这类掩盖的证据吗？”

“是的。被告从未告诉亨利的儿科医生自己给他使用螯合疗法和奇矿液的事，连跟他父亲也没有提过，更不用说有孩子死于此类疗法的事了。这是典型的故意隐瞒，虐待的标志。”

伊丽莎白想要大喊出来：她没有隐藏任何事，她只是为了免去和一位老派医生进行一场令人筋疲力尽的争辩。而维克多没想听任何细节;他说过信任她,他也没时间搞预约和搜论文。但“故意隐瞒”这四个字里有什么东西让她停住了。它含着一种不祥的意味，以前每次亨利去见儿科医生前，她都会叮嘱他“我们不要跟他讲别的医生的事，因为我们不想让他嫉妒，好吗？”时，这种包裹着内疚的感觉就会向她袭来。

亚伯向前走近海茨。“你先前提过，故意隐瞒。作为心理学家和调查人员，你为什么会如此看重这点呢？”

“因为这涉及行动意图。父母中的一方对孩子说，如果你做了某事，你就要被打屁股。孩子做了某事，父母就打了屁股。这是可控可预料的。父母中的另一方知道，孩子也可以把这事告诉自己的朋友。很多父母都这么干。

“医学治疗也是如此。你的孩子生病了，你想尝试某种治疗，你跟医生谈，跟配偶谈，你们共同做决定。没问题。但如果你故意隐瞒什么行为，不管是治疗还是体罚，都说明你知道自己在做的是错的。”

她感到内心有什么被触发了，就像一个燃得过亮的灯泡火花四溅，那光亮和声响让她的视觉和听觉都熄灭了。她一直都疑惑自己的大喊大叫、拧亨利胳膊，和别的父母到底有什么不一样。别的父母有时会在大庭广众下讨论大喊大叫、打孩子屁股和猛拍他们的头，甚至直接动手。但两者真的不一样，她知道。就是因为这个吗？她并不想这样做，向自己保证了不会这样做，但还是忍不住做了？就像一个普通人在饭前来杯马提尼和一个酒鬼做相同事情之间的区别。实际行为是一样的，但是两者的背景——行为的意图和随之而来的后果——可谓天差地别。失去掌控，难以预料。在此之后，就是掩盖。

“根据你的专业观点，这些不——”亚伯指了指表格，“是否意味着没有虐待？”

“绝对不是。”

亚伯再度拿起红色记号笔，划去了每一栏顶上的标题。“那么这每一列呢？”他问道，“豪格女士分出了虐待的不同种类，把它们一个接一个地排除掉了。这是分析虐童案件的有效方式吗？”

“不。你不能孤立地看待每项指控。某个事件，就其本身而言，可能很让人担忧，但还不足以构成虐待。比如，一个家长说孩子很惹人烦，大家都讨厌他。就其本身而言，不算虐待。抓孩子的胳膊，就其本身而言可能同样也不算虐待。如此种种，强迫喝奇矿液和接受螯合疗法。但当你把所有事情综合起来看，就浮现出一个模式，单独看来或许无害的行为，事实上可能并没有那么无害。”

“这就是为什么你没法立即将亨利带离他家里，是吗？”

“是的，正是因为这个。遇到有明显伤害的案子，比如骨头断了，就更容易发带离令。但像这样的案子，当每个事情都存在疑点且比较微妙时，你就不得不考虑多种证据来源，看清整体情况，而这需要时间。不幸的是，在我们能够这样做之前，亨利就死了。”

“总结而言，”亚伯道，“把虐待分门别类，然后在每一类别中都没有发现虐待，这是否就说明了不存在虐待？”

“绝对不是。”

亚伯划去所有类目。“现在，这张表已经毁得差不多了，但在把它放到一边之前，我们先来重点看一下医疗虐待。警探，豪格女士只列出了螯合疗法和奇矿液，这样对吗？”

“不对。它们的确是施加在亨利身上最为危险的治疗。但同样地，你不能孤立地看待整个过程。”她望着陪审团。“我给你们举个例子。化疗。对于患了癌症的孩子来说，它显然不是医疗虐待。但对一个没有癌症的孩子施加化疗就是虐待。这里讨论的不仅仅是危险程度，还有是否合适。”

“那么如果是一个癌症康复的孩子呢？这是很恰当的类比，对吗，因为亨利曾经也被确诊患有自闭症，但后来已经康复了？”

“是的。对一个已经康复的孩子进行化疗正是代理型孟乔森综合征典型的表现，我们把这种情况就叫作‘医疗虐待’。典型的孟乔森案例往往发生在曾患重病的人康复之后。照顾者失去了与医院和医生之间的持续接触，于是尝试通过制造症状，让孩子像是还在生病，以此重新获得这种接触。在本案中，亨利已被诊断为不再患有自闭症。被告人无法接受这点，仍然不停地带他去看医生，进行各种他已不再需要的危险治疗，就是为了让她自己能够继续获得关注。”

伊丽莎白想到了自闭症妈妈群。基特曾经问她："你为什么还要继续做这些破事呢？你为什么还来参加我们的会议？"她现在知道答案了：她不想停下，是因为她喜欢待在那个世界。在那里，她生平第一次成了最优秀的人，成了身边所有人的嫉妒对象。亨利去年夏天接受高压氧治疗，然后被活活烧死，是否也是因为她的自我膨胀呢？

她感到一阵恶心。她闭上眼睛，用手掌紧紧按住肚子，不让自己吐出来，然后谁说了什么直接听听受害者声音很重要之类的话。

她睁开眼睛。香农站起来提出反对，法官说："驳回。反对无效。"香农捏着她的手小声说："对不起我没法阻止。你准备好了吗？"她想说没有，她不知道将要发生什么，她人很难受，需要离开这里，但亚伯打开了黑板架边上的那台电视机。

海茨道："这是在爆炸前一天亨利的录像，我们在夏令营营地与他进行了面谈。"亚伯按下遥控器。

亨利的脸出现在电视上，特写镜头填满了整个屏幕。屏幕很大，看到录像里亨利真人大小如此清晰的脸，她痛苦得屏住了呼吸。你都可以看到他鼻子和两颊上经过夏天日晒后留下的浅浅雀斑。亨利低着头，然后是画外音。海茨警探的声音说"嗨，亨利"，他还是低垂着下巴，同时抬起眼睛，这让他原本就很大的眼睛显得更大了，看上去就像个洋娃娃。

"你好。"亨利用尖尖的嗓音回道，带着好奇又很小心。他张开嘴时，你能看到前排牙齿间有个空隙——上个周末他掉了一颗牙，她按照牙仙子的传说将掉落的牙齿从枕头底下拿走，在原处留下一枚一美元硬币，小心翼翼地不想去惊扰枕上他那张安详熟睡的面孔。

"你几岁了，亨利？"传来海茨的发问，她还是没有露面。

"我今年八岁。"亨利回答得机械而正式，就像机器人给出程序设定的回答。亨利既没有看屏幕也没有看海茨警探，后者肯定就站在摄像机后面或边上。相反，他抬起头来往上看。目光左右游移，仿佛在细细研究一幅屋顶上的壁画。这时她想到，她都记不得有哪一次和他对话时没有至少说一遍："亨利，眼睛不要看来看去。看着我，跟别人说话时一定要看着对方。"她的这些话如毒液一般四射喷出。他的眼睛看向何处为什么就这么重要呢？为什么她就从来没跟他好好说话，问问他在想什么，或是告诉他，他有着和她自己父亲一模一样的眼睛颜色？此刻，透过蒙眬泪眼，她看到亨利就像一幅文艺复兴画中的小天使，正抬头看着抹大拿。她怎么就从来没注意过他的这种纯真和美呢？

海茨问道："亨利，你手上的那道抓痕，是怎么回事呀？"亨利摇了摇头说："是给猫抓的。邻居家的猫抓了我。"

伊丽莎白紧紧闭上了眼睛。听着她自己编造的谎言从那两片小小的嘴唇间吐露，她只觉得有什么苦咸苦咸的东西冲刷过喉头。事实是，他手上的抓痕并不是给猫抓的，而是拜她自己的指甲所赐，那天他们先是在一次作业疗法课上迟到了 12 分钟，这个课一小时要花费 120 美元，迟到 12 分钟就意味着浪费了 24 美元。然后他们又快赶不上言语课了，所以她让亨利快点进车里去，但他就站在那里不动，抬头呆望，眼神空空，头不住地摇动。她抓起他的手臂说："你听见我说的了吗？该死的，快上车，就现在！"他扭动手臂想要抽开，她不肯放，然后指甲嵌进他的皮肤，像是橘子剥皮似的刮擦下薄薄的一道。

录像里海茨问道："猫抓的？什么猫？在哪里？"

亨利又说了一次："是给猫抓的。邻居家的猫抓了我。"

"亨利，我想可能是谁让你这么说的，但事实并非如此。我知道这很难，但你必须告诉我真相。"

亨利再一次抬头望着屋顶，露出眼白中间的几道红血丝。"是猫把我抓伤的，"他道，"那是只很坏的猫。黑猫。长着白白的耳朵、长长的指甲。猫的名字叫小黑。”

问题在于，她其实从来没真的教亨利撒谎。她只是假装事情就是这样。当一时的怒火消散、重新平静下来后，她跟亨利说了一个现实的替代版本。不是“对不起我伤到你了。疼吗？”，甚至也不是“你为什么就不肯听话，听话我就不用惩罚你了啊？”，而是“噢，宝贝，看看这道抓痕！你是又去和那只猫咪玩了吗？你可得小心点啊”。

神奇的是，只要她用实事求是的语气说出这个自己编造的版本，她就能诱骗他怀疑自己的记忆。从他抬头仰望的样子她就能看出疑惑，他的目光快速地来回移动，就好像在天空的两个舞台之间切换，想要抉择出哪个舞台演的戏更加可信。更神奇的是，如果她重复的次数足够多，反反复复、不带夸张，他自己的记忆也会随之扭曲，他会创作出一个自己添油加醋之后的更新版本。她泛泛编造出的一只猫竟成了他受操纵的思想里一只真实存在的猫，有名字、有毛色、有花纹。这件事甚至比她施加在他身上的肉体疼痛还要让她确信：她是个蒙骗人的操纵者，一个击溃了自己儿子的坏妈妈。

录像里，海茨道：“是你妈妈让你这么说的吗？”

亨利回答：“我妈妈很爱我，但我惹人烦，我让一切都变得很难。我妈妈要是没有我，人生会好很多。我妈妈和爸爸就还会在一起，他们会满世界度假。我本来就不该出生。”

哦，天哪。他真的是那样想的吗？是她让他这样想的吗？她在某些时刻是有过黑暗的想法（哪个母亲没有呢？），但她总是第一时间就后悔这样想。她肯定从来没跟他说过这些话啊。那么他是从哪里知道的呢？

海茨道：“是你妈妈告诉你这些的吗，亨利？是她把你抓伤的吗？”

他正视着摄像机，眼睛睁得那么大，以至于他的虹膜看上去像是漂浮在牛奶色池水上的两只蓝色玻璃球。他摇了摇头，不。“是猫抓的。邻居家的猫抓了我。那只猫很坏。那只猫讨厌我。”

她想要夺过遥控器，让录像停下来。拔掉电视插头，或是把电视从台上推下去砸个粉碎，做什么都好，只要能制止谎言从亨利的嘴中说出来，它们比抓伤本身可怕千百倍，令人无法忍受。伊丽莎白张口大叫：“停下来。停下。”余音绵长，那两个字就像在法庭内弹射开来。她看到法官被她的突然爆发震惊得张大了嘴巴，听到他敲下法槌说：“安静，法庭上请保持安静。”但她没有停下来。她站了起来，眼睛紧闭，手捂耳朵说：“没有猫。没有猫。”一遍又一遍地说着，声音越来越大，直到这几个字摩擦得她喉头生疼，直到她再也听不见亨利的声音。

马特

他坐在车里，思忖着怎么才能单独跟玛丽见个面。杨不在这儿，他只知道这点；刚到这里时，他在暗中看到玛丽帮忙推朴进家门，但他们家的车子不见了。他在一个隐蔽地方停好车，已经坐着等了三十分钟，等着发生什么：或是玛丽单独一人走出来；或是朴单独一人离开；或是勇气和不耐烦突然发作，让他这就行动，硬着头皮从车里走出来。

是炎热驱使他走出去的。不仅是浑身被汗水浸透的不适感，还有他的手。他的手掌没法排汗，它们一片深赤色，火辣辣的，仿佛在炙热之下，疤痕表面那层塑料般光滑的膜变成了一枚熔化的火漆，烧灼着底下的皮肤。他告诉自己这种疼痛是不真实的，那里的神经早就死了，但感觉更难受了，让他忍无可忍。他起身准备走出车子，大腿后侧还粘在皮座位上，但他没有在意，而是快速站起来，让那块皮肤从座位上撕拉走，引起一阵刺痛，但他庆幸疼痛终于转移了位置。

他十指交扣，手拉伸过头顶，想象热到沸腾的血液从手上倒流抽空。他在那儿徘徊了十分钟，努力想除了等待还能做点什么。或许可以扔石头给玛丽发信号？就在这时他闻到了烟味。又是意识在耍什么花招了，他告诉自己。距离火灾地点如此之近，让他心脏颤抖、血液喷涌，唤醒了他对那天晚上烧灼气味的记忆。他强迫自己往远处的谷仓望去——断壁残垣，谷仓里焦黑倾斜的潜水艇，透过烟灰依稀露出的原本蓝色的舱体残片。他用意念让大脑明白：没有火灾。没有浓烟。

他转身面向身后郁郁葱葱的松树林，深吸一口气。清新、干净、青翠的树林气息，这正是他所期望的，他告诉自己的大脑应该关注这个，然而那股烟味并未消失。还有别的什么。远处传来微弱的嘶嘶声。噼噼啪啪。他四下查看，然后发现了：真的是烟，从一根很难被人注意到的柱子上方翻涌而出，接着在明亮的蓝天四散开去，化作缕缕轻烟。

他心里闪过一丝宽慰。这不是他的幻觉，他还没发疯。但随即恐惧涌上心头。火。是柳家的房子吗？树挡住了视线，他看不清楚。赶紧该死的转过身去，直奔车里，开车离开，脑中有个声音对他说。他想起手机在车里，明智之举就是拿起手机拨打911。

然而他没这么做，而是跑起来，向着浓烟，穿过树林。凑近之后，他发现烟似乎是从房子前面飘来的，于是他快步绕到侧边。火烧的噼啪声越来越响，但同时还有另一种声音。人声。朴和玛丽的声音。不是惊恐大叫或是呼救，而是平静地在讨论什么。

马特想要停下奔跑的脚步，但为时已晚。他绕到屋角时两人同时抬起头来。朴倒吸一口气。玛丽尖叫着往后跳开。

火是从他们面前一个生锈的金属储物箱里烧起来的。这是储物箱还是垃圾桶？它有朴的轮椅那么高，从中迸射的火花蹿到了与朴的脸齐平的高度，在他脸上投下一层闪烁的橘光。朴问道：“马特，你怎么在这？”

他知道自己该说点什么，但他没法思考，也没法行动。他们这是在烧什么？香烟吗？他们是要毁掉证据吗？为什么是现在呢？

他看着朴部分隐没在半透明火光帘幕中的脸，火花看上去像在舔舐着他的下颚。他想起了亨利脸上的火，只觉得要呕吐出来，令他惊奇的是，朴怎么可以离火如此之近，近到火花都映射在他脸上，热量渗透进他的神经；他怎么没有惊吓崩溃，跌入恐惧的泥潭呢？透过火花，朴尖锐凸起的颧骨看起来有种诡异的不祥之感，马特都能想象出他在氧气管下擦燃火柴的画面。这幅画面栩栩如生，真实可信。

“马特，你怎么在这？”朴又问了一遍，双手按着轮椅扶手，像是要站起来。这时他想起杨曾经说过，医生也弄不懂朴为什么还瘫痪，他的神经似乎完好无损。他一下子明白过来：朴的瘫痪都是装出来的，他此刻正要站起身来攻击他。

“马特？”朴重复道，双手再一次按着扶手。马特身上每一块肌肉都绷紧了，他退后一步，准备冲过去，但接着朴滑着轮椅从垃圾桶后面出来了。他还是坐着。现在朴全身显现了，马特看出来，他用力向下按是为了让轮椅在石子路上移动起来。

马特清了清嗓子。“我刚从法庭回来，想着过来看看你们，因为你们没出庭。一切都还好吗？”

“是的，我们都很好。”朴的目光快速扫向那个垃圾桶，“那是为了玛丽的生日。十八岁。在韩国，我们有个习俗就是烧掉儿时的东西。这象征着长大成人了。”

“哇。”马特道。他可从来没听过这个，而他都去过十几场韩国人家里的十八岁生日宴会了。

朴仿佛是看穿了他的心思，说：“可能只是我们那个村里这样。杨就不知道这个习俗。你听说过吗？”

"没有，但我很喜欢。珍妮的侄子马上十八岁了。我要告诉她。"马特道，心里想着他的岳父母也是这样，会借用什么"古代习俗"的鬼话来掩盖谎言。他越过朴的肩头看向玛丽。"生日快乐。"

"谢谢。"她看了看那个垃圾桶，又回过头来看他，对他摇了摇头。"珍妮，"她顿了顿，"她……和你一起来的吗？"她又摇了摇头，皱起眉头，睁大眼睛。是在乞求还是威胁，他看不出来。不管是哪个，她的意思都明确不过：别跟珍妮说我们烧东西的事。至于是"请别"还是"要不然"，他也无所谓了。

"是的，她在车里等着。"即使就在撒谎时，他也能意识到自己有多紧张，希望可以安然脱身。"我该走了，不然她要开始担心了。不管怎样，我很高兴你们没事。我们明天见。"他转身离开。"再次祝你生日快乐，玛丽。"

他能感受到两人盯视的目光跟在他背后，但他没有回头看。他只是继续走着，经过他们的房子，穿过浓密的树木，走过谷仓遗骸，然后进到车里。他锁紧车门，摇上曲柄，启动车子，踩下油门，离开了那个鬼地方。

特蕾莎

整个法庭徒留她一人。刚才伊丽莎白为了猫的事大喊大叫，香农的手下把她拉了出去，法官敲下法槌宣布午间休庭，所有人都急着冲出门外，不想被边跑边打电话的记者踩到脚。十分钟的混乱之后，特蕾莎渴望静一会儿。安静。最重要的，独自一人。她不想到外面去，面对那些（她能肯定）来回游走于各个咖啡厅之间搜刮八卦消息的女人。当然了，她们会小心地为彼此的饶舌披上一层关心他人的虚饰外衣，听起来像是为亨利寻求正义（"被虐待了这么久！"），还有基特（"五个孩子啊！真是圣人"），而不是实际上的真实心理：偷窥他人痛苦的窃喜与兴奋。

不，她不想离开这间宁静、空荡的法庭。除了气温。庭审时，里面很热，老旧的空调过于虚弱，对抗不了汗涔涔的人群散发的热气，所以她穿了一件短袖连衣裙，也没穿丝袜。但等到所有人清空后，房间里就彻底冷了下来。抑或她感受到的寒意是因为看到了亨利的脸。他的皮肤软软的，有着小孩子特有的完美触感，尚未受到粉刺、皱纹和其他种种人生终将带来的缺陷破坏。他说“那只猫”讨厌他，抓了他，然后她眼看着伊丽莎白崩溃失态，坦白根本就没有猫，这意味着……什么呢？意味着她就是“那只猫”？特蕾莎打了个寒战，双手来回摩挲着手臂。可是手上黏糊糊的，反倒让她打战得更厉害了。

法庭正面的右边窗子照射进来一大束阳光。她穿越过道来到那个阳光洒落的地方，就在公诉人桌子后方，她之前曾坐在这里。她给自己挑了个正对阳光的位置坐下，闭上眼睛，抬起脸庞沐浴温暖。刺眼的白光穿透她紧闭的眼睑，眼前闪现出一个个跳跃又旋转的红色圆点。空调装置的嗡嗡声似乎更加明显了。如同贝壳里扩散的声波，那些白噪声在她耳朵各声道间飞旋、弹跳，随之传来一阵缥缈的低语，那是伊丽莎白声音留下的听觉幽灵。没有猫。没有猫。

“特蕾莎？”身后有个声音叫唤她。是杨，从半掩半开的门边往里张望，像是一个未经准许不敢进来的孩子。

“哦，嗨，”特蕾莎说，“我以为你没来呢。”

杨什么也没说，只是咬着下嘴唇。她身上穿的像是背心加松紧裤，而不是她一般会穿的罩衫加半身裙，头发和往常一样盘成一个髻，但是乱蓬蓬的，几缕发丝垂落在外面，仿佛才睡醒似的。

“杨，你没事吧？你要进来吗？”特蕾莎为自己邀请她进来感到可笑。自以为是，搞得像这里是她家似的，但她总得表示什么以消除杨的尴尬。

杨点了点头，沿着过道走来，但是犹疑不决，仿佛在违反什么规定。日光灯下，她的皮肤看上去蜡黄蜡黄的，裤腰的松紧带松了，她每走两步就得提一提裤子。走近时，杨往左边瞥了一眼，然后又回看向她，面露困惑，特蕾莎这才反应过来：杨是在奇怪她为什么换了座位。当然了，换作谁现在看到她，都会以为她又回到公诉人那一边，打算再发表什么观点了。该死。流言就是这样传开的。如果现在什么网站上已经有了报道此事的爆炸新闻（“杀孩妈咪的善变朋友转变阵营。再一次。”），她也不会感到惊讶。

特蕾莎指了指窗户。“我移过来是因为太冷了。这儿阳光照着很温暖。”她讨厌自己语气中流露的戒备感，更讨厌她心里怀有的这种感觉。

杨点了点头坐下来，脸上闪过一丝失望之色。她脚上穿一双旧的黑色乐福鞋，当拖鞋那样踩下后跟，就好像太过着急连鞋子都来不及穿好。她嘴唇干裂，眼角一圈满是泪水风干后留下的结块。

“杨，你没事吧？朴在哪儿？玛丽呢？”

杨眨了眨眼，咬着嘴唇。“他们生病了。肚子不舒服。”

“哦，很遗憾。希望他们很快好起来。”

杨点了点头。“我来晚了。听见伊丽莎白大喊大叫。那边的人，”她指了指后排，“他们说伊丽莎白这是在坦白。是她抓伤了亨利。”

特蕾莎咽了咽口水，点点头道：“是的。”

杨看上去松了口气。“所以你觉得她是有罪的。”

“什么？不啊。抓伤和谋杀之间差了十万八千里。我是说，那次抓伤可能只是个意外。”但即使在说这话时，她也知道一场意外不至于让伊丽莎白如此崩溃。她现在都能想象出来，亚伯指着伊丽莎白，面向陪审团说：“我们现在都看到了，这个女人，一个伤害儿子的暴力女人，一个濒临崩溃、情绪不稳的女人，一天中经历了警察以虐童罪名上门调查、跟朋友大吵一架的痛苦，我们认为这个女人，在这一天会突然失控，不是顺理成章的吗？”

杨说：“要是她虐童但没有放火，你觉得她应该受惩罚吗？不是死刑，但是该关进监狱里？”

“我不知道。”特蕾莎叹了口气。“她已经失去了唯一的孩子，还是惨死的。全世界都责怪她。她失去了所有的朋友。她的生活中已经所剩无几了。如果事已至此，而她根本没有放火呢？要我说，她不管做过什么，都已经受够惩罚了。”

杨的脸红了，快速眨着眼睛想要止住泪水，然而无论她如何努力，泪水还是盈满了双眼。“但她想要亨利死啊。我看了他那个录像。什么样的母亲会告诉儿子自己希望他死啊？”

特蕾莎合上双眼。亨利在录像里的那个时刻是最让她不安的，她一直都在努力不去回想。“我不知道亨利为什么那么说，但我无法相信她会跟他说出任何类似的话。”

“但朴说她跟你说过一样的话，说她想让亨利死，她有过这样的幻想。”

“朴？但这怎么可能……”就在她这样问时，那段她一直以来避之不及的记忆已经向她涌来。*有时候，我真希望亨利死了，我幻想过。*在幽暗的封闭舱里，低声对她说，没人在边上，除了……“哦，天哪，难道是亨利听到我们说话然后告诉朴了？但这怎么可能呢？他当时在舱里另一头看视频啊。”

“所以这是真的。伊丽莎白说她想让亨利死。”这更像是一句陈述而非问句。

“不，不是那样的。她不是那个意思。”如果不讲出当天涉及玛丽那事的前因后果，很难将此解释清楚。但她要怎么告诉杨？“哦，上帝啊，亚伯知道这事吗？”

杨的嘴唇紧抿到泛白，就好像她想把嘴巴关闭起来，然后突然开口：“是的。而且他正准备问你这事。在法庭上。”

想到即将要做出解释，让人们理解那个语境，这可能吗？“不是……这个话不是听起来那个意思。她不是真的这样想的。”特蕾莎说，“她只是想要帮助我。”

“她说希望自己儿子死怎么就能帮助到你？”

特蕾莎摇摇头，说不出话来。

杨靠近她。“特蕾莎，”她说，“告诉我。我想要理解这其中的意思。我需要理解它。”

特蕾莎看着她，这个女人恰恰是她最不想复述这个故事的对象。但如果她说的是真的，亚伯到时也会逼她面对庭上的所有人说出来，然后通过电脑，一小时之内这事就会传播到四面八方。

特蕾莎点了点头。反正杨总会知道的，而且有资格从她口中听到。她只希望杨在听了之后不会恨她。

*

那天她慌里慌张的。她带着罗莎在和往常一样的时间出门参加晚间潜氧，但就像八月里有时候那样，路上基本没什么车，所以她们早到了四十分钟。她想上厕所，但不想开口借用柳家人的卫生间。不是因为他们会拒绝，相反，他们很欢迎；而是杨会一个劲地为到处堆满了纸箱子而道歉，一遍遍地重复说这里只是“暂时过渡”“马上就会搬走了”什么的，让她感到尴尬。

她沿路驾驶，然后在一个僻静无人的地方停了下来。她准备用上放在后备箱里以备不时之需的二十四小时尿壶。挺恶心的，没错，但总好过另一种选择：在加油站停下来，把罗莎的轮椅从车里推出来，还要找到一位好心肠的母亲帮忙照看她（那种卫生间都很小，挤不进轮椅），然后不可避免地就会被问到罗莎是得了什么病，还有没有希望，以及她怎么能做到这么坚强，云云，最后再把罗莎的轮椅推回去,重新在车上扣好。这让人筋疲力尽,还得花上十五分钟。十五分钟就为了停下来解个手，本来只需要两分钟的事情！她知道不该自怨自艾，还有这么多“更重要”的事情要处理。但正是这些日复一日忍受的屈辱，这些一小块一小块浪费的时间，恰恰最让她难受，让她想到那些“正常的”家长是如何浑然不知自己的情况有多么优越的。哦，当然了，小婴儿的妈妈知道这种滋味，但任何事情只要是暂时的，就还能忍受。试试每天如此，而且知道直到你死前都要如此,等你到了八十岁还要该死的蹲在车里对着个罐子尿尿,载着你那已经五十岁的残疾女儿四处跑，去接受天知道那时发明出来的什么治疗，还要操心等你死后谁来替你照顾她。

她最后是到外面去解手的。罗莎睡着了，不挪动她的话就没法拿到那个尿壶，于是她只好走出去，在一间棚屋后面找一个隐蔽处，周围灌木环绕。就在正要脱下裤子时，她听到仓库里响起了手机铃声。

“嘿，等等。”一个女孩的声音，隔着墙壁模糊传来。听起来像是柳家的女儿，玛丽。特蕾莎站在那里，静止不动。她肯定不能在这儿解手了。仓库里传来其他噪声。是在移动箱子吗？然后又是那个声音。“我来了。刚才不好意思。”

片刻停顿。“就是把几个箱子放回来。你知道的，我的秘密小金库。”一阵大笑。

停顿。“上帝啊，要是他们发现了，肯定会疯掉的。但他们永远也不会发现。装在一个袋子里,藏在箱子里,压在其他箱子下面。”又是一阵大笑。

停顿。“是啊,杜松子酒棒极了。但听我说,我能下周付你钱吗？”

停顿。“我确实拿到了，但被我爸发现了，他整个人都气疯了。我肯定是放回去的时候放错位置了。我是说，我怎么会知道他对他该死的钱包里那些卡的该死顺序竟然会有强迫症？”语气轻蔑。

停顿。“不，我会找到我妈的，拿出现金来还你。就下周，我保证。”

停顿。“好的，拜。哦，等下。我能让你帮个忙吗？”

大笑。“是的，再帮个忙。”停顿。“有人给我寄了点东西，我不想让爸妈看到。我给你地址，你能帮我带到课堂上来吗？”

停顿。“不，不。只是公寓清单。我想给爸妈一个惊喜。”停顿。“哦，谢了。你真是太给力了。还有听着，你确认过星期三有空没？你知道的，我的生日——”停顿。“哦，好啊。当然。我理解的。当然了。跟大卫打个招呼。”

翻盖手机合上的啪嗒一声，然后是玛丽用拖着长音的夸张尖声模仿朋友，唱道：“哦，上帝啊，那可是大卫啊，我跟你说过我有多爱大卫吗？不，我没法来你的生日宴，因为大卫可能会给我打电话。”然后切换到正常声音。“贱人。”一声叹气。安静下来。

特蕾莎脚步很慢地走回车里，轻轻关上车门，开出几分钟后停了下来。她看着罗莎，她还在沉睡，脑袋重重地垂到后面，像个破布娃娃。她的呼吸深沉、均匀，每次呼气时会发出一种柔和的呼哧声——比鼾声轻，比口哨声温柔。那么天真。乖巧美丽，宛若婴儿。

罗莎和玛丽同年。要是罗莎没有感染让她脑部受损的病毒，她是否也会做所有母亲暗自祈祷孩子永远不要做的事情：喝酒，和塑料姐妹花密谋什么，偷她的钱？好吧，罗莎永远不会做。祈祷成真，终生保证。她为什么还要止不住地哭泣呢？

问题在于，正是别人生活中这种意料之外、无可羡慕的事情，最让她受伤。人们在假日卡片上拼贴的炫耀照片，描绘如画般完美的生活（儿子穿着足球服高举奖杯，女儿手拿小提琴和奖牌，父母笑得露出牙齿，宣示他们“哦，真是太幸福了”），和他们那些夸大其词的文字（“这还只是我最棒的孩子拥有的最棒成就的一个缩影！”），如此种种，她都可以视为虚假，一笑而过。

然而，那些寻常不过，甚至不好的事情，没有人会庆祝，但恰恰定义了与成长中的孩子共处的生活。他们会翻白眼、摔门，说：“你在毁掉我的人生！”她难过的正是错失了这些。并非她盼望这些，当卡洛斯开始说那些几乎像躁狂症发作的青少年傻话时，她甚至会想：感谢上帝罗莎没有这样。但这就像是夜里起来几次给新生儿喂奶。是的，非常痛苦，是的，你祈求早日结束，但又并不真的希望，因为这是一切正常的标志。不管有多糟糕，对于那些没有正常可言的人，正常都是美好的存在。所以现在，当她知道自己永远不会发现罗莎从她钱包里偷了二十块钱，不会逮着她偷偷喝酒，或是在谁背后骂她“贱人”，她就觉得像有什么咬啮着五脏六腑，让她整个肠子痉挛发作，阵阵抽痛。她想要一切这样的经历，她恨柳家夫妇能够经历这一切，她想要开着车子一走了之，再也不要看到他们俩。

但当然了，她没这么做。她开车回到高压氧治疗地点，对着杨和朴微微一笑，然后走进舱内。基特没来（TJ 生病了），马特也没来（显然是堵在路上了，挺奇怪的，因为她过来时畅通无阻），所以只有她和伊丽莎白。舱门一关上，伊丽莎白就问她：“你还好吗？出什么事了吗？”

特蕾莎道：“当然了。我是说，没有，没什么事。我只是有点累。”她拉长双唇，强迫两边的嘴角往耳朵方向翘起。当你强忍住不哭时，还要为了摆出一个自然的笑容而回忆起真笑时的肌肉走向，这实在是太难了，此时你明明正咽着口水，眨着眼睛，心里想着：*哦，拜托了，想点别的吧，除了生活真是一坨狗屎，以及你此后的余生可能都将活在这种感觉中。*

“好吧，”伊丽莎白说，“好吧。”她努力不显出情绪受伤，就好像一个小女孩被告知午餐席上所有座位都已坐满。她连说两遍“好吧”的样子，让特蕾莎想跟她说出真话。抑或是舱里的环境。空洞而漆黑，唯有 DVD 屏幕上跳动闪烁的光影和旁白那令人昏昏欲睡的声音，感觉就像在教堂里的告解室。特蕾莎不再咽口水、眨眼睛，一个箭步离开孩子身边，开始跟伊丽莎白说起来。

她讲述了这一天的经历，说到背对背治疗课程，罗莎睡着了，还有尿壶的事。她告诉她十二年前，她是怎样和那个健健康康的五岁小女孩说了晚安，然后离开家两天，回来后她就昏迷不醒了。她告诉她自己是如何怪罪丈夫（如今的前夫），怪他带罗莎去商场，没有给她洗手，给她吃没煮熟的鸡，等等等等。她告诉她医生如何宣布罗莎很可能会死，即使不死，也会脑部受损，损伤严重且不可逆。

死亡 VS 脑瘫、智障。*不要死，请不要死，其他怎样都可以*，她祈祷着。但有那么一刻，在最微小、最短暂的某一刻，她曾经思考过脑损意味着什么。她的小姑娘，永远没了，但她的身体躯壳还在那儿，更让她时时想起她已经不在。她要全天候地照顾她，一切原本正常的生活如同小树枝般就此折断。没有工作，没有朋友，没有退休。

"不是说我想要她死。当然不是。哪怕只是想到那样，我就连……"特蕾莎紧紧闭上眼睛，想要把那个可怕的念头挤出去。"我祈祷着她活下来，而她真的活了下来。我非常感恩，*真的*。但是……"

"但你不知道这是不是你该祈祷的东西。"伊丽莎白道。

特蕾莎点点头。罗莎的死会击毁她，会让她的人生一败涂地。但她至少能够拥有画上句号的奢侈感受，能够让灵柩沉入地下，对她说声再见。然后最终，她会站起来重拾人生。而像现在这样，她虽然还能站着，却如处炼狱，不断下坠，一天一天、一点一点地被削弱。这样难道更好吗？"什么样的母亲会这么想啊？"特蕾莎说。

"哦，特蕾莎，你是个很好的妈妈啊。只是经历了糟糕的一天罢了。"

"不，我是个坏人。或许孩子们跟着托马斯会更好些。"

"别说了，这太荒唐了，"伊丽莎白说，"你知道，真的很难。给我们那样的孩子当妈妈实在太难了。我是说，我知道基特说我算好过的了，但其实感觉根本不好过，你知道吗？我每时每刻都在焦虑，开车去一个又一个地方，尝试这个尝试那个，而这个一天两次的潜氧……”她摇了摇头，呛出一声苦笑。“上帝啊，我真的恨透了。累到筋疲力尽。所以连我都感觉如此，我都没法想象你的感受，你要应对的比我多得多。我是说真的，我不知道你是如何应对过来的。我敬佩你，基特也是。你是一位了不起的妈妈，对罗莎这么耐心，这么温柔，你为她奉献了全部人生。这就是为什么大家都叫你‘特蕾莎修女’。”

“好吧，那你现在知道了。不过是伪装罢了。”特蕾莎眨了眨眼，感到温热的泪水濡湿了脸颊，那种熟悉的羞耻感。特蕾莎修女——真是个笑话啊。“上帝啊，我到底是怎么了？我不敢相信跟你说了这些。对不起，我——”

“什么？不，我很高兴你告诉我。”伊丽莎白摸着她的手臂说，“我真希望有更多母亲能这样诉说。我们需要告诉彼此那些丑陋的事。那些我们引以为耻的事。”

特蕾莎摇了摇头。“不敢想象我们互助小组要是听到了这些会做什么。或许会把我踢出去吧。别的妈妈根本就不会想这些。”

“你在开玩笑吗？”伊丽莎白看着她。“过来。”她以最快速度移到舱门和对讲机那头，离几个孩子尽可能远，然后压低声音悄声道：“还记得基特是怎么说 TJ 和他发烧的事的吗？”

特蕾莎点了点头。基特跟她们说过一个现象，就是有些孩子的自闭症状会因为高烧而缓解，说每次 TJ 生病时会如何不再撞头，甚至都会说一些单音节词了，而等他烧退了，恢复健康后，一切又变得令人心碎。（能瞥见一眼他原本可以是什么样的，让人多高兴又多绝望啊，哪怕只有短短一天。）

伊丽莎白继续说：“亨利正好相反。他生病时就会彻底犯迷糊。上次生病时，他什么词都说不出来了，甚至又开始摇晃身体，本来已经有一年没这样了。我吓得不行，生怕会一直这样。我发了疯似的冲他大喊大叫，想着或许可以把他从那种状态里震出来。我甚至还……”伊丽莎白垂下目光，摇了摇头，好像在告诉自己不要这样。“反正，就是有过那么一个时刻，我想到，为什么会生下他？如果没有生下他，我的人生会好得多。我现在应该已经升到合伙人了，维克多和我也不会离婚，而是会满世界度假。这时我会停下智力倒退的研究，开始去斐济群岛观光。”

特蕾莎道：“这没什么。这就像是幻想当一名演员。”

伊丽莎白摇了摇头。“自那以后，当我真的灰心丧气时，我有时就会希望他不存在。我有次甚至幻想过他死掉。以某种没有痛苦的方式，或许是在睡梦中。生活会因此变成什么样子呢？这种结果真的有那么糟糕吗？”

“妈妈，”亨利叫道，“DVD 放完了。你能再放一盘吗？”

“当然可以，亲爱的。”她给朴打电话，让他放下一盘 DVD，放起来后她继续对特蕾莎低语：“反正我的意思就是，我们都会有自己的糟糕时刻。但它们都只是一时的事，都会过去的。可到头来，你还是爱罗莎，我还是爱亨利，我们都为他们牺牲了一切，愿意为他们做任何事情。所以如果我们有小小的一部分自我，在小小的一部分时间里产生了那样的念头，而且我们在这些念头潜入之初就把它们掐掉了，所以真的有那么可怕吗？这不就是人之常情吗？”

特蕾莎看着伊丽莎白，她脸上的笑容那么和善，让特蕾莎忍不住想到这整个故事会不会都是她编出来的，就为了让她感觉好一点，不那么孤单一点。她想到人生之戏可能会如何展开：罗莎的身体早已被蛆虫啃噬殆尽，空留下一抔白骨深埋于坟墓之下。然后她望向亨利和罗莎。那两人坐在一起，戴着鱼缸式氧气头盔，电视屏幕的亮光笼罩在他们的脸庞上。她想到罗莎是如何永远都不会变成玛丽那样，后者这会儿可能正在喝着酒，为她的朋友和大卫或天知道是谁的人之间那些事而自寻烦恼。或许罗莎这样也没什么，就坐在这里，对着恐龙的声音一会儿咯咯傻笑，一会儿捧腹大笑。

*

那天以及之后很多次，尤其是玛丽从昏迷中醒来，没有留下脑部损伤后，她都想象过把玛丽的不良行为告诉杨，让她意识到她那总挂在嘴边吹嘘的女儿，并非她描绘的那种完美无缺、令父母满意的标准榜样。而现在，终于等到了告诉她的完美时机，不是因为小气偏狭，而是为了引出那段“我想让孩子死”对话的发生语境。但她说不出来。她看着杨的脸，她如此疲倦又如此困惑，于是她就用“在麦当劳遇到的一个青少年”代替了玛丽的名字。

特蕾莎讲完故事后，杨说：“朴说得对。伊丽莎白说了想让亨利死。怎么会有母亲说出这种话呢？”

特蕾莎是不带感情叙述下来的，现在却感觉如鲠在喉。她咽了咽口水。“我也说了的，关于罗莎。是我先说的。”

杨摇了摇头。“不，你……你的情况很不一样。”

怎么不一样？她很想问。但她没必要问。她知道答案。杨想的，也是所有人想的，那就是罗莎活着还不如死了。不像亨利，他的人生还有价值，他的母亲不应该希望他死掉。海茨警探当时在食堂里就是这么说的。特蕾莎说：“如果你有个有障碍的孩子，不管是什么样的障碍，真的都很艰难。我觉得你如果从来没经历过这些，是不能理解的。”

“玛丽昏迷了整整两个月。我从来没希望她死掉。就算她受了损伤，我还是希望她不要死。”

特蕾莎真想冲她大喊，玛丽那是在医院里，有护士照顾。杨不理解的是当几个月变成了几年，你会慢慢改变，当什么事情都必须你自己来做时，那会是另一番光景。她想要伤害一下杨，没法克制住那种冲动，想把她从她居高临下、道貌岸然地站着的台座上击落下来。“你知道吗，杨？”特蕾莎说，“我听到的那个女孩，做了破戒事情的那个？就是玛丽。”

特蕾莎还没说完就后悔了，甚至还没等杨的脸倏然变色、拧成一团，一副又受伤又困惑的样子。她问道：“玛丽？你说在麦当劳看到的是她？”

“不。其实是在这儿。在仓库里。”

“仓库？她在做什么？”

她现在觉得自己好蠢。她这是在干什么呢，让一个女孩因为一点所有青少年都会干的蠢事而陷入麻烦？“没什么。她只是在移动几个箱子。你知道小孩子都是什么样的，他们喜欢找些秘密地方藏自己的东西。卡洛斯也是这样——”

“藏东西？什么箱子？”

“我不知道。我当时在外面，就听到她在电话上跟谁说，她在什么箱子里藏了点秘密东西。”

“秘密东西？毒品？”杨瞪大了眼睛。

“不，不是那种。很可能只是钱而已。她说了朴抓到她从他钱包里偷卡什么的，所以——”

“钱包偷卡？朴抓到了？”杨一下脸色煞白，像是一键给图片加上了深褐色滤镜。很显然，朴从来没跟杨说过玛丽偷钱的事。特蕾莎情不自禁地感到一丝窃喜，因为又多了一点证据说明杨的人生也不尽完美。这让她随即有点羞愧，于是说：“杨，别担心。小孩子都干这种事的。卡洛斯总是从我钱包里偷钱呢。”

杨看起来一片茫然，六神无主，什么也说不出来。

“杨，对不起。我不该跟你说这些的。没什么大不了的。请你忘掉吧。玛丽是个好孩子。我不知道她有没有跟你说过，去年夏天她还和一个房产经纪人一起，帮你们俩找公寓呢，想给你们一个惊喜，我觉得真是太贴心了——”

杨一把抓住她的胳膊，抓得那么紧，指甲都嵌进去了。“公寓？是首尔的吗？”

“什么？我是说，我不知道，但为什么是在首尔？我以为是这附近什么地方。”

“但你是怎么知道的？你没看见吗？”

“没有，她只是说到了公寓清单，没说哪里的。”

杨闭上眼睛，把特蕾莎的胳膊抓得更紧了，感觉整个人都摇摇欲坠。

“杨？你还好吗？”

“我感觉……”杨睁开眼睛，连眨几下。她想要挤出微笑。“我感觉我也不太舒服。我必须回家去。请你告诉亚伯，很抱歉我们今天缺席了。”

“哦，不。你想让我开车送你吗？我有时间。”

杨摇了摇头。“不用了，特蕾莎。你帮了我很多了。你是个很好的朋友。”杨握着她的手紧紧捏住，特蕾莎只觉得羞耻感涌遍周身，她无比迫切地想要做点什么，只要能减轻杨的痛苦。

杨转身离开，在过道上走到一半时，特蕾莎对她喊道：“我差点忘了告诉你。”杨转过身来。“先前我听说，亚伯说不管是谁拿了马特的手机打那个纵火电话，那人说的都是没有口音的英语。所以朴现在清白了。”

杨张大嘴巴，眉头紧皱起来，目光飞快地从一边扫向另一边，问道：“没有口音？”仿佛她听不懂这几个字，在问眼前的字母表它们究竟是什么意思，但随即她的眉头松了下来，目光也不再移动。她闭上眼睛，嘴角抽动，像要笑又像要哭，特蕾莎分辨不出来。

“杨？你没事吧？”特蕾莎站起来向她走去，但杨睁开眼睛摇了摇头，像是求她不要过来。她什么也没说，转过身背对特蕾莎，走出了大门。

伊丽莎白

伊丽莎白发现自己置身于一间陌生的房间里，坐在一把硬椅子上。她这是在哪儿？她觉得她应该不是睡着了或是失去意识了，但就是记不起是怎么到这里来的了，就像你一路开车回家，忽然就发现自己在车库里，却怎么也记不起真实的开车过程了。

她环顾四周，房间很小，四把折叠椅和一张只有电视架大小的桌子占了一半空间。空无装饰的四面灰墙。房门紧闭。没有窗户、通风口或是风扇。她被监禁在囚牢里了吗？精神病人的病房？为什么这么热、这么闷呢？她感到头很晕，呼吸不过来。忽然，一段记忆涌入脑海。亨利说："亨利好热。亨利呼吸不过来了。"为什么会这样？他当时肯定有五岁了，还分不清几个代词，也不会用"我"。自从他去世以后她就一直这样：不管看到什么、听到什么，甚至是和亨利毫无关系的事情，都会触发关于他的某段记忆，让她痛苦不堪。

她想要把记忆赶走，但那个画面还是浮现出来：亨利身穿那条芝麻街卡通人物图案的游泳裤，待在可移动红外线桑拿房里。房间那么闷热，空荡得令人窒息，像是被封死的小隔间，此刻置身于此，让她想起了她家地下室的桑拿房。他第一次进去就说："亨利太热了。亨利没法呼吸了。"她努力保持耐心，向他解释出汗能够排毒，但当他踢开花了一万美元买的桑拿房的新门时，她失去了耐心，冲他大喊："该死的！你把它踢坏了。"其实她知道门并没有被踢坏。天知道她跟维克多打了多少通电话才让他相信他们真的需要这个。亨利哭了起来，哭得很凶，她看着眼泪鼻涕在他脸上黏糊糊地混成一片，内心感到一阵纯粹的恨意。只是那么一刻，往后她会追悔莫及，思及落泪，但在那一刻，她就是恨着她那五岁大的儿子。恨他的自闭症。恨他让一切都如此艰难。恨他让自己仇恨他。“别像个哭包了。立刻，马上，操。”她说着砰的一声摔上桑拿房门。他不知道操是什么意思，她此后也再没用过这个字，但当时有种很爽的感觉，如同打击乐般富有侵略性的发音从她嘴里吐出来，和那摔门声配合在一起，足以释放怒火，让她平息下来。她想要跑回去对他说，妈妈对不起，把他抱在怀里，但她要怎么面对他？最好还是假装什么都没发生过，等那设为半小时的计时器叮当响起，然后她就夸赞他好勇敢，只字不提大哭或是吼他的事。所有的丑陋都人间蒸发了。

此后她每次都会和亨利一起进去，跟他开开玩笑，唱点傻乎乎的歌来分散他的注意力，但他一直都还是那么讨厌桑拿。每天走进桑拿房，他都会说：“亨利很勇敢。亨利不是个哭包。”同时迅速眨着眼睛，他努力忍住不哭的时候就会这样。在理疗期间，当他擦拭眼泪时，她就会咽一咽口水，对他说：“哇，你汗出得真多啊，都进到眼睛里了！”

此刻想到这里，她不禁疑惑：亨利真的信了她吗？他有时候会重复着回应她，“亨利汗出得真多！”然后笑一笑。他的笑是真的，她没有因为他哭而吼他，他因此松了口气；还是假的呢，为了假装那是汗水而不是眼泪？她只是一个惊吓到孩子的刻薄母亲，还是一个让孩子变成撒谎者的精神病母亲呢？抑或两者都是？

门开了。香农和助手安娜一起走进来，于是她看到了法庭外面熟悉的走廊。当然了，她们这是在一间律师会议室里。

香农道：“安娜找到一个风扇，我拿了水来。你看起来还是很苍白。来，喝点吧。”她把水杯凑近伊丽莎白唇边，微微倾侧，就像喂病人喝水那样。

伊丽莎白推开水杯。“不用了，我只是很热。在这儿我都没法呼吸了。”

“我知道，不好意思，”香农道，“这儿比我们一般待的那间小多了，但这是唯一一间没有窗户的。”

伊丽莎白正要问为什么选没窗户的房间，但随即想起来了。相机的快门声和闪光，香农是想要保护她，避开记者一刻不停向她投掷过来的各种问题：*你说没有猫是什么意思？你的邻居家有猫吗？你们养过猫吗？你喜欢猫吗？亨利对猫过敏吗？你支持给猫去除爪子吗？*

猫。抓伤。亨利的胳膊。他的声音。他说的话……

伊丽莎白一阵晕眩，五官感受离她而去，整个世界隐入黑暗。她需要空气。她把脸直直朝下凑到夹在桌上的那个小电扇前面。律师似乎没注意到她，她们正在查收语音和电子邮件。她将注意力集中在风扇的气流上，看着扇叶旋转的模糊轮廓，过了一分钟，血液重新流回她的大脑，头皮一圈微微发麻。“那是伊丽莎白指甲的照片吗？”安娜道。香农回道：“该死，我敢保证陪审团——”伊丽莎白用手盖住耳朵，闭上眼睛，聚精会神听着风扇的嗡嗡声，仿佛只要她足够专注于此，就能屏蔽掉她俩的声音，仅仅留下亨利的声音。*满世界度假。我本来就不该出生。那只猫讨厌我。*

“那只猫讨厌我。”她悄声私语。是他自己在脑海中加工了那只想象出来的猫，还是他说的其实就是她，那个抓伤他的人，她变成了他故事里的“猫”？他会不会真的觉得她讨厌他？至于度假的事，那是某次和特蕾莎提到，就一次。她特意跟亨利离得远远的，他当时正在看 DVD，而且她压低声音以保证他不会听到。但他还是听到了。她悄声坦陈的那些话，说她有时候真希望他死了——声音在钢壁上反弹，回声不知怎么就传到了他的耳朵里。

她曾经读到说声音会留下永恒的印记；声音的震动会穿透周围物体，然后在量子层面上永远存在，就像你往海洋里丢进石子，泛起的涟漪将会无穷无尽地绵延下去。是不是她的那些话，话中的丑陋，穿透了墙壁的分子——就像亨利在听到它们时的痛苦扩散到了他的整个大脑——在最后一次潜氧时，当亨利在这几面墙壁的包围下，坐在和当时同一个位置时，那种痛苦撞击形成冲击波，把他的神经炸得四分五裂，让他的五脏六腑都烧了起来？

门开了，另一个助理安德鲁走进来。“鲁丝·韦斯承认了！”

“真的吗？太好了。”香农道。

伊丽莎白抬起头来。“那个抗议者？”

香农点了点头。“我让她做证朴威胁她。这样就支持了我们的——”

“但就是她干的啊。是她放火烧死了亨利。你知道的。”伊丽莎白道。

“不，我不知道，”香农道，“我知道你是这么想的，但我们已经讨论过这个了。她们从警察局出来后就直接回华盛顿特区了。手机信号基站定位她们 9 点钟就在华盛顿特区了，所以不可能——”

“她们可能早有预谋，”伊丽莎白道，“可能是一个人留下来放火，但她们把所有人的手机都带走了，以制造不在场证据。或者她们可能开得非常非常快，在五十分钟内驶完全程，又或者——”

“不管哪种可能都没有证据，而针对朴的不利证据数都数不清。我们这是在法庭上。我们需要证据，而不是猜想。”

伊丽莎白摇了摇头。“警察就是这样对待我的。他们不在意我是不是真的做了这事，只因为我是最容易被起诉的。你现在做的就是同样的事。我一直都跟你说，你需要追查的是那些抗议者，但你放着她们不管，就因为太难取得证据。”

“该死的对极了，”香农道，“我的工作不是追查真正的犯人。我的工作就是为你辩护。我也不在乎你有多恨她们。如果她们能让陪审团觉得朴是个确有可能的嫌疑人，撤回原先对他的无罪裁决，那她们现在就是你最好的朋友。而且你真的需要点朋友，因为在你今天发作之后，你已经没有了任何一点支持。有传言说特蕾莎也回到亚伯的阵营去了。”

“的确，”安德鲁说，“我看到了，就在刚才经过时。她独自一人在法庭里，我看到她站起来换了位置，坐到公诉方那边了。”

特蕾莎，她最后的也是唯一的朋友。猫抓伤的事情让她也反感了，当然会这样。

“该死，”香农说，“我不知道她为什么要搞这么戏剧化的一出，穿过过道走到另一边。怪不得亚伯刚才那么盛气凌人。”

安娜说：“我们刚才看到他了，他说他下一个传唤的人就是特蕾莎，他就是想让我们神经紧张。‘她听到一些很有意思的事情，会让陪审团惊奇的。’”安娜模仿起鼻音浓重的南方腔。“他可真是个混蛋。”

“我就在想他说的这话，”香农说，“他说特蕾莎要做证她听到的一些内容，言下之意就是她要说的是一些非同寻常的传闻，也就是说——”

“是要承认什么？”安娜道。

“这是我的猜想。”香农转向伊丽莎白。“你和特蕾莎说过什么让你形象很糟糕的话吗？看他那副样子，肯定是相当有指控力的事情。”

只可能是一件事。她们在封闭舱里的那次谈话。那些她们私下悄声对彼此倾吐的秘密又羞耻的话语，本来是不会和任何人分享，也永远不会再重复说起的。那些话她甚至都没法忍受再度想起，而特蕾莎却打算在法庭上公开重复，一旦说出来，又立马会通过网站和报纸传播到全世界。

她感到一股背叛之痛。她想要找到特蕾莎，质问她怎么能够如此出卖她，明明她自己说了同样的话，有着同样的想法。她想要告诉香农，特蕾莎是怎么说希望罗莎死掉的。那会多么大快人心啊，在法庭上看着香农将她击溃。这一次，让那个全心全意的母亲特蕾莎也落得一个坏妈妈的恶名。

但特蕾莎不是个坏妈妈。特蕾莎不曾抓伤她的孩子。特蕾莎不曾强迫孩子接受痛苦不堪的治疗，让她哭泣、呕吐。不管她可能有过什么想法或是说过什么，特蕾莎从来没有让孩子觉得她讨厌她。现在特蕾莎有充分的理由抛弃她：她终于认清了伊丽莎白是多么可鄙，她想为亨利讨回公道，让那个辜负了他的母亲得到惩罚。

“伊丽莎白，你能想出点什么来吗？”香农再次问道。

她摇了摇头。“没有，想不到。”

“好吧，继续想。我倒想知道接下来会出什么牌。不然我就得对她交叉盲询了。”香农转向两个助理。

交叉质询。她仿佛现在就能听到：“伊丽莎白在说这话前发生了什么呢？我是说，你总不可能说着*哦，我剪了个新发型*，然后她脱口而出*我希望亨利死掉*，对吧？我好奇——你自己有没有说过类似的话？曾经想过吗？”这让她感到恶心，想到不认识的人要对特蕾莎最隐秘的想法妄加评论，这些悄悄话都是她在伊丽莎白的哄骗之下才说出来的。她必须拯救特蕾莎，让她不必说出那整件事，让她和罗莎、卡洛斯不必承受这些话传开去后将带来的痛苦。但要怎么做呢？

香农转向了她。“你能列出去年夏天单独和亨利待过的所有人的名单吗？治疗师，保姆，等等，还有，维克多不是哪个周末来看过他吗？”

“为什么？”

“意思是，可以用不同方式解读你说过的话，我们正在头脑风暴研究‘没有猫’这话能有什么意思，为什么一个人会说出这话。”

“一个人？”伊丽莎白道，“*我就*是那个人啊。我就是说这话的人，而我就在这里。你为什么不直接来问我？”

没人回答一个字。她们不必回答。她们之所以没来问她，就是因为没这个必要。显而易见，她们都知道答案，但她们的“头脑风暴”是为了研究如何以对自己有利的方式解释，为此她们不想被真相限制了思路。

“我明白了，”伊丽莎白道，“好吧，我还是会告诉你们。我的意思就是——”

香农抬起手来。“打住。你不必……”她叹了口气。“听着，你是什么意思并不重要。你说的话并没有证据。法官让陪审团忽略这话，在一个完美世界里，这事就这么告一段落。但这是真实生活。他们都是凡人，不可能不受这话影响。所以我得给他们一些除了‘你是虐童者’之外可能的情况，中和一下这话的效果。”

伊丽莎白咽了咽口水。“但是怎么……可能情况还有什么？”

“也许是别人伤害了他，”香农道，“某个亨利想要保护的人，某个你可能有所怀疑的人，所以当你听到亨利为那个人打掩护时，你太生气了，以至于当庭发作。”

“什么？你想要冤枉一个清白的人，指控他虐童？某个老师，或是治疗师，或是维克多？维克多的妻子？上帝啊，香农！”伊丽莎白惊道。

“不是指控，”香农道，“只是假设。转移陪审团的注意力，让他们不再想着关于你的事，他们本来就不该想的。我们要做的就是指出一些有可能令你说出这话的理论性理由。”

“不。这太疯狂了。你知道这不是真的。你想的就是我抓伤了他。我知道你是这么想的。”

“我怎么想的不重要。重要的是我能拿出什么证据，给出什么论点。我没打算只因为这样做不太好就收手不做。你懂吗？”

“不懂。”伊丽莎白站了起来。血液从她脑中冲涌出来，整个房间就像在往里缩小。“你不能这么做。你必须坚持说这事和谁放的火没有关系。你可以让陪审团相信这点。”

“不，我做不到。”香农说这话时终于卸下了佯装平静的虚饰。“我可以争辩到底，直到脸上都发青，但如果陪审团觉得是你伤害了亨利，他们绝对不会站在你这边，不管他们真的认为是谁放的火。他们都会想要惩罚你。”

“那就让他们惩罚吧。反正也是我该得的。我不会让你把无辜的人牵扯进来。”

“但他们——”

“别说了，”伊丽莎白道，“我想要结束这一切。我想要认罪。”

“什么？你在说什么啊？”

“抱歉，真的很抱歉，但我没法继续下去了。我再也没法回到那个地方，一秒钟都待不下去。”

“行吧，行吧，”香农说，“我们先静下来。如果这让你烦恼成这样，那我们就不做。我就把重点放在论述抓伤无关乎最终的——”

“无所谓了，”伊丽莎白说，“不只是这个。是所有一切。抓伤也好，朴、抗议者、特蕾莎也好，录像带也好，我要这一切都停下来。我想要认罪。就在今天。”

香农什么都没说，只是从鼻间深深吸了几口气，嘴巴闭得紧紧的，就好像努力屏住不想失去它。当她终于开口时，语速过于缓慢，仿佛一个母亲在跟发脾气的幼儿好好讲道理。“今天发生了很多事。我觉得你需要休息一下，我们都需要。我会请法官宣布今天余下时间休庭，我们可以趁此睡上一觉。”

“这并不会改变任何事。”

“行。如果你明天还是这样想的，我们就去见法官。但你真的需要好好想清楚。至少这点是你需要为我做的。”

伊丽莎白点点头道：“好的。明天。”即使她已然知道自己不会改变想法。他们就算把她丢进大牢，把牢门钥匙沉入炼金池里，她都不会在意。想到这里，想到一切即将结束，伊丽莎白就觉得之前的那些恐惧骤然消散，她的感官重又复活。就像你的脚沉睡之后，在醒来之际，麻木感变成了刺刺痒痒继而发痛的感觉，不同的只是她的这个感觉是全身上下的。突然间，她感觉到了自己的汗水，被汗水浸湿的发际线黏黏的,手臂下方也湿乎乎的。“我要去下洗手间。我得洗把脸。”她没等回答就离开了。

她几乎一出门就看到了杨，在几步之外的一间电话亭里。从她的角度能看到杨的侧脸，面色蜡黄又泛白，肩膀耷拉下来，好似牵线木偶被割断了绳子。她想起杨推着朴的轮椅走进法庭的场景，这个男人为了救亨利和基特不幸瘫痪，而现在她的律师竟然要污蔑他，只为了将指责声从她身上引开。

伊丽莎白停下来等杨。几分钟后，杨挂了电话从里面出来。两人目光相触的那一瞬，杨倒吸一口气，惊诧得瞪大了眼睛。不。不只是惊诧。是恐惧。还有她看不太懂的神情——嘴唇颤抖，眉头紧锁，眼角低垂。像是难过又忏悔，但这说不通啊。肯定是她解读错了，好比当你盯着一个字盯得太久，就连是这样的简单字眼都变得像是外文，让你不知道该如何念它。杨脸上的神情肯定是纯粹的敌意，恨她让自己的家人饱受痛苦。

伊丽莎白朝她走去。“杨，我想让你知道我有多么抱歉。我不知道我的律师会把罪名怪到朴头上。请告诉他我有多抱歉。我真希望这一周的事情从来没发生过。我保证很快就会结束了。”

“伊丽莎白，我……”杨咬着嘴唇看向别处，仿佛不确定该说什么。“我希望这事能快一点结束。”最后她说了这话,然后就走开了。

明天,伊丽莎白想要大声喊,*我明天就认罪*。她爆发出这句。“我明天就认罪。”她说出口，语气温柔，但声音响亮。真是荒谬。她是要被送入死囚房啊，可不是去结婚。即便如此，她也决心已定，释然的感觉在体内膨胀成兴奋，让她希望能有个朋友分享这种感觉。此外，跟杨道歉也吸走了她的一部分负罪感。这证明了她的决定。她想要尽快结束一切是对的。

她走进洗手间，拿了点卫生纸，擦去脸上的汗水。出来时她撞上了香农和安德鲁，两人正要去见法官。安娜还在房间里，在打电话。她走进去时，安娜合上笔记本电脑，用嘴型对她说："就一分钟。我就在外面。"然后走出房间。

伊丽莎白在桌边坐下，把手伸到电扇边上让自己凉快一点。安娜的笔记本垫在什么文件上，她忍不住想要看看。不。这些都不重要了。她们的策略、争论、证人，无关紧要了。她环顾四周，看到自己的钱包和香农的钱包、公文包一起放在角落里。她刚才还在想把钱包落在哪里了。走过去拿时，她看到香农的公文包口袋里斜塞着一本司法笔记簿，上面露出几个字来。认罪 CH——

认罪变化？认罪机会？认罪谈话？[1]

伊丽莎白用一根手指把笔记簿移出一点，刚好够看完整。香农清楚的字迹写在左上角：认罪质疑？她把笔记簿抽出来。上面是香农笔迹写下的一串列表，每行以圆点标记开头：

· 弗吉尼亚州认罪条件——"知情、自愿且智力正常"，如果精神能力有缺陷是否符合？（安娜）

· 以能力为由质疑自己委托人认罪请求的先例（安德鲁）（举例关于：属于"法庭欺诈"的认罪）

· 利益冲突，需要先撤回请求？——道德规则（安娜）

· 精神能力评估——和 C 医生见面，今晚！（香农）

1 变化（change）、机会（chance）和谈话（chat）三个词均是 ch 开头。

认罪请求。精神能力。质疑自己委托人认罪请求。她感到喉咙卡紧，上衣的领口压向脖颈，让她喘不过气来。她解开最上面那粒纽扣，深呼吸让氧气进入肺里。

让我们过一晚再决定，只是想让你确定，香农是这么说的。如果你还是这样想，我们明天就去见法官，她说。但她并没有打算让伊丽莎白认罪。明天不会。永远都不会。香农这是在向自己的委托人发起攻势。她打算说伊丽莎白疯了，打算欺骗法庭。只要能让审判继续下去，她将不择手段。她要把伊丽莎白拽回去，逼她看完那段亨利录像的剩下部分。她要强迫特蕾莎做证，说出她和伊丽莎白私底下分享过的令人羞愧的隐秘想法。她要编织关于维克多或是任何便于指控其虐童的人的谎言。她要把罪名推到朴身上，让其受尽屈辱，更可怕的是，她还要利用抗议者来达到这个目的。

抗议者。鲁丝·韦斯。骄傲的自闭症儿童妈妈。想到那个女人，那股熟悉的怒火猛地击向她，强烈到让她头晕目眩，不得不扶着墙壁才勉强稳住身体。那个女人烧死了伊丽莎白的小男孩，就因为想证明一个观点，想推广她的“自闭症理论”（实际上，无非是为自己的育儿风格辩护）。而没能阻止她恰恰是伊丽莎白自己的过错。那个女人曾经通过自闭症妈妈聊天板偷偷接近她，又是威胁又是恶语相加，甚至还使用了儿童保护服务，伊丽莎白却对愈演愈烈的事态视而不见，任其脱离控制，才让那个女人不惧后果地采取了极端行为。而现在，又因为她自己的不作为和怯懦，鲁丝·韦斯杀人之后逍遥法外，如今还将给她罪行的另一个受害者朴带来更多痛苦。

不。她不能让这事发生。

她站起身，来回踱步。她必须出去，但这里没有窗户能爬出去，而安娜就在门外。就算她用什么方式离开了这里，她又能做什么呢？她没车，街上估计也没有那么多闲着的出租车。她可以叫一辆，但可能还没等到车，他们就已经发现她跑掉了。不过，她还是要试一试。

她走过去拿她的钱包。摸到钱包时，边上香农的钱包也跟着动了，里面的东西移了位置，咣当作响，仿佛是这个杂音释放了伊丽莎白脑海深处隐藏的画面。画面里她正做着一件她许久以前就该去做的事。

她一把抓起香农的钱包，站起身来。她清楚地知道自己要去哪里，要做什么了。她迫切需要这么做。行动要快，在任何人抓住她之前。在她可能改变主意之前。

马特

马特和珍妮并肩站在法官室外，等着亚伯。旁边还有另一对男女站着，比他们年轻，从他们时不时亲吻彼此、共同欣赏女生手上那枚戒指来看，他猜两人是在等着结婚。他们可能以为他和珍妮是要离婚——珍妮愁眉苦脸，不停地压低声音冲他吼道："快告诉我。我们该死的在这里干什么？"而他保持沉默，只是摇摇头。

不是他不想告诉她。问题在于，他了解珍妮。他知道她会跟他争论，让他不要告诉亚伯全部真相，比如那晚她曾在现场，或是他和玛丽一起抽烟的事。知道她会让他提前谋划，练习具体怎么斟字酌句。关键在于，他厌烦了这些：隐藏、谋划、列举事实等等。他必须直面亚伯，一吐为快，去他的什么后果。

亚伯和香农走出来，各伴一名下属。"亚伯，我想和你谈谈，就现在。"马特道。

"当然，我们今天剩下的时间都休庭了。我们可以就用这间房。"说着他打开大厅对面一间会议室的门。

香农挑起一边的眉毛，马特这时想：她也应该知道，甚至比亚伯更该知道。然而他的坦白之词经过亚伯那套司法技术细节的筛查之后，又有多少能留存下来，真正传到她那里呢？这不正是他开始没有向珍妮和盘托出的原因吗，为了避开各种阴谋诡计？他开口：“豪格女士，还有你。我想跟你们两人一起谈一下。”

亚伯摇了摇头。“这不是个好主意。让我们先——”

“不。”马特道，他比任何时候都更肯定香农需要听到这个。“除非我们都在同一间房里，否则我什么都不会说。相信我，你们会想听的。”他走进房间，拉着珍妮一道，香农跟在后面。亚伯站在门边，怒目而视，大为光火。

香农摆好她的便笺本说：“我们可以开始了吗？”然后对着亚伯说：“如果你要走的话，可以在你身后带上门吗？”

亚伯双眼拧成“我现在就想要杀了你”的模样，但还是走进了房间，在马特对面坐下来。他没有掏出便笺本或笔，只是人往后靠，交叉双臂，对马特说：“行，我们开始吧。”

马特在桌下握住珍妮的手。她一把抽开，紧抿双唇，就好像吃到了什么很苦的东西，努力让自己不吐出来。马特深吸一口气。“那通保险电话。你知道的，关于纵火的。”

亚伯松开交叉的手，倾身向前。

“我想起了一些事。玛丽有办法进我车里。她知道我把备用钥匙放在哪儿。”他看着亚伯，“没有口音的英语。”

“等等，”香农说，“你是说——”

“还有，”马特继续说，仿佛生怕一旦停下就没法再说下去，“玛丽去年夏天在抽烟。抽的骆驼牌。”

亚伯道：“你知道这个是因为……”

“我们一起的。我是说抽烟。”马特感到脸颊上热得要烧起来，他想用意念让毛细血管收缩起来，不要再让血液冲涌到皮肤表面。“我是不抽烟的，但某天一时兴起，我买了烟，在潜氧开始前抽了烟，玛丽正巧出现，我就给了她一支。”

“这么说，就只有一次。”亚伯更像是陈述而非提问地说出这句话。

马特看着珍妮，后者脸上同时写着恐惧和希望，然后他想起昨天晚上，自己告诉她只有那么一次。“不是的。我逐渐养成了到小溪边抽烟的习惯，她有时候也在那儿，所以我会碰到她。也许整个夏天有十几次吧。”

珍妮的嘴张大成 O 形：她意识到他昨晚再一次对她撒了谎。

“然后你们就一起抽烟，每次都是？”香农问道。

马特点点头。

“骆驼牌？”香农道。

马特点点头。“是的，我是在 7-11 买的。”

“上帝啊。”亚伯摇着头，低下目光像是要猛捶桌子。

香农道：“那么伊丽莎白捡到的骆驼烟和火柴——”

“声称捡到的。”亚伯道。

香农挥手拍打空气，仿佛亚伯是只烦人的小虫，她的注意力全落在马特身上。“你对这两样东西知道什么吗，汤普森医生？”

马特感到对香农涌起一阵感激，她没有问出他一直害怕的问题，问他在那些“见面”（说出这两个字时肯定会在语调上自带引号）期间还发生了什么，更怕的是问到玛丽几岁。他直视香农的眼睛答道：“香烟和火柴都是我的，我买的。”

“那么那张写着 8 点 15 分见面的韩亚龙超市的纸条呢？”香农道。

“我写的。我留给玛丽的。我想要停止。戒掉，我是说。抽烟的事。我觉得应该让她知道，并跟她道歉，你知道的，因为让她也养成了这个坏习惯，所以我给她留了纸条，然后她回了‘好的’，在爆炸发生当天早上把纸条给了我。”

“我的上帝啊。”亚伯道，他盯着墙上的一块空白直摇头。“我这么多次提到韩亚龙超市的纸条，你都……”然后他闭上了嘴。

“所以你们是如何走出去，到了伊丽莎白捡到两样东西的树林的呢？”香农问道。

这时他需要小心回答。你不管后果，吐露自己的故事以求净化，是一码事，而接下来的这部分是珍妮的故事，不是他的。他瞥了瞥珍妮。她目光空洞地盯着桌子，脸上全无色彩，活像冷冻过的死尸。“我不太知道这有什么关系，”马特说，“她在哪里找到的就是在哪里找到的。它们是怎么到那里的有什么关系吗？”

“有关系是因为这位，”香农怒瞪着亚伯，“原告一再声称是伊丽莎白手里的香烟和火柴点着了火。所以我们需要知道还有谁曾经持有它们，并在伊丽莎白捡到之前可能用过它们。”

马特说：“好吧，我当时关在高压氧治疗舱里，所以我不可能——”

“是我拿的。我把它们给了玛丽。”珍妮开口。马特没有看她，不想看到她眼里写满对他的怒气，因为是他把她拖入了这样的处境。

“什么？什么时候？”香农问。

“8点左右，在爆炸之前。”珍妮说话时有一丝细微的颤音，仿佛她冷得直发抖，马特真想抱住她，给她以温暖。“我怀疑有什么事……马特跟谁……反正，就在那天，我去搜了马特的车子，手套箱、地上的垃圾、后备箱，全找了，然后发现了这两样东西。”

马特伸过手去，紧紧握住珍妮的手。她本可以只说自己发现了那张纸条，但她没有。主动承认私下里翻寻了他的物品，这仿佛是一种谅解，好比她说这不全是他的过错，他们两人都干了蠢事。

“你是说你那天晚上去了奇迹溪？”香农问。

珍妮点点头。“我没跟马特说。我就想去看看他们约的见面是怎么回事。反正就是，那次潜氧开始晚了——马特打电话告诉我的——然后我看到了玛丽，就拦下她，把什么东西都给她看了，说她带来了不好的影响，让她不要再找马特，说完就离开了。”

“让我理理顺，”香农说，“在爆炸发生前不到三十分钟，柳玛丽一个人，距离谷仓很近，持有骆驼牌香烟和 7–11 火柴。你告诉我的是这个意思吗？”

香农转向亚伯。“你打算撤诉吗？因为如果你不撤，我就要申诉这是无效审判了。”

“什么？”亚伯站了起来，刚才已经苍白的脸上重新有了颜色。“少耸人听闻了。就因为这里上演了一点有奖竞猜，可不意味着你的委托人就是清白的。差得远了。”

“其中涉及故意妨碍正义，更不用说做伪证了。证人席上。还是你的王牌证人。”

“不，不，不。烟是谁的，纸条是谁的，这些只不过是有趣的花边小秘密罢了。你的委托人想要摆脱儿子，起火时她独自一人手持凶器，这两点没有因为这里说的任何事情而有所改变。”

香农说：“除了柳玛丽现在是——”

“柳玛丽是个差点死在了这场爆炸里的孩子。”亚伯用拳头捶着桌子，震得香农的钢笔都滚动了。“她根本没有动机——”

“没有动机？拜托？他们刚才说的你听进了一个字吗？一个青少年，和一个已婚男人有了婚外情，被甩了，男人妻子找她对质。奇耻大辱，怒火中烧，就想杀了那个男人，哦，对了，男人恰好就在她引爆的那个装置里面。你是在跟我开玩笑吗？再典型不过的神秘谋杀的情节，更不用说还有小小的附带福利，就是她本人曾经打去电话确认的那笔 130 万美元的保险赔偿。”

“我们没有婚外情。”马特终于说了出来，尽管声音不大，香农猛地扭头转向他这边。“什么？”

他开始重说一遍，但珍妮插进来说了什么，声音很轻，低着头几乎是喃喃自语，关于那通电话的事。

亚伯似乎听到了她的话。他盯着她问道：“你说什么？”他的话中、他的脸上，无不流淌出震惊。

珍妮闭上眼睛，深深呼出一口气，然后再睁开眼睛，看向亚伯。“电话是我打的。不是玛丽。你说的是对的，马特和我那天互换了手机。”

亚伯惊得张开了嘴，张得很慢，然后凝固住，一个字也没吐出来。

珍妮转向马特。“我给朴的生意投了10万美元。”

投了10万？珍妮打的纵火电话？这跟他原先想到的任何情况都相差太远，以至于他的大脑一时都没法理解，不知如何归入任何原本设想的情况。马特呆望着妻子说出这些话的嘴唇，她放大的黑色瞳孔几乎占满了整个虹膜，脸颊两侧的耳垂通红，脸上五官各自朝不同方向偏过去，活像是立体派画像上的人。

珍妮继续说：“我以为这是一项很好的投资。他有一串排队等候的病人，他们都签了合同，付了定金，而且——”

马特眨了眨眼。“你用了我们的钱？你是这个意思吗？都没有告诉我？”

“我们吵得已经够多了，我不想再吵了。你对高压氧治疗那么反感，不能理性看待。我觉得你不会同意，但这事想都不用想。朴会最先还给我们，所以只要四个月我们就能把钱全部拿回来，你甚至都还不会想起这笔钱，接下来我们就能分到逐渐增长的收益提成了。我们那些钱在账户里存着也是存着，又没什么需要用到的地方。”

香农清了清嗓子。“听着，我可以给你们推荐一位很好的婚姻咨询师，帮助解决问题。但我们还是先回到纵火电话上，这些和那通电话有什么关系呢？”她说，马特内心又一次涌起对她的感激，是她强行把他的注意力从他妻子再度撒谎的事实上转移开，仅仅因为她不想再被一场可能的争吵打扰。妻子的撒谎，跟他当初因为不想停止和一个女孩的约会而撒谎，哪个更严重呢？

珍妮道：“潜氧开始几周后，朴说他在树林里发现了一堆烟头和火柴。他觉得只不过是青少年留下的，但他担心他们在靠近谷仓的地方抽烟，就想听听我的意见，该在哪里立一些警示牌，写上内有氧气、禁止抽烟。我们讨论了一下，最终还是决定不这么做，但这让我开始紧张我们投进去的钱。最开始，朴不想投保，我不得不跟他说，他要是不投保我就不投钱。然后我想到，万一他投的只是什么最基础的保险，就为了应付我，而保险里根本没有覆盖哪个小孩放火烧了谷仓的情况怎么办？于是我打去电话，接电话那人让我放心，他们所有的保单里都覆盖了纵火，所以就是这么回事。”

整整一分钟，所有人都没说话。马特感觉他脑中缠绕的迷雾逐渐散去，整个世界正常了一点。是的，她撒谎了。但他也撒谎了。不知为何，发现珍妮犯过错让他松了口气，缓解了他对自己罪过的负疚之心，两种欺骗算是互相抵消了吧。

亚伯道 ："所以说——"

就在这时，有人敲门然后打开了门。亚伯的一个助理。“抱歉打断，但皮尔逊警探一直在找你。他说有人声称在外面看到了伊丽莎白·沃德，独自一人。”

“你说什么？她人在这里，跟我的团队一起。”香农说。

“不，”那人说，“皮尔逊刚才找他们谈过了，他们说她已经走了。还有什么你给了她钱的事？”

“什么？我为什么会给她钱？”香农惊道，一边和亚伯一起冲了出去。门在他们身后嘎吱响着慢慢合拢，然后咔嗒一声关上了。

*

珍妮两个手肘像三脚架的支架那样撑在桌面上，以手掩面。“哦，上帝啊。”

马特张口欲言，但又不知该说什么。他低头看着自己的手，发现刚才双手一直紧紧攥在一起，手掌上的疤痕彼此之间摩擦挤压着。他想到那场火灾，亨利的脑袋，伊丽莎白成为死囚。

“你要知道，”珍妮说，“爆炸之前朴已经还了我 2 万美元，他保证一等保险金下来就会还掉剩下的 8 万。如果没有的话，我会从我自己的退休准备金里取出钱来还你的。”

8 万美元。他看着妻子的脸，她眼里透着真诚，眉间皱纹深重，他真想要笑出来。所有这些该死的做戏，就为了这该死的 8 万块，而他在经历了爆炸之后，压根从没注意过钱的消失（正如她所说）。他没有接话，只是点了点头，说：“今天这些让我重新思考了所有的一切。我没来得及告诉亚伯，但我今天看到朴和玛丽在烧什么东西。我觉得有可能是香烟。你知道的，就在他们那个金属垃圾桶里？”

珍妮看着他。“你今天去那里了？什么时候？是你说去医院的时候吗？”

马特点了点头。“今天早上，我意识到必须告诉亚伯一切，然后我觉得应该有人提醒玛丽一下。但当我到了那里，他们正在烧什么东西，我就在想也许……”他摇了摇头。“反正我就直接来了这里，抓住你，接着——”

“接着就该死的突袭了我。没有一点预告。”

“对不起。真的对不起。我只是需要坦白出来，我怕不立刻说出来就没勇气了。”

珍妮什么都没说。她只是朝他皱着眉头，就好像他是个陌生人，而她努力想知道为什么他看起来那么眼熟。

“说点什么吧。”他终于说。

“这些事，”她说得很慢很慢，一字一顿，每个音节都分开来，“我们彼此瞒了对方一年，我觉得这不算是美好婚姻的征兆。”

“但我们谈过了，昨天晚上——”

“即使在昨晚我们说了会告诉对方一切之后，我们仍然没有做到，我真的不觉得这算是好征兆。”

马特深深吸了口气。她说得没错，他也知道。“对不起。”

“我也是。”她咽了咽口水，再度以手掩面并用力擦拭，仿佛要把脸上干了的尘垢搓揉下来似的。她钱包里有东西在震动，她伸手进去拿手机，然后看着屏幕微微苦笑，笑中透出难过和疲倦。

“是什么？”

“不育症诊所。大概是跟我们确认预约的吧。”他忘记了。他们今天庭审结束后本来是要去那里的，要开始体外受孕。

她站起来，走到角落，面对墙，像个孩子在课间休息时那样。“我不觉得我们还应该去。”

马特点了点头。“你想要改约吗，明天？”

她身体靠着墙，头倚在上面，就好像她虚弱得都没法让自己站稳。“不。我不知道。我只是……我不知道还能不能继续做这事。”

他走过去伸手抱她，做好了被她推开的准备，但她没有，只是朝后倒入他怀中，让他从后面搂住自己。他们就像这样站了一会儿，他的心跳撞击在她背上，他感到一股痒乎乎的暖流流经他的胸口，弥漫到她的肌肤。暖流中包含着悲伤，但也有平和与解脱。他们俩都还要说很多话，跟彼此说，跟警察说，跟亚伯说，或许还要跟法官说。还有很多问题，既有关于对方的，也有关于自己的要问、要回答。他们不会去不育症诊所，明天不会去，下周也不会去。他知道这点，从两人拥抱中那股离别的意味便可得知。然而同时，在这一刻，他很享受：他们两人在一起，没有别人，不用说什么、想什么、计划什么。只有当下。

门在他们身后被推开，脚步声急匆匆涌进来。珍妮身体猝然一动，好似在快要入睡时被人猛然惊醒。马特转过身去。只见亚伯抓起他的公文包就跑了出去。

“亚伯？怎么了？发生了什么事？”马特问道。

“是伊丽莎白，”亚伯道，“我们到处都找不到她。她不见了。”

伊丽莎白

有辆车在后面跟着她。一辆方形车厢的银色轿车，正是她想象中便衣警察会开的那种毫无特点的车。它从松木堡就跟上她了，她告诉自己放轻松点，只不过是谁在午饭后离开镇上罢了，然而当她转到随便一条路上时，那车也跟着转了。它跟她保持一定距离，所以她看不到车里是谁。她试着先慢下来，再加速，然后再慢下来，但车子始终保持着同样距离，这看起来又像是便衣警察会做的事。前面有块空地，她把车驶到路边，停了下来。如果她要被抓了，那就来吧，她没法再继续开下去了，她神经太紧张了，心乱如麻。

那辆车放慢速度，但还是跟了上来。她想它肯定要停下来了，然后车窗滑下，几个戴墨镜的男人朝她亮出警徽，黑衣人那种风格，但是并没有，它只是从她边上驶了过去。是一对年轻情侣，男的开车，女的在研究地图。两人拐弯驶上一条立有葡萄标志的宽阔车道。

当然是游客了。开着租来的车，跟着葡萄酒厂的路径指引标志。她一下倒到后面，深深地、缓缓地吸了几口气，让心脏别再飞快跳动、轻撞胸腔了，自从她决定偷香农的车那一刻起就一直这样。一路上险象环生，她能撑到现在也算小小的奇迹了。还在那间房里时，她正把香农的车钥匙装进自己的钱包，安娜恰巧走进来，她不得不临时编谎，说是需要卫生棉条，香农说了让她从她钱包里拿零钱，谢天谢地安娜没有坚持要陪她去洗手间，但有两个保安把守在法庭门口，她不得不等到有一大群人过来，趁着保安检查他们的包时偷偷溜走。很容易就找到了香农的车，但收费亭里有个服务人员。她忘了还要付钱——她有现金吗？——万一他认出她来，知道她不能开车离开怎么办？她戴上从香农的手套箱里找到的太阳镜和遮阳帽，压低帽舌，付钱时别过头去，但当她开走时，她还是绝对听到对方说了："抱歉，女士，但你是不是——"

在镇上行驶是最要命的部分。她本来打算从后街走，但在那儿看到了一群叽叽喳喳的自闭症儿童母亲，她只好换另一条路，结果开到了熙熙攘攘的主街上。她把帽子拉至额头处，行驶速度保持得刚刚好——快到能够模糊地一闪而过，避开别人注意，但又没快到会引起别人注意。她两次为了行人停下车来，第二次时，她看到一个扛着大包的男人朝她这边瞥过来，像是想要认出她的脸。是个摄影师吗？她想赶紧开走，但一个妈妈正推着婴儿车信步穿过斑马线，手里还抱了个宝宝，每走两步就要停下来移正婴儿车，让它不往边上跑。就在那个男人开始朝她过来时，斑马线终于清空了，她赶紧发动车子，暗自祈祷他不要惊动任何人。

现在她终于来到了这里。出了松木堡，四周没有车。她不知道自己身处何地，但其他人也不可能知道。她看了看表。12 点 46 分。她离开那里已有 20 分钟。肯定已经有人注意到她失踪了。

她在香农的导航系统上找到"溪边小道"，一条她去年来来回回开了一整个夏天的路，位于 I–66 公路与奇迹溪之间。这条路多少有点偏僻，但重要的是她得驶上一条熟悉的路。此外，没有人会去那里找她，即使警察猜到了她要去奇迹溪，他们也会以为她走的是大路。

溪边小道是条蜿蜒曲折的乡村小路，宽度连开两辆车都不够，沥青路面坑坑洼洼，两旁足有二十米高的浓密树木在高处形成庇护。亨利以前管这里叫树木隧道过山车。开到这条路上的感觉很奇怪。上一次在这里行驶当然就是爆炸当天，那天就像今天一样，也是大雨如注后的一个晴天，大束大束的阳光穿过头顶树叶穹顶的缝隙斜射下来，驶过地上的泥潭时，泥水飞溅起来，在车窗上留下眼泪形状的污迹。这意味着上一次她驶过那个转弯处时，亨利还是活着的。

亨利坐在她边上，跟她说着话，他们的呼吸融为一体，她的肺部吸入亨利呼出的气体。想到这里，她不禁把方向盘握得更紧，手指关节都突出来了。

眼前出现一幅U形箭头的鲜黄色指示牌，提醒车辆前方有急转弯。亨利最喜欢这个了。爆炸的前一天晚上她因为那个儿童保护服务人员的来访而睡不着觉，早上她头痛欲裂，就是在开过这里时她说到有多讨厌这条路，这些弯弯曲曲的地方有多让她恶心。他当时大笑着说："但很有趣啊！这不是树木隧道过山车嘛！"他的尖声大笑刺痛了她的太阳穴，她真想扇他一巴掌。于是她冷若冰霜地说，他真是太迟钝了，他应该学着大声说："我很抱歉你不舒服，我能帮你做些什么吗？"他说："对不起，妈咪。我有什么可以帮帮你吗？"她说："不对。是'我很抱歉你不舒服，我能帮你做些什么吗？'再来一次。"她让他一个字一个字地连着重复了二十遍，但凡说错一个字就得从头来过，随着她逼他一遍遍再来，他的声音抖得也越来越厉害。

问题在于，她这句话的语言组织并无神奇之处，他和她的用词之间并无实质性差别。她只是想要折磨他，一点一点，作为对她自己沮丧情绪的补偿。但是为什么呢？就在那天，她心里确信他依然读不懂社交暗示（在接受了整整四年的社交技能治疗之后！）。然而回到此地，远离了那个时刻，远离了他，她才想到原本可以多么轻易地将他的大笑解读成他是在逗她开心，或者只是闹着玩，就像任何一个正常的八岁男孩和他的坏脾气妈妈相处时那样。实际上，他给这条路冠名为"树木隧道过山车"显示了十足的创意。她为什么就没意识到这点？有没有可能，被她视作自闭症残留症状的种种言行，不过都是孩童固有的幼稚罢了，做母亲的或许讨厌这种，或许觉得很可爱，这取决于她们当时的心情，但伊丽莎白觉得他所做的一切都让人心烦，因为亨利的过往历史，因为她永远都疲惫不堪？

一只松鼠跑过，她急忙转向，轻松避开了。她习惯了在这里看到小动物。去年夏天每天起码看到一只。事实上，这附近出没的一头鹿正是她在爆炸前几小时下定决心退出高压氧治疗的原因。当时她结束了上午的潜氧课开车回家，路上因为想着抗议者恐吓以及和基特吵架的事而心不在焉的，看到那头鹿时已经太晚了，她一个急刹车滑到路边，撞上了一块石头，破坏了汽车的动力平衡，开起来摇摇晃晃的。在把亨利送到夏令营后，她想了想什么时候能有空把车子送去检修。她花了整整两小时研究抗议者传单上写的高压氧治疗火灾的情况，认为朴订立的规则（全身棉质衣物，禁纸，禁金属）足以避免类似事故的发生。然后她抬起头看了看墙上写的当日日程：

7:30	出发去高压氧治疗（亨利在车里吃早饭）
9:00—10:15	高压氧治疗
11:00—3:00	夏令营（采购杂货，给亨利做晚饭）
3:15—4:15	言语
4:30—5:00	眼动跟踪练习
5:00—5:30	情绪识别家庭作业
5:30	出发去高压氧治疗（亨利在车里吃晚饭）
6:45—8:15	高压氧治疗
9:00—9:45	回家，桑拿，洗澡

当她在日程表中寻找一段空隙时间时，突然第一次想到这一切对于亨利来说，该是多么让他筋疲力尽啊，甚至比她自己还要疲惫。他们常常开车往返于各个治疗场所，她都想不起来上一次他好好坐在桌边吃饭的情形了。从言语、作业疗法，到互动大脑协调训练器、神经反馈，一切一切，只要是醒着的每个小时，都被言语流利、写字、持续眼神交流等练习塞得满满当当，没完没了地努力攻克对他而言

本就很困难的事情。然而亨利从未抱怨过。只是听话地去做各种事，一天一天地有所进步。而她从未发觉这对于一个孩子来说多么不可思议，因为她自己总是沉浸在自怜自艾中，无暇旁顾，怨恨他不是自己想要的孩子。她想要一个性格随和的孩子，喜欢抱抱，成绩优异，还总有朋友打电话来约他出去玩。她怪亨利得上了自闭症，怪他让她承受随之而来的那么多哭泣、求医问药、开车接送。还有互相伤害。

她再次抬头，想象明天的日程如果只有9点半到3点半的夏令营会是怎样。不用匆忙赶路的一天，不用担心迟到，不用冲着亨利吼：看在上帝的分上，求你别再迷迷糊糊的了，走快点。这一天她可以有一小时什么都不用做，或许睡个小觉或是看看电视，更重要的是，亨利可以玩玩游戏，或是骑一会儿自行车。那些抗议者，还有基特，不就说他正需要这些吗？她在便笺本上写下：再也不做高压氧治疗了！还在下面用力画线，笔把纸都戳破了。当她给这几个字画上圈圈时，感到体内每一个器官都如同升了起来，悬浮于一种极其舒适的轻盈状态，此时她明白：她需要休息。停下那些治疗，各种疗法，所有这些跑来跑去。不要再怨恨，再责怪，再互相伤害。

那天下午余下的时间，她都过得有点恍惚。她给亨利的言语治疗师打电话，取消了当日课程（一个福利：她打过去的时间刚刚好，不用付提前两小时取消的罚金）。她在夏令营正常解散时间，所有小朋友都出来时接上了亨利，这大概是有史以来第三次。他们径直回了家，然后她没有像往常那样辅导他做视觉治疗和社交技能作业，而是让他一屁股坐到沙发上，手里拿着一碗有机椰奶冰激凌，想看什么电视节目就看什么（只要不过分：限于探索频道和国家地理频道）；她则忙着登上他各个治疗师的个人网站查看取消政策，然后按要求一一发邮件过去。那么多治疗师！

奇迹潜水艇是唯一遇到麻烦的。她当时以折扣价一次性提前购买了四十次潜氧，而朴的“规则与政策”文件中对于退款事项只字未提。还有就是，当天取消需要全额赔偿。一百美元啊，就这么打水漂了。这让她痛恨。她最受不了浪费钱。不过这还不至于让她改变主意，但她心里还是很不舒服，“停下一切”的决心所带来的兴奋泡泡瘪了下去，这就导致了她的第一个错误，也是她一系列最终导致亨利死亡的决定和行动中的第一个：给朴打电话而不是发邮件，看看能有什么方案，比如向谁转让他们订立的合同，至少能拿到一部分退款。但奇怪的是，她拨打谷仓电话时没人接，连平常自动应答的机器也没有响应。她挂上电话，正准备打朴的手机，这时她的手机响了。

要是她看了一眼来电者是谁，她就不会接起来。但她没有（第二个错误）。她以为是朴看到漏接了电话给她回过来，于是拿起来就说:“嘿，朴，很高兴终于找到你了。我——”这时基特打断她道:“伊丽莎白，是我。听着——”这时她打断道：“基特，我现在真的没法跟你聊。”然后准备挂断，但基特说：“等一等，拜托。我知道你气疯了，但不是我。我没给儿童保护服务打电话。我知道你不会相信我，所以我一整天都在上网，给别人打电话，然后给我找到了。我知道是谁了。”

伊丽莎白想过假装没听见她说的直接挂断，但好奇心占了上风，然后是第三个错误——她继续接电话，听基特大说特说自己如何交互参照每一个自闭症小组留言板，找到了一个对小组愈演愈烈的好战倾向表达不满的抗议者，她又讲到自己如何取得了这个人的密码，登进了他们小组的留言板，然后，这就对了，她找到了这个“骄傲的自闭症妈妈”小组的线索宝库，上面净是对伊丽莎白危险的“所谓疗法”的非议，还写着谋划抗议奇迹潜水艇，拉到最后，她看到了凿凿证据，那人吹嘘自己上周给儿童保护服务打了举报电话。

伊丽莎白全部听下来，一个字也没说，基特讲完后，她简短地感谢了她，挂上电话，然后回去继续准备当天晚餐的特制美味。那是亨利最爱吃的：用自制椰子粉做饼皮的“比萨”，顶上铺着花椰菜碎的假“芝士”。她为他们坐下来好好吃顿饭而特意摆出了漂亮的瓷盘，但就在她把一块比萨薄片放到盘子上时，她的手在颤抖，因为愤怒，因为恨意。她知道那个女人讨厌她。但得知一整个小组都在背后说她坏话、谋划如何扳倒她，还是让她怒火中烧。她感觉受到了羞辱。她想象着那个银发女人口吐毒液、向儿童保护服务举报她的“虐待”行为，毫不考虑这样做可能会毁掉她的人生，或是亨利的人生，还沾沾自喜地宣称要不惜一切代价阻止伊丽莎白。要是看到伊丽莎白今晚没有出现，那个女人会怎么想呢？她是不是要开瓶香槟来庆祝呢？瓶盖“嘣”的一声弹开，众人举杯庆祝小组成功扳倒了一位邪恶的虐童者？

不。她今晚不能不出现。她不能让那个可恨又自大的所谓“骄傲的自闭症妈妈”觉得自己战胜了她。她不能让那个仗势欺人者心满意足地发现她羞愧到躲了起来。而且还不止于此。基特打来的这通电话彻底戳破了她一时冲动的虚幻泡泡，她现在不再轻飘飘的，而是能看清了：她在冲动之下取消一切，没有咨询过亨利的任何一位老师，这是草率的、不负责任的，是彻头彻尾的自大行为。而取消今晚的高压氧治疗，连一分钱都不可能拿回来，这样做又有什么意义呢？高压氧治疗又不是有什么害处。既然她都已经付了那一百美元，为什么不再多做一次潜氧呢？结束这一天，再多忍受一趟开车来回，反正她都已经知道这将是最后一次，没准这趟开车还会让她情绪高涨、如释重负呢。她甚至可以在潜氧期间到外面闲坐，请其他人帮忙照看——基特有次生病时就是这么做的——然后自己到溪边，在百分百平静中仔细把事情捋一遍，确保她是真的做出了正确决定。最大快人心的是，她要经过那个银发女人身边，告诉她自己已经掌握了她的全部计划，知道是她给儿童保护服务打了电话，如果她再不住手，她就要对她提出骚扰诉讼了。

伊丽莎白看着餐桌上已经摆好的二人餐具，在冰桶里冷却的葡萄酒边上放着水晶酒杯，她用铲刀铲起一片比萨准备放到亨利的餐盘上。在接下来的一年里，每天晚上当她躺下睡觉时，或有时早上醒来时，她都会闭上眼睛，回到那一刻，想象另一个平行世界里的自己在当时该做的事：她应该摇摇头，斥责自己让这个从未谋面的愚蠢女人影响她这么多，然后把比萨放到餐盘上，去叫亨利来吃饭。在这个平行宇宙里，伴着美酒的晚餐结束后，她会和亨利一起待在家里，两人舒舒服服蜷缩在沙发上，看着没完没了的《行星地球》节目，这时特蕾莎会打来电话告诉她着火了，她会为朋友而哭泣，同时亲吻亨利的额头，感谢上帝她决定退出治疗——恰恰就在今天！——而在几个月后，当她从鲁丝·韦斯的谋杀案审判庭出来，驾车回家的路上，她会耸耸肩，想到自己当时如何差一点就去了最后那场潜氧，就为了气一气那女人。

然而在她被困的这个现实世界里，她并没有把比萨放到餐盘上，而是让它留在了比萨刀上，然后——第四个错误，也是最大的错误，正是这个不可逆转的动作判决了亨利的命运。今后只要她还活着，她余生里的每一天，每一天里的每个小时，每小时里的每一分钟，都会一遍又一遍地悔恨、回想这个动作——她把那片比萨从漂亮的餐盘上拿开，转移到为车上用餐准备的纸盘子上，然后喊道："亨利，穿上鞋子。我们出发去最后一次潜氧课程。"把一切扔进车里时，她感到一阵心痛，想到那么美丽的餐桌布置，闪闪发亮的水晶酒杯，她有种冲动想要原地转身，回到屋里，然而那个女人的得意笑容和愚蠢的银发波波头在她脑海里闪现，嘲笑她，于是她没有那么做。她咽了咽口水，催促亨利快点行动，心里努力想着明天。明天，一切都将改变。

但与此同时，她又想要做出弥补。她带上了酒和巧克力，准备在溪边享用。等到 9 点半回到家时她肯定已经筋疲力尽，无心按原计划饮酒庆祝，如果让那些抗议者就这样毁掉一切，那她也太傻了。她一般不让亨利看《恐龙巴尼》这样的“大脑的垃圾食品”，所以总让他坐在远离 DVD 屏幕的那侧舷窗边上，但今天作为特别优待，她让亨利坐在 TJ 边上一起看动画片。她请马特帮亨利一下，但马特看上去心烦意乱，她也不想麻烦他太多，于是自己爬进舱内，把一切都准备好，把他的氧气管接到氧气栓上，然后帮他戴上头盔。她告诉亨利要乖乖的，还想亲一亲他的脸颊，摸一摸他的头发，但他已经戴上了头盔，于是她就爬出封闭舱，离开了。这是她最后一次见到活着的亨利。

十分钟后，她坐在溪边，终于抿上一口酒，她想到了当她说这次潜氧她会坐到外面去时亨利的反应。他已经戴上了他所讨厌的头盔，干呕了几声，说脖子周围的颈圈快把他掐死了，但是他的整张脸却瞬间放松了下来。他很开心。如释重负。能有一小时摆脱她，这个从不满意的母亲，这个永远苛责的母亲。她一口喝下更多酒，感到凉凉酸酸的刺激感安抚了她粗粝的喉头，她想着她如何想要一等他出来就把那头盔扯掉，伸出双手环抱住他，告诉他她爱他、想念他，然后她会哈哈大笑，说是啊，她知道自己很傻，才分开一小时就想念他，但她就是很想念他。

酒精在她的动脉间涌动，给她的毛孔注入暖意，指尖微微发麻，仿佛整个人从体内慢慢融化，她仰头望着天空，暮色四合，苍穹渐染为一片昏暗的深紫罗兰色。她注视着一朵棉球般的松软云朵，那是如同搅打糖霜般完美的洁白，她想着明天早上，她要烤些纸杯蛋糕做早餐。当亨利问起为什么时，她会哈哈大笑，说他们这是要庆祝一番。她要说虽然她知道自己不常表露，或许从未表露，但她真的很珍惜他，很喜欢他，正是因为这份爱以及与之相伴的担忧，才让她如此疯狂，现在他们要开始一种新的生活，这种生活会不那么疯狂。也并非完美的生活，因为没有任何事情、任何人可以做到完美，但这也没什么，因为他们拥有彼此呢。或许这时她会在指尖刮上糖霜，在他的鼻头点上一点，说他可真是个傻孩子，他会咧嘴一笑，他那种小孩子式的大大笑容，露出门牙间的缝隙，隐约能看到一截正在长出来的白色新牙。然后，她会亲吻他的脸颊，不仅是轻轻啄一下，而是真的把嘴唇压进他粉扑扑的脸蛋，紧紧地抱着他，尽可能久地享受这份甜蜜，只要他还愿意让她这样。

*

当然，所有这一切都没有发生。没有纸杯蛋糕，没有亲吻，没有新牙。取而代之的是让她认领儿子的尸体，挑选灵柩、墓碑，然后因为谋杀他被捕，读到报纸上争论她究竟该被送入疯人院还是死囚室的社论文章，而现在，她正驾驶着一辆偷来的车，前往他因为她而被活活烧死的那个小镇上。

事情的疯狂之处正在于此，是她，她的自傲、仇恨、优柔寡断和斤斤计较导致了亨利的死亡。她真的以为回去再做一节潜氧治疗就能向抗议者宣示胜利吗？还有她那已经预付、不能退款的一百美元。她儿子真的是死于这一百美元吗？等她到了那里，发现抗议者已经不在了，课程还推迟了，而且没有空调，那时候她为什么不离开呢？再后来，当她发现香烟和火柴时她应该立即联想到火灾啊：有人在靠近纯氧的地方抽烟！是因为喝下去的酒呢，还是因为发现抗议者被关起来了，她就沾沾自喜昏了头呢？她之前提醒过朴，这些女人有多么危险，那她为什么会以为她们最多只会在所有人走后纵火示威呢？她为什么低估了她们为宣扬观念会铤而走险到什么地步呢？

伊丽莎白把车靠到路边，停了下来。这些都不重要了。没有可以瞬息移动过去的平行宇宙，没有带她穿越回从前的时光机器。这一周以来，在局面太过灰暗、让她只想终结一切时，她都努力用给亨利复仇的想法勉力支撑自己，盼着能看到香农扳倒那个邪恶的女人，鲁丝·韦斯。而现在香农已经拒绝对付抗议者，那她还剩下什么希望呢？

她按下按钮，把香农车子的顶篷放下来。说来滑稽，还在法庭里时，她一心希望能取回自己的车子，但现在她发现敞篷车真是好太多了。大大减少了出岔子的可能。此刻她开到了奇迹溪与松木堡镇交界的山间高地，她本以为这里会凉快一些，结果顶篷一放下来，外面湿热的空气猝不及防向她涌来。她解开安全带，纠结是把座位往前还是往后调：一方面，离安全气囊太近有点危险，但另一方面，坐得太靠后又会增加冲撞时飞出车外的可能性。所以她决定还是坐在位置上不动，并重新拉上了安全带——她讨厌安全带没系上时车子会发出的丁零当啷的提示音。

万事俱备，是时候行动了，但她又犹豫了。还有那么多她没有考虑到的事情。万一这事不成呢？或者说，就算成了，而香农依然坚持为她洗去罪名，对维克多和那些抓痕提出可怕的含沙射影怎么办？万一见她不在，亚伯决定将矛头转向朴怎么办？她该不该——

伊丽莎白紧紧闭上眼睛，摇了摇头。她必须停下这样的东想西想，该死的行动起来。事实上，她就是个懦夫，一个瞻前顾后、犹豫不决的傻瓜，连自己的直觉都不相信，还将这种怯懦掩藏在深思熟虑的假象之下。这正是亨利死亡的真正原因：她知道自己应该停下高压氧治疗，但她又不敢这样，而是如往常一样选择等待，以确保自己没有忘记什么，做出愚蠢的优缺点比较列表，想全所有可能发生的情况。她伤害了自己的儿子，虐待他，让他以为她恨他，还把他推入一个封闭舱里活活烧死，而她自己却在那儿抿着小酒，嘴里还嚼着夹心软糖。是时候对计划的一再暂停说不了，她需要做出她必须去做的事情，去年一整年她都知道必须这么做，用不着罗列优缺点，用不着分析，用不着犹豫。

伊丽莎白捏紧方向盘，开起车子。当她转动方向盘，避免车子冲向路边的护栏和树木时，她只觉得手指隔着方向盘的真皮套子在颤动。写着小心二字的醒目黄色路标出现了，意味着那个地方就在前方。她第一次驶过那里时就感觉到一股奇异的拉力，就好像你站在悬崖边上，有种想要跳下去的冲动。她注意过那个弯道，树木在那里骤然消失，边上的护栏被压弯到地上，几乎就像铺出了一条通往空场地的匝道。她曾经想过，如果就此放手该是多么轻松啊，只要笔直往前开，然后飞向天空。

她放慢速度，沿着道路转弯，然后看到它就在前方。她还担心他们现在已经把那里修好了，但它还是老样子。护栏压弯的那个地方。灰色金属给碾得平平实实的，仿佛开出一条匝道。一束耀眼的阳光如聚光灯般照在上面，仿佛在召唤她，吸引她。她按下按钮解开安全带，感觉到心跳得那么重，传递到手腕上、膝盖下、头颅内。她踩下油门，一直踩到底。然后她看到了。越过弯道，有一团圆圆的松软云朵，云朵中间有一块深色，就像去年她指给亨利看的那朵云，当时他大笑着说:“看上去就像我的嘴巴，里面缺了一颗牙齿！”她也开心地大笑起来。他说得对啊，真的像他的嘴巴。然后她把他举到空中，紧紧抱住他，亲吻着他脸颊上的小酒窝。

在那朵云的前方，高温和阳光让空气浮动如波浪，仿佛天空中飘起一片看不见的窗帘，在邀请她，欢迎她纵身一跃，飞入火中。轮胎撞上护栏并将之挤扁，她往前倾去，看见了下面那明亮、美丽的山谷，它在阳光下闪闪发光，宛如海市蜃楼。

朴

他讨厌等待。不管是等待水烧开，还是等待开会，等待都意味着悬于不受他控制的某件事上，今天尤为如此。他被困在家里，没有车，没有手机，不知道杨到底去了哪里。他和玛丽烧完东西后便无事可做，于是他们坐在那里，喝着大麦茶。或者说，只是他在喝着。玛丽也给自己倒了一点，但一口也没喝。她盯着马克杯的样子就好像对着电视屏幕，时不时对着杯口吹两下，琥珀色的液体随之泛起涟漪，他想对她说早已不烫了，都已经一个小时了，但还是什么都没说。他理解她需要打破这种等待的压迫感，他自己也希望能来回踱步。瘫痪以后有许多问题，其中之一是当你处于这样令人窒息的静止时段，在轮椅上滑前滑后并不能消解那种隐隐作痛的运动渴望。

下午2点半，杨终于走进来时，一股如释重负感将他包围：她回来了，独自一人，没有警察跟着。他跟玛丽说了别害怕，杨肯定不会举报他们的，然而看到她进来的那一刻，他才发现自己对此并没有十足的把握。"老婆，你去哪儿了？"他问道。

她没回答他，甚至都没有看他一眼，只是以一种冰冷沉稳的姿态坐在那里，让他胸口泛起阵阵恐惧的刺痛。

"老婆，"他说，"我们很担心。你去见谁了吗？跟谁说话了吗？"

她看着他。如果她的眼神是受伤或受惊，他能应付。如果她怒不可遏、歇斯底里地大吼大叫，他也准备好了。然而这个女人现在如同一尊假人模特般，脸上一片空白。她五官透着严肃，嘴巴一动不动。她不是那个他相处了二十年的妻子。看着这张他如此熟悉却又认不出来的脸，他害怕极了。

"把一切都告诉我。"她的声音和她的脸一样四平八稳，没有了情绪波动带来的抑扬音调，当这种起伏消失后，他才意识到这正是她声音的本质特点。

他咽了咽口水，以强作镇定的声音说："你都已经知道了。你跑出去之前听到我跟玛丽说的话了。你去哪儿了呢？"

杨没有回答，甚至仿佛都没听到他的问题，而是凝视着他的眼睛，让他感觉发热，像是有一道激光穿透他的眼睛、他的大脑。“你必须看着我的眼睛，把一切都告诉我。这一次，说出真相。”

他希望她先开口，把她所听到的原原本本说出来，作为向他宣泄怒火的方式，他便可据此调整自己的故事。但现在很显然，她并不打算说话。他点了点头，把手放在桌子上，和昨晚她把仓库里找出来的袋子扔到桌子上时是同一个位置。当时他不得不现编了乍听可信的故事。经过了今天上午，她肯定觉得那些全是谎话。他不得不重新开始。

“我昨晚撒谎了，”他说，“首尔的公寓清单不是给我弟弟的。是给我们的，为了火灾之后搬回去住。很抱歉我撒谎了。我想要保护你。”

他原本期望，她见他流露脆弱与赎罪之意便会软下态度。但她的眼神反而更加严肃，瞳孔收缩成漆黑的两点，让他感觉自己就像个罪犯。他提醒自己，这正是他的目的：让她相信自己就是那个坏人，于是他继续给出那套半是真相半是谎言的说法。他说自己给一个房产经纪人打了电话，然后发现他们没钱搬回去住。他说他决定通过纵火骗保取得所需的钱，并打电话过去（用了别人的手机以防被查）确认纵火的赔偿条款。

关于抗议者的那部分就简单多了。说出真相总是如此。他跟她说了那天的情况：他对警察无所作为感到失望，于是用气球造成断电；断电成功后他暂时松了口气，但那个女人打电话威胁说还会回来制造更大的麻烦；他决定就在她们传单上说的那个位置丢下一支烟，以此诬陷她们，让她们卷入真正的麻烦，然后永远不会再来打扰他们。

有好几次，他想要和玛丽对上眼，暗示她不要反驳他，但她还在目不转睛地盯着那杯没动过的茶。当他说完后，有一阵漫长的沉默，然后杨开口道：“你没有落下什么？这真的是全部真相吗？”她脸上很镇定，声音中却透露出祈求，孤注一掷的希望之下是深入骨髓的悲伤。他真希望自己能说：当然不是，她知道他的，知道他不是那种会为了钱危及他人生命的男人。

但他没有这么说。有些东西比诚实，哪怕是对你妻子的诚实更为重要。他道："是的，这就是全部真相。"并告诉自己这样说也是为了她好。如果她知道了真相，全部真相，她会痛不欲生的。他必须保护好她。这是他的本分，是他作为一家之长的最高职责：保护家人，无论如何。即使这意味着让那个他深爱的女人认为他是个冷血的罪犯。再说了，他的确是有责任的。是他构想了诬陷抗议者企图纵火的计划。那天，当他点燃那支烟，看着烟从橘红色那端袅袅升起时，他的心脏怦怦狂跳，那么紧张，他想象着纯氧就在几厘米之外涌动，但他还是坚持做了，确信自己已有万全准备，不会出任何问题。狂妄自大。诸罪之首。

杨眨了眨眼，眨得飞快，像是努力忍住不哭："所以都是你一人干的？你做了所有事，没有人帮你，没有其他任何人卷入其中？"

他强迫自己正视杨而不移开目光。"是的，没人知道。我知道自己做的是很危险的事情，不想把别人卷进来。所有一切，都是我一人做的。"

"是你拿了马特的手机给保险公司打电话的？"

"是的。"他答道。

"是你给经纪人打电话问首尔房子的？"

"是的。"

"是你把公寓清单藏在谷仓里的？"

他点点头。

"是你买了骆驼牌香烟藏在锡盒子里的？"

朴点点头，问题一个接一个袭来，间隔越来越短，他只是一个劲地点头，感觉就像一个大头娃娃玩偶。她问到的全是他撒了谎的部分，这让他感觉很紧张，而且都是诱导性问题，就像香农在法庭上问的那种。她是要把他引入什么陷阱吗？

“点燃烟引发火灾是你的本意吗？你真的是想拿到保险赔偿，而不是仅仅想让抗议者陷入麻烦？”

他感到头晕目眩，仿佛沉入水中，搞不清要从哪里游上去。“是的。”他最后说，说得很温柔，几乎轻不可闻，甚至连他自己都听不太清。

杨闭上眼睛，脸上苍白而平静，让他想到了尸体。她再次开口时依然没有睁眼：“我刚才回来，想着或许，只是或许，你会和我坦诚相见。所以我才没有告诉你我发现了什么。我想给你一个机会自己说出来。你如此费尽心思编造一个如此复杂的故事来蒙骗我，我都不知道是应该感动还是生气。”

房间里所有空气似乎都被抽走了。他吸一口气尝试思考。她发现什么了？她可能知道什么呢？她只是虚张声势，肯定是的。她有所怀疑，不过如此，他只需要坚持立场。保持沉默，拒不承认。“我不知道你在说什么。我已经坦白了一切。你还想从我这里得到什么？”

她睁开眼睛，很慢很慢，仿佛她的眼睑是为了戏剧效果，每次只升起一毫米的沉重帘幕。她看着他。“真相，”她说，“我要的是真相。”

“我已经告诉了你真相。”他努力使自己听起来很愤怒，然而话语却是那么虚弱而遥远，仿佛是有谁在很远的地方说出来，从他嘴里传出的只是回声。

杨眯了眯眼睛，像是想要决定什么事。最后她说：“亚伯找到那个打保险电话的人了。”

朴感到眼里像火在烧，他抑制住想要眨眼、移开目光的冲动。“来电者说的是完美的英语，没有口音。不可能是你。”

惊慌失措间，各种想法在他脑中飞速旋转，但他强迫自己平静下来。否认。他必须坚持如此。“显而易见，这个接线员搞错了。你总不能指望一个每天要接几百通电话的人时隔一年还会记得所有声音吧。”

杨把什么东西放到桌上。“我去见了房产经纪人，从首尔公寓清单上找到的。她记得清清楚楚。她说想要搬回韩国的人不太常见，更别说还是一个年轻女孩打来电话了。”

朴强迫自己正视杨，在语气中注入更多愤怒。“你就是因此觉得我在撒谎？就因为几个素不相识的人记错了一年之前几通电话的声音？”

杨没有作答，没有跟他针锋相对地提高音量。她还是以那样平静得令人难忍的声音说：“昨晚我拿出那些清单给你看时，你吃了一惊。我以为你吃惊的是我发现了你藏东西的地方，但并不是这样。你以前压根没见过那些清单。”朴一个劲摇头，但她继续说下去。“还有那个锡盒子也是。”

“现在你知道那是我的了。是你在巴尔的摩把它交给我的，然后我——”

“然后你把它和要给姜家人的其他那堆东西放在一起，给了玛丽让她送过去。”朴感到肠子深处的恐惧感在蠕动，啃噬着他。他从来没告诉过她这件事。她怎么会知道？

仿佛是回答他的疑问，她说：“我今天给他们打了电话。姜先生记得玛丽把所有东西送到了他的地方，他还说我们真是太幸运了，有一个这么帮得上忙的女儿。”杨朝玛丽瞥了一眼。“当然了，他们并不知道她自己留下了那个装有香烟的锡盒子。没有人知道。直到昨晚之前，你都还以为那个盒子留在了巴尔的摩。”

苦涩的唾液滑上他喉头，他咽了咽。“我的确把那堆姜家人的东西给了玛丽，这是没错。但在那之前我先拿出了盒子。是我把它放到仓库的。”

“不是这样。”杨说得那么斩钉截铁，他紧张得胃里翻江倒海。如果她是在虚张声势，那现在真是她一辈子演技最好的时候。但她怎么可能知道，还这么确定呢？他说：“你不知道。你只是猜测，还猜错了。”

杨转向玛丽。“特蕾莎听到你在仓库里打电话了。”玛丽还是目不转睛地盯着那杯茶，把马克杯握得那么紧，以至于他觉得杯子都快碎了。“我知道你把那些清单寄到了一个朋友家里。我知道你用了你父亲的银行卡。我知道你把一切都藏在了仓库三个盒子最底下的那个。”杨的目光又移回到朴身上。“我知道的。”她说。

他还想继续否认，然而现在有太多细节堆积起来了。他必须先承认一些事情，才能维持可信度。“好吧，那些清单是她的。她想要搬回首尔住，所以拿来那些清单给我看。她现在感觉很内疚，就好像这是一切的导火索，但实际上我才是那个纵火计划的始作俑者。所以我想要承担一切罪过，想要让她和这事彻底脱离干系。你能理解吗？”

“我理解你想要承担一切罪过，但是不可能。我知道你的。你永远都不可能在患者附近点火，不管火多么小，或是多么可控。你这人太谨慎了。”

他不得不滔滔不绝地接话，为了不让她说出他害怕从她口里听到的那几个字。“我真希望你是对的，但我真的做了。你必须接受。我不知道你以为真的发生了什么，但你似乎觉得玛丽跟这事有关系。但你今天早上听到我跟她坦白了，她当时那么震惊。我们并不知道你也在场。那场对话不是在演戏。”

“不，我不觉得你们是在演戏。我相信你在告诉她真相。”

“所以你知道全是我做的了。香烟，火柴，我是说，还有别的——”

“我仔细想过，想了很多，”杨说，“关于你说你做了的一切，我想了又想。选择点火地点，收集树枝堆起来，把火柴放进去，点上香烟——关于放火动作的每个方面，许许多多细节。除了一件事。”

他什么都没说，说不出来，几乎没法呼吸。

“是最重要的一件事。我想了又想，他为什么没说那件事呢？”

他摇摇头。“我不知道你在说什么。”

“我在说真正放火这事。”

“当然是我放的。我点燃了烟。”他说，然而熟悉的记忆向他涌来。那天晚上抗议者打来电话时他的惊恐，她们嘲笑他，说还会再回来，不会罢休。他看了她们的传单，想到了这个主意，伪装出她们想要烧毁他的潜水艇的假象。他想起林中路过的那个空心树桩，想起他在里面看到过抽了的烟和火柴。他跑过去，从丢弃的那堆东西里捡回最满的一盒火柴和最长的一支烟。然后堆起枝条堆。点燃烟，让它烧了一分钟。接着，用戴了手套的手指抵住烟头，把烟熄灭了。

杨仿佛能读到他的思绪，她说：“你点燃了但你又熄灭了。你只是想让警察发现，让情况看上去像是抗议者试图放火，但烟熄灭得太早，计划没成功。你没有点火。你从来没打算这样做。”

他感到恐惧——滚烫到让他直发冷——一丝一缕地在他体内延伸，占领了他的身体。“这说不通。我为什么要承认做了我没做过的事情呢？”

“作为诱饵，”她道，“把我的关注点从你担心如果我一路挖下去就会发现的事情上引开。”

他深吸一口气。咽了咽口水。

“我知道真相了。”她道。说得那么轻，让他要竖起耳朵才能听到。“做个体面人，对我坦诚相见吧。别逼我说出来。”

“你知道什么了？”他道，“你觉得你知道什么了？”

杨眨了眨眼，转向玛丽，她的镇定瞬间破防，脸痛苦地拧成了一团。直到这一刻前他都尚未确信，但从她看着他们女儿的神情里他知道了，那么温柔的眼神汇集了世界上所有的悲伤。她已经发现了一切。

他还没来得及行动，还没来得及制止她，让她什么也别说，别说出那句毁灭一切的话，让它变成事实。杨伸出手抚摸玛丽的脸，擦去她的泪水。那么温柔，那么小心翼翼，仿佛是在熨烫丝绸。

“我知道是你，”他的妻子对着他们的女儿说，“我知道是你放的火。”

玛丽

2008 年 8 月 26 日，晚上 8:07。距离爆炸十八分钟前，玛丽正倚靠在一棵垂杨柳上，刚才她径直穿过树林跑了一分钟。珍妮朝她扔来烟、火柴还有一张揉皱了的纸条之后，玛丽竭尽全力以最平静的声音说：“我不知道你在说什么。”然后飞速转身背朝她，往相反方向走开。一步，两步，她专注于保持步伐平稳，努力克制想要奔跑、大叫的本能冲动，她的指甲嵌进手掌，舌头抵在齿间，力道越来越大，差一点就破皮流血了。数了五十步之后，她再也没法忍受，以最快速度跑了起来，直到她开始头晕，腿变得软绵绵的。小腿肌肉在燃烧，泪水模糊了视线。她瘫倒在那棵树旁，哭了起来。

妓女，珍妮骂她。跟踪狂，荡妇。“你可以眨巴眨巴眼睛，用手指把头发绕来绕去，装得像什么清纯姑娘似的，但诚实点吧，我们都知道你在干什么好事。”她说。珍妮一直被她父亲当作榜样来说，他说让她来美国接受教育就是为了让她成为那样的人。此刻坐在这儿，远离了珍妮，她很容易想到可以、应该说的所有话。是马特带来香烟，让他们两人一起抽的。是马特先写纸条约见面的。还有，没错，她在这里的确很孤独，也感谢他的陪伴，但是何来引诱？偷人？这个男人伪装成贴心的朋友，后来才暴露了真实动机。说她偷了这个男人？

但她什么也没说。只是站在那里，听着珍妮的污言秽语，任它们穿透她皮肤，钻进她脑子里，向四处伸出藤蔓，扎下根来。而现在，尽管她告诉自己珍妮错了，这件事情马特才是过错方，她是受害者，心灵深处还是有个小小的声音：她难道不是喜欢那种关注吗？她难道不是注意到他时不时在盯着她，并享受于知道自己很迷人，甚至比珍妮还要迷人这点带来的满足感吗？在她生日那天，她难道不是穿了一条性感的连衣裙，邀请他一起喝酒，然后当他开始吻她时，那么温柔，那么浪漫，完全就是她想象中初吻的感觉，她不是也回吻了？有那么一刻，在那晚的暗黑走向还没开始前，她难道不是想象着童话般的结尾——两人真情流露，说着*我爱你*，含情脉脉地凝视对方，还有其他让人难为情的、她现在都没脸想起的表白桥段？

她本以为生日当晚的受辱已经扼杀了那种幼稚得可怜的幻想，然而马特一天写几张纸条给她，跟着她去SAT课，长达一周的攻势让它们不知怎么又复苏了。她答应了跟他见面，偷偷猛灌了几口她父亲的烧酒给自己打气，然后走去溪边，其间有那么一微秒，她脑中一个令人作呕的迪士尼风格的分区里最小最小的一个点，想象马特站在溪边准备向她表白，告诉她自己没了她就活不下去，并向她解释说，他再也不会重复生日当晚的行为，那只是大醉之下、激情促发的一时失智。烧酒在胃里翻腾，她的心因为期待而扑通扑通地跳着。她就是在那时看到珍妮的。当时的震惊突如其来，她意识到一切都是事先安排好的，他派他妻子出面来谴责她，多么羞辱啊！现在想起来，她额头抵在垂杨柳的树皮上，想止住眼睛后面的疼痛扩散，羞耻感在她周身冒泡蔓延，充满每个器官，让它们胀得都要爆破了，她真希望自己就此消失，逃离这里，永远也不要再面对马特或珍妮。

这时候她听到了什么声音。从她家方向传来的遥远的敲门声。珍妮。肯定是珍妮敲门去找她父母了，说他们的放荡女儿引诱、跟踪她纯良的丈夫。她想象他们站在门边，脸上布满震惊，看着珍妮展示纸条和香烟。一想到这里，羞耻和恐惧再一次穿过她全身，但还有别的什么。愤怒。愤怒于马特，这个利用了她的孤独，把它扭曲成病态感觉的男人，还对妻子撒了谎。愤怒于珍妮，这个迅速判定自己丈夫是清白的，甚至都没有停下来听一听玛丽的讲述的女人。愤怒于她的父母，他们硬生生把她从自己的家、她的朋友身边拖走，置于现在的环境之中。最重要的是愤怒于自己，愤怒自己默许这一切发生而毫无反抗。不，不会再这样了。她站起来，大步朝家里走去。她不会让他们还没听到马特所做的一切就对她妄下断论。

往家里走的路上，对自己过往无能的愤怒与羞耻感混杂在一起，加上头痛，把她整个人都压倒了。就在这时，她看到谷仓背面旁边有一根小小的白色长条。一支香烟。躺在那里，正好可以引发一场大火，烧掉谷仓，毁灭奇迹潜水艇。一周前她就幻想过这样一场大火。

*

她是在十七岁生日那天冒出这个念头的。那天晚上和马特一起喝了酒，最终做了那事（为其定义超出了她的忍受范围），马特落荒而逃之后，她躲到了垂杨柳间那块属于她的庇护地，半坐半倚地靠在一块石头上，一支接一支地抽着烟，努力不让自己哭出来或是吐出来。

在抽完第三支还是第四支烟后，她扔掉烟头又拿起下一支，专注于以最快速度点烟。她需要烟味来中和鼻孔里久久不去的蜜桃味杜松子酒那令人作呕的甜腻和强烈的腥味。她要保持头和身体纹丝不动，以免天旋地转，也是为了不让胃里的酒精残留翻腾上涌。但她的手指还在颤抖，头不动的话很难看清，好不容易点着后，火柴掉到了地上。

火没烧起来。火柴落在了水边，立马嘶嘶熄灭了。然而当目光落在地面上时，玛丽注意到了几英尺外的火苗，那是她刚才扔掉的某支烟落在了一摞树叶上。她知道自己应该迅速踩灭，但有什么东西制止了她。她在火苗前面蹲下来，看着它燃烧，时而橙黄、时而幽蓝、时而乌黑，一波一波地旋转，越烧越旺。她想起了马特用牙齿粗暴地抵住她的嘴唇，用舌头戳进她双唇之间，硬生生把她的不堵在喉咙里。她想起自己先前和SAT同学的对话是多么愚蠢。他们纷纷表示没法出席她的生日晚餐后，她说没问题，实际上她也要和一个男生约会，是个医生，他们就嘲笑她，她反驳说他是个绅士，一个关心她、倾听她烦恼的朋友，他正在度过一段艰难时期。他们都笑翻了，说她太幼稚了，肯定是他们说的那样。

她把余下的蜜桃味杜松子酒浇到火上。就在碰到的那一刻，火苗呼呼蹿起来，想到火焰将会包裹她、吞噬她、摧毁一切，她感到一阵狂野的喜悦。它将摧毁马特，她的朋友，她的父母，她的人生。一了百了。

火几乎是立马就熄灭了，熄灭前的扩散仅仅持续了一秒钟，她在离开前确保它是完全灭掉了。然而那天晚上，睡在舱内时，她梦见了火，从柳林间烧起来，扩散，吞噬谷仓，毁掉把他们一家人困在这个令她痛恨的小镇上的高压氧装置，毁掉那个她希望能永远消失的男人。第二天醒来后她没再想过这个。她努力将那天晚上的事情在脑中抹除干净，努力让自己埋头忙于SAT学习，忙于研究大学和首尔的住房选择。然而现在，过了差不多一周之后，就在这里，挨着谷仓：一堆枝条和枯叶里插着的一支烟，就那么恰好躺在一盒打开的火柴中间。感觉就像是给她的一份礼物，一种献祭。就好像命运在召唤她，邀请她点燃这支烟，鼓动她行动起来，干吧，这正是她此时此刻所需要的，马特妻子大叫着骂她是跟踪狂和妓女的羞辱就在几分钟前，羞耻感和怒火烧灼着她的五脏六腑。就这么把它烧掉、毁灭掉吧。

她走向那里。慢慢地，小心翼翼，仿佛靠近一座随时会消失的海市蜃楼。她在那堆枝条前蹲下来，伸出颤抖的手拾起那支烟。在她的意识深处，她曾经想到过香烟是烧黑了的，就好像谁曾经点着过，但火苗在枝条堆着火之前就熄灭了，然而直到后来她才想到“是谁”和“为什么”的问题。在医院醒来后，和她人生接下来的一整年，她都在反反复复地想着这个问题。但在当时，她并未在意。不是什么重要的事。重要的只是这支烟注定要被点着，枝条堆注定要着火。她想起了在溪边，蜜桃味杜松子酒浇上去后火苗呼呼蹿起的样子，来自火的温暖慰藉，她想要再次感受。她需要它。

她拾起那盒火柴，扯出一根火柴棒，划出火星。点着以后，她迅速把火柴盒和香烟丢到枝条堆中间。火柴盒整个着了火，香烟也燃起来，烟头染上鲜红色。她感到胸口深处泛起一股暖意，与之前那次一模一样的慰藉，然后她轻轻对着它吹气，让火烧旺，鼓动它蔓延到整个枝条堆上，枯叶燃烧的零星灰烬懒洋洋地随着烟飘浮到空中。她的脸烧热了，她待在那里直到整个枝条堆着了火，然后站起来，往后退去，一步一步，目光盯着燃烧的火焰，默默希望火势越来越大，越烧越高，把这里烧热，摧毁这摇摇欲坠的谷仓和里面的一切。

她转身朝家里走去，属于此时的那种魔力，以为这事并没那么真实的虚幻感，骤然消失了。已经过了 8 点 15 分，所以患者都已经走了。啊，没错，患者的停车场是空的，她检查过了，另外珍妮也说过今天的潜氧提前结束了。但万一她父亲还留在谷仓里打扫收拾怎么办？不，谷仓里显然也已经清空了。他总会在打扫完毕后关掉空调，而现在空调就是关了的，素来声音很响的空调风叶也安静下来，灯是灭了的。尽管如此，一想到她的所作所为，想到了纵火、犯罪、警察、监狱、她的父母，她的心还是狂跳不止。她停住脚步，想着折返回去，在事态失控之前把火扑灭。

“美熙啊！美熙啊！”从家里传来她母亲的呼喊，她显然因为找不到她很生气。那感觉就像有石头砸在她胸口上，刺耳的六个音节紧紧裹着母亲对她不满的坚硬内核，就这样，玛丽再度愤怒，点火和逃离所带来的片刻平静又消失了。她掉转方向跑起来。

快跑到谷仓时，她觉得急需来一支烟。她看到父亲站在门外打电话。他抬起头对她说：“哦，正好，我正要给你打电话呢。我要你帮个忙。”他把手机夹在耳边，示意她走过去。几秒钟后，他对着电话说：“你总把她往最坏的地方想，但她在这儿呢，在帮我忙。电池在厨房水槽下面，但你不要离开患者。我让玛丽回去拿电池。”他转过身对她说：“玛丽，快去，就现在。拿四节一号电池到谷仓去。”然后继续对着电话说：“我再过一分钟就回来，把患者放出来。记得别说……老婆？喂？你在听吗？老婆！”

患者。把患者放出来。谷仓。

这些字眼如同气旋般席卷她的头脑，顿时天旋地转。她转过身。飞奔，以双腿能够跑出的最快速度。求你了，上帝啊，请让那团火自己熄灭吧。就让这一切都只是一场梦，一场噩梦。就让她是误解了父亲的话吧。谷仓里怎么还会有患者呢？最后一场潜氧早就结束了，珍妮证实了这点。空调关掉了。灯也关掉了。车子都开走了。发生了什么？

她没法呼吸，没法再跑下去，灌下的烧酒漫上来灼烧着喉咙，脚下的地面如波浪般上下起伏，她就要跌倒下去，而在远处某个地方，母亲呼唤着她的名字，但她没有停下，继续跑着。快到谷仓时，她看到了：灯关了。停车场，空的。空调，关了。好安静，太安静了，她什么声音都没听到，除了……哦，上帝啊，从谷仓里面有声音传来，像是有谁在捶打什么的微弱声音，还有从谷仓后面传来的，火噼噼啪啪燃烧，吞噬树木的声音。浓烟从谷仓后面升起，当她绕过墙角来到后面，面对谷仓的后墙时，她感受到了火，在她脸上发烫，烫到她没法向前靠近，尽管她的大脑在尖叫着让她来到跟前，冲破墙壁，用身体去扑灭大火。

她听见了母亲的声音在呼唤她，叫着“美熙啊”。轻轻地，温柔地。她转身看到母亲正望着她，眼睛一眨也不眨，仿佛要将她吸收进她的凝视里，仿佛她已有几年没见过她。就在爆炸之前，在她感到自己腾空而起之前，她看到母亲朝她走来，大大地张开双臂。她想要朝她飞奔而去。想要抱住她，求她紧紧拥着自己不放手，让一切都恢复如初。就像她还是个小姑娘时那样，就像母亲还是她的妈妈时那样。

杨

她说出指控女儿谋杀的那句话后，玛丽抬起头来与她目光相对，她原本紧皱成一团的脸，在如释重负中舒展平复。终于，真相大白。

朴打破沉默：“这太疯狂了。”

杨没有看他，她没法从与女儿的对视中移开目光，尽情吸收着在女儿眼中所看到的：她需要她，她渴望连接、渴望坦白。她们有多久没真正亲近过了，多久以来她们的交流仅限于讨论日常生活安排时匆匆扫过彼此的目光？多奇怪啊，几乎如同奇迹，此刻的这种连接是如何改变了一切。甚至连他们语言上的差异——杨和朴说韩语，玛丽用英语回答，一如往常——以前让人觉得尴尬，如今反而增添了亲密感，就好像他们创造出了独属自己的一套语言。

朴说：“你到底在说什么？你觉得我们是合谋的？我把一切策划好，然后让玛丽动手实施最危险的部分？”

“不，”杨说，“我这样想过，但我越是细想，越发觉你绝不可能在有人在里面的时候放火。我知道你的。你绝不可能对别人的生命如此冷酷无情。”

“但玛丽就可能？”

“不。我知道她绝不会拿别人的生命去冒险。”她轻抚玛丽的脸，用最温柔的触摸让她知道：她理解她。“但如果她以为谷仓里是空的，如果她以为潜氧已经结束了，没有人在里面……”

玛丽脸上还残留的几道褶子完全舒展开了，眼里盈满了泪水。她感谢母亲不仅了解，更理解了她。谅解。

杨伸手拭去玛丽的眼泪。“这就是为什么你一直说多安静啊。你醒来后就一直重复这句话，医生们都以为你是在回忆那场爆炸，但完全不是这样。你是在奇怪明明一切都关掉了，怎么还会有人在里面，还会开着氧气。你不知道停电的事。”

“我那一天都不在。”玛丽说，声音听起来硬邦邦的，就像几天没开口说话了。“我回去时，停车场是空的。我以为潜氧肯定已经结束了。我以为氧气关掉了，屋里空无一人。”

“你当然是这么以为的，”杨说，“前一场潜氧推迟了，所以停车场当时还停满了车，最后来的一组人只好把车停到路边。前一批患者离开后，停车场就空出来了。你怎么可能知道呢？”

“我应该再检查一下另一个停车场的。我知道她们上午就是把车停在那里，但是……”玛丽摇了摇头。“这些都不重要了。是我放的火。不是一场意外。是我干的。我蓄意如此。全是我的错。”

“美熙啊，”朴说，“别这么说。不是你的错——”

“当然是她的错了。”杨说。朴张大嘴巴看着她，震惊得就好像在说：你怎么敢这么说？她对玛丽说：“我不是说你故意想让别人死，甚至不是说你本来就应该预料到这些。但是你的行为产生了后果，你要对后果负责。我知道你知道这点。你是如何饱受折磨，总是掉眼泪的，我都看在眼里。出席法庭，目睹你做出的选择毁掉了这么多人的人生，这让你痛不欲生。”

玛丽点点头，直言有罪让她脸上涌现新一波的释然感。杨很理解。有时候，当你为某事而内疚时，别人却假装不是你的责任，这反而让人更难以忍受，就好像把你当小孩子看待，充满贬低意味。

“刚在医院里醒来时，”玛丽说，“我想整件事或许是我想象出来的。不是说我失忆了。那天晚上的事我记得一清二楚。先是发生了一点事，让我真的很生气，从来没这么生气过，然后我路过谷仓边，地上正好有一支烟和一盒火柴。我没事先计划任何事，但当我看到它们时，就好像……好像命运，好像我当时要做的正是那件事，正是烧掉谷仓、摧毁它，当我点火时，那感觉太棒了。我待在那里看着火，吹气让它烧旺，确保谷仓着了火。”玛丽看着杨。“但我真的很困惑，因为氧气罐明明是关了的，为什么还会爆炸呢？所以我一直想，这肯定只是一场梦，就像是这场昏迷让我的记忆混乱了。这也说得通，因为不然为什么那里正好会有支烟呢？”

“所以你没有站出来？是因为你真的不知道？”杨小心翼翼地让声音中不带有疑问。她看得出玛丽自己有多想相信这点，相信她是真的未曾多想，把记忆错当成了虚构，直到今天朴证实那支烟是真实存在的，告诉了她它怎么会出现在那里。

玛丽移开目光，望着他们那块假窗户外面一方明亮的蓝色天空。她深吸一口气，然后看着朴，再看着杨，露出一抹悲伤的浅笑。“不，我知道的，”她摇了摇头，“只是我太蠢了。我知道是真的发生了。”

“那你为什么没站出来？”杨问道，“你为什么没有马上告诉我或是你父亲？”

玛丽咬着嘴唇。“我准备说的。在我醒来后，亚伯过来探视那天。但还没来得及说，你就告诉了我伊丽莎白的事，说他们已经如何掌握了她蓄意谋杀亨利的全部证据，于是我想她肯定就是那个人了。是她堆起了枝条堆。是她把香烟和火柴丢在了那里。我推想她在点燃后跑开了，这样氧气罐爆炸时她就不会在附近，但在我发现之前香烟就意外灭掉了，或许是吹了一阵强风什么的。这样想让我感觉好多了，就像我没有真的放火一样。是伊丽莎白干的，她才是罪魁祸首，我重新点着了香烟更像一个技术性细节，只是让它继续完成伊丽莎白本就让它做的事情罢了。”

杨说：“所以你就是这样心安理得地让她受审的？”

玛丽点了点头。“我告诉自己她是有罪的。她活该这样，因为她就想这样做，如果不是香烟恰好熄灭了，她本来也会做成。我推想，她很可能甚至都没意识到有谁掺了一脚。在她看来，她的计划成功了，后面发生的事正是她一手策划的。这让我少了点内疚感，但之后……”玛丽闭上眼睛，叹了口气。

“但你这周看到她了。”

玛丽点了点头，睁开眼睛。“事情完全不像亚伯说的那样。审判中有太多问题，我这才第一次想到，如果她不是那个人呢？如果是另有其人策划了一切，而她和火灾根本没有关系呢？”

“所以你在这周之前从没意识到她也许是无辜的？”这是杨猜测的，也是她希望的，但向玛丽证实这点太重要了——证实她女儿没有故意去伤害一个无辜的女人。

“没有。只是在昨天，我才开始想也许——”玛丽咬着嘴唇，摇了摇头，“另有其人，但我还是觉得伊丽莎白有最大嫌疑。但今天早上，爸爸告诉我其实是他。这是我第一次知道原来不是她。”

“那么你呢？”杨转向朴，“你是什么时候意识到是玛丽干的？你为她打掩护多久了？”

“老婆，我以为就是伊丽莎白。一直以来，我都确信是她恰好撞上了我的计划，是她放的火。但昨天晚上，你拿仓库的东西给我看时，我实在是一头雾水，然后开始起了疑心，但我想不出玛丽怎么可能跟这一切搭上关系。光是想到这点就把我吓到了，所以我为她打了掩护。她进来时看到了仓库的那个包，然后今天早上跟我坦白了一切。我这才告诉她是我把香烟丢在那里的，不是伊丽莎白。

就是你听到我俩说话那会儿。”

现在一切就都说通了。所有碎片如此优雅地拼合在一起。但它们组成了怎样一幅画面呢？解决办法又是什么呢？

如同作为应答，玛丽说：“我知道我应该把一切告诉亚伯。这周早些时候我差点就说出来了，在他的办公室，但我脑子里一直想着死刑，害怕极了，然后就……”玛丽的脸因为极度的羞愧与懊悔而扭曲变形。还有恐惧。

“你不会有事的，”朴说，“如果她被定罪，我会站出来的。”

“不，”杨说，“玛丽必须自己坦白。就现在。伊丽莎白是无辜的。她失去了自己的孩子，还因为谋杀他而受审。没有人应该承受这样的痛苦。”

朴摇了摇头。“我们不是在讨论一个没做错什么的无辜母亲。你不知道我所知道的她的那些事情。她或许是没放火，但她——”

“我知道你想说什么。我知道你偶然听到她说希望亨利死掉，但我跟特蕾莎聊过，她不是真的这么想。她们只是在讨论每个母亲都会有的情绪，包括我自己也有过的情绪——”

“你也希望孩子死掉？”

杨叹了口气。“谁都会有这种让人自惭形秽的想法。”她握住玛丽的手，将两人的手指交缠在一起。“我爱你，在医院里看到你痛苦的样子，我心如刀绞。如果可以的话，我愿意替你受罪。但某种程度上，我又很喜欢那段时光。这么久以来，你第一次需要我，允许我照顾你、抱住你，而没有将我推开，我曾经……”杨咬着嘴唇，“我曾经暗自祈祷你不要恢复过来，我们能这样待得久一点。”

玛丽闭上眼睛，早已盈满眼眶的泪水从脸颊上滑落下来。杨握紧她的手，继续说：“我不知道我们之间有过多少争吵，有那么一瞬间，我真希望你从我生命里消失，我能肯定你对我也有过同样的想法。但如果真的这样，谁能受得了呢。如果有人挖掘出这些最糟糕的时刻，怪罪我应该为孩子的死亡负责……我不知道我将如何自处，”她看着朴，“而我们让伊丽莎白承受的就是这样的煎熬。我们必须终结它。就现在。”

朴滑着轮椅来到床边。缺口在他头顶上，所以他看不到外面，但他就坐在那里，面对着墙。过了片刻，他说：“如果我们这样做，我们要说是我放的火，我一个人。如果不是我在那里留了香烟，玛丽什么都不会做的。只有让我承担罪责才是对的。”

“不，”杨说，“亚伯会把玛丽和香烟，还有首尔的房子联系到一起。一切都会水落石出的。不如现在就全盘托出。这本是一场意外。他会理解的。”

“你一直说这是一场意外，”玛丽说，“但并不是。我是故意放火的。”

杨摇了摇头。“你没有蓄意伤害或杀死任何人。你没有谋划任何事。你只是冲动之下点着了火，一时的情绪激动。我不知道这在美国法律中是否重要，但对我来说很重要。这听起来像人之常情。可以理——”

“嘘，”朴说，“有人来了。我听到车门声。”

杨冲到窗边，越过朴的头顶往外望去。“是亚伯。”她大声叫道。

亚伯什么也没说，只是默默过来，直到走进屋里。他的脸涨得通红，满头鬈发上的一个个小卷渗着汗水。他依次扫视了他们三人一圈。

“出什么事了？”杨问道。

“是伊丽莎白，”他说，“她死了。”

*

伊丽莎白。死了。但她刚才还碰到她的，还跟她说了话。她怎么就死了呢？什么时候？在哪里？为什么？但她什么也说不出来，身体无法动弹。

“发生了什么？”朴问道。他的声音在发抖，听起来很遥远。

“车祸。就在几英里外。有个弯道的护栏断了，车子冲出了道路。她当时就一个人。我们觉得……”亚伯顿了顿，“现在下结论还为时过早，但有理由怀疑是自杀。”

很奇怪的是，她都能听见自己倒抽一口气的声音，感到双膝发软，知道自己大吃一惊，甚至震惊不已，但事实上她并没有。当然是自杀。伊丽莎白的神情和那声音充满悔恨，但很坚定。现在看来，如果她是诚实的，自杀是显而易见的。

“我见到她了，”杨说，“她说对不起。她拜托我，”她瞥了朴一眼，“向朴道个歉。”朴苍白如灰的脸蒙上一片羞愧之色。

“什么？什么时候的事？在哪儿？”亚伯问道。

“在法院。可能 12 点半吧。”

“那正好是她走掉的时候。如果她道歉了……这倒是说得通。”亚伯摇了摇头。“她今天在法庭上情绪崩溃了，然后，显然是想要认罪。我的猜测是她太过愧疚，没法继续承受审判了。考虑到她的律师团队把矛头对准了朴，她会对他怀有特别的愧疚也对得上。”

伊丽莎白，对朴愧疚。死于这种愧疚感。

“所以这意味着案子就此结束了？”朴问道。

“审判显然是结束了，”亚伯说，“我们还在寻找有没有纸条或是其他什么可以作为决定性供状的。杨，她对你的道歉，当然是个有利因素。但是……”亚伯瞥了玛丽一眼。

“但是什么？”朴问道。

亚伯连眨了几下眼睛，然后说：“在案件正式了结之前，我们还得追踪调查一点新情况。”

“什么情况？”朴问道。

“零零碎碎的，马特和珍妮刚给了我们一些新信息。”他说得轻描淡写，仿佛没什么大不了的，但他观察着玛丽的样子，让杨很紧张，就像是在试探她的反应。他特意强调了“马特和珍妮”，显然话中有话。玛丽听懂了其中的隐藏信息，从她唰一下脸红的样子便可得知。

“不管怎么说，”亚伯说，“我会安排你们所有人过来接受一些询问。同时，我知道这很让人震惊，有很多要慢慢消化的事情。但我希望，你们和其他所有受害者能够寻得安宁，重新前行。”

受害者。这几个字让杨觉得很刺耳，她强忍着不皱眉。她感觉双腿发软、酸痛，就好像她已经站了几个小时。

亚伯一走，杨就靠后倚到门上，额头抵在那扇质地粗糙、未经加工的木板上。她闭上眼睛，回想在法院里见到伊丽莎白的场景，仅仅几小时之前。那时她已经猜到是玛丽了，因为她知道伊丽莎白是无辜的。她看得出伊丽莎白很羞愧，也很孤独，于是她由着她向自己道歉，什么也没说。尽管她说着他们应该立刻坦白，让伊丽莎白免于再多一刻的痛苦折磨，然而当她有机会采取行动，向伊丽莎白说出真相时，她却没有说。她跑开了。然后伊丽莎白死了。

在她身后，朴叹着气，深长、沉重的叹气，一遍又一遍，就好像他很难将氧气吸入肺部似的。过了片刻，朴开口说话，重新切换回韩语。“我们谁都不可能料到……”他的声音变得沙哑。又过了片刻，他清了清嗓子。“或许我们应该找马特和珍妮谈一谈，看看亚伯说的是什么意思。如果我们能够熬过这最后一关，或许就……”

杨感觉喉咙痒痒的。一开始比较温和，随着朴继续讲他们需要对亚伯说些什么，这种感觉变得越来越强烈，让她没法再忍受，她必须大笑出声，或是潸然泪下，或是又哭又笑。她双手攥成拳头，紧紧闭上眼睛，然后像伊丽莎白在法庭上那样大声尖叫出来，叫到嗓子生疼、喘不过气来为止。伊丽莎白的发作是今天上午才发生的吗？她睁开眼睛，转过身来，看着朴，这个男人甚至都没有花五分钟哀悼一下伊丽莎白的死，就急忙筹划起要如何掩人耳目了。她也切换回韩语说："是我们干的。我们杀死了伊丽莎白，是我们逼着她自杀的。你有一丁点在意吗？"

朴移开了目光，极度羞愧让他的脸拧成一团，看着他这样她都痛苦不已。在他边上，玛丽在哭泣。她说："别怪爸爸了。都是我的错。我放的火，我杀了人。我应该当时就站出来坦白的，但我一直什么都没说。现在伊丽莎白也死了。是我干的。"

"不，"朴对玛丽说，"你什么都没说是因为你以为是伊丽莎白放火想要烧死亨利的。今天上午，你发现她不是这样以后，你马上就想去找亚伯了。如果我没有阻止你……"朴的声音渐渐微弱。他紧紧闭上眼睛，咬住牙关，就好像在用尽全力不让整张脸崩塌。

"我们谁都可以找借口，"杨说，"直到今天上午，你们都以为伊丽莎白在某种程度上是有罪的，理应受到惩罚。或许，考虑到一切是慢慢才浮出水面的，我们这样以为也能理解。但这并不能改变我们都撒了谎的事实——彼此撒谎，对亚伯撒谎。一年以来，我们在太多事情上撒了谎，自作主张地决定什么是正义的、什么不是，什么是有关联的、什么没有。我们都有过错。"

朴说："发生这样的事是悲剧，如果能改变过去我愿意付出一切。但是不能。我们唯一能做的就是重新前行。尽管很奇怪，但在某种意义上，这事对我们家来说却是一种馈赠。"

"馈赠？"杨说，"一个无辜女人受尽折磨、最后死去，这叫馈赠？"

"你说得对。是我用词不当。我只是说现在已经没有理由再站出来了。伊丽莎白已经没了。我们无法改变这一点。所以——"

"所以我们不如利用时机，为她选择了自杀而暗自庆幸？"

"不是，但现在坦白还有什么意义呢？如果她有家人，有谁受到影响的话，那或许还有意义，但她并没有。”

杨感到四肢里血液被抽空，全身肌肉都失去了力量。这种如鲠在喉的感觉，就好像有一只无形的手扼住了她的喉咙。“所以就什么也不说，假装是伊丽莎白放的火？罪责会随着她一起逝去，然后我们就能拿到保险金，移居到洛杉矶，玛丽可以去上大学了？这就是你的新计划？”

“没有谁会因此而受到一点伤害。一切会就此终结。”朴说。

“我知道你相信这点，但你在你的第一个计划里也相信这点。你以为在氧气边放一支烟不会伤害任何人，但最后死了两个人。你的第二个计划，让伊丽莎白经受审判，又死了一个人。而现在你有了第三个计划，又是一个你知道、你能保证的计划，真的会万事大吉吗？还要再有几具尸体才会让你吸取教训？你没法保证结果。这事一开始是一场意外，然而对于一切的掩盖让我们所有人都变成了谋杀犯。”她的嗓子好痛，这才意识到自己是在大吼，玛丽在哭泣。在她记忆中是第一次，她看着玛丽落泪却没有想要帮她缓解痛苦。她想让她受伤，想让她思考自己究竟做了什么，从而感到无地自容。因为如果不这样，那是无法想象的，那就意味着，她是一个恶魔。

玛丽放下手肘支在桌子上，双手捂住面孔。杨把她的手从脸上拉开。“看着我，”她对玛丽说，“你一直都想靠许愿让一切过去，就像一个小孩子希望噩梦里的怪兽自己消失一样。但你没法逃避。”她看向朴。“你觉得保持沉默不会伤害任何人？看看我们的女儿吧。这事快把她折磨死了。她必须面对她的所作所为，而不是逃避。你觉得她如果就此逃脱，会得到片刻安宁吗？你我会吗？这事会永远跟着她，把她毁掉。”

“老婆，求你了。”朴滑着轮椅到她面前，抓住她的两只手。“这是我们的女儿啊。她的人生才刚刚开始。我们不能让她进监狱，毁掉一辈子啊。如果保持沉默会折磨我们，那就让我们受折磨吧。这是我们为人父母的责任，在我们将一个生命带到这世间时就接受了这一责任，我们要保护孩子，无论需要做出何种牺牲。我们不能把自己孩子供出来啊。我宁愿说是我干的这一切。我做好了这样牺牲的准备。”

“你难道不觉得如果可以拯救她，我愿意付出自己生命一百次？”杨说，“你难道不觉得我知道目睹她落狱我会有多么痛苦，我会多么想要代她受苦？但我们必须迈出艰难的一步。我们必须教她如何迈出艰难的一步。”

“这不是在跟你进行哲学争辩的时候！”朴啪的一声用手拍桌子，心灰意冷地甩出这句话。他闭了一会眼睛，深深吸了一口气，然后用强作平静的声音缓缓说：“这是我们的孩子。我们不能把她送进监狱。我是一家之主，我为我们三人负责。这是我做出的决定，我说我们什么都不要说。”

“不。”杨说。她转向玛丽，握住她的双手。“你现在是个成年人了。不是因为你过了生日，十八岁了，而是因为你经历了这些事情。这是你的决定，不是我的，也不是你父亲的。我不会帮你把决定简化，我也不会威胁说如果你不去找亚伯我就会去找他。你必须自己做出这个艰难的抉择。去找亚伯还是不去，由你决定。这是你的责任，你的真相你来说。”

“所以如果她什么都不说，你就什么都不做？你会让亚伯了结这个案子？”

“是的，”杨说，“但如果你什么都不说，我不会再留在这里。我不想跟那笔钱有一丁点关系。我也不会撒谎。如果亚伯问起来，我不会说你们做了什么，但我会说我确定无疑地知道伊丽莎白没有放火，我会为她正名。最起码这点是她应得的。”

“但他会追问是谁干的。他会问你是怎么知道的。”朴说。

“我会说我不能说。我会拒绝回答。”

“他会逼迫你。他会把你送进监狱。”

“那我就进监狱。”

朴带着恼怒重重叹了一口气。“没必要这样的。只要你——”

“别说了，”杨说，“我受够了这种没完没了的拉锯战。”她转向玛丽。“美熙啊，这不是你父亲和我之间的较量。你不是在选择站到哪一边。这是你自己的战斗，你必须自己思考什么是对的，做出你自己的抉择。这是你教我的。你还记得吗？在韩国，你十二岁时，还是个孩子，你说你知道我不想搬到美国去，你问我怎么可以盲目听从他人对自己人生做出的决定。我当时斥责了你，叫你就听父亲的话，但我其实很羞愧。也为你感到骄傲。我最近经常在想这事。要是我当时说出了自己的想法……”杨垂下目光，摇了摇头。

她用手指梳理着玛丽的头发，发丝垂落在玛丽的脸上。“我对你有信心。我知道活在沉默里是什么滋味。你知道当你最终告诉了我们真相时的那种解脱感。几天前，我在谈到拿保险金、搬家送你去上大学时，你问我亨利和基特都死了，我怎么还能思考这些。想想那时吧，再想想伊丽莎白。从中汲取力量吧。”

朴说：“不管我们做什么，他们都回不来了。你这是在要求玛丽毫无意义地毁掉人生。”

“不是毫无意义。做正确的事不是毫无意义。”杨站起来，转身离开丈夫和女儿，朝门口走去。迈出一只脚，又迈出一只脚，等着玛丽叫住她，等着她喊出那句：等等，我跟你一起。但没有人开口说什么，或是做什么。

外面一片明亮，阳光的照射强烈得让她眯起了眼睛。空气厚重而潮湿，八月的午后晚些时候总是这样。天空晴朗，尚未露出暴雨将在几小时后来袭的任何迹象。一天下来，大太阳带来的气压和热量不断积累，直到天空裂开缝隙，降下一场十分钟的暴雨，它足以缓解气压，带来入夜后的降温。然后第二天，这一循环会再度开始。

她能听到屋里压低声音在说话，但她走开去，不想听到朴说那些他肯定会说的话——命令玛丽耐心一点，等杨恢复理智。她走到附近的一棵树下，那是一棵巨大的橡树，整个树干盘根错节、疙疙瘩瘩，仿佛长在旧伤口上的疤痕组织。

在她身后，大门嘎吱一声打开了，脚步向她走近，但她还是面对着那棵树，害怕将在女儿脸上看到的神情。脚步停住了。一只手按在她肩上，温柔地按压。“我好害怕。”玛丽说。

泪水刺痛杨的眼睛，她转过身来。“我也是。”

玛丽点了点头，咬着嘴唇。“爸爸说如果我坦白，他就会说这一切都是他蓄意谋划的，为了拿到钱，而我说的版本是我自己编造的谎言，为了让这听起来更像是一场意外事故。他说如果他对亚伯这样说，他很可能就会被判死刑。”

杨闭上眼睛。朴很聪明。用另一个人的死亡来威胁女儿，他自己的。然后她睁开眼睛，抓起玛丽的手。“我们不会让这事发生的。我们会告诉亚伯一切，包括你父亲的威胁。他会相信你的。他必须相信。”

玛丽眨了眨眼，杨以为她要哭了，然而恰恰相反，她强抿嘴唇挤出一个苦笑。突如其来，涌上一段记忆：玛丽还是个小姑娘，五六岁时，有一次乱发脾气，杨温柔地告诉她，自己对她的行为很失望，然后玛丽就从家里的梳妆柜里掏出一条手帕，擦掉眼泪，强抿嘴唇挤出一个微笑，对她说：“看，妈妈，我不哭了。”她看上去那么有尊严，就像现在一样。杨紧紧抱住了女儿。

过了一会儿，她还把头枕在玛丽肩上时，玛丽开口了，这是她一整天里第一次说韩语。“你会跟我一起去吗？你不用说什么，就站在我边上，可以吗？”

泪水哽住了杨想说的话，她无法动弹，只是紧紧抱着女儿，轻抚着她的头发，一遍又一遍地点着头。很快，她会温柔地将女儿推开，推开一点点，帮助她自己站稳，然后告诉她：她爱她，她很骄傲能跟她一起去，在她说出真相时站在她边上，不管过程会有多么痛苦。她会告诉她：她很抱歉曾经辜负了她，那些年留她一人在巴尔的摩孤独度日，没能支持她，如果可以的话，她想要再也不离开她。她会问出遗留未解的问题，说出尚未说出的故事。再过一分钟，或是一小时，或是一天，这些她最终都会做的。然而此刻，静静地站在这里，感受着女儿身体倚靠在她身上的重量，感受着她呼在她脖颈上的温暖气息。现在，这就是她所需要的一切了。

尾声

2009年11月

杨

她坐在谷仓外一个树桩上。准确地说，是直到昨天谷仓还存在的地方，昨天新房东已经拆毁了谷仓的遗迹，一点一点地把它们运走了。唯一留下的只有潜水艇，还躺在泥土地里，等待被运送至某个废品厂，舱体的钢铁和电线在草地和树木的背景下显得突兀，仿佛科幻电影中的某个场景。

这是杨一天当中最喜欢的时段。破晓时分，天色早得黑夜与白昼尚且交融在一起。月光仍照着，但已不是满月，仅仅是一弯残月，极淡的清辉洒落在潜水艇上。她看不清楚它的样子，无论是烧黑的痕迹、起泡的漆膜，还是舷窗玻璃的破碎锯齿。她只能看到舱体的轮廓，在这光线下（或者说，是没有光线的幽暗中），它看上去和去年刚上完漆、闪闪发亮的样子别无二致。

6 点 35 分，封闭舱仍是笼罩在阴影中的一个黑椭圆体，然而在远方，天色已渐亮。她抬头看着天上的云朵，灰色中透出一丝桃粉，她想起了在从首尔飞往纽约的航班上，看着窗外云朵时的那种迷失感，那是她第一次坐飞机。从舷窗向外眺望，她望见故乡随着飞机爬升至厚厚的云层中间而渐渐隐去。他们爬升到了云层之上，她惊叹于云在恒常不变中蕴含的美，千变万化中有统一，看似随意又自有形状。它们一直延伸到远方的天际线。她望着光滑的金属机翼，看着它掠过云层散逸的边缘，以完美的精准轨迹切开那些棉花般柔软的云朵花时，心里不禁轻微颤动了，然后一种隐隐约约哪里出错的感觉浮上心头，觉得她并不属于这空中。这就像是狂妄自大。拒绝自己在世界上的自然位置，凭借一种怪异的机器抵抗地心引力，把你错置到另一个大陆上方。

6点44分，天空转为柔和的淡紫色，夜晚的黑暗还在与太阳负隅顽抗，最终败下阵来。封闭舱上那些烧黑的部分慢慢显现，但在幽暗的天色下看起来仍像阴影，或者说像长满金属机身的苔藓，反而让机器融入周围的景色之中。

6点52分，天空呈现一种浅浅的蓝色，新生儿房间里的颜色。潜水艇就漆成了这种浅海蓝色，曾经那么油光发亮，看上去像是湿漉漉的，如今却已是满目疮痍。

6点59分，阳光明亮，光束穿透浓密的树叶，一瞬间落在潜水艇上，仿佛舞台全场的灯光开启，照亮表演的明星。有那么一秒钟，光线亮得在潜水艇周围打上了一圈光环，将它的种种瑕疵隐去。但杨的目光直直凝视，她迫使瞳孔适应光线，收缩起来，于是看到了犯下罪状的证据。到处都是烧焦的痕迹：熔化的舷窗玻璃好似潜水艇在哭泣；整个氧气罐倾向一侧，仿佛一位拄着拐杖的老人。

她闭上眼睛，呼吸。吸气，呼气。尽管已过去了一年多，灰烬和烧焦肉体的气味仍然萦绕着氧气罐的遗骸，与晨露混合成一股烧木炭的臭气。抑或这只是她的想象。也许是良知在告诉她，微小的颗粒渗透进了她的肺部，有可能此时此刻，她正吸入在封闭舱里被活活烧死的人的身体细胞。

她望着那条溪流。看不见溪水，被浓密的树丛挡住了，树叶间点缀着色彩鲜艳的黄红色花朵，色彩的分布并无规律可循，仿佛是小孩子拎着颜料罐跑来跑去，在树木间随意泼洒所致。她想象玛丽就坐在那些树后面，脚离水面只有几厘米，和马特·汤普森一起抽烟、大笑，然后在一天晚上，被他压在身下，受到了侵犯；之后，又在另一个晚上，被他妻子尖叫怒骂，说她是个跟踪狂、妓女。

说来可笑，在玛丽完全坦白之前，她曾经相信玛丽需要接受落到她头上的一切惩罚。不，应该是多次坦白，因为在对过失杀人和纵火认罪的过程中，她不得不一遍又一遍地重复故事，对着亚伯，对着公设辩护人，对着宣判法官。然而现在，玛丽和朴被关进了监狱，她却不知道这是否真的公平：玛丽将面临多年监禁，起码十年，而共同造就了那天晚上因果链的其他许多人却什么事都没有。是的，是玛丽放的火。但如果珍妮没有撒谎说潜氧结束、马特走了，她不会放。如果朴没有把香烟和火柴留在那个地方，她没法放。还有马特，他是一切偶然性的根源：没有他，没有他对玛丽的行为、对珍妮的谎言，她们谁都不会做出爆炸之夜她们所做的事情。就连朴丢在氧气管下面的那支香烟本来也是马特的，是他藏在那个空树桩的垃圾堆里的。然而，法律判定珍妮只是一个旁观者，没有给予她任何罪责。朴和马特也没有因为他们各自在引起火灾中扮演的角色而受到惩罚。朴被判十四个月监禁，马特则是暂缓监禁，但两人的罪名都是做伪证和干扰司法。她听说马特和珍妮要离婚了，这至少给了她一点安慰。不管她如何努力，马特对她女儿的所作所为终究没有受到任何惩罚，这是她在这一切中无法原谅的一件事。

而她自己，最有责任。一路走来，在这么多节点上，有这么多事她本来应该、本来可以做得不一样的。要是她待在谷仓里，及时关掉了氧气。要是她没有瞒亚伯整整一年。但最重要的还是，要是她在最后那天向伊丽莎白坦承了一切。她把这些都跟亚伯说了，请求将她也关进监狱，但他称她所做的这些“与本案无关”，因而拒绝发起指控。

7点，她的手表哔哔响起。该进屋去打包剩下的东西了。那天早上抗议者就是差不多这时候过来的，由此启动了后面种种事情的因果链。她其实并不怪她们。但如果她们没来，亨利、基特和伊丽莎白现在都还会活着。朴不会去制造断电，潜氧不会推迟开始，那么玛丽放火时氧气就会关掉了，所有人都走了，再说她也根本不可能放火，因为这样朴就不会把香烟丢在什么地方。

这就是最好的也是最糟糕的部分——一切发生的事，都是一个好人犯下错误所带来的意料之外的后果。有一次特蕾莎说过，真正让她耿耿于怀、夜里难眠，催逼她不断寻求治疗的原因是，罗莎本来不是这样的。如果她生来带有基因缺陷，特蕾莎能够接受这点。但她以前是健康的，她变成这样是因为发生了本不该发生的事情——生病了却没能得到及时治疗。这不是自然的事情，是本可避免的。同样地，杨几乎希望玛丽是故意犯下这事的。不是真的如此，因为当然了，她不希望玛丽是个邪恶的人，但在某种程度上，知道女儿是个好人，只是犯了一个错误，让她感觉更加难受。几乎像是命运合谋操纵了那一天的每一件事，就为了正好引导玛丽点燃那根火柴。有那么多碎片要拼合到一起：断电，潜氧推迟，马特的纸条，珍妮的对质，朴留下的烟。只要其中有一件事情没有发生，那么此时此刻，伊丽莎白和基特就还会在开着车送亨利和 TJ 上学。玛丽应该在上大学。奇迹潜水艇还会在运营，她和朴应该正在准备迎接一天排满的潜氧疗程。

然而生活就是这样。每一个人都是一百万个不同因素组合起来得到的结果。一百万个精子中的某一个在某个特定的时间点进入卵子，哪怕只差千分之一秒，结果都会是另一个完全不一样的人。好事，坏事，每一段友谊、每一段罗曼史的诞生，每一场事故，每一场疾病，都是几百件本身无足轻重、互不关联的小事情合谋造就的产物。

杨走到一棵红叶子树下，拾起地上找到的颜色最鲜亮的三片叶子。红色代表好运。她不知道等到十年之后玛丽从监狱里出来，这些树木会变成什么样子。到时候她已经快三十岁了，但还是可以去上大学，谈恋爱，有自己的孩子。这仍然是值得期待的事情。杨还是会每周都去看她。如果说在这最后几个月里有什么好事发生的话，那便是她和女儿之间关系的复苏和好转。她给玛丽带去了她最爱的大学时代的哲学课本，她去探视时她们会一起讨论，就像一个由两人组成的书友会，杨说韩语，玛丽说英语，引来其他狱友不解的目光。

面对朴则更为艰难，尤其是一开始时，他的固执己见让她很生气，但杨还是逼着自己定期去探视他，每一次她都能感受到他态度的缓和，他的忏悔渐深，同时也逐渐接受自己对火灾、对伊丽莎白之死的责任，尽管他总是试图用沉默控制这些变化的外露。或许，随着时间的推移，去看他、和他说话会变得简单一些。包括原谅他。

特蕾莎来了，把车停在了建筑设备边上。工人说那是个装载起重机。她一个人来的。“罗莎和你的教堂朋友在一起吗？”她们互抱问好时杨问道。

特蕾莎点点头。“是的。我们今天可有很多事要做呢。”她说。这是实话。她们已经把杨的大部分东西搬进了特蕾莎家的客房（“别再管它叫客房了，它现在就是你的房间了。”特蕾莎一直这么说），但香农的待办清单上还列有十几件今天中午落成典礼的准备事项。自从上周《华盛顿邮报》上发了那篇文章，报名参加仪式的人数一下子涨到了原来的三倍，现在包括华盛顿地区的自闭症儿童妈妈互助小组，许多奇迹潜水艇以前的患者家庭，亚伯和他的手下，全部警探和他们各自的手下，还有最后时刻出现的惊喜——维克多。当然了，她们的整个尝试能够实现都有赖于维克多，他继承了伊丽莎白的财产（一个奇异的反转），但告诉香农他不要这笔钱，他觉得伊丽莎白会希望它用于善道，或许是和自闭症相关的，可以把它托管给香农吗？香农咨询了特蕾莎，然后在杨的帮助下，她们一齐创立了“亨利之家”，一个非寄宿制的特需儿童“大本营”，为他们提供现场治疗，以及日托和周末露营。

“我带了点东西来。”特蕾莎递给杨一个袋子。

里面是三张肖像，装裱在相应尺寸的木质相框里，相框朴实无华，但木色染成了浓郁的深棕色。伊丽莎白、亨利和基特，相框底部刻着他们的名字和生卒日期。“我觉得我们可以把它们挂在大厅里，在那块致敬牌匾下面。”特蕾莎说。

杨感到喉间像是浮起了一个硬邦邦的肿块。“很美。合适极了。”

在她们面前，工人们正准备把封闭舱抬走。看着他们在机身周围系紧缆绳，她回忆起去年，另外一帮工人把封闭舱运到这里，解开系紧的缆绳。朴本打算管他们的公司叫“奇迹溪康复中心”，但当她看到封闭舱时，发现它看起来很像一个微型的潜水艇，于是她说：“奇迹潜水艇。”然后转向朴又说了一遍：“奇迹潜水艇，我们就这么叫它。”朴微笑着说这是个好名字，比他那个好，她想象着孩子们爬进舱内，呼吸纯氧，从而治愈身体，她内心不禁一阵激动。

起重机发出嘟嘟声，吊起封闭舱，掉转方向把它卸到一辆卡车上。机臂向下降，就在封闭舱的钢铁机身碰到卡车钢铁车厢那一刻，响起轰隆一声巨响，杨不禁畏缩了一下。望了一下空荡荡的场地，她感到从胸口中心泛起一阵疼痛，向四周扩散。他们所有的希望和计划，化为乌有。

工人把封闭舱在卡车上固定好，杨低头看着袋子里的那三张肖像，想到了“亨利之家”。逝去的生命，“亨利之家”创立背后的痛苦代价，她和她的家人永远也无法弥补。但她会每天都去看 TJ，她会开车接送他往返“亨利之家”，在治疗间隙照顾他，让他的父亲和姐妹能喘口气，让他们的生活能稍微轻松一点。她会和特蕾莎一起，帮她照顾罗莎，还有其他像罗莎、TJ 和亨利一样的孩子。

特蕾莎伸出手来紧紧握住杨的手。杨闭上眼睛，感受左手里是朋友温暖柔软的手，右手里是那个袋子柔软的拎带。卡车隆隆，又一次发出嘟嘟声，然后她睁开眼睛。远处，在一大片烧焦的废土之外，在此刻正缓缓被拖走的潜水艇遗骸之外，有一簇黄蓝相间的野花摇曳着，看着它们，她发现有一种沉重又轻盈的感受取代了心头的绝望。恨[1]。英语中没有对应的词，无法翻译。这是一种强烈的忧愁和悔恨，

1　韩语里的한，韩国人认为这个字代表了他们的民族精神，与中文的“恨”意思不完全对等。

一种悲伤和渴望，强烈到充溢灵魂，然而其中又包含了一丝韧劲与希望。

她握紧了特蕾莎的手，感受到她也抓得更牢作为回应。她们并肩站立，手牵着手，目送奇迹潜水艇慢慢消失在远处。